Gerliin Urguu Production

칭기스 칸의 장군

어브아는 고려에

역 사 적 인 실 화

울란바토르

2023

어브아는 고려에

1판 1쇄 발행 2023년 2월 3일

이야기: 네구데 자강 어브아 조상신
전달자: Ayangat udgun (L. Adiyamaa)
전달자: Utaa udgun (Z. Ankhtuya)
삽화: S. Chuluunzaya, U. Boldsaikhan
한국어 번역: B. Enkhmandakh
번역감수: G. Tegshbayar

교정 신선미 **편집** 문서아
마케팅 박가영 **총괄** 신선미

펴낸곳 (주)하움출판사 **펴낸이** 문현광

이메일 haum1000@naver.com **홈페이지** haum.kr
블로그 blog.naver.com/haum1000 **인스타그램** @haum1007

ISBN 979-11-6440-297-7 (03830)

번역인 머리말

「어브아는 고려에」 책을 사랑해 주시는 독자 여러분 안녕하세요?

먼저 어브아 조상신의 이야기를 한국어로 번역하고 책으로 만드는 과정에 참여하게 되어 매우 기쁩니다. 제게는 이것이 진정한 영광이라고 생각합니다.

간단히 제 소개를 하겠습니다. 제 이름은 엥흐만다흐(통칭 '만다')라고 합니다. 저는 2006년 명지대학교 디지털미디어학과에 입학하여 2010년 졸업했습니다. 현재 동대문에 위치한 박범일 변호사의 "글로벌 법률사무소"에서 통역가로 활동하고 있으며 한국에 거주 중인 몽골인들에게 법률 지원과 상담에 기여하고 있습니다.

지금으로부터 거의 10년 전, 저는 Ayangat Udgun이 관리하는 블로그를 읽기 시작했고 "Gerliin Urguu" NGO에 대해 처음 알았습니다. 몽골에 갈 때 "Gerliin Urguu" 회원님들과 만나 그들이 역사와 관련된 책을 많이 출간한 것을 보았습니다. 그 중에서 "몽골 비사(몽골과 칭기스 칸의 역사)" 그리고 병을 치료하는 법과 그 병의 원인을 세포 수준에서 연구하고 조사한 아주 두꺼운 의학 책 "몽골 의학"까지 보았고, 그 모든 책을 읽기 시작했습니다. 오늘 날도 계속 읽고 있습니다.

「어브아는 고려에」 책 원문은 "Gerliin Urguu"에서 출판한 「OvA」에서 발췌한 내용을 바탕으로 하여 영화 제작 형식으로 작성되었습니다. 어브아 조상신은 당시 고려의 한 마을에서 대감에게 노예로 팔렸습니다. 그는 타국에서의 모든 험한 일에 몰두했고, 직감과 기술, 지략의 힘으로 많은 도전을 이겨냈습니다.

당시 카마그 몽골 백성들이 갖추어야 하는 "생존력"을 잘 배워 훈련받은 진정한 군인이었기에 그 많은 도전을 이겨내고 몽골 조국으로 돌아갈 수 있었습니다. 이 책은 그가 3년 동안 고려에서 많은 모험을 만났던 흥미로운 이야기를 들려줍니다.

그리고 900년 전 고려 시대를 이행시켜 줄 것입니다. 책을 번역하면서 당시 고려인의 성격과 친근감이 현재 한국인의 성격과 똑같다는 걸 느껴 정말 놀라웠습니다. 나중에 어브아 조상신은 조국 몽골에 와서 칭기스 칸의 1000호의 장군이 되었다고 합니다. 이 책은 한국어와 몽골어로 같이 출판되었습니다.

독자 여러분이 이 책을 읽으시고 소감이 있으시다면 어브아 조상신께서 직접 호스팅하는 유튜브 채널 〈Zuv uu? Tav uu?〉 팟캐스트를 한국어 자막 설정을 고정하여 들어주셨으면 합니다. 요즘 이 팟캐스트는 몽골 젊은이들 사이에 큰 인기를 얻고 있습니다.

900년 전에 살았던 어브아 조상신은 이제 Ongod('신령, 조상신'이라는 뜻)가 되어 몽골인들에게 진실된 역사를 알리기 위해 노력하고 있으며 후손들의 몸을 빌려 지금도 자신의 말을 들려주고 있습니다. 그리고 인생과 운명은 무엇이고 우리 눈에 보이지 않은 우주에서 어떤 일들이 벌어지는지에 대해 100개가 넘는 팟캐스트를 통해 이야기하고 있습니다. 이것을 부정하는 사람이 있는 반면 Ongod들의 말을 듣고 삶의 본질을 깨닫고 삶 속에서 좋은 이익을 얻고 살아가는 사람도 많습니다.

여러분 항상 건강하시길 바라며 많은 사랑을 부탁드립니다.
감사합니다.

Buural B.Enkhmandakh

E-mail: mandara0716@gmail.com

2023-01-08

➤ 역사적 실화 서술자
네구데스 오톡 1 군사 천호(千戶) 장군인 "자강 어브아" 조상신

➤ OTOG(오톡)
칭기스 칸의 초기 95 군사 천호의 하나이며, 1,000명 정도의 병사를 차출할 수 있는 유목 집단이다.

➤ 부모에게 얻은 이름: 자강(하얗다는 의미)
➤ 별명: 칸의 금똥, 네구데 혹은 짝눈이, 어브아.
➤ 별명의 뜻: 책략이 많다. A급, 즉 아주 교묘한 책략이 있음.
➤ 벼슬: 카마그 몽골의 카불 칸(칭기스 칸의 할아버지)의 군인, 네구데스 천호 설립자.
　　　테무친이 카마그 몽골의 칸이 될 당시 그의 스승, 테무친의 네구데스 오톡 수장 및 천호
　　　군대의 장군.

➤ 몽골 비사에 기록된 역사적 사실
• 120조 ... 네구데 자강 어브아를 찾아왔다 ...
• 129조 ... 네구데 자강 어브아의 목을 치고 머리를 말 꼬리에 끌려 보냈다.

> **참고:** 이 시대는 테무친이 카마그 몽골의 칸이 되어 있었지만 아직은 이흐 몽골의 칭기스 칸 자리
> 에 올라가지 않았다.
> 어브아는 테무친의 군대 천호를 이끌었던 업적에 대해서 다음과 같이 기록한 사실이 있다.

• 218조 ... 또한 칭기스 칸은 자강 어브아의 아들인 나린 터릴(Nariin Toirol)에게 말했다. "너의
아버지 자강 어브아는 나를 위해 애를 써 전투에 나설 때, 달릉 발조다라는 곳에서 전투하다가
자무카에게 잡혀 살해당했다. 이제는 터릴 네 아버지가 수고한 일의 보답으로 고아 지원금을
받아라." 그러자 터릴은 "칸이 허락해 주신다면, 네구데스 형제들이 분산되어 있으니 네구데스
형제들을 모이게 하고 싶다."고 말했다. 칭기스 칸이 이것을 듣고 다음과 같이 어명을 내렸다고
기록되어 있다. "그렇다면 네구데스 형제들을 모아서 앞으로 네가 친인척을 전부 책임지고 살
아라."

> **참고:** 테무친이 카마그 몽골의 칸이 될 당시 네구데 자강 어브아는 살아 있었지만 추후 이흐 몽골
> 의 칭기스 칸이 되어서도 네구데 자강 어브아의 수고를 기억하며 그의 아들에게 천호 통치권을
> 주었고, 천호 수장으로 발탁까지 시킨 것을 보면 어브아라는 인물은 테무친(칭기스 칸)에게 얼마
> 나 귀한 사람이었는지 알 수 있다.

참고: 역사적 근원에 그는 네구데, 짝눈이 대감, 자강 고와, 네구데스 자강 오브아 등의 명칭으로 기록되어 있다. 몽골 전통 글자를 보면 '어'와 '오'는 하나의 글자로 표현되어 있기 때문에 연구자들이 이름 뜻에 대해 그다지 주목하지 않았다는 것을 보여준다. 몽골어를 보면 '오브', '오바'라는 말은 별 다른 뜻이 없다. 단, '어브'라는 말은 책략을 가리킨다. 몽골 언어에서 '아'라는 발음은 어떠한 것이 등급, 모양과 크기를 한대해 강조한다. 예를 들면 '아 있게 빠른다', '아 진짜르'같이 만하면 뒤 단어를 더 힘수어 표현한다. 그렇기에 어브아라고 하는 건 '책략이 많고, 특별하다, 많다'라는 뜻을 보여준다. 어브아, 어브친은 국민들 속에 잘 알려진 이름이다. 그러기 때문에 몽골인들은 "부를 이름은 부모가 내려주고, 국민에게 알려질 이름은 자기 스스로 만든다."라고 한다.

현대는 음의 시대가 시작하고 있기 때문에 직관과 육감이 발달된, 숨겨진 세계와 소통이 가능한 영적인 사람들이 합쳐서 활동하는 시대가 되고 있다. 유령의 몸, 추상의 이미지 형태지만 자기 혈통의 자식들인 무당이나 민감하고 유능한 사람들에게 각종 유령들이 하고 싶은 말도 전해 주고, 자기 활동도 알려 주는 등 좋거나 나쁜 영향을 주기 시작하고 있다. 자연에서 멀어지면 인간이 멸종될 위기가 가까이 오고 있음을 경고하려고 신령 하늘들이 말씀하고, 어머니 같은 지구를 파내고 땅을 잡아 주는 금과 광물 자원을 땅속에서 파내면 지구가 분해될 위험이 있음을 물과 산들의 담당 신들이 경고하고 있다. 사람의 육체적인 몸이 없어졌더라도 영혼은 영원한 순환을 거치고 존재하고 푸른 지구에서 또 다시 환생을 얻고 영원히 존재한다는 사실을 전세계 모든 인간들에게 이해시키려고 노력하고 있다. 그래서 어브아라는 조상신은 여러 가지 좋은 기억을 풀어주며 "Zov uu? tav uu?(옳은지? 다섯인지?)" 라는 제목으로 유튜브 팟캐스트를 호스팅하여(현재까지 160여 개의 팟캐스트 진행) 사람들을 계몽시키려고 일련의 대화를 하는데 그중에서 재미가 있는 이 이야기를 선택하여 영화로 만들어 보려고 한다.

* 본 작품은 어브아 조상신의 구술을 당시 들었던 그대로 받아 적었기에 인명, 지명, 역사적 사실에 차이가 있을 수 있습니다.
** 본 작품 안의 고려어 및 몽골어 고유명사는 모두 어브아 조상신이 말씀한 그대로 적었기에 실제 통용되는 표기 및 발음과 차이가 있을 수 있습니다.

목 차

낯선 땅에서 죽음과 삶의 틈바구니에

1146년에 금나라 호샤호 장군이 8만 명의 군사력으로 카마그 몽골(Khamag Mongol)을 공격하는 전쟁을 일으켰지만, 카불 칸이 승선하여 금나라 군대를 쫓다가 금나라의 국경 주변에 있는 27개 항구 마을을 점령하였다. 금나라가 빼앗긴 27개 항구를 되찾고 싶어 카마그 몽골과의 국경 협약을 제안했다. 카불 칸이 금나라에 간 이유는 단지 이것뿐이며, 그는 금나라의 27개 항구 마을을 자신의 국토로 편입시킬 마음조차 없었다. 오히려 공식적으로 역사상에 "카마그 몽골, 카불 칸"이라고 기록이 시작될 그 당시 금나라는 북부 쪽 유목 지역은 서로 분리되어 있다는 사실을 몰랐고, 일반적으로 즈부의 타타르라고만 알려져 있었다. 하지만 그곳에는 다양한 유목민들이 있기 때문에 카마그 몽골이라는 치노스의(Chonos) 혈통의 다른 국가가 존재함을 알리고, 국경이 분리된 국가가 있고, 우리들만의 칸이 있는 나라로 인정받아야 할 필요가 있었다. 공식적으로 만리장성으로부터 분리된 우리 국토를 되돌려 주고, 사막은 모두 우리 것이니 그 어떠한 사막도 빠지지 않고 협약을 해야 27개 항구를 돌려받을 수 있다는 협약을 성사시키기 위해 금나라 땅을 밟은 것이었다.

우리는 1000명의 군사와 함께 금나라에 도착했으나, 만일 협약이 잘 안 될 경우를 대비하여 국경 외부에는 엉고드[1]와 카마그 몽골, 헤레이드랑 연합해 군사들을 합쳐 공격하려고 했었다. 그런데 협약으로 해결될 수 있는 사항을 군이 전쟁으로 해결할 필요가 없다. 인구수가 수백만이 넘는 곳과 상대하는 것은 인구가 십만 명에도 미치지 못하는 우리에게는 퍽 곤란한 일이다. 그러므로 서로를 공격하기보다는 평화적인 협약의 성사가 중요했다.

금나라에서 1000명의 군사 중 100명의 군사만 입국을 허용해 주었다. 그 100명 중에 바로 나, 어브아가 있었다. 이 협약은 3개월 동안 지속되었다.

당시 금나라는 두 개 이상의 나라와 싸우지 않겠다는 방침을 따랐는데, 송나라와 이미 전쟁 중이라 몽골까지 전쟁을 벌여 군사들을 두 개로 나누기는 매우 어려운 상

....

1) 엉고드(Onguud): 몽골의 소수민족

황이었기 때문이다. 따라서 카마그 몽골의 국경과 독립성, 그리고 카불 칸을 인정하고 몽골의 국토를 공식적으로 독립 명칭으로 기록하는 대신 항구 마을들을 돌려받기로 했다.

금나라와 협약을 하고 나서 일주일 만에 우리가 출국할 수 있었지만 "송나라로부터 우리 금나라 장군들이 오고 있다. 모든 장군이 올 때까지 기다려 달라"고 하여 또한 달이 지연되었다. 이 기간 우리는 매우 경계했다. 드디어 송나라에서 장군들이 왔다. 이 중에서 옛날 톰베이네 장군부터 앞장 서 달렸던 장군들의 자식들, 전설 같은 형제들과 만났다. 이들은 카불 칸으로부터 도움을 구하여 "송나라는 이런 정책으로 우리를 공격했다"고 하면서 장군과 장군들의 회담이 이루어져, 적에게 도움을 주느라고 지나갔다. 하지만 우리는 그때부터 조심성을 조금씩 잃어 가고 있었다.

서로에게 친해지는 고통이 생겼던 것이다. 처음에는 먹고 마시는 것이 의심스러워 항상 은젓가락으로 확인하곤 했는데 이제는 주저하지 않고 바로 퍼 먹게 되었던 것이다.

석 달이 지나갔다. 장군들이 모두 도장을 찍고, 장관들, 상인들이 다 모여 카마그 몽골이라는 나라를 인정한다는 협약이 성사되어 모든 사람들의 도장이 이제야 한곳에 모여, 큰 접대가 한참 이루어졌다. 우리는 그때 실수를 해 버렸다. 벌써 익숙해진 음식에 독극물을 넣었던 것이고 우리의 의심도 사라졌던 것이다. 결국 우리 군사 대부분이 독에 당해 저항도 제대로 못 하고 결국은 다 잡히고 말았다.

금나라 신하들을 카마그 몽골 카불 칸을 높이 평가한 자신의 왕에게 반기를 들 거라고 통고하여, 생각을 술에 맡겼다고 왕을 질책했다가 왕의 마음을 되돌리는 데 성공했다. 독으로 우리를 잡을 이 혼란으로 금나라 왕자 편 사람들이 카불 칸을 도망시켜 주려고 시도를 했지만, 카불 칸은 "100명의 군사를 적의 손의 남겨 두고, 나 혼자서 도망쳐 망신을 당하고 싶지 않다. 난 장군이다."라고 하여 도망가지 않고 있다가 결국은 잡히고 말았다.

이렇게 하여 카불 칸의 목숨을 지키고 있던 100명 군사들이 성벽에 걸리고, 나는 나의 칸과 연락이 두절되었다.

금나라 만주족들이 카불 칸을 "우리한테서 세금을 걷으려고 한 욕심 많은 놈, 물질적인 탐욕과 넋을 팔아 먹인 사악한 몽골 노예, 이 모든 금전을 네 영혼에 가져라, 네 욕심이 채워지도록 배부르게."라고 하며 칸의 몸에 금전을 데워 붙이고 사람들 앞에서 고문했다.

성벽에 피를 말려 죽이려고 걸린 100명의 몽골군을 보고, 대도시에 머물던 몽골 무역상 및 운송인들은 상황이 심상치 않다는 것을 눈치 채고 전서구를 날려 엉고드 측에 신호를 보냈지만, 엉고드 측이 맹세를 방기하고 가뭄으로 인해 말이 모두 살이 찌지 않았다고 하여 공격을 하지 않았다.

사실 우리는 일이 잘못될 경우를 대비하여 도망칠 계획을 완벽히 세워 둔 상태였다. 아버지로부터 금나라의 왕좌를 찬탈하는 데 관심이 있던 금나라 왕자가 우리와 연결되어 있었기 때문에 그는 카불 칸이 잡힌 것을 이용하여 쿠툴라(Khotula, 카불 칸의 아들)를 금나라로 침공시켜 궁궐에 난동을 일으켰다. 그 왕자는 카불 칸을 해방시켜 주었지만 우리까지는 풀어 주지 못했다. 오직 주요 인물만 풀어 주고 국경을 몰래 통과시키고 쿠툴라에게 칸을 넘겨주었다는 이야기가 역사에 기록되고, 우리에 대해서는 사망했다고 기록되어 있다. 금나라 역사에도 이 기록에 대한 흔적이 있을 것이다. 마침내 카불 칸은 도망치는 데 성공했지만 고국에 돌아오자 상처의 열 때문에 결국은 사망했다는 소식을 나는 몇 년이 지나서야 뒤늦게 알게 되었다.

각 포로가 된 군사 모두를 금나라 도시 중심부에 지금의 3층짜리 건물 높이에, 앉아 있는 사람의 높이 정도, 팔과 다리를 움직일 수 없는 좁은 새장 모양의 바구니에 넣고 미라처럼 만들도록 걸어 두었다. 칸이 없는 우리를 돌볼 필요도, 죽일 필요도 없기 때문에 처음부터 잊혀 대부분이 사망했다고 할 수 있다. 나의 관찰에 따르면 섣달 그믐 날이 두 번 정도 발생하는 것 같아서 한 달 내내 바구니에 걸려 있었던 것 같다.

그 통은 보행자만큼 높고 팔꿈치는 옆으로 몸에서 겨우 뗄 수 있을 만큼, 가슴에서 앞으로 한 뼘 정도 팔을 움직일 수 있고, 다리는 가운데서, 양손은 뒤에서 밧줄로 묶여 있었다. 첫째 날 모두가 분노에 소리 지르며 밧줄을 잡아당겨 풀어 보려고 하루가 지나갔으나 아무도 죽지 않았다. 둘째 날에는 독성 술의 독이 통해 스무 명이 사망했다.

우리는 서로 한 길이(1.6cm) 정도의 거리에 떨어져 있었다. 나는 원래 게으른 편이라 남들처럼 소리를 많이 지르지 않고 입 안의 침을 아꼈다. 언제, 어떻게 풀려 나올지 모르기 때문에 힘을 아끼고 잠을 많이 자려고 노력했다.

둘째 날은 온 몸이 굳었지만 등을 아치형으로 구부려 보고 경직된 몸을 약간 뻗는 것 외에는 움직일 수 없었다. 깨어 있는 동안 신발에 밧줄을 문지르거나 몸을 풀었다. 사람의 등이 경직되지 않으면 사지의 혈액 순환이 보장되기 때문에 그런 방법으로 몸을 풀었다. 하루의 대부분을 잠으로 보냈다. 이와 같은 책략으로 잠자는 동안 힘이 덜 소비되기 때문에 유용했다. 그렇게 해서 다른 군사들보다 체력을 오래 유지했고, 낮에 깨어 있는 시간은 약 두 시간에 불과했다. 사막 도적 형 노우조가 고비사막의 폭풍에 휘말려 체력을 유지했던 이야기가 떠올랐던 것이다. 하지만 지금 여기는 사막의 바람이 아니라 제한된 공간이다.

5일째 되는 날에 비가 내려 밧줄은 젖고 여러 방법으로 문지른 결과 손을 묶은 밧줄이 끊어져 적어도 팔을 움직이고 무릎을 껴안을 수 있었지만, 고소공포증 때문에 통은 부수지 못했다.

비몽사몽 하는 동안 화살 하나가 통 안으로 날아왔을 때 얼음 한 조각과 먹을 것이 조금 꽂혀져 있어서 그걸로 굶주림은 해결했다. 금나라에 팔린 몽골 노예들이 우리에게 먹을 것을 활로 쐈던 것이다. 많은 양은 아니었지만 굶주림을 해결할 수 있을 정도의 양이었다.

이때까지 우리 중 열다섯 명이 추가로 죽었지만 그들은 통에서 풀려나지 않았다. 죽은 지 2~3일 후에 그들의 시체에서 악취가 나기 시작했다. 때로는 그들의 배 속에서 '퍽' 하는 소리가 나서 나는 무척이나 겁을 먹었다. 열흘 후부터 정신이 혼미해지고 헛소리를 하며, 대초원과 아내를 그리워하고, 그녀에게 마지막 말을 하고 있다는 착각이 많아졌다.

장기간의 굶주림으로 인한 골수가 뜨거워지는 통증, 앉아 있기만 하고 움직임이 없기 때문에 발가락은 차갑고 피가 통하지 않아 뜨끔뜨끔 하고 찌릿하다. 가려움도 아닌 매우 고통스러운 느낌이 들었다. 앉은 채로만 움직이다 보니 좌골이 쓸려 엉덩이가 까졌다. 입에서 침이 말라갔다.

그 사이에 비가 또 내렸다. 이번에는 손이 자유로워졌기 때문에 할 수 있을 만큼 이빨로 옷자락을 찢고 빗물을 잔뜩 흡수시켜 가랑이에 끼우고 보존하였다. 밤새 내린 비는 내 갈증을 잘 풀어주었다. 처음 며칠 동안 나는 소변을 보고 배변을 본 것을 후회하기 시작했다. 이삼일에 한 번씩 화살을 쏘아 우리를 몰래 먹이는 사람들에게 매우 감사하고 기뻐했다. 살아가는 이유가 그들에게서 나오는 것이 사실이다. 자제력을 잃고 혀를 깨물어 죽는 군사도 있었다. 정신이 흐릿하고, 집을 그리워하는 꿈을 자주 꾸었다.

15일째 되던 날, 음력 23일 밤에 매우 아름다운 달을 보았다. 아주 맑은 밤이었다. 하늘의 뜬 작은 구름은 마치 늑대처럼 보였다. 이곳에 하늘이 있을까 하는 생각이 떠오르며 우리가 추앙하는 조상님들과 신령들이 나를 보고 있을까 하는 생각이 흘러가고, 이때가 가장 오래 깨어 있던 시간으로, 8시간 동안 명상에 빠져 경외감으로 기도를 했다.

예전에 상처를 주고 죽인 이들과 그 가족들에게 용서를 구하고 내가 죽음을 준비하는 밤이었다고 하는 것이 옳다. 죽은 자들의 세계와 만나면 뭐라고 말할까? 산 자의 세계에서 할 말을 다 했으니 저승에 갈 준비를 하고 있었다. 그리고 잠들었다.

이 잠에서 나는 예전에 한 번도 본 적도 들은 적도 없는 사람과 만났다. 또한 내 한쪽 눈이 치료를 받고 시력이 돌아온 지 얼마 안 되어 있었기 때문에 사람의 얼굴을 분간하기 아주 힘들었다. 내가 아는 얼굴은 아니다. 그리고 내가 알던 갑옷도 아니었다. 그 사람은 마치 통제군인처럼 통 위에 성벽을 올려다보면서 "네가 견디면 복을 받을 것이다."라고 명령을 하는 꿈에서 깨어났을 때 나는 많이 원망했다. 깔볼 사람이 그렇게도 없던가? 성벽 위의 군사들이 우리에게 오줌을 싸고, 아래 있는 사람들이 썩은 음식을 던지는 것과 다를 바 없어 보였다.

몽골어로 '견디시오'라는 말이라도 해 주려나 기대했었지만, 견디면 큰 은사를 받을 것이라는 명령과 다름없이 들렸다. 그 후 잠에서 완전 깨어났는지 아닌지 알지 못할 정도로 시간 감각을 잃고, 아주 길고 어두운 동굴 속을 어깨가 탈구된 채 다리를 질질 끌며, 머리와 턱으로 온 힘을 다해 기어가던 그 긴 꿈을 기억한다.

살았다

이렇게 고전하는 동안 바르탕바타르, 쿠툴라, 하든 테이쓰가 카마그 몽골에서 군세력을 이동시켜 금나라 국경을 공격했다. 이를 이용하여 아버지의 왕좌를 찬탈하기 위해 중앙 궁전에서 반란을 일으켰다. 궁전이 불타고 성벽의 경비가 사라지고 금나라에 사는 몽골 노예들이 갈고리를 던져 주고 뼈 화살을 쏘아, 통의 대나무를 잘라 부수고 아래로 내려 주었다. 같은 몽골인이 썩어 가는 것을 보고 싶지 않고, 적어도 땅속에 묻어 장례를 치러 주자는 생각에 내려 주었을 때 포로 중 일부는 살아 있었다. 우리 중 몇 명이 살고 몇 명이 죽었는지는 모른다.

오직 머리만 움직이고 정신이 생각한다는 것을 느꼈던 긴 꿈을 꾼 끝에 나는 땅에 떨어지는 것을 느꼈고, 사람들의 소란과 투쟁 속으로 끌려가고 있다는 것을 겨우 의식하여 알아차렸을 때 "이 사람은 살아 있다!"는 외침을 들으며 끌려갔던 기억이 난다.

그렇게 한 몽골 매춘부가 나를 자신의 분홍 등불 집으로 끌고 갔다.

나는 열악한 돌 창고에서 맑은 국물이 입에 들어오고 나서 의식을 되찾았다는 걸

깨달았다. 그 맛과 냄새를 보면 최악의 음식이었지만 오래 굶주린 내 뇌에는 그 무엇과도 비교할 수 없는 큰 자극을 주었다. 그동안 나오지 않았던 만큼의 많은 침이 흘러나오고, 콧물도 흐르고, 눈물이 쏟아졌다. 바로 정신을 차리지 못하고 다시 잠이 들었다. 그런데 내 다리를 타고 흐르는 피가 마치 천 마리 개미들이 내 다리를 깨무는 것처럼 느껴지고, 머리를 가로로 눕히니 두개골에 피가 쏟아지며 머리를 망치로 때리는 듯한 통증이 왔다. 오랫동안 제 기능을 하지 못하고 지쳐있던 위장과 긴 이 음식이라는 것을 받아들이고 소화시키려 배 속에서 열이 났지만 구토를 할 체력조차 없고 장운동이 없어서 마치 바위에 눌려지는 기분이었다.

그러나 음식은 나에게 영양을 주어 통증은 서서히 사라지고 혀가 부드럽고 촉촉해지며, 코가 숨을 쉴 수 있을 만큼 촉촉해지고 눈을 뜨는 것이 가벼워졌다.

눈을 떴을 때 처음 본 사람은 나이 40대쯤 되는 매우 마르고 창백한 얼굴의 여성이었다. 그녀의 몸에서 화장품과 고름 냄새가 난다. 그러나 그녀는 눈에 띄는 상처는 없어 보였다. 그녀가 "당신이 살아나셨다니 정말 놀랍다."라고 말하자 아주 익숙한 말과 익숙한 목소리가 들려서 헷갈렸다. 꽤 억양이 있는 몽골어. '내가 살아있나? 아니면 죽었나?' 나는 떠듬떠듬 물으려다가 한참을 망설였다. 그녀가 나에게 국물을 한 모금 더 주었을 때 체력이 더 생겨나, 내 손으로 직접 국물을 마시고 상황에 대해 물어볼 수 있었다. 정신 속으로 이 시간 동안 일어난 모든 일들을 그 큰 소망으로 "우리 칸이 어떻게 되었습니까?"라고 가장 먼저 물었다. 내 목소리를 듣고 믿을 수가 없었다. 까아악 깍깍, 까마귀 소리 같았다. 그래서 나는 나보다 나의 칸에 대한 사랑이 더 큰 것 같다.

생명을 구해 준 그녀는 "군사들을 통에 넣고 걸어둔 후, 모든 사람들 앞에서 카마 그 몽골 카불 칸의 몸에 동전을 데워 붙이고 고문했을 때, 한 번도 비명을 지르지 않았는데 우리들 마음은 아팠지만 자부심을 느꼈습니다. 사흘 동안 고문이 계속된 후 다시는 그런 일이 나지 않아서 죽었는지, 살았는지 알지 못했습니다. 그런데 궁전에 불이 나서 반란이 벌어진 것을 보고 우리 노예들은 몽골 군사들을 악취를 풍기는 것보다 땅에 묻어 줘야 한다고 생각했습니다. 그래서 내려놓았을 때 당신이 살아 있는 것을 보고 정말 많이 놀랐다. 아이구, 얼마나 용감무쌍합니까? 무엇을 위해 살았을까? 뭘 믿고 이렇게 존재하십니까? 하고 감탄했습니다. 만일 당신들이 이대로 죽으면 우리 안에 있는 사람도 죽을 것입니다. 우리는 이곳에서 더럽혀지고, 괴롭힘을 당하고 창녀로 살지만, 이 성벽 너머 나의 조국, 친척, 형제들이 살아 있다는 희망이 우리가 사는 이유가 됩니다. 당신들이 이대로 죽으면 그곳에 있는 내 가족은 희망을 잃습니다. 그래서 보다 못해 자신감을 찾기 위해 당신을 구했습니다. 하늘마저 우리를 버렸지만 말입니다. 안 그렇습니까?"라고 하며 "그런 내 슬픈 마음에 당신은 별처럼 빛났습니다. 하지만 나는 이 매춘 업소에서 일하는 사람이라 주인이 알면 문제가 됩니다. 눈을 뜨고, 다리를 끌고서라도 갈 수 있게 되면 여기서 빨리 떠나셔야 합니다. 그래서 당신에게 빠른 회복이 필요합니다."라고 했다.

주변을 둘러보니 내가 성벽에 걸려 있었던 곳에서 남동쪽에 위치한 홍등가(매춘관)처럼 보여서 "여기가 홍등가입니까?"라고 묻자 그녀는 슬프게 그렇다고 대답했다. 나는 더 이상 물어볼 필요가 없었다. 그 많은 고통을 들을 수가 없었다.

"감사합니다, 제가 당신에게 어떤 도움을 드릴 수 있을까요?" 하고 묻자, "죽음에서 삶으로 탈출한 자에게 큰 복이 온다고 합니다. 저를 축복해 주세요. 회복되는 대로 여기서 떠나십시오, 꼭 사셔야 합니다."라고 말했다. 곧 속닥거리는 목소리가 여자를 불렀고, 그녀는 다정한 미소를 지으며 창고를 떠났다.

회복이라는 것은 수면과 깊은 관련이 있기 때문에 국물을 잔뜩 마시고 잠만 자고, 몸에서 배출시키니 체력이 회복되었으나 곧바로 일어설 수 없었다. 힘줄이 다 위축되고, 뼈가 부러질 것 같이 삐걱거리는 소리가 아주 거북했기 때문에 뼈가 부러지지 않게, 인대가 끊어지지 않도록 누워있는 것이 나았다. 나는 할 수 있는 대로 발톱부터 만져 보고, 어루만지며 존재할 수 있을지 진단을 했다. 이틀 후 몸이 따뜻해지고 다시 일어나자 나는 두 발로 설 수 있었다. 하지만 곧바로 걸을 수는 없었고, 균형을 겨우 잡아 일어설 수 있을 정도였다. 근육이 걷는 법을 잊어버린 것이 정말로 신기했고, 사람이 두 번째로 걷는 법을 배울 때가 있구나 하는 생각에 즐겁기만 했다.

근육을 움직이고, 먼저 걷기로 균형을 잡고, 하중을 가하지 않게 유연성을 키워 여전히 누워서 근육만 움직였다. 다음 날 조금씩 걸을 수 있었다. 근육이라는 것이 얼마나 빨리 회복이 되고, 참 놀라운 조직인 것에 감탄을 하여 받치는 것 없이 벽에 기대어 걸었던 그날 밤 근육이 심하게 아파서 다시 누워버렸다. 열 때문에 밤새 잠을 못 자고, 통증 때문에 기절하려다가 나에게 명령을 내렸던 사람의 꿈을 다시 꾸었다. 이번에는 "너는 살 수 있어, 살아야 한다."라는 말이 그렇게 기분 나쁘게 느껴지지 않았다. 다음 날 몸이 아주 가벼워지고, 밤새 열은 사라지고 완쾌했다.

더 오래 있으면 그녀에게 문제가 생길까 두려웠다. 그러나 그녀는 나에게 하루에 세 번씩 아주 열악한 국물을 먹였다. 본인이 밥을 챙겨 먹을까 싶을 정도로 말랐는데도 나를 그렇게 챙겨 주는 데 무한한 감사를 드렸다. 그녀가 세상에서 가장 아름다운 것 같았다. 그러나 그것은 외적인 아름다움이 아니다. 그 어떤 남자도 그녀의 외모를 아름답게 바라볼 수 없겠지만, 나는 그녀가 가진 마음의 아름다움을 알고 누릴 수 있었다. 내가 회복될 때 그녀는 자신에게 용기를 얻었고, 날이 갈수록 그녀의 눈빛에 반짝거림이 더해지고 양쪽 볼에 분홍빛이 돌아오는 것을 나는 보았다.

"제가 당신에게 고마운 마음을 어떻게 표현해야 합니까?"라고 묻자, 그녀는 "그런 걸 원해서 당신을 구한 게 아니라, 당신들이 저주를 품은 악마가 되지 않도록, 세상에 평화롭게 잠들 수 있도록 해 주고 싶어서 구했을 때 당신이 살아 있고 방황하는 것을 보고 정말로 놀랐습니다. 저는 당신이 회복되는 것을 보았어요. 이것이야말로 저에게 큰 선물입니다."라고 말했다. 그녀는 울고 있었고 나는 어떻게 달래야 할지, 또는 무엇을 해 줘야 할지 몰랐다. 정말 뭐라도 주고 싶은데 가진 것이 없었다. 그날 밤 나는 큰 도움 앞에서 마음의 감사 외에 달리 드릴 것이 없음을 깨달았다. 낮에는 낙인이 없는 노예를 잡아내기 때문에 밤에 가라고 그녀가 말했다.

나는 나의 목숨을 구한 그 매춘부에게 감사하는 마음이 컸다. 어쨌든 사람과 대화를 할 정도가 되고 나서, 나 말고 몇 명의 병사가 구조되었는지, 그들은 지금 어디에 있는지 물었다.

"매춘부들이 총 몇 명의 군사를 구했는지 정확히 모릅니다. 그 전에도 죽을 뻔했던 2~3명을 싼 값에 사서 목숨을 구해 주고 운송인에게 맡겨 보냈다고 들었습니다. 이곳 금나라 군사들에게 몸을 판 돈으로 샀을 거예요. 같은 조국 그 누군가가 눈앞에서 죽으면 마음이 심란하기에, 조국이 같은 동포를 위해 비록 매춘을 해서 번 나쁜 돈일지언정 목숨이라도 구해 주는 것이 자신을 위로하는 행동이라고들 합니다." 내가 그녀에게 감사했다. "이곳에 당신 말고 몽골어를 할 수 있는 다른 사람이 있습니까?"라고 묻자, "7일 전 나이만 아이막[2]에서 송나라를 거쳐 고려로 가는 장거리 운송의 주인 타스다이(Tasdai)가 도착했어요. 그에게 몽골 말을 할 수 있는 길 안내자가 있었습니다. 거기에 들어갈 수 있다면, 살아남을 수 있지 않겠습니까?"

그녀는 몽골군 생존자들은 같은 행렬에 가면 안 되기 때문에 다른 방법과 지인을

....

2) 아이막(Аймаг): 몽골의 행정 단위로, 한국의 도(道)와 비슷한 개념이다.

찾아야 한다며 잠자리를 갖는 상인에게 소개시켜 주기로 했다.

송나라에서

상인 타스다이의 안내자를 찾으러 갔다. 몽골인의 외모가 두드러져, 광대뼈가 심하게 높아서 "세상에 이 뺨으로 멸시를 당하다니"라고 생각하면서 거기에 있는 4명의 다음 사람에게 갔을 때, 노우조 산적패의 너허이[3]라는 사람이 있었다. 타스다이는 고비 산적 노우조의 소속 산적들과 연결되어 있기 때문에 그는 그들에게서 호위를 고용하여 송나라로 가는 길이었다. 나는 너허이 형을 알아보고 나도 모르게 꼭 끌어안고 울며 나에게 생겼던 일들과 상황에 대해 말했다. 처음에 그는 낯설어 황당해 했지만, "저는 뿌하이의 아들입니다."라고 밝히자, "아이고, 이보게, 오랜만일세!"라고 하였다. 그런 다음 그에게 기대하며 "너는 장님이니 일을 하지 마라. 우리가 네 대신 일을 할 것이니 너는 그냥 따라가서 밥을 먹어라." 하며 나를 아끼고 보호해 주셨다.

그는 나를 위해 요금을 내서 편안하고 좋은 방에서 쉬게 해 주셨는데, 식탁에 음식이 가득했지만 나는 거의 먹을 수가 없었다. 만일 먹었다면 담즙이 증가해 내 몸을 죽일 수도 있기 때문에 약간의 국물만 마실 수 있었다. 이 소중한 지식을 알려 준 친구 이흐 삐에트(Ikh Biyet)에게 항상 고마워한다. 그렇지 않고 내 식욕대로 그 음식을 먹었다면 나는 이미 죽었을 것이다. 너허이 형이 네가 배고파서 밥을 사 주었는데, 왜 먹지 않느냐고 놀라며 물었다.

"오랫동안 굶은 사람은 국물로 회복을 되찾아야 합니다. 튀긴 음식을 먹으면 담즙이 나를 죽일 것입니다. 그래서 아직은 먹을 수 없지만, 당신의 마음에 감사드립니다. 혹시 저기 있는 빨간 등불의 여자에게 이 음식을 줄 수 있겠습니까?" 하고 묻자, 너허이 형은 "부유한 자에게 음식을 줄 필요가 없다. 우리 같은 불쌍한 사람들은 복을 당일에 얻어먹고, 믿음을 당일에 되살릴 수 있으면 되지 않겠느냐?"라고 나를 꾸짖었다.

"이제 자라, 잠을 자야지. 회복의 원천은 꿈에 있다."라고 하시며 내 위로 이불을

....

3) 너허이는 이름이 아니라 개(Dog)라는 의미의 별명이다.

덮어 주었다. 친한 지인을 보고, 같은 혈통과 만나서 마음이 편해지고 좋은 휴식을 취했다. 나는 그렇게 해방되었다.

운송인들은 골린 나라[4]로 가는 중이며 1년 후 몽골의 사막을 거쳐 이슬람의 나라에 도착할 것이라고 했다. 이들은 종이를 신봉하는 이슬람인들에게 고려의 고운 종이를 파는 것을 목표로 했다. 고려에서 석 냥으로 살 수 있는 종이를 이슬람 나라에서 하늘의 종이로 여겨 삼백 냥까지 달한다고 했다. 그러므로 오직 전달할 수만 있다면 평생 먹어도 남을 자산이 될 것이라고 하였다. 고려산 종이에 이슬람 인들은 자신들 신의 가르침을 받아 적으면 오랫동안 보관할 수 있으므로 이렇게 귀하게 여긴다고 한다. 먹을 발라도 달라붙지 않고 곰팡이에 잡아먹히지 않아 매우 귀한 종이라고 하였다.

옷을 만들어 입는 것도 아니고, 불에 가까이 하면 탈 그놈의 종이가 뭐가 그리 대단하냐고 묻자, "100년 동안 전해질 그림을 그릴 수 있다. 그들은 수천 권의 책을 쓰기 때문에 있으면 유용하다." 하는 말에 나는 믿을 수 없었다. "동생아, 금나라에서 고려의 3냥짜리 종이가 30냥까지 간다는 사실을 알고 있느냐?"라고 너허이 형이 쯧쯧 거렸다.

그리하여 너허이 형이 몽골 쪽으로 사막을 거쳐 이슬람 나라로 향하는 파란 눈의 운송인들에게 나를 맡겨 국경을 몰래 넘으려 했는데, 금나라 왕이 왕국을 뺏으려고 반란을 일으켰기 때문에 국경은 무기한 폐쇄되었고 국경 경비대도 증가했다. 이렇게 다국적 장거리 운송하는 상인들이 금나라 땅에 갇히자, 너허이 형은 나를 데리고 고려에 가기로 했다. 그들은 송나라에서 실크와 명주, 당밀과 사탕을 구입해 고려로 가서 높은 가격에 판다. 혹여 높은 가격에 팔지 못하면 허리 투메드(Khori Tumed)와 메르쿠드(Merged)에서 구입한 가죽을 고려로 가져다 팔면 손실을 만회한다고 했다.

이틀 후, 너허이 형을 고용한 타스다이라는 별명을 가진 금나라 상인은 송나라에 가려고 했기 때문에, 내 손과 발이 움직일 수 있으니 화물과 짐을 고정시키도록 끈과 줄을 당겨 주려고 갔다. 그는 여러 곳에 짐꾼과 상인들을 나누어 두기 때문에 그 도시에서 떠날 때 누가 일행에 있었고, 누가 추가되었고 누가 빠졌는지 전혀 몰랐

. . . .

4) 당시 몽골인들을 고려를 골린(Guulin)이라고 불렀다.

다. 그는 운송 중에도 자신의 짐을 신경 쓰지 않고 무관심한 듯 저기 앞서 낙타 50마리쯤 앞에 가고 있었다.

나는 너허이 형과 함께 가장 마지막에, 가장 공격받고 약탈당하기 쉬운 낙타를 지키며 가고 있었다. 이틀 동안 계속 걸었는데 일정을 소화하려면 그렇게 걸어야 한다고 했다.

체력이 있을 때 이틀, 체력이 빠질 때 낮에 걷는다고 한다. 이틀 동안 걷고 여관에 도착했을 때 그는 내가 합류했다는 것을 처음 알았다.

운송 중에 피곤한 건지 타스다이는 나를 처음 만났을 때 "음?" 하며, '운송 중에 합류한, 마을에서 마을 사이에 돌아다니는 누군가겠지.'라는 생각으로 나를 계속 데려갔다. 송나라 국경에 도착하자, 금나라에서 바로 고려로 갈 수 있지만 보조금이 높아 송나라를 거쳐 가기가 쉽다고 하여 송나라에 입국하기 전 일행들과 짐을 확인할 때 나에게 주의를 기울이더니 당신은 누구냐고 물었다. 이미 보름이 지난 기간이었다.

너허이 형은 "동생과 만나 일자리가 필요하다고 해서 제가 알아서 그를 고용했습니다, 용서하십시오. 가는 길에 좋은 사람을 만나면 소개하려 생각했는데 적당한 사람을 만나지 못해서 여기까지 오게 되었습니다. 당신이 고용하지 않겠습니까?"라고 했다. 타스다이는 매우 화가 나서 "허무한 자를 먹일 수 없고 쓸 데 없는 짐을 실을 수 없소. 도움 되지 않는 사람을 왜 먹이는가? 기름 없는 가축을 안 싣지 않겠소, 그냥 보내시오."라고 화를 냈을 때, 너허이 형이 "이 동생은 싸움에 능숙하고 전투하는 기술을 완벽히 배웠습니다. 대초원의 용사입니다. 주인님, 확인해 보시오. 저와 함께 고비에서 자랐기 때문에 낙타도 잘 다룹니다. 어쩌면 당신의 몸을 지킬 수도 있습니다." 하고 설득했다. "제가 이 동생과 싸우는 것을 보여 드리겠습니다." 그러면서 내 귀에는 "동생아, 내가 너를 세게 치지 않을 것이니 너는 싸우는 것처럼 내리찍어라! 내가 그것에 맞고 지겠다."라고 속삭였다.

"제 한쪽 눈이 나은 지 오래 되었습니다. 저는 카불 칸의 병사가 되어 칸의 몸을 지키려고 금나라까지 왔습니다. 그러므로 제 실력을 의심하지 마십시오."라고 속삭거리는 우리의 모습을 보고, 너허이 형을 의심한 듯 "당신은 떨어져 있으시오. 내가 직접 확인해 봐야겠소. 내 몸을 지키는 호위들보다 실력이 있는지 없는지 내가 직접 확인하면 되지."라고 했을 때 너허이 형은 매우 겁을 먹었다.

벌거벗은 채 서 있는 나를 향해 곧은 검을 휘두르는 건장한 남자가 공격을 했다.

나는 그의 검을 훌쩍 피하면서 겨드랑이에 손을 찔러 넣어 검을 떨어뜨리게 하고, 돌아서면서 검을 빼앗아 그의 뒤에서 목에 들이댔다. 눈 깜짝할 사이에 벌어지는 행동에 많이 놀란 타스다이는 아직도 믿지 않고 음모라고 하며, 나머지 호위들까지 일제히 공격하라고 했다. 한창 강도로부터 주인을 보호하고 낙타를 지키며 장사하는, 군인보다 강한 영웅 같은 인간들이다.

나는 20명의 남자들과 맞서 싸우게 되었다. 잡힐 때 허리띠를 압수당하고 눈가리 개를 잃어버렸기 때문에 햇빛에 눈이 부셔 익숙하지 않았다. 그래서 옷자락을 뜯어 눈을 가리고 무심코 그들을 다치게 하지 않도록 칼날도 묶었다. 예전에 카불 칸과 검으로 싸웠을 때 검을 놓치면 땅 바닥을 더듬어 검을 찾아야 했기에, 밧줄을 달아 손목에 묶는 방식으로 검을 놓치지 않도록 고정했다. 카불 칸과 싸우면서 무릿매처럼 밧줄로 검을 휘둘러 전투하는 법을 배웠던 기억에, 카불 칸이 생각나 나도 모르게 그만 눈물을 흘렸다.

20명의 남자들이 소리 지르며 사방에서 동시에 공격하자, 검을 휘둘러 거리를 유지하는 동시에 밧줄로 묶인 검을 던져 한 놈의 검을 밧줄로 감아 잡고 빼앗았다. 두 자루의 검을 가지고 소리 지르며 기세를 보여 주니, 타스다이는 충격과 놀라움으로 금니가 빠질 듯이 입을 벌렸다. 다리에 밧줄로 물매를 만들어 달고 접근할 틈이 없도록 돌렸다. 체력은 부족하고, 기술 자체가 좋지 않아 고통스러워서 그런 꾀를 사용했다고 할 수 있다. 탈출 후 건강이 좋지 않았던 나에게는 무척 힘든 시간이었다. 그런데 카불 칸의 목숨을 지키는 기술을 배운 덕에 어떻게든 극복할 수 있었다. 이것을 본 타스다이는 "그래, 도움이 되겠군. 내 목숨을 건드리지 말고 다니시오, 금화로 사례금을 주겠소."라고 하며 좋은 듯 아닌 듯 운송에 나를 포함시켜 주었다.

너허이 형은 큰 기쁨에 나를 안아 주며 "아이구, 아버지를 넘어선 사나이가 되었구나. 노우조 영주를 능가하는 영웅이 다 되었군. 얼마나 멋진 싸움인가?"라고 매우 감탄하며 "당신, 내 동생 봤습니까?" 하며 큰 소리로 외쳤는데, 타스다이는 "참나, 자랑하려고 눈까지 가린다니. 내가 당신을 믿겠소."라며 할 말을 잃었다. 그리하여 나는 짐을 지키는 경비 및 낙타 목부로 그들과 함께하게 되었다.

노예 인장

금나라에서 송나라에 도착하자 도둑질을 했다는 의심을 받았다. 예전에는 이런 도난이 없었다, 새로운 사람이 온 후부터 도둑이 생겼다고 너허이 형에게 나를 욕했다. 내가 도둑을 잡아 주었는데, 고려 용을 운송하는 믿음직한 사람이 그것을 훔친 것이었다.

하지만 나쁜 일이 생기면 나만 멸시를 당했다. 새로 들어왔다는 이유로 "훔친 건 너야. 오랜 세월 운송을 함께한 내 친구가 훔칠 이유가 없다, 그곳에서 도난이 생긴 것 같다."고 말했다.

나를 도둑으로 잡아 수색했을 때 당연히 훔치지 않아서 아무것도 나오지 않았다. 어디에 숨겼느냐고 물어도 어디에도 숨긴 적 없었다. 나는 계속 싸워서 결국은 도둑을 잡아 주었다. 그를 수색해 보니 없어진 동전이 나왔고 그는 노예로 팔려 갔다. 이것이야말로 참 흥미롭고 좋은 이야기 같군.

나는 그 짐꾼들을 관찰한 일이 많았기 때문에 누가 훔치고 빼먹는지 알아냈다. 왜냐면 여러 번 운송 경험이 있어서 얼마나 많은 산출물이 나올 수 있는지 알 수 있기 때문이다. 우리 중 한 명이 좀 사치스러워서 그를 의심하여 수색하자, 타스다이에게서 횡령했던 것이 발각되어 나는 드디어 누명을 벗게 되었다. 하지만 그 당시 타스다이는 나를 믿지 않았고 내가 음모를 만들어 다른 사람에게 누명을 씌웠을 것이라고 생각했을지도 모른다. 이것은 내 추측이지만.

다음에 이 문제가 어떻게 되었냐면, 나는 변명 없이 뺨에 노예 인장을 찍혔다. 이런저런 대화가 있어야 했는데 대뜸 나의 뺨에 노예의 인장을 찍어 버렸다. 이것이 나에게는 정신적으로 큰 충격을 주었다. 이후로 노예의 표식 때문에 굴욕이 많았고, 장사에서도, 심지어 점심 식사 때도 배척을 당하는 등 피해가 많았다.

나는 송나라를 건너 불이산 은송다 연설되었어야 했는데 송나라에 금나라가 불리한 상황으로 인해 탕고드(Tanguud) 땅을 통해 몽골에 입국하려는 우리의 계획은 불가능해졌다.

또한 금나라의 타스다이는 도난 사건의 손실을 보상하기 위해 송나라에 있는 동안 고려 상인에게 나를 팔았다. 비록 내가 억울한 누명을 벗었지만 노예 표식 때문에 말하고 살 수 있는 어떤 보호도 받지 못하게 되고, 차별이 심해지고 심지어 너허이 형까지 나와 아무런 관계를 맺을 수 없게 되었다. 나는 송나라를 돌아다니며 열흘 정도 보냈는데, 첫 번째 항구에서 팔렸다.

너허이 형은 나를 타스다이보다 인간적이며 음모를 꾸미고 죽일 마음이 없는 사람과 거래하는 데 노력했고 고려에서 얼허노드 지역을 거쳐 몽골로 갈 수 있다고 나를 설득해 내 마음을 위로해 주었다. 비록 나는 내 스스로를 노예가 아닌 존재로 여기고 있지만, 노예의 표식이 나를 사회에서 노예로 만들어 버린 것이다.

이 당시 금나라와 송나라, 타타르 유목 아이막의 압록강 산을 넘어 고려(한국) 국경을 넘었다. 이 산은 자체적으로 자연 보호가 되는 고지이다. 지금의 서울이 된 부분은 신라라고 해서 내가 가 보지 못한 부분이다. 나는 일본으로 가는 해안에 있는 항구에 있었다. 지금은 북한, 당시에는 고려로 알려졌던 곳이었다.

당시 고려는 조약 수준의 정책으로 자신의 땅을 보호하고 금나라에 상당 부분 뇌물을 건넨 상태였다. 금나라, 타타르와 우호적인 협정 하에 상업적인 구매를 하기 때문에 고려의 경제는 호황을 누리고 있으며 북부 항구는 대륙을 따라 무역이 잘 발달되어 있었다. 반면 신라는 송나라와만 거래를 해서 경제적으로 궁핍했다.

당시 내가 있었던 항구를 통해 일본 중부가 아닌 일본 북부와 거래가 가능했다. 즉, 어부들에게 아이누라는 얼굴 전체에 문신이 있는 일본 민족이 조금 더 강했던 때의 일본이다. 사무라이라고 하는 일본인이 아니다. 전체적인 외형은 러시아인 같고, 당시 일본어를 하지 않고 아이누어를 구사했다.

당시 고려, 타타르, 몽골까지 금나라와 사이가 좋지 않았지만 화친적인 일종의 조약 개념을 유지하고 있었다. 고려인은 뇌물의 개념이고, 타타르 쪽은 전투에 앞서 군대를 바치는 희생양 개념이 있었고, 몽골인은 주적의 개념이 있었다. '적의 적은 나의 친구다'라는 개념은 한편으로 나에게 도움이 되었다.

고려에 갔을 때 나는 인내심을 배웠다. 이것은 내 평생 동안 진정한 금과 같은 학습이었다. 그 이유는 내 군주, 즉 카불 칸은 '눈에는 눈, 이에는 이'라는 부류의 칸이었기 때문이다.

선수 쳐서 장님으로 만들어 버릴지도 모르는 인간이다. 합의를 하다가 상대가 눈을 찌를 것 같은 낌새가 보일 경우 먼저 다가가서 장님으로 만들어 버릴 수 있는 그런 왕의 시대다.

그 당시 몽골인들은 고려인과 교류한 적이 없었다. 왜냐하면 대량의 물품이 나오지 않고 타타르와 얼헝(Olkhon)은 자신의 개인적 소비를 공급하고 해외 무역을 할 만큼 수익을 주지 않았다. 고려는 경전이 있는 나라에만 관심이 있었다. 고려에서는 금이 나오지 않는다. 기껏해야 녹색 도자기를 생산하는 나라다. 최고의 제품은 스스로 곰팡이가 생기지 않는 종이. 수백 년 동안 보존될 수 있는 사원 경전용으로 제작된 종이다.

그것이 문필이 있는 국가에서 고려를 유명하게 만들었다. 즉, 한국이 존재하는 이유는 역사를 쓰는 나라에서 오래 보존하는 종이가 비싸기 때문이다. 유목을 하지 않고 정착된 문화를 가진, 창고가 풍부하고, 역사를 쓰는 금나라와 싸르톨[5]도 고려산 종이에 코란을 쓰고 싶어 한다.

나무가 아주 많은데다가, 끈적한 식물이 잘 자라며 곰팡이가 자라지 않으며 항진균성 식물이 자란 곳도 꽤 있는 편이다. 농경 국가답게 쌀과 함께 섞어서 농약과 해충을 죽이는 방법도 개발되어 있었고, 그것을 종이 생산에 사용해 다른 나라가 그것을 복제할 수 없는 방법까지 찾았다.

하지만 문학과 종이를 소중히 여기지 않는 우리 몽골인은 고려에서 살 것이 없다. 숫자와 셈에 밝은 얼헝(Olkhon)이 가끔 샀지만, 높은 가격 때문에 거의 사지 않았다. 엮어서 만든 얇은 비단을 비단이라고 부르지만 일종의 나무에서 얻은 천이다. 늘 이

....

5) 싸르톨(Sartuul): 이슬람 나라들의 명칭

동하는 몽골인들은 종이에 쓰는 것보다 암기, 수수께끼, 재로 만든 판에 쓰거나, 구술 훈련이 많았다. 타타르는 고려 종이를 아주 능숙하게 사업으로 만들어 엉고드와 합류하고 심지어 파란 눈의 나라(유럽)까지 판매를 시도했다. 어차피 이슬람교 국가에서 다 팔고 끝날 것을 파란 눈의 나라까지 수출해 더 비싸게 판다는 것이 어리석어 보였다.

나 같은 경우 카불 칸 곁에 있을 때부터 고려는 그저 종이를 만드는 마을이라는 개념이 있었던 것은 사실이지만, 그 존재만 알고 있고 그것이 큰 나라가 아니라고 생각했다. 그러나 금나라의 대도시만한 30개 이상의 대도시, 170개 이상의 마을, 50개 이상의 항구가 있다고 들었을 때 큰 나라임을 느꼈다.

그러나 그들은 서로 비슷하다. 송나라가 금나라를 때리는 나라로 알려져 있다. 그런 고려에 대한 개념만 있을 때의 나는 처음으로 카불 칸을 따라 금나라에 갔었다.

노예를 산 고려 상인은 타타르 1명, 엉고드 1명, 금나라 1명, 노우조 형의 병사 1명 그리고 나를 포함해 다섯 명의 노예를 짐꾼으로 삼아 몸을 실었다. 나 빼고는 노예 인장이 찍힌 사람은 없고 나는 가장 낮은 계급의 노예였다. 이 노예 인장은 미래에 많은 문제를 일으켰다. 나를 부양하고 내 생계를 꾸려 준 너허이 형과 겨우 헤어지고 새 주인인 상인과 국경을 넘어 고려로 향했다.

그 고려 상인은 너허이 형을 대강 알기 때문에 믿을 수 있다고 하여, 그가 나를 고향에 돌아가도록 고민해 주었기 때문에 그의 제안이 무엇이든 나는 의심할 권리가 없었다. 그러한 거래에 노출되었기 때문이다. 그래서 우리는 고려의 국경을 넘었다. 이것이 바로 노예매매의 전부였다.

타스다이는 자신의 목숨과 데려가는 다른 병사들까지 생명에 책임이 있기 때문에, 꽤 수익성이 없는 상황에 처하자 자신의 이익을 만회하기 위해 일부 노예를 팔았는데 그 꼴을 내가 당했던 것이다. 나는 고려에서 호위병으로 팔렸던 것이다. 나는 주인의 화물을 따라가며 주인의 생명까지 지키는 병사였다. 그런데 족쇄를 차고 다니는 노예가 아닌, 노동 착취적 측면의 노예이다. 괜찮은 사람에게 팔았다고 말을 했다. 어쨌든 채찍질을 당하거나, 무거운 돌멩이를 나르지는 않았다. 말을 모르는 곳에 남았기 때문에 순종해야 한다는 것을 알고 있었다. 계약 서류가 없기 때문에 고려에서 송나라로 갈 수 없다. 나는 갇혀서 금나라에 갈 수도 없었다. 다시 몽골로 돌아갈 수도 없었다. 국경 항구의 계약, 즉 입출국에 필요한 나무로 된 판이 없기 때문에 그곳에 남겨졌다.

고려 상인을 따라 밥을 챙겨 먹고 다니는 것이 중요해졌다.

기분은 말할 것도 없고, 낯선 곳에 희망을 잃어 우울한 사람이 되었다. 이때 화물에 있던 경비원, 짐을 지키는 자, 행상인들이 많이 괴롭혔고, 그 시간 동안 서로를 알아가는 방법은 주먹다짐이었다. 마주치면 주먹질을 한다. 하지만 나는 힘을 과시한다고 맞서 공격을 하는 것보다는 그냥 얻어맞기만 했다.

고려에 왔다

고려 국경 검문소에서 3일을 보낸 후 5일 동안 아주 천천히 걸어가고 있었다. 국경 항구를 넘으면 운송인을 노리는 산적들이 우리를 기다리고 있다. 게다가 야생동물이 많기 때문에 아주 조심스럽게 가야 한다고 해서, 내 인생에서 가장 느린 걸음을 하고 있었다. 힘찬 걸음으로 2일이지만, 자주 머물러서 5일이 걸렸다.

나 혼자 노예 표식이 있어서 다른 4명보다 더 많이 소외되는 바람에 밥을 얻어먹지 못해 배가 매우 고팠다. 그래서 나는 새라도 잡아먹자는 생각에 가는 듯 마는 듯 한 사람들 사이로 숲속으로 들어가 몇 걸음으로 수색하면 되겠지 하는 생각에 제멋대로 갔다. 하지만 숲을 수색했지만 먹잇감이 없어서 빈손으로 돌아와 다시 일행에게 돌아가는 도중에, 그들의 끝이 보일 때쯤 나는 내 인생에서 본 것 중 가장 큰 고양이를 보았다. 그 커다란 고양이는 우리 행렬의 말을 향해 몰래 다가가던 중이었고, 나는 그 고양이를 사냥했다. 고려 상인들, 운송인들은 내가 고양이와 싸우는 모습을 보고 비명을 지르며 큰 소란이 일었다. 그들은 내가 큰 고양이를 잡았다고 무척 기뻐했다. 고양이 사냥을 다 마치고 맛있게 구워 먹던 중, 그 커다란 놈이 알고보니 고양이가 아니라 호랑이라고 했다. 나머지 4명은 내가 맨손으로 호랑이를 잡았다고 했다. 나는 굵은 나무로 쳐서 쓰러뜨렸는데, 그 굵은 나무로 호랑이의 목에 맞춰서 세게 치니 목이 부러진 것이다. 다 자란 호랑이가 아니라 경험 없는 어린 호랑이였다. 그러나 그들에게 그것은 호랑이다. 진짜 늙은 호랑이는 그런 순진한 행동을 하지 않는다. 사람이 있을 때 짐이 달린 말에 몰래 다가가던 중, 그리고 다른 놈이 자기를 주시하고 있다는 것을 모른 채 접근하려다가 먹이를 찾던 나와 만나게 된 것이다.

그 사건 이후로 고려 남자들이 나를 두려워하며 놀리고 깔보고 괴롭히는 일이 사라져 버렸고 운송 주인과 상인들은 나를 잘 대해 주었다. 고려인들은 일반적으로 목소리가 크고 아주 시끄러운 사람들이라고 말하고 싶다. 나는 그때 고려 말을 할 줄 몰랐다. 고려에서는 왕족, 왕족의 가족, 사촌, 친척의 성은 김씨 또는 왕씨이다. 나를 데려간 주인은 김씨 집안이고 다른 사람들은 그를 주군이라고 높여 부른다. 그의 이름을 부르는 것은 금지되어 있다. 내가 제대로 발음하고 있는지 모르겠다.

우리는 계속 나아가 작은 마을을 두 번 방문했고 세 번째로 국경 항구로 이동하며 그 여행은 막을 내렸다. 중심지, 대륙에서 물건을 사 와서 이 해안에 오는 다른 선박의 상인에게 물건을 판매하는 것이 이 고려 상인의 일이었다. 고려 상인은 나에게 사냥한 호랑이의 가죽을 가져가라고 말했다. 나는 호랑이의 가죽을 팔아서 꽤 부자가 되어 항구 도시에서 나침반, 망원경, 거울, 빗, 지도 등을 샀다. 자세히 말을 하자면 카불 칸을 위해 지도를 산 것이다. 그런데 금나라의 지도가 아니라, 송나라와 고려의 지도를 샀다. 그 이유는 바로 금나라 말고도 이런 나라들이 있다는 걸 보여 주는 게 좋지 않겠는가? 나는 내 칸의 모습을 보지 못했기 때문에 그가 살아 있다고 믿고 있었다.

그리고 계속 찾은 결과 망원경을 하나 구했다. 그건 완전한 선박용 망원경이었다. 어깨에서 손끝까지 다다르는 그것은 장군들에게 제일 좋은 물건이었다. 하지만 나는 그런 희귀한 물건을 내 아들이 영웅이 되면 주겠다고 생각했다.

고려 여성들은 머리를 올려 건초더미처럼 만든다. 그것을 고정하기 위해 긴 이빨을 가진 빗이 있었다. 우리나라에는 그런 물건이 없어서 아주 신기해서 하나 샀다. 타국에 가서 여성들의 장신구를 산다는 것이 그 나라의 고유의 귀중품을 산 것이다. 게다가 우리나라에 고려 물건이 없기 때문에 그것은 분명히 값이 나갈 것이라고 생각했다.

몽골에서는 고려의 귀걸이와 목걸이를 구하기 어렵다. 그래서 나는 몽골 왕비에게 팔아서 그 돈으로 양 몇 마리를 사서, 내 아내에게 주는 것이 훨씬 나을 거라고 생각해 고려 왕비와 귀족들이 사용하는 옥으로 만든 빗까지 샀다.

또한 어린 시절부터 싸우며 자란 쭈르힝을 위해 거울을 샀다. 그녀는 자신의 외모를 과대평가했기에 자신의 진정한 모습을 보라는 뜻으로 싱글벙글 하며 샀다. 우리 몽골에 그런 거울은 없었다. 흐릿한 것만 있지, 이렇게 투명한 유리는 몰랐다. 그런 다음 나는 파란 눈의 나라에서 온다는, 항상 북쪽을 가리키는 나침반을 샀다. 우리는 낮에 산과 강을 보며 어느 쪽에서 왔는지를 따라 북쪽을 찾았지만, 새로운 곳에

갈 때는 밤이 되지 않으면 북쪽을 찾을 수 없었다. 금나라에도 그런 나침반이 있긴 있지만, 어떤 곳에서는 고장이 났다. 그러나 이 나침반은 바다에서 쓰는 것이라 자석이 강하기 때문에 어디에서도 고장이 나지 않는다. 내부에 물이 들어있기 때문에 항상 북쪽을 가리킨다. 회전을 하거나 잘못된 방향을 가리키지 않는다. 금나라 것은 자석이 금속 표면에 닿자마자 회전하게 된다.

그리고 나는 동생을 놀리려고 붓과 먹을 샀다. 그는 절대 글을 배우지 않을 것이기 때문이다. 나는 무엇을 사야 할지 몰라서 내 마음 속으로 가장 그리운 사람들 위해 이 물건들을 샀고, 나 자신을 위해서는 식사만 샀다.

나는 여기서 처음으로 매운 고추를 먹어봤다. 예전에 싸한 맛 덜 매운 걸 먹어 봤는데, 이 도시에 와서는 완전한 홍고추를 먹어 본 것이다.

처음으로 큰 물고기와 선박이라는 것을 보았을 때 놀라움과 감탄의 시선으로 아무 말도 할 수 없었다. 도무지 알 수 없는 다른 세계였다. 사단 전체를 태울 수 있는 커다란 뗏목을 보았다. 나는 선박이라고 하지 않을 것이다. 그것은 다층짜리에다가 거대한 종이로 만든 부채 같은 깃발이 달린 큰 배를 본다는 것은 인간의 감정으로는 표현할 수 없는 그런 느낌을 받았다. 두렵기도 하고 겁에 질렸고 감탄하여 그 이유를 알고 싶었다. 조국의 작은 뗏목이 생각나 낙담하고 너무 많은 감정이 뒤섞이며 세계의 위대함에 감탄했다. 끝이 보이지 않는 커다란 호수를 보았고, 그것이 바다인 것을 알고 그것에 우리가 떠다닌다고 해석해 세상이 언제 가라앉을 것인지에 대한 어리석은 생각에 사로잡혔다. 사람을 통째로 삼키는 큰 물고기를 보고 바다라는 그 호수가 그 물고기를 먹여 살릴 만큼 크다는 것에 감탄했다. 그 바다는 끝이 없다고 나를 점점 놀라게 했다. 그리고 이 바다를 건너면 섬이 있고 그 섬에도 사람들이 산다는 말을 듣고도 나는 상상할 수 없었다.

그곳에서 나는 처음으로 일본인을 보았나 /는 아이누 사람이었나. 얼굴 분신을 한 사람들, 큰 물고기를 가져오는 사람들. 그들이 물고기 가죽을 손질하여 옷을 만드는 것을 보고 비단과 견(絹)에 관심이 많은 사람으로서 놀랐다. 세상은 얼마나 풍부하고, 나도 내가 아는 것보다 더 많은 민족과 나라가 있다는 것을 알았다.

그리고 여관에, 그 당시 등불이 달린 집에 묵었고 고려 매춘부들을 보고 고려 여성에 대해 첫 판단을 내렸다. 고려 여성들은 거리를 걸을 때 머리를 풀지 않는다. 일반 백성은 날개뼈까지 머리카락이 내려온다. 귀족이라면 머리에 꽃 모양의 오두막을 올려 짓고 그 위에 거대한 꽃을 꽂는다. 미혼 여성은 이마에 꽃이 있다. 시집 간 여성들은 꽃을 꼬챙이(비녀)로 바꾼다. 수유 중 여성은 유방을 노출하는데 전혀 부끄럽게 여기지 않는다. 유방을 노출한 여성은 4~5명의 아이를 데리고 가는 경우가 많다. 머리 위에 한 명, 또 한 명은 목에, 양손에 한 명씩, 한 여성이 한꺼번에 많은 아이를 데리고 가는 경우가 많은데 자신의 아이인지, 남의 아이인지 모르겠다. 내가 임신시킨 것도 아니고 말이다, 하하. 수유를 하지 않은 여성은 치마로 가슴을 덮어 묶고 그 위에 소매 같은 것을 입고 다닌다.

남자들의 경우 한자가 달린 허리띠를 착용하는 것이 일반적이다. 용맹(勇猛)과 인성(人性)이라는 한자를 금과 은으로 만들어 허리띠에 달고 다녔다. 이것이 아주 특별한 문화인 것 같았다. 이런 한자가 달려 있는 옷을 사용한다.

여자들은 주로 꽃무늬가 있는가 하면 남자는 한자가 있는 옷을 많이 입는 편이다. 속옷은 하얀 면이고. 양말, 바지와 상의는 온통 흰색 천으로 되어 있다. 그것은 새김질 같고 얇은 종이처럼 바스락거리지만 땀을 잘 흡수하는 천이다. 색깔은 살색이다. 하루 종일 흰옷을 입고 다녀도 길가의 흙 외에는 더러워지거나 때가 묻는 일은 거의 없고, 여러 색깔의 음식을 먹을 때도 칭찬할 정도로 옷에 흘리지 않는다는 점.

그들의 음식을 먹었을 때 나는 첫 번째 시도에서 옷을 빨갛게 만들어 버렸다. 귀족들은 그 위로 허벅지만큼 길이의 상의를 입는다. 더 높은 왕일수록 무늬와 장신구가 많아지고, 백성일수록 옷에 무늬와 장신구를 사용하지 않도록 한다.

남자든 여자든 머리가 움직이지 않고 휘날리지 않는다. 머리카락에 한 종류의 기름을 바르고 남자는 그것을 정수리에 쌓아서 묶는다. 귀족은 머리 위에 잔을(상투관) 고정시켜 준다. 일반 백성들은 그냥 땋은 머리를 하거나 머리를 묶고 상투를 틀고 그것을 동곳으로 고정시킨다. 방랑자들은 머리를 묶지 않고 어깨까지 온다. 머리로 차별하고 계급을 낮추는 것은 우리와 같았다. 노예들은 머리를 풀고 다니며 그 외는 모두 머리를 기름으로 지나치게 꼼꼼하게 묶는다고 해야 하나. 그리고 머리카락을 한 올도 나오지 않으며 마치 풀을 먹인 모자를 쓴 것처럼 하는 그런 백성들이다. 우리가 하는 이런저런 머리 모양은 흔들린다. 하지만 그들 것은 전혀 흔들리거나 움직이지 않았다.

고려인들은 볼도 없고 뺨도 없고 얼굴은 둥글다. 현대 고려인들의 얼굴이 왜 이렇게 길쭉해졌는지 모르겠다. 그때 나는 원나라의 그림처럼 둥글둥글한 고려인의 얼굴을 보았는데 말이다. 그러나 광대뼈와 살은 전혀 없다. 코는 약간 잎사귀 모양과 같고 가느다랗고 작은데, 현대에는 있지만 그 당시에 그렇게 작은 코를 가진 고려인들은 없었다. 아니면 내가 갔던 그 지역에 그런 코를 가진 사람은 없었고 우리 고비족 같은 그런 코다.

눈은 위와 아래에 쌍꺼풀이 있고, 아래 눈두덩이에 푸른 빛이 돈다. 어린아이 빼고는 남자이든 여자든 상관없었다. 복부 지방이 있으며 사지는 좀 가늘게 느껴졌다. 아주 작은 구두를 신는데 그것도 여러 색상이지만 주로 평평한 구두였다.

거기에 화려한 양말을 신고 다닌다. 나는 그것이 아주 마음에 들었고 남녀 모두 한 뼘만 한 신발을 신는 발이 아주 작은 사람들이다. 그런 구두 위에 또 짚신을 신고 일반적으로 양말, 신발, 짚신의 순서로 신는 것으로 보였다.

또, 아주 조금씩 식사를 한다. 귀족일수록 더 그렇게 한다. 밥그릇을 입에 대고 퍼먹으면 신분이 없는 사람으로 보고 구별할 수 있다. 그리고 꼭꼭 많이 씹어서 먹는 민족이다. 금나라와 송과는 달리 다람쥐처럼 앞니를 사용한다.

도시의 경우, 금나라부터 도시 마을을 보았기 때문에 금나라와 동일했다. 그러나 잦은 홍수로 인해 금나라와 송나라와는 달리 아래에서 위로 상당히 올라가 있으며 아래에 사용되지 않는 층이 있고 거기에 끼어들어 가거나 어떤 경우는 앉아 있는 사람이 들어갈 만큼의 높이의 건물들이 있다. 그 모양은 금나라 건물과 또 같다. 일부 기와지붕의 집과 달리 좀 가난한 집들은 초가지붕으로 되어 있다는 것을 살펴보았던 것 같다.

일부 집들은 공중 정원까지 있지만 돌로 쌓여 있다. 그것은 꽤 귀족들이 사는 지역이고, 그중 일부 지역으로 들어가 보면 그냥 걷고 있어도 대변과 소변이 보이는 더러운 거리도 있다.

수공예품의 동형 무늬를 놓는 것은 정말 훌륭했다. 몽골에 돌아가게 되면 이렇게 조가체야지 하는 생각에 금과 은에다가 조각한 것만 보았다. 금과 은과 다양한 도자기 잔에 섬세한 장신구와 꽃을 만드는 것은 정말 신나고 감동적이다. 수공작품 말이다.

참 이상한 행정인 것 같았다. 동전 이외의 것을 훔치는 것을 범죄로 취급하지 않는다. 특히 음식이나 하루 안으로 다 먹을 수 있는 것을 훔친 경우 그 사람을 처벌하지 않는다. 그 주인을 곤경에 처하지 않는 한 벌을 받지 않는, 그런 이상한 행정과 만났다.

백성들에게 도둑질은 크든 작든 상관없이 동전 한 개라도 훔치면 그것은 도둑질이다. 하지만 음식을 훔치는 것은 허용된다는 설명을 들었다. 주인이 피해를 입히도록 도둑질을 하면 음식을 훔쳤다기보다 그 주인에게 폐를 끼치고 편안을 무너뜨렸다는 이유로 처형당하는 것은 좀 가혹해 보였다.

동전으로 거래되는 물건을 훔치면 바로 처형된다. 중범죄든, 경범죄든 구별 없이 바로 처형한다. 우리처럼 분리하는 법 즉, 중형과 경벌은 없는 것이다. 처형할 때 머리를 자르는 일은 중범죄자를 위한 것이고, 허리를 부러뜨리는 것은 경범죄자를 위한 것이라고 들었을 때 죽어가는데 그건 무슨 차이가 있을까 하는 생각이 들었다. 커다랗고 둥근 통나무 판에서 강한 남자들이 팔과 다리를 잡아당겨 죽인다. 나는 그런 처벌을 직접 보았다.

처벌을 가족들 앞에서 한다. 가족이 손해 배상을 부담할 수 있으면 그 사람을 돌려보내 주고, 반면에 범죄자의 가족이 그를 사지 않겠다고 하여 거절하면 그 사람은 처형된다. 나는 고려에서 그런 관습을 보았다. 우리와 함께 갔던 금나라 청년은 고려 말을 조금 했기에 고려 주인과 소통이 잘 되어 우리에게 그런 설명을 해 주었다.

고려는 길거리에서 구걸하기도 했는데, 돌길에서 구걸하는 것은 금지되어 있으며 돌길이 아닌 길에서의 구걸은 허락된다. 하지만 남에게 방해를 주지 않아야 하고 앞을 막으면 안 되고 옆에 있거나 뒤에서 스무 걸음만 따라갈 수 있고 그 이상 오래 따라가면 안 된다는 등, 구걸하는 방식이 정교한 나라는 처음 보았다. 구걸하는 사람을 발로 차면 그 찬 사람에게 석 냥의 벌금이 부과되는데, 두 냥은 그것을 처벌하는 금오위에게 주고 나머지 한 냥은 구걸하는 사람에게 주어진다.

마치 거지를 보호하는 것 같기도 하면서 거지를 이용해 착취하는 것 같아서 처벌이 아주 이상했다. 돈을 주십사 스무 걸음만 따라갈 수 있고 그 이상은 따라가면 안 된다.

세 골목마다 금오위 한 명이 있고 그들은 거지들을 통제하는 것 같았다. 거지라는 건 머리를 풀고 다니는 백성들을 말하는 것이다. 그러나 거지인 것 치고는 그들은 좀 깨끗한 편이었다. 아무리 젖어도 그 흰옷을 꿰매서라도 계속 입는데 파리나 모기가 몰려들 정도로 냄새가 나지 않았다. 물이 많은 곳의 장점이다. 물론 순백의 새 옷 옆에서는 회색으로 보였고 얼룩도 많이 묻어 있었다.

주로 아이가 있는 여성들이 구걸하거나 아니면 아이들이 구걸했고 남자가 구걸하는 장면은 본 적이 없었다. 공공장소에서 거위와 닭을 잡는 것은 금지라고 했으나 사형 집행을 제외한 모든 살인은 숨겨야 한다는 신념을 가지고 있다고 설명했다.

불교 신자는 회색 옷을 입고 대머리였는데 이것은 송과 금나라의 홍복과는 달랐다. 열흘에 한 번씩, 각 가정에서 한 그릇씩 음식을 절 문 앞에 놓아야 한다고 본다. 한 달에 세 번 놓는다. 저녁까지 갖다 놓으면 밤에 노예와 가난한 사람들이 먹을 수 있었다. 낮에는 신들의 식사고, 밤에 귀신의 식사라고 여겨지는 종교적 의식이 있었다.

해질녘에만 넓은 마당에 가수와 무용수들이 돈을 받고 노래하고 춤을 추며 사람들을 즐겁게 해 주었다. 오직 밤에만 허용되고 다른 시간에는 안 된다며 금오위들이 쫓아냈지만, 해가 지면 금오위들도 그들을 보고 기뻐하며 때로는 동전을 주기도 했다. 그들은 동전을 손에 받지만 거지들은 작은 냄비나 바가지에 담기도 했다. 나는 그 가수와 춤추는 사람들을 보고 구걸하는 줄 알았다. 사람들은 즐거워할 때 그들이 줄 수 있는 것을 다 준다. 사람들은 그들과 어울려 노래하고 춤을 춘다. 처음에 노래를 부르기 시작하면 어느 순간부터 다 같이 춤을 추게 된다. 서로 충돌할 수 있기 때문에 다리와 몸은 제자리에 있어야 하기 때문에 팔을 흔들며 춤을 추며 손과 머리로 기쁨을 표현해야 한다. 우리처럼 몸을 움직이고 팔과 다리로 춤추는 사람들은 그 춤을 함께할 필요가 없었다. 사람들과 충돌할 것이기 때문이다. 나는 그들의 가락에 흥이 나지는 않았지만 고려 백성들은 아주 좋아하는 것 같았다.

나는 고려인들을 아주 동안을 가진 백성들이라고 칭찬하고 싶다. 노인들을 흰 머리와 턱수염으로만 구별된다. 우리나라 사람들은 자연과 사회, 정치로부터 끊임없이 얻어맞아 30대 얼굴이 50대처럼 보일 정도로 고생이 묻어나기 때문이다. 할머니와 할아버지를 매우 존경하고 그들이 드나들고 타고 내리는 것을 돕는다. 그것이 누구이든 상관없이, 동시에 여러 명이 돕는다. 우리 카마그 몽골의 경우 사람의 도움을 받을 정도로 나이가 들면 자살에 대해 생각하기 시작한다. 나는 더 이상 아무에게도 쓸모없는 사람이 되었다고 느껴, 지방을 먹여 줄 외손자가 있었으면 좋겠다6)고 생각하기 시작한다. 그래서 이들은 노인과 잘 어우러져 살아가는 백성들인 것 같았다. 원래는 울타리로 이웃들과 분리되어 있고, 그 안에는 작은 집이 두세 개 정도 있다. 이런 식으로 아주 깔끔하고 정돈된 긴 골목들이 있다.

노인들은 작은 의자를 꺼내 마당 밖에 앉는다. 그들도 우리 노인들처럼 보이는 사람을 붙잡고 이것저것 묻는다. 고려 사람이 아니기 때문에 손을 까딱하면 가서 고개를 숙여 인사해야 한다. 노인이 말을 할 때 그의 말을 알아듣는지 못 알아듣고 있는지 꼭 말해야 한다. 그런 다음 고개를 끄덕이고 손으로 뿌리는 듯한 동작을 하면 너는 물러가도 된다는 뜻이다. 한 거리에서 20명에게 질문세례를 받는 것이 일반적이다. 새로운 사람이 있으면 나이 드신 늙은이들이 그렇게 물어보는 편이다. 외국어로 하면 '행복을 빈다'는 고려 말을 하며 보낸다고 했다. 그런데 골목길 거리에서 서로를 보고 놀이를 하고, 험담을 하며 수다를 떨고 있을 때 그들 가운데에서 한번 불러 심문할 때도 있다. 그들이 이른바 감시자 역할을 한다. 이것은 평화로운 시대를 만들고 다른 사람의 도덕을 지키는 문화라고 말했다.

고려인들이 개를 먹는다는 것을 여러분들도 알고 있을 것이다. 그런데 그 개를 키우는 방식을 나는 그다지 좋아하지 않았다. 적어도 먹이로 키우고 있다면 살고 있는 동안 자유롭게 놔두면 좋을 텐데 가둬 놓고 살찌게 해서 먹는 모습이 싫었다. 우리 개들은 아무리 먹이가 된다 해도 초원에서 양을 따라 가다가 죽는다. 제한적이고 감옥에 갇힌 개들을 보고 좋아하지 않았다. 이곳에서 14일 동안 나는 일반적으로 이러한 모습들을 지켜보고, 거래를 하면서 자유롭게 지냈다. 고려인들에 대한 나의 탐색은 이러했다.

- - - - - - -

6) 양고기 꼬리 부분의 단단한 지방을 삶아, 그것을 삼켜 목이 막히게 하여 생을 마감하는 방식. 주로 외손자가 그 일을 행한다고 한다.

당시 국가에 약간의 혼란이 생겨서 산적들이 늘어났고 그것 때문에 송나라로부터 군사 출신 노예들을 많이 구입한 것이었다. 산길을 따라 한 마을에서 다른 마을로 가다 보면 산적들과 싸운다. 그것은 나에게 결코 어려운 일은 아니었다.

일반 민간인과 군인의 싸움에서 군사 훈련을 받은 우리가 항상 우위를 점하기 때문이다. 사실대로 말하자면 그냥 도살을 해 버린 것이다. 거의 알몸인 사람에게 창을 던지는 것보다 쉬운 일은 없었다. 군사 훈련과 지식이 없는 사람에게 창을 던지는 것에 대해 자랑할 순 없다. 이렇게 무능한데 왜 강도짓을 할까? 나는 그 산적들이 불쌍하기만 했다.

주인은 목숨과 화물을 지킨다고 우리에게 좋은 음식과 좋은 옷을 주고 게다가 홍등가에서 밤을 보내도록 해 주었다. 팔린 노예들에게 이보다 더 큰 행복이 어디 있겠는가? 술까지 사 주었다. 나 같은 경우 술을 잘 못한다. 나는 세상을 잊기 위해 술을 먹기보다 나의 마음을 녹이고 내 속을 쓰리게 하려고 술을 배운 것이다. 특히 술을 마시게 되면 어린 시절이 생각나고 가장 친한 이흐 삐에트 친구가 그립고, 내 아내가 보고 싶어진다. 술은 나의 추억에 있어서 환락의 공간에 있는 달콤한 꿀이기 때문에 나를 치욕의 공간으로 들여보내고 싶지 않다. 게다가 그게 쌀로 만든 막걸리였다. 우유로 만든 독하고 쓴 술에 익숙한 사람한테는 아무 소용이 없었다.

앞서 말했듯이 우리 다섯 명의 푸른 몽고반점을 가진 노예들은 이렇게 지내고 있었다. 한 명은 타타르 병사, 또 한 명은 엉고드 쪽 병사, 또 다른 한 명은 노우조 형의 병사고, 또 한 명은 금나라 출신의 병사, 그리고 나까지 총 다섯 명이다. 노우조 형님의 병사는 어떤 종족에 속하는지도 모르고 자신의 부친까지 모르는 그런 청년이었다. 이 다섯이 서로에게 의지하며 지냈다.

화물 수레는 총 열다섯 명이 지켰는데 그중 10명은 고려 병사였다. 그들도 역시 선발된 병사라 실력이 좋았다. 우리는 노예로 들어왔고 그들은 용병이라 집으로 돈을 보냈다. 운송을 지키고 싸운 횟수에 따라 주화를 받는 그런 병사들이었다. 우리는 밥을 얻어먹고, 홍등가에서 밤을 보내는 싸구려 병사들이었다. 하하. 음식, 옷과 무기를 주고 그리고 홍등가에서 밤을 보내게 해 주는 것이 바로 봉급이었다.

시내로 이동했을 때 머무는 곳을 홍등가라고 말하는 것이다. 그냥 허름한 곳에서 숙박하지 않는다는 의미다. 한 마을에서 다른 마을로 갈 때는 반드시 깨끗하고 편안한 곳에서 숙박한다는 뜻이다. 즉, 노예는 그냥 밖에서 잠을 자도록 내버려 둔다. 나는 그런 노예들을 본 적은 있었지만 우리 다섯 명을 그렇게 대하지는 않았다. 그 고려 신사는 자신들처럼 물론 가장 싼 매춘부에게 우리를 보냈다.

우리에게는 여자보다 편안하게 잠을 자는 것이 그야말로 기쁨이었다. 말이 안 통하는 여자로 뭘 하겠는가? 어떻게 하는 놈도 있었겠지만, 나 같은 경우 말 그 자체가 큰 즐거움이기 때문에 의사소통을 할 수 없는 여자와 같은 방에서 잔다는 것은 그 빛을 따뜻하게 해 주는 것 외에는 다른 의비가 없었다.

나는 이런 쪽으로는 잘 못한다. 아무리 옷을 다 벗고 있어도 내 마음은 흥분되지 않기 때문에 관계를 가질 수 없었다. 나는 여자의 말투와 내면적 매력에 끌리기 때문에 여자를 좋아하는 하르하단(Khar Khadan) 같은 부류의 인간은 아니다. 하하. 나는 모든 여성에게 흥분하지 않고 무던한 편이었다.

나는 나의 아내가 그리워서 여자들로부터 도망치는 편이었다. 하지만 나는 이미 팔린 내 운명을 받아들이기가 어려웠다. 아내가 그리워서 그 여자를 방에서 쫓아낼 수도 없었다. 꼭 성관계를 할 필요는 없지만 같이 자야 하기 때문에 함께 잠을 잘 수밖에 없었다.

그렇지 않으면 그녀들에게 밥을 주지 않는다. 매춘부에게도 고통이 있다. 나는 금나라에서 이것을 이해했기 때문에 그걸 여자에게 설명하는 것이 참 어려웠다. "나는 너를 괴롭히지 않는다. 나는 그냥 잠만 잔다, 너는 그냥 내 옆에 있다가 가면 된다. 이것이 너의 잘못이 아니라 내 잘못이다." 키탄(Khitan) 말로 해도 이해할 수 없다. 나는 고개를 숙이고 미안하다고 말하는 법을 배운 것이다. 그런 문제가 있다, 여기는 없어, 나는 '거세된 남자'라는 것을 이해시키려고 노력한다. 거세된 남자를 다음과 같이 표현한다. 눈썹에서 뺨을 쓰다듬고 코로 내려간 손짓을 한다. 함께 밤을 보내기만 하면 된다.

반드시 품속에 들어갔나 안 들어갔나를 확인하지 않고 그 손님과 하룻밤을 보낸다면 그녀는 음식값을 받는다. 서로 말이 통하지 않아서 마음에 드는 여자는 없었다.

'가라'는 단어부터 고려 말을 배우기 시작했다. 가장 먼저 '가라'와 '멈춰'를 배웠다. 그리고 '식사 하라'는 것까지. 또한 '살려 달라'는 말을 잘 듣는 법을 배웠다. 나는 그 말을 하지 않았지만 그 소리가 나는 곳을 찾아 가서 도와야 한다는 것을 알고 있었다. 뭐, 이 정도로 알고 있으면 고려에서 생활이 가능하다.

그런 다음 중앙 도시에 왔다. 나는 이렇게 길고 큰 대도시가 또 있다는 사실에 놀랐다. 금나라와 송나라의 대도시도 역시 컸지만 내가 다니던 고려에서 대도시를 본 적은 없었다. 그곳은 항상 작은 마을 있었다. 일반적으로 한쪽 끝에서 다른 쪽 끝으로 걸어 보면 집이 35채뿐이다. 그런데 대도시의 경우 한쪽에서 다른 한쪽으로 걸을 때 길에서 마주치는 집의 수가 580채가 넘었다고 상상해 보라. 그렇다면 그것은 얼마나 큰가? 심지어 나는 작은 창고만 세고 있는 것이었다. 한 발자국 잘못 움직이면 길을 잃을 수 있는 골목이 너무 많았다. 마치 그 큰 수도처럼 말이다.

몽골에서는 사람을 만나기 위해 산을 넘어야 하지만 이곳에서 한 발짝 가면 사람을 만날 수 있다. 이곳의 인구가 정말 많다는 것을 말하고 싶다. 몽골은 산은커녕 초원에서 사람 한 명과 만나기 어려웠지만 이곳의 사람들은 수없이 많았다. 잘 모르겠다, 어쨌든 사람이 많았다. 나는 어떻게 이 많은 사람이 어울려 살 수 있었는지가 궁금했다. 인구가 정말 많았다. 이 모든 것들과 몇 가지 법적 설명이 키탄어로 나에게 설명되었기 때문에 조금 더 이해가 쉬웠다. 하지만 나는 키탄어를 반밖에 하지 못했기 때문에 그의 설명을 아주 막연하게 이해했다. 우리는 큰 거래들을 성공적으로 마무리했고 이익도 얻었기 때문에 고려 상인은 그가 처음 출발한 곳으로 돌아오게 되었다.

주인 김오나 상인

내가 고려에 도착한 지 14일 만에 나를 처음 고려로 데려온 주인이 자살해 버렸다. 우리를 구입한 그 주인이 부자가 되어 집에 돌아왔는데, 그의 아내는 다른 남자가 생겼다고 했다. 게다가 그 남자는 뭔가의 100호의 지휘관이어서 죽일 수도 없는 그런 사람이었다. 그의 아내는 그가 벌어 온 돈으로 다른 남자를 먹여 살리고 함께 살고 있었다. 그래서 그 상인은 울며 자살했다. 내가 평생 이 여자를 행복하게 해 주려고 노력했는데 내 재산으로 다른 남자를 먹여 살렸다면서 우리를 아는 친구에게 소개시켜 주었다.

"너희들은 여기서 남거라. 이 사람은 너희를 도울 것이다. 나는 삶의 의미를 잃었다. 왜냐하면 내 집에 있는 자식이라고 생각하는 아이들조차 내 자식인지 의심된다. 나는 왜 이 큰 위험을 맞서 살아왔는가? 그 모든 의미를 잃었기 때문에 술을 먹어도 인생은 의미가 없다. 또 다른 여자를 안아도 믿을 수도 없다. 무엇을 위해 이 많은 재산을 모았는지 모르겠다. 어쨌든 지금까지 내 생명을 지켜 주어서 고맙다. 그러나 너희들은 헛수고를 했구나."

그는 그렇게 말하며 친구에게 우리를 주었다. 그런 다음 그는 자기 집 안에 있는 제단 앞에서 목을 매었다. 고려 가정집에 조상의 우상이라고 하는 사각형 제단이 있다. 그는 그 앞에서 목을 매달아 죽었다. 첫 번째 상인에 대한 정보는 이러했고 언어와 문화 충격 때문에 내 이해도가 좀 부족했다

떠나기 직전에 또 다른 사건이 벌어졌는데, 한 여성이 외도를 한 바람에 처벌을 받는 일이 있었다. 그때 우리 주인은 이미 자살했고, 나는 다른 사람에게 다른 도시로 팔려 가려던 참이었다. 누명인지 정말로 바람을 피운 건지 잘 모르겠지만, 혈통이 나쁜 한 여자가 거리 사람들에게 처벌을 받고 있었다. 모두 둘러싸 그녀의 치마를 불태웠다. 그녀의 치마가 가슴까지 불타면 그녀는 정화되어 남편에게 다시 충실해질 것이라고 본다. 그때까지 치마를 태우지 않으면 집에서 쫓겨나 자식들을 다시 볼 수 없게 된다는 말을 들었다. 아내가 외도를 해서 자살한 우리 주인을 생각하면 왜 그녀를 처벌하지 않았을까 하는 생각이 들었다. 이 부분에 있어서 사법이 있긴 하는 것 같았다. 그것은 나에게 아주 이상했기에 우리나라의 경우 "삼촌 탄다"는 관습이 있어 여자를 처벌하지 않는다. 그리고 마지막으로 관계를 가진 남자가 여자를 소유로 삼기 때문에 고려의 관습이 이상하다는 생각이 들었다.

카마그 몽골에서는 여자가 다른 남자와 외도를 했다면 마지막으로 관계를 가진 남자의 아내가 되어야 한다. 남자는 여자를 책임진다. 이것이 "삼촌 탄다"는 관습이다.

남편은 자신의 아이들을 데리고 외도를 한 아내를 내쫓아야 한다. 우리는 이런 문화가 있기 때문에 고려 여자의 치마를 불태워 첫 남편에게 돌려준다는 게 놀라웠다. 하하.

나는 나중에 나의 첫 고려 주인, 그러니까 자살한 주인의 친구이며 키탄어를 할 줄 아는 또 다른 고려 상인에게 넘겨져 자살한 첫 주인에 대해 조금 더, 그리고 그곳에 정착하게 된 이유를 차츰 알게 되었다. 너희들 주인에게 생겼던 일이라고 키탄어로 새 주인이 설명해 주었다. 언어 장벽이 조금 더 낮아졌다. 예전에 나는 '가라, 멈추어, 받아라' 등을 알고 있었다. '여기, 저기'라는 방향을 가리키는 것을 이해하는 수준이었다. 우리는 어디에 가는지, 왜 가는지도 모른 채 그런 상황에 처했는데 우

리 다섯 명은, 특히 금나라 병사와 타타르가 키탄어를 하는 주인과 만나 매우 기뻐했다. 두 사람의 급이 올랐고, 키탄어를 덜 하는 우리 셋의 급이 떨어졌다. 하하~ 그런 일이 좀 있었다.

고려인들은 우리 첫 주인을 김오나(KimUNa)라고 했다. 나는 듣던 대로 발음한 것이다. 그 김오나 주인이 자살하는 바람에 우리는 조국으로 돌아갈 수 없게 되었다.

우리 5명은 그를 '나모나[7]'라고 했다. 하하. 그는 성격이 침착하고 좋은 사람이었다. 그의 아내가 그에게 큰 상처를 주었고 그는 아내를 깊이 사랑한 사람이었다. 그는 마흔으로 중년의 남자였고 우리보다 나이가 많았다. 나는 30대 초반이라 어쨌든 그 주인보다 어렸다. 나모나는 죽었기 때문에 우리는 박박 대감에게 넘어갔다. 하하.

새 주인 박박 대감

우리는 키탄어를 모르는 나모나에서 키탄어를 할 수 있는 그의 친한 친구 박박 대감이라는 사람에게 맡겨졌다. 박박 대감은 키탄어를 하시는 분이다. 타타르족은 원래 키탄어를 하고 몽골은 금나라에 갈 군사들에게 키탄어를 조금 시켰다. 엉고드족은 원래 금나라와 교역을 하기 때문에 키탄어를 사용하므로 우리 셋은 새 주인과 소통하는 데 문제가 그나마 덜 생겼다.

나모나는 우리를 친구에게 주었다. 그는 자살했기 때문에 자신의 부하 상인들과 외부 상인들, 이곳 국경 항구에 있는 가게 등 모든 재산을 그의 친구에게 물려주도록 유서를 쓰며 14일 동안 준비를 한 것이었다. 부인한테서 큰 상처를 받아 스스로 목숨을 끊었기 때문에 부인에게 주는 것보다 친구에게 주는 것이 낫다고 한 것이다. 그의 아내는 운송으로부터 벌어다 준 모든 것을 정부 문을 지키는 평범한 놈을 뇌물까지 내밀어 거의 천호의 대감이 되도록 지원하여 그와 함께 떠났다. 그것에 서운하여, 나를 챙기지 않고 다른 남자를 보살펴 주고, 심지어 궁까지 들어갈 수 있게 해 주었다는 분노 때문에 자살을 한 것이다. 예전에 그 남자는 국경 항구에서 일하는 짐꾼일 뿐이었다고 한다. 그리고 나서 감시원이 되고 그다음 공직에 오르자 그의 아

. . . .

7) 몽골 여자 이름

내가 그를 지원해 승진시킨 것 같았다.

우리 몽골 문화에는 자살을 부추긴 자를 죽이는 법이 있다. 게다가 가족들에게도 벌금을 물린다. 너는 사람을 잘 살게 하지 않았고, 위로하고 격려해 주지 않아 죽음에 이르게 하였고, 가족 구성원을 심리적으로 죽게 만들었다며 처형한다. 이런 방식으로 처형하여 앞으로 사회에서 그런 범죄를 일으키지 않기 위해 많이 싸운 주제다. 그러나 이곳에서는 자살은 아주 쉽게 해결되었나 심지어 곁에서 몇 년간 다른 사람을 지원해 왔다는 것조차 모르고 참 둔한 사람이라고 생각한다.

내가 이곳에 오기 몇 년 전에 의종이라는 임금님이 있었다고 한다. 그의 장관 중한 명 이름이 임박이다. 의종 임금의 어머니 편 자매들의 자식이다. 의종은 명종이라는 동생에게 권력을 뺏겨 그의 좌익 장관들이 다 쫓겨나게 되어 박박 대감은 권력을 잃었다는 이야기다. 그러니까 여러분들은 내가 말하는 고려 시대의 임금들에 대해서 알 테니 조사해 보면 나올 것이다. 어떠한 흔적이 있을 것이다.

특히 우익 장관들의 자리를 안전하게 유지해 왔는가 하면 좌익 장관들은 자리를 쉽게 뺏긴 결과, 이 박박 대감은 북부 지역으로 유배된 것이다. 남쪽 작은 마을의 산맥을 넘으면 타타르 영토가 시작된다. 그러나 그곳에는 매우 강력한 방어가 있으며, 그 산맥을 건너기 위해 꼭 나무로 만든 통행증(Gerehe)을 사용해야만 한다. 이 지역에서 타타르인들과 교역과 정책을 수행하기 위해서는 키탄어가 필요하다. 타타르인들은 키탄어를 아주 잘 구사한다. 타타르 말은 탕고드 타타르의 혼합된 언어이다.

그렇기 때문에 금나라로 갔던 백호(百戶) 중 한 명인 내가 적어도 박박 대감과 이야기하는 것이 편안해졌다. 박박은 성이 아니라 이름이다.

그러니까 여기서 나의 첫째 셈은 무엇인가 하면, 호샤호 장군의 8만 명의 전쟁을 이 명종이라는 사람이 출전한 바람에 몽골까지 전쟁이 일어난 후에, 내가 이곳에 왔을 당시 명종은 이미 왕위에 올라간 것이다. 왕의 칭호를 금나라로부터 받아야만 왕위에 올라갈 수 있게 된다. 그러기 때문에 호샤호 장군을 송나라가 지원하지 않았다.

탕고드도 지원해 주지 않았다. 어디선가 몽골과 싸우기 위해 기금을 마련했다는 뜻이다. 그렇다면 이 출처의 주인이 아마도 명종이라는 사람이 왕위에 올라가기 위해 자금을 지원해 주고 그 자금으로 우리나라와 전쟁이 일어났을 가능성이 있다고 본다.

명종이 의종을 떨어뜨렸다. 이 년 사이에 있었던 정치적 상황이다. 두 왕은 형제이다. 의종 왕과 관련이 있는 박박 대감은 추방되어 작은 마을의 타타르 쪽 국경의 수호자가 되었던 것이다. 그래서 나의 목표는 타타르를 거쳐 몽골로 돌아가는 걸로 바뀌었다. 어떤 방법을 써서라도 그 통행증의 문제를 해결하거나 경비대를 찾은 후 산을 넘어 조국으로 가는 나의 주된 생각이 가능해진 것이다. 해안 항구보다 꽤나 작은 마을이었고, 지금의 울란바토르와 바가누르[8]를 비교하는 것과 같다. 첫 주인은 우리가 조국에 돌아가는 데 관심이 있다는 것을 알고 있었기 때문에 우리를 집으로 가깝게 데려다 주는 시도이기도 했다.

　　정치적 관점에서 보면 고려에 명종이라는 임금이 등장한 것은 호샤호 장군의 영향을 받은 것으로 보인다. 호샤호 장군은 몽골을 공격한 장군이다. 그는 명종으로부터 자금을 받고, 금나라에서 왕이 될 수 있도록 도움을 주겠다고 뇌물을 받았던 것이었다. 이로써 명종은 고려의 임금이 되었다. 이 일과 동시에 우리는 8만 명의 군사가 호샤호와 전쟁을 일으켰던 것이다.
　　탕고드 상인, 송나라 상인, 금나라 상인들이 내부의 움직임을 알고 있었고 그런데 우리의 경우 모르는 사이에 이렇게 큰 규모의, 특히 가난한 북부 지방이 우리를 공격할 위치에 있지 않는다면 금나라의 8만 명의 병력을 움직일 수 있는 자금을 마련한다는 것은 금나라에게 예측을 할 수 없는 일이고 특히 가난한 북부 지방인 우리를 공격할 이유가 없었다. 그런데 이 고려로부터 자금을 들여 만들었다고 본 것이다. 명종의 자금 원천은 아마도 국내 무역일 것이다.
　　박 주인은 친구 명으로 땅을 소유하고 있고, 가게까지 인수해 당장이라도 정착하고 살고 싶지만 그러지 않고 고향으로 돌아가야 했고, 누군가를 통해 가게를 몰래 사려는 음모를 꾸미는 것도 이 임금과 관련이 있고 정치적 움직임의 신호라고 생각했다. 박 주인은 자살한 친구의 가게를 자신의 이름으로 등록시킬 수 없었다. 그래서 왕들의 정책이 상인들에게 직접적으로 영향을 미치던 시기에 이 두 상인의 물밑 움직임이 의심되는 것을 깔아서 내가 설명한 것이다. 어쩌면 호샤호 장군이 왕실의 종이 공급을 인수하게 되어, 고려에서 제공하고 공급 수준을 유지해야 그 대규모의 8만 군인 자금을 조달할 수 있다. 자신이 직접 그 종이를 무상으로 받고 줄 수 있는

………

8)　울란바토르(Ulaanbaatar)는 몽골의 수도이며, 바가누르(baganuur)는 울란바토르 근처의 작은 도시이다.

수준에서 8만 명 장병들의 식량 문제는 해결된다. 그 전쟁의 군비만 계산해 보면 1인당 최소한 양 한 마리의 비용이 든다. 그것은 한 번의 완전한 전쟁에서 8만 마리의 양이 필요하다는 뜻이다. 참전 대가로 집에 돌아가서 양 한 마리씩 받는다. 그러니까 양 두 마리 정도 받아야 한 사람이 전쟁터로 나간다. 그러면 양 16만 마리가 필요하다. 우리의 추정으로는 그렇다. 하지만 우리는 아주 싸구려 군사들이다. 어림짐작하면 가장 싼 군인을 고용하는 데 양 두 마리가 필요하다고 보며 장군으로 올라갈수록 말과 낙타로 가격이 올라간다. 그래서 이것은 매우 큰 경제 순환과 연결이 되어 있다.

이 시기를 살펴보면 송나라가 직접 고려에 진입할 기회가 있었고, 금나라와의 직통 연결이 끊어진 것은 국경 항구가 한 사람의 손에 있음을 나타내는 것이다. 금나라와 접경하는 명종이 통제하는 아주 많은 항구가 있다. 즉, 명종이 출국시키고 싶은 사람을 금나라로 직행한다는 신호임을 보여준다. 그래서 명종의 경우 이런 방식으로 비용을 회수하고 있는 것이다. 명종과 관련 있는 사람들이 장악하였다.

송나라에 들어가자 명종의 힘은 조금 약해지는 면이 보이고 굳이 그 작은 문제 때문에 산을 돌아가야 하는 문제를 만든다. 우리가 가고 있는 불법 길을 보면 강도가 많고 야생 짐승들이 있는 길을 선택하고 사업하러 가는 것이다. 이 모든 것은 명종 왕과 관련이 있다는 것은 정치적 맥락 자체와 연관성이 있다. 때문에 명종 임금과 관련이 있어, 정치적 상황이 그렇게 나타나는 것이다.

호샤호와 명종을 연결하는 이유는 무엇인가 하면? 명종의 둘째 왕비는 호샤호 장군의 딸이고, 지참금으로 그의 딸을 주었을 것이라고 생각하기 때문이다. 또는 계약 보증의 딸이다. 어쨌든 호샤호 장군과 관련된 소녀다. 그러나 중전 수준은 아니다.

명종에게 금나라 왕비가 있다는 뜻이다. 중전 수준이 아닌 비빈(妃嬪) 수준이다. 즉, 관찰자 역할을 하는 것이다. 정보와 통제의 차원에서, 이상한 행동을 하면 너를 떨어드릴 수 있다는 직접적인 압박이다.

그래서 이 박박 대감은 이전의 몰락한 왕과 관련이 있고, 그것은 그의 좌우(왼손) 장관들의 친척을 의미한다. 외삼촌으로 연결된 장관들을 좌우라고 한단다. 고려는 몽골과 마찬가지로 아버지 쪽을 따르는 나라다. 고려의 모든 임금의 명칭이 종으로 끝난다. 그래서 나의 예측이 맞는 것 같다. 아버지 쪽을 따르고 있는 것이다. 그래서 딸로 통해 정책을 세워, 아버지 쪽을 따르는 문화가 있는 그런 민족이다. 여왕 쪽 장관들은 정치가 바뀔 때마다 떨어진다. 하지만 대부분의 뒤편을 지키는 왕비 쪽 양반들이 그 편에 있다. 경제를 세우는 힘이다. 자, 이러한 정보를 알려줄 수 있다. 박박 대감의 주변 사람들의 대해.

일반적으로 고려의 다른 지역에는 한 명의 부인을 두지만 박박 대감에게 세 명의 부인이 있었으니 높은 곳에서 떨어졌다는 의미를 보여준다. 그런데 세 부인이 다 따로따로 산다는 점이 아주 흥미로웠다. 우리는 일부다처제였지만 다 함께 어울려 사는 현상이 있다면, 고려에서는 따로따로 지내도록 하는 것이 흥미로웠다. 우리는 부인들이 아무리 많아도 서로 화목하게 자매처럼 지내는 편인데, 여기서는 부인들이 제일 큰 부인을 존경하고 작은 부인일수록 직위 같은 관습을 따르는 수칙이 있다. 그의 나이는 사십 때 중반이고 여덟 명의 딸과 두 명의 아들이 있었는데 그중 한 명은 사망해서 이제 아들이 하나뿐이었다.

예전에 내가 좀 냉담한 놈이었던 것 같은 생각이 이제야 들었다. 왜냐하면 나는 키탄어를 할 수 있다는 걸 표현도 하지 않았고 항상 같이 다니던 노우조 형의 병사와 몽골어로만 대화하고 아무에게도 말을 걸지 않았었다. 그래서 그들은 내가 키탄어를 한다는 것을 몰랐던 것 같았다. 금나라 군사를 제외하고 나와 함께 동행한 다섯 명에게도 키탄어 억양을 표현하지 않았다. 함께 팔렸더라도 적이기 때문에 금나라 사람을 좋아하지 않았다. 그런데 그는 의지할 사람이 없기 때문에 우리를 따른다. 새 주인을 만났을 때 우리는 어쩔 수 없이 노예 낙인을 찍어야 했다.

그래야만 우리는 이 나라에서 살 권리가 생기는 것이다. 왜냐하면 심부름꾼을 하게 되면 문제가 생길 수 있다. 나는 얼굴 생김새가 많이 다르기 때문에 나한테서 "너는 누구냐?"라고 할 경우 노예 표식을 보여 주고 내 주인 이름을 알려야 한다. 우리는 주인이 시킨 일을 수행하러 혼자 갈 수 있기 때문에 목덜미에 그 노예 문신을 새겼다.

이렇게 나는 공식적으로 고려에서 노예가 되었다. 이전 주인은 몽골로 가는 사람에게 우리를 팔려는 의도였기 때문에 우리에게 노예 문신을 새기지 않았다. 그는 귀국 후 몽골로 갈 고려 사람에게 우리를 팔고 다시 금나라와 송나라를 오가는 노우조 형 사람들과 일행이 될 목적으로 계약을 체결한 것이었다. 그런데 우리는 첫 번째 주인의 죽음 때문에 그 기회를 놓쳤다.

우리 다섯 명이 박박 대감의 운송에 합류했을 때 거기에 20명의 병사와 일꾼이 있었다. 그들 역시 우리를 깔보았다. 박박 대감은 국내에서 거래를 하는 상인이고 해외는 거래하지 않는다. 그런데 나모나는 해외 무역을 했었다. 사실 그는 박박 대감보다 학력 수준이 높았던 사람이었다. 심지어 그는 금나라 말과 송나라 말까지 할 줄 알았다. 그가 우리와 대화하지 않는 것은 우리가 인간이 아닌 노예라고 생각했기 때문이거나, 아니면 키탄어를 할 수 있을 거라고 생각지도 못했는지 모르지만 아무튼 상관없었다. 밥만 잘 챙겨 주는 것 외에는 내부적 문제가 없었다.

박박 대감은 우리에게 노예 낙인을 찍어 버렸다. 그 낙인 없이 우리는 마을에서 마을까지 가지 못할 것이다. 중앙 도심에서 외곽으로 가는 방법은 두 가지뿐이다. 중앙 도심에서 대량의 물건을 구입하고 고향에 가져가서 판다. 도중에 화물 노예 일을 한다. 처음으로 그의 고향에 갔다. 약 50채의 집이 있는, 우리네와 비교하면 작은 마을이다. 첫 번째로 박박 대감의 마을로 가던 중 분명히 다 함께 잠을 잤지만 다음 날 아침에 우리 중 금나라 병사가 사라진 것에 박박 대감은 화를 냈다. 중앙 도시를 떠나 다음 도시로 이동하던 중 우리 금나라 병사가 사라진 것이다. 다음 도시에 도착하자 우리 노예 중 한 명이 사라졌고, 그는 제멋대로 다니고 있을 것이라고 그를 수배시켜 버렸다. 5명의 노예가 있었는데 지금은 4명이 남았다. 이렇게 생긴 놈이 도망갔다고 신고하고 이동했다. 여기에서 우리 네 사람은 무언가를 이해했다.

여기서 도망치는 것은 무의미하다. 키탄어를 안다고, 키탄인을 만날 것이라고 해서 도망가도 우리가 이 산에 살아남기가 힘들 것 같다고 의견을 나누었기 때문에 밥을 주는 대로 잘 먹고 다니자고 하였다. 짐을 옮기고, 떠나고, 도시에 진입하고 물건을 사고, 주고받고, 이동하고.

사냥을 하고 요리해라

박박 대감을 따른 이후로 식사량이 삼분의 일로 줄었고, 반 굶주림 상태로 다니고 있었다. 그 지역은 산길이 많았다. 전에는 산을 통해 가지 않았는데 이번에는 산길로 많이 갔다. 이들은 밤에 산을 통과하지 않고 산적을 만나지 않도록 주의한다.

딱 적당하고 한기가 없는 곳을 찾아 둘러싸고 잠을 잔다. 이 땅을 모르는 사람들이기에 명령을 따를 뿐이다. 우리는 항상 흰밥을 먹었기 때문에 지치고 고기가 많이 당겼다. 다섯 번째 마을에서부터 그들이 잠을 자는 동안 숲을 수색하기 시작했다. 움직이는 게 있으면 잡아먹으려 했다. 하하. 하지만 진짜 텅 비어 있다. 근데 우리 몽골은 뒷산으로 40걸음만 가도 그 어떠한 동물도 잡을 수 있었다. 그렇지만 여기에는 아무것도 없다. 우리는 길을 잃지 않기 위해 실타래를 풀어내며 500걸음 안으로 맞추어 걸었다. 한밤에 숲을 뒤지고 가끔은 이것저것 작은 것을 잡는다. 무언가를 찾아 잡아먹는 건 보통 새였고 고기 욕심을 이렇게 해소했다.

우리는 모자에 깃털을 다는 것을 좋아하여 새 깃털을 머리에 끼고 다녔다. 박박 대감의 마을로 들어갈수록 사냥감이 점점 늘어, 큰 고양이(호랑이)들의 수가 늘었다. 그렇게 가던 중 또 한 번 큰 고양이와 만나 사냥을 해 버렸다. '몽골인들이 고기만 보면 얼마나 무서운지 너도 알잖냐'라는 말이 있듯이, 하하. 고양이를 보자마자 예전 습관이 도진 바람에, 나는 처음에 창을 던지고, 나머지 셋이 나와서 즉시 채비를 하고 구워 버렸다. 하하. 아이구, 그땐 진짜로 배가 터지도록 먹었다. 사냥한 나를 보고 가죽을 가지라고 했다. 배가 불러 기분도 만족하여 뒤를 돌아본 순간 그들이 거리를 두고 깜짝 놀라며 지켜보고 있었다. 뭐라고 표현할까? 마치 어린 양이 늑대를 처음 보았을 때 이상한 표정을 짓듯이. 본능적으로 무언가를 알아차렸지만 뭔지는 모르는 그런 표정을 지었다. 하하, 그 표정이 정말 재미있었다.
박박 대감은 우두머리라 우리에게 다가와서 말을 걸었다.
"도대체 너희는 누구냐? 어떤 이유로 내 친구와 함께 이곳에 왔는가?"
등등 더 많은 질문을 했다. 우리는 금나라, 송나라, 고비사막으로, 그리고 숲에 사는 사람들로 도적 집단의 일원이라고 말했다.
왜냐하면 우리 중 두 명은 그렇기 때문이다. 나머지 두 사람도 어떻게 하다 노우조 형의 밑에서 지내다 보니 대체로 같은 방향의 사람들이다. 나는 뿌하이 형님의 병사이고. 우리 모두가 산적이라고 했더니 그 일꾼들과 병사들은 우리를 두려워하며 경계 태세로 서 있었다. 왜 우리 고려까지 왔냐고 묻자, "우리는 조국에 돌아갈 수 없게 되었다. 사실, 당신의 친구가 안전하게 집으로 가게 된다면 우리를 송나라에 가는 상인에게 맡겨 주고, 우리는 송나라에서 가서 그러한 운송인과 만나 금나라에 도착하고 그곳에서 몽골로 가야 했다. 하지만 이런 일이 생겨, 당신과 함께 가는 것이다."라고 최선을 다해 설명을 했다. 우리 타타르 병사가 키탄어를 더 잘하기 때문에 설명을 해 준 것이다.
박박 대감이 "내 짐을 강탈해서 도망가는 데 관심이 있는가?"라고 직설적으로 물었다. "당신의 화물을 우리가 판매할 수 있겠습니까? 집에 가져갈 것도 아니고. 우리는 당신의 나라를 떠날 수 없기 때문에 지금은 당신이 주는 음식이 더 필요합니다. 단지 우리에게 길동무가 되어 주고 지도자가 되어 주십시오."라고 말을 했다. 그러자 박박 대감은 "그럼 나도 노력하겠다. 대신 너희가 내 신뢰를 잃지 않도록 해라."라고 했다. 우리는 옷이 없어서 호랑이 가죽으로 몸만 가릴 정도로 다니고 있었다. 제일 먼저 호랑이 가죽을 덮은 사람은 나다. 그다음 사냥부터 네 명 모두가 호랑이 가죽을 뒤덮었다. 편안하게 잘 수 있도록 망가지지 않는 돗자리로 사용했다. 또는 우리나라에 희귀하고 보기 드문 노루, 그 어떤 종류의 사슴을 사냥하고 그것으로 덮개 같은 것을 만들었다. 박박 대감 댁에 갈 때는 돗자리와 덮개가 생겨 가지고 갔었다.

그 이후로 우리를 깔보던 병사들이 괴롭히는 일도 없어지고 오히려 거리를 두고 멀리하였다. 짐을 올리고 내리는 일을 우리에게 시키고 자기들끼리 빌름대고 나무로 놀이를 하던 사람들이 일에 참여하고 식사도 좋아져서 적어도 그날의 배고픔이 사라졌다. 예전에 우리를 밖에서 자도록 하고 자기들끼리 홍등가에서 잠을 잤는데 이제는 우리까지 들어가도록 하였다. 이렇게 우리 박박 대감은 이전의 나모나 주인과 같아졌다.

박박 대감의 마을

우리는 떠난 지 오래되었고 지나가는 마을에서 장사를 하느라 수확기 직전에 북양산에 있는 마을에 도착했다. 그 지역은 전체적으로 우리 몽골 영토와 비슷했다.

바다에서 멀리 떨어진 산간 지방이고, 겨울철에 눈 오는 것도 몽골과 같다. 차이점은 물이 많은 비가 내린다. 백미가 적고 밀가루를 많이 재배하는 지역이다. 또 당밀을 사용한다는 점이 우리 유목민과 다르다. 달콤한 감자(고구마)를 음식에 널리 사용한다.

그것도 야생으로 자라는 편이다. 나는 고구마를 많이 좋아하게 되었다. 그 지역의 음식에 관해서 말하자면 이렇다.

가장 먼저 있었던 일이다. 마을에 도착한 박박 대감이 말했다.

"곧 수확 축제가 있을 것이다. 그전에는 의식을 치른다."

그러니까 농작물을 수확하려면 건조한 공기가 필요하기 때문에 그는 도착하자마자 바다 신께 잠시 동안 빗물을 멈춰 달라고 하늘에 부탁하는 의식에 참여하게 되었다. 박박 대감은 이 준비 과정으로 많이 바빠졌다.

수확하고 쌀을 도정하는 작업 등에 습기로부터 지키는 의식을 치르는 것을 보았고, 처음으로 고려 사람들이 우리와 같은 무속(사면) 의식을 하는 것을 알게 되었다. 이전에는 불교라고 들었지만 이곳은 무속 의식을 치른다. 나뭇가지에 여러 가지 색깔의 띠를 매단 후 그 가지를 방울로 장식하고, 무속인은 대부분 여자였다. 세 명의 무속인 여성들이 북을 들고 나와 춤을 췄다. 가장 오래된 나무를 바라보면서 자신의 말을 전했다. 이것은 나에게 퉁고스, 빠라가, 뿌리아트 무속의 의식과 매우 가깝게 보였다. 세 무속인이 춤을 추고 나서 "나무 소리를 듣겠다."라고 말하자 모두 40초 동안 침묵했다. 세 무속인이 무엇을 할지 둘러서 지켜보는 동안 바람이 불기 시작했을 때, "하늘이 우리의 소원을 들어줄 것이다. 허락해 주신다. 9일간의 기회를 주시니 이 기간 안에 해야 할 것이다."라고 하여 수확이 시작됐다. 그 9일 동안 자연적인 그 어떤 습기 문제가 없었고, 여기서 중요한 의식을 하고, 강우 문제가 있긴 하지만, 그걸 덮는 방식으로 해결하고 추수를 잘 넘기기 위해 그런 자연의 소리에 귀를 기울이는 의식을 치렀다.

의식을 치른 다음 박박 대감이 오셨다고 환영회가 열렸다. 각 가정에서 먹을 것과 마실 것을 할 수 있는 만큼 준비하고, 나무 주위에 놓고 하늘과 땅 주인이 드실 때까지 식힌다. 식힌 후 첫술을 하늘과 땅이 받았다. 이제는 우리가 먹어도 된다 하여 모두 둘러서 어떤 집이든 상관하지 않고 음식을 접시에 받아서 먹는 관습을 보았다. 여기서 가장 가난하거나 부유하거나 가리지 않고 할 수 있는 만큼 많은 요리를 준비한다.

계급의 차이가 없고 모이는 사람들이 떼를 지어 서로 이야기를 나누고 어린이와 노인들은 웃음꽃을 피우고 노래도 하며 춤을 추었다. 제일 큰 무속인이 이 축제를 진행시킬 때 사람들과 신을 즐기도록 노래와 춤을 추고는 한다 하며, 이런 식으로 축제는 계속되었다.

저녁이 되자 한 무속인이 붉은 불씨 위에서 맨발로 춤을 추었다. 밤이 되자 악행을 길들이고 죽음과 고통, 질병으로부터 멀리 해 달라는 특징의 의식을 치렀다. 이 의식을 더 설명하자면 도르래를 든 두 여자 무속인이 제일 높은 무속인을 돈다. 큰 무속인이 그 가운데서도 돌고, 치마를 잡아당겨서 시계 방향으로 회전시켰다.

무속인이 한가운데서 회전을 하다가 입에서 거품을 물고 눈이 빨개질 때 신이 내려오셨다고 하여, 모든 사람이 '우리는 이런 아픈 사람이 있다' 등 제일 나이 든 사람부터 시작해서 젊은 사람까지 입에서 거품이 나온 무속인에게 말을 전한다. 말씀을 전하고 머리를 그대로 숙이고 있으며, 반면 말을 전하지 않은 사람들은 일어서 있었디.

그래서 그가 모든 질문이 끝난 후 말이 끝날 때까지 돌고 있는 것이다. 입에서 거품이 걷히자 신이 내려왔다. "신께서 우리의 자백을 옳다고 하면 말씀을 하십시오, 우리의 이 자백을 듣지 않으셨더라면 말씀을 전하십시오."라고 두 무속인이 말을 올린다. 이 모든 것은 박박 대감이 키탄말로 우리에게 설명을 해 준 것이다.

그러자 큰 무속인이 머리를 양쪽으로 지고 붉어진 눈을 뜨고 제자리에서 춤을 추다가 나머지 다른 두 무속인에게 가서 길게 드러눕고 앉았다. 두 무속인은 귀를 귀울이다가 "4명의 목숨을 앗아간다. 나머지는 용서하겠다고 신께서 전한다."라고 하자, "네, 알겠습니다. 저희는 조심하도록 하겠습니다."라고 하여 백성들이 고개를 든다. 그 무속인 여자가 다른 두 무속인의 도움을 받아 땀에 젖은 옷을 갈아입고 순박한 여인으로 바뀌었다. 그다음 두 무속인이 무당 옷을 갈아입고, 먹고 마시고 잔치가 이어졌다.

잔치는 재가 날릴 때까지 끝나질 않았고, 쌀쌀해지고 어두워질 때쯤 사람들이 이 의식이 '가득 찼다'고 보고 잔치가 끝을 내렸다.

무당의 의식을 치르는 우리에게 그렇게 놀라운 일은 아니었지만, 그 의식의 방식은 우리와 많이 달랐다. 신이 내렸을 때 두 여자 무속인이 빙글빙글 도는 등 이유는 궁금했지만 많은 무당들의 의식이 서로 가깝고, 거의 비슷하게 치르기 때문에 대충 이해를 하고 "아~ 네, 그렇군요." 하던 중 박박 대감이 "당신들 나라에서 이런 것을 본 적이 있는가? 이것은 우리의 가장 놀라운 일이다."라고 좀 자랑하는 듯 말을 했었다.

키탄어에 능숙한 타타르인이 자신의 무당에 대해 최선을 다해 설명을 했다. 우리는 보통 봄철에 이런 의식을 치른다며 일 년의 운세를 무당을 통해 점친다. 또 마찬가지로 나무에 장식하고 북을 든 무당이 있다. 우리의 주술사도 회전하고 돈다는 등 설명을 해 주었다. 당신의 타타르족에서 수백 년 전에 우리에게 왕이 오셨다. 그래서 우리의 몸속 피는 붉다고 하여 박박 대감은 술에 취했는지 아주 인색해서 우리에게 주의를 기울이기 시작했다.

그런 다음 엉고드인을 불러내서, 당신의 나라에 이렇게 아름답고 기쁜 잔치가 있는가 물었다. 그러자 엉고드인이 말했다.

"우리는 천신을 불러서 비를 내려 달라고 빌지, 비를 멈춰 달라고 빌지 않는다. 그리고 얇은 북을 흔들며 굿을 한다. 하지만 남자들이 무당을 하고 회전을 하지 않는다. 우리는 불 위로 뛰어들지 않는다."

"아, 안됐군. 앞으로 무당 의식을 개선하도록 해라."

박박 대감은 그렇게 말하며 술을 마셨다.

그런 다음 그는 나를 부르고—나를 소경이라고 부른다—내 나라에 무당이 있는지 물었다.

"있다, 있다. 우리나라 남자 무속인, 여자 무속인 둘 다 있다. 우리는 불씨 말고 불 속에 들어가 의식을 한다. 높은 움막을 지어 불을 피우고 그 안에서 불이 타 죽을 것 같이 회전을 한다."

"당신네 무당은 잘 발달되어 있군. 우리를 가르쳐 주거라. 나는 무당은 아니지만."

하는 등 술에 취한 사람들이 대화는 이 정도 수준에서 끝났다.

우리를 이날까지만 의심하고, 이 축제 때 마음을 열었다고 보면 된다. 그런데 그렇게 많이 감시하지 않았고 최대한 편안하게 먹고 마시고 잠잘 수 있는 곳을 마련해 주신 것만으로도 늘 감사했다. 고려인들은 즐길 줄 아는 사람들이다. 모두가 그 어떤 규칙도 잘 안다. 백성들이 우리를 조금 경계하여 말을 걸지 않았다. 우리는 오직 대감 옆에만 있었고, 그가 주는 것을 얻어먹고 마시고 그곳의 규칙을 따를 뿐이다. 사람들은 우리에게 인사만 할 뿐 아무 말도 하지 않았다.

그때 우리만 서로 대감님과 친해질 수 있었다. 박박 대감은 모두 모인 자리에서 사람들에게 우리를 소개시켜 주었다. 친구에게서 물려받은 노예들이고 내 친구에게 이들 노예를 조국에 돌아가도록 도와주겠다고 약속을 했다. 여러분도 진정한 마음으로 이들을 지지해야 한다고 말하며 부탁했을 때 "예, 대감님." 외에 무슨 말을 할까. 나 같은 경우 관중과 같은 태도로 있었고, 우리 타타르는 소원을 빌어보자, 이루어질지 보자고 살피는 태도를 보였다. 엉고드는 "나에게 오직 하나뿐인 신이 있다. 내 신은 나의 집에 있다."라고 고집스러웠다. 우리 너허이 형의 산적은 무당을 숭배할 필요 없다고 하여 등을 펴고, "땅을 떠돌지만 언젠가는 하늘로 가겠지."라고 하

며 믿음이 없어진 모습을 보여주자, 이 주인에게 말할 필요가 없다고 하자 "네."라
고 했다.

하지만 아주 좋았다. 적어도 불교를 믿지만 무당이 있었다. 비록 문화 차이는 있
지만 그래도 비슷한 무당이 있어서, 하늘과 땅의 의식을 치른 것이 좋았다. 그렇게
해서 고리 주인을 신뢰할 수 있다는 심리가 생긴 것이다.

그렇지 않고 그냥 불상, 신도 아닌데 신이라며 오래전에 죽은 사람의 점토 형상을
숭배하는 사람을 믿지 않는다. 승천한 영혼을 존경한다면 그것은 별도 문제다. 우리
는 조상을 존경한다. 하지만 불교는 외모적 형상을 믿지 않는가?

그래서 여기 백성들의 입장에서 무당을 따르는 자들과 충돌하는 편이다. 우리는
인간의 외모 형태가 아닌 정신적 심령을 믿는다고 해서. 뭐, 부처라는 사람은 신령
이 될 수 있으며, 그의 종교 신령을 믿는 것을 문제 삼지 않는다. 하지만 그의 외모
형상을 믿는다는 점을 이해할 수 없다. 그 육체를 왜 믿고 숭배해야 하는 것인가에
대해, 그런 갈등 때문에 불교 신자를 못 믿는 편이다. 가짜의 환상의 대가인들처럼
느껴진다. 고대의 가르침을 따르면 문제를 일으키지 않는다.

하지만 그 당시 불교 신앙을 가져야 금나라와 송나라하고 외교를 할 수 있었다.
비밀로 무당 신앙을 유지해 온 고려는 그런 백성들이었다. 무당을 공식적으로 허용
하지 않지만 무당을 안 믿는다고 말은 안 한다. 생활 풍습의 일부분, 관습의 일부라
고 감추고, 노출된 사상의 수준으로 보여주지 않는 백성들이 바로 고려인들이다. 그
리하여 대감님을 따라 우리가 거주할 위치를 찾아야 했다. 하지만 "아직은 당신들
숙소를 마련할 수 없다. 여기 주변에 잠을 자도록 하라."라고 하여 당장 오늘 숙박
이 문제가 되었다. 여행에 지쳤기 때문에 위치를 가릴 필요 없다는 말이 있다. 다른
종들과 어울려 잠을 잤다. 다음날, 우리를 분리하는 무언가의 창고였던 곳을 비우고
우리에게 내주어 우리는 서로가 방 친구가 되었다. 금나라 한 명을 잃은 우리 네 사
람은 이 고려 주인과 함께 방법을 찾고 앞으로 인생을 맡기듯 살았다.

수확

이렇게 하여 수확을 도와주었다. 유목민들 사이에는 남의 음식을 공짜로 먹지 말

아야 한다는 미덕이 있기 때문에 수확과 추수를 도왔다. 특히 움직이는 것에 도움을 줄 때면 고려인들이 아주 기뻐했다.

우리는 점심시간이 따로 있다는 것을 몰랐다. 그냥 지켜보다가 나르는 것부터 도와주게 되어서 대낮에 다 함께 식사를 할 때 우리는 먹을 것이 없었다.

준비해서 가져온다는 걸 몰랐다. 그런데 고려인들은 우리와 음식을 먹던 중 이들이 괜찮은 듯하다며 감탄하는 얼굴로 서로를 바라보았다. 박박 대감이 우리를 위해 점심을 준비하지 않은 것이 이상하지만 그럴 의무는 없겠지 하는 생각을 했다. 그들은 우리가 그들의 문화에 익숙해지도록 노력하고 있었다.

비록 우리는 노예지만 주인은 우리를 잘 돌봐 주었다. 일반 주민들도 우리를 노예라고 차별하는 일이 이번에도, 처음에도 없었다. 친근함과 따뜻함을 느꼈다.

해가 질 때쯤이면 거머리가 늪을 통해 가까이 와서 질병을 퍼뜨리기 때문에 추워지면 땅이 얼기 전에 거머리를 피해서 일을 마친다. 우리 가축을 기르는 목동들은 밤 늦게까지 일하는 것이 흔한데 농부들은 일찍 퇴근한다. 다음 날에도 또 밥은 없었다. 주인이 우리에게 밥을 줄까 안 줄까 어떻게 될까 했다. 우리에게 공무가 주어지지 않았기 때문에 우리 자신을 부양할지 말지 용기를 내서 물어보지 못했다.

그러다 저녁 식사 때 박박 대감이 함께 차를 마시며 대체로 우리 집에서 살 수 있는지에 대한 질문을 했다.

"하루 만에 어떻게 대답할 수 있습니까. 당신의 마을과 사람들은 친절하고 좋지만 우리는 이 사람들을 돕기 위해 무엇을 해야 할지 모릅니다."

대감은 음식에 관한 이야기는 잠깐 미루고 다음 문제를 논의하자고 했다.

"가능하면 둘씩 번갈아 가면서 경비를 맡아줄 수 있겠는가? 나는 재산이 있는 사람으로서 절도에 취약하고 특히 중앙 지역에서 멀기 때문에 산적에게 강도를 당하는 편이다. 그러니 둘씩 짝이 되어 경비를 도와주게. 당신들은 힘이 세고 호랑이를 잡는 강한 사냥꾼이기 때문에 그런 일을 해 주면 그 대가로 당신들의 저녁 식사를 책임지고 머물 곳을 제공하겠다. 그러면 되겠지?" 하고 묻기에 그렇게 하겠다고 대답했다.

그러면 두 사람은 여유가 생기니, 그때 나의 백성들과 마을에 대해 안내받고 적응을 하라는 말이 나왔다. 나는 당신들의 점심은 감당할 수 없다고 하셨다.

1일 1식과 숙박을 대가로 보안 및 경비를 한다. 나는 당신들 보고 짐 나르는 일과 상인 방식으로서 노예 화물을 운송시키고, 험난한 산길을 지키는 대가로 보수를 줄 수 있다. 하지만 그냥 집을 지키는데 돈을 줄 수 없다. 나는 부자처럼 보일 수 있지만 부양할 사람이 많아서 버는 만큼 쓴다고 설명을 해 주었고, 처음부터 그는 우리에게 솔직했다.

여러분들이 나의 창고에 많은 물건이 있다는 것을 보았을 것이고 이것은 모두 비상용으로 위험에 처할 때 쓸 물건이기 때문에 훔치지 마시오. 나중에 이것을 가격이 비쌀 때 팔이 이 사람들을 먹여 살려야 한다, 이 사람들이 내 창고를 채우고 그들을 먹이는 것은 나의 책임이라는 내용의 대화였다. 내가 이해하는 대로.

"나의 주요 거래는 대체로 쌀과 벼다. 이 지역에는 사냥과 쌀 외에는 아무것도 없다. 그러나 사람은 입고 먹고 마시기 때문에 최고의 거래이기에 이것만으로도 충분히 먹고 살지만, 당신들 도움으로 거래가 수월하니 한편으로는 친구들의 도움을 받아 작은 비단과 귀중품을 거래하고 그걸로 위험에 처할 때 식량을 준비한다. 왜냐하면 쌀과 벼는 해마다 나지 않기 때문에 남의 쌀을 살 수 있는 능력을 중요하게 여긴다. 그러므로 나를 이해해 주고 너무 욕심을 내지 마라. 오늘 다 먹으면 내일 배가 고파진다는 옛말이 있다. 우리는 매년 수확을 하지 않기 때문에 비축량을 소중히 여긴다. 모든 백성들이 그렇게 생각하는 것이 아니기 때문에 대감이 생각해야 하는 것이다. 백성들은 굶을 때 내 주인이 나를 도와줄 것이라고 생각하기 때문에 세금을 내고 농작물을 거래시킨다. 그 어려운 시기를 백성들이 생각하지 못하기 때문에 대감이 존재한다."라는 정책을 가지고 있었다. 그는 당신의 고향의 대감이 어떤지 모르지만, 이라며 설명해 주셨다.

그런 다음 말이 많은 타타르가 이야기하기 시작한다. 그는 꽤 무례한 놈이며 바야고드(소수민족 중 하나) 출신이다. 흰 타타르족이다. "우리나라에는 대감이 전쟁에서 지키기 위해 존재하고, 투지가 있다. 당신처럼 사업 거래를 하는 사람을 뒤편 대감이라고 부른다. 그들은 전쟁을 대비하기 위해 경제를 지원한다."라는 말을 했다.

엉고드는 무역의 우두머리를 대감이라고 했다. 즉, 지역 특성을 잘 알고, 국제 국경을 넘어갈 수 있는 능력을 갖춘 사람을 대감이라고 했다. 도착한 곳에서 강도를 당하지 않고 무역을 잘하는 사람을 대감이라고 하며 우리 지역에서는 이렇다고 한다. 노우조 형의 병사는, "저는 대감이 아니라 우두머리가 있는 곳에서 왔습니다. 주인이 있는 곳에서 온 것이 아니라 두목이 있는 곳에서 왔습니다. 솔직히 말하면 나는 산적이었습니다."라며 산적 출신이라고 즉석에서 말했다. 하지만 그렇다고 해서 당신을 강탈하는 데는 관심이 없고 단지 평화로운 곳을 찾는 방랑자일 뿐이라고 말했다. 마지막으로 나는 말했다. "저는 칸이 있는 곳에서 왔습니다. 저는 저희 칸이 귀국했는지조차 모르고 있습니다. 그가 살아 있는지에 대해 알고 싶습니다."라고 말했다.

내가 대감이 아니라 칸에 대한 이야기를 했을 때 박박 대감은 먼저 나에게 자신의 출신에 대해 이야기했다.

"나는 우리나라 왕조의 좌익 장관이다. 강력한 위치에서 임금이 바뀔 때 실각했다. 왕의 외척이자, 유죄를 받았기 때문에 다른 장관들과 연결되어 권위를 되찾을 기회는 없다. 난 여기서 평화롭게 살고 싶다. 자, 우리 둘은 다음에 왕에 대해 이야기할 수 있겠다. 다만 너는 그동안 고려어를 잘 배우고 키탄어 실력을 향상시킬 생각을 하거라."

뭐, 이런 교류를 가진 시간이었다. 괜찮았다, 처음부터 운 좋게 출발한 것이다.

우리는 고려에 들어왔을 때, 만일 이곳에서 죽게 되어 뼈를 이곳에 둔다면 이름이 필요 없기 때문에 이름을 아예 지웠다. 남의 땅에서 죽었다는 사실을 알리고 싶지 않았다. 그런 준비를 하고 고려 땅을 밟았기 때문에 우리도 서로의 이름도 몰랐다. 그냥 엉고드, 타타르, 산적이라고 불렀다. 나는 소경 아니면 몽골이라고 불렸다. 타타르는 그냥 지역의 이름으로 타타르 아니면 알타이(Altai)라고 하였다. 몽골이라고 부르는 것과 동일하다.

나이로 따지면 내가 가장 나이가 많은 것 같다. 대체로 30대쯤 되었을 거다. 나와 나이가 가장 가까운 사람은 산적이었다. 나머지 2명은 20대 중반이다. 박박 대감님은 40대라고 말을 한다. 그 이하도 그 이상도 될 수 있다. 고려인들은 동안 때문에 나이를 맞출 수 없었다. 그는 광대뼈에 몇 개의 흰 머리가 있고 수염에 흰 털이 몇 개 있었다.

그러나 고생하지 않은 고려인의 경우 나이가 꽤 들었을지도 모른다고 볼 수 있다. 그는 아주 개방적이고 수다를 많이 떠는 편이다. 박박 대감님에 대해 거의 스무 가지가 넘는 칭찬을 할 수 있는 반면 한두 개 정도 험담을 한다. 적어도 술버릇이 나쁘다고는 할 수 없겠다.

술주정꾼은 아니지만 술은 즐겨 마시는 사람이다. 마시게 되면 여자의 가슴을 잡으려고 하는 습관을 제외하고는 다른 문제가 없었다. 하지만 여자들과 잠자리까지는 안 가고 놀리고 지나가는 종류다.

농장에서 일하는 사람들은 각자의 일만을 해야 하기 때문에 서로 도와주는 경향

이 적다. 자루를 메고 다니는 여자를 도와주지 않고 빈손으로 걸어가는 남자를 보고 우리가 놀랐다. 무거운 짐을 든 여자를 도와야 한다는 가르침을 받고 자란 우리 넷은, 만일 짐 없이 가고 있었다면 아무 생각도 하지 않고 여성들을 도와주던 바람에 여성들과 할머니들 사이에서 마음이 가까워지고 우리에 대한 이야기가 퍼졌다고 한다.

할머니들은 이리 와서 밥이나 먹으라고 손짓을 하여 부르게 되었다. 하지만 여자들은 좋은 태도를 보여주는가 하면 남자들은 욕지거리를 하는 이상한 세상이었고, 문화적 차이에 부딪치게 되었다.

일반적으로 고려 남자들은 매우 지배적이었던 것이다. 노소 상관없이 여자들이 우리를 잘 대해 주었기 때문에 남자들 사이에 아내를 지키는 현상이 퍼졌다.

남자들은 우리를 노려보거나 지나갈 때도 어깨로 치는 등 태도가 나빠졌다는 것이 분명해졌다. 그러나 막상 싸우거나 말로 모욕하지 않고 몸짓으로, 그들은 자신의 불만을 심리적으로만 표현하는 이상한 사람들이었다. 여기서 처음으로 사회적 차별 대우를 받아서 꽤 불편하고 답답했지만, 박박 대감님을 위해서 대립적인 행동을 참고 산다는 것이 힘든 일이었다. 노골적으로 다 표현하고 말싸움하지 그랬나, 차라리 한번 패지 그랬나, 그러면 문제가 다 해결될 것 같은 생각이 들었지만 우리가 먼저 패지 않아야 하기 때문에 그들한테 두들겨 맞는 것을 간절히 바랐다. 적어도 먼저 맞았다고 치면 이러한 문제가 우리나라에 있어서 바로 해결되기 때문에, 집단으로 시원하게 한번 팼으면 하는 생각에 많이 답답했다. 수확이 끝날 때까지. 반면에 우리를 잘 대해 주는 여성들이 우리에게 위로가 되었던 것이 사실이다. 하지만 그녀들은 절대 집으로 들어오게 하지 않았다. 대부분 문 앞에서 대한다. 기껏해야 원두막까지 가면 다행이고.

우리 네 명 중 두 명은 박박 대감의 생명과 가족들을 지키는 일을 하고 나머지 두 명은 고려의 사회를 배우고 있었기 때문에 나는 이게 올바른 제도라고 생각했다.

우리는 자주 교대를 했기 때문에 고려에서 빨리 적응하고 익숙해졌다. 반면 말 잘 타고 대체로 동물을 다루는 데 능숙하고 게다가 항상 쌀과 벼를 수확하지 않고, 때로는 수확한 곡물을 널어서 말리기 때문에 여유 시간이 종종 생겼다. 처음 15일 동안 소와 개처럼 근무를 하는가 하면 나머지 곡식을 흔들고 말리는 작업도 있었다. 우리의 그것에 거의 관여하지 않았다. 잘 몰라서 습기를 타게 하고 곰팡이 생기게 하는 등 세부적인 지식이 필요할 때면 우리의 부담이 줄여져 우리는 숲을 돌아다니며 그 지역을 탐험하기 시작했다. 옹달샘이 어디에 있고, 버섯과 동물 등을 찾아다녔는데 사실 고기에 대한 중독이 있었다. 게다가 우리 중 한 명은 흡연자다. 그런데 담배 문제가 생겼다.

고려에서는 부유한 사람의 소비라고 하여 흡연율이 아주 낮았다. 하지만 우리는 목초지에서 파리 퇴치제 때문에 흡연율이 높았다. 우리 산적은 흡연자이기 때문에 이렇게 오랫동안 담배를 피우지 않으면 화가 많이 난다. 그의 분노를 가라앉히기 위해 처음에는 토끼 똥과 흡연이 되는 풀과 건초를 알아내며 대책을 찾으려고 많이 노력했지만, 결국 빨간 잎(담뱃잎)을 찾을 수밖에 없었다. 그래서 우리는 숲을 수색하기 시작했다. 그냥 숲을 돌아다니는 것보다 찾는 게 낫지 않겠는가? 수컷 메추라기를 만나면 사냥을 했다.

어렸을 때부터 버드나무로 활과 화살을 만드는 법을 배워서 그런 작은 새들을 사냥하는 것이 여간 쉬운 일이다. 그러나 이런 무기를 만드는 능력이 박박 대감을 불쾌하게 만들었다. 우리는 그 활을 장난감으로, 그냥 꼬챙이 같은 나뭇가지에 불과하다고 생각한 반면, 박박 대감은 그것을 사람을 죽일 수 있는 무기로 보았던 것이다. 수확이 끝난 후 이것 때문에 엄격히 다루게 되었다. "너희들이 나 몰래 무장을 하고 있었다. 나를 언제 죽일 것이냐?" 하는 식으로 거나하게 취하여 용기가 생겨 말을 했을 때, 우리는 무엇을 잘못했는지 깨달았다.

"우리 유목민들은 5~6세 때부터 나무와 돌로 활과 화살을 만드는 법을 배웁니다. 꼭 금속일 필요는 없습니다. 뼈로도 만드는 우리에게는 당신들이 먹고 버린 돼지 뼈를 부러뜨려서 녹과 깃털로 꿰매어 버드나무로 만드는 것은 아주 쉬운 일입니다. 제대로 쏴지지도 않습니다. 새나 작은 설치류를 쏴 쓰러뜨릴 수 있지만 사람을 죽이는 그런 끔찍한 무기가 아닙니다."

우리는 설득했지만 박박 대감은 이해를 하지 못했다.

여기서 결론지은 것은, 그들에게는 무장의 문제는 오직 군인 수준일 때뿐이다. 어쩌면 공급 수준일 수도 있다. 남자들이 사냥하지 않는 이유를 이해했다. 고려 남자들이 스스로 무기를 만들 수 있는 무능함이 원인이다. 이런 비슷한 문제에 봉착했을 때 우리 넷은 유목민이라는 이름으로 뭉쳤고 엉고드와 타타르가 싸우던 문제도 줄어들었다. 동일한 고통이 사람을 하나로 만든다고 한다.

우리는 이것이 단순한 일이라는 것을 이해시켜 주려는 문화적 문제가 생겼기 때문에, 박박 대감님 외아들에게 활과 화살을 어떻게 만드는지, 그리고 그걸로 어떻게 사냥을 하는지를 가르쳐 주고 싶었다. 그렇게 함으로써 박박 대감님 아들이 적어도 지식과 생존력이 생길 수 있다는 것을 이해하고 우리는 용서라도 받고 그의 성질이 좋아질 것이라고 믿었다. 왜냐하면 관계가 악화될수록 새로운 기회들이 사라지기 때문에 관계에 금이 가도록 하고 싶지 않았다.

산간지대라서 그런지 사냥이 풍부했지만, 고려인들은 사냥감 음식을 해결하는 능력이 부족한 백성들이다. 우리 네 명을 제외하고는 사냥하러 가는 사람은 거의 없었다. 가끔 한두 사람이 숲에 가서 반찬용으로 새 사냥을 하는 정도이지 오지 사냥만으로 생계를 하는 백성들이 아니었다. 그들은 돼지나 닭 근처에 우리를 가까이하지 않았다. 그들은 소량으로 조금씩 먹기 때문에 고기에 대한 우리의 식욕이 그들에게 혐오감을 느끼게 하는 것은 분명했다.

수확 후 우리가 맡은 의무를 잘했다고 두 손 가득 선물을 받았다.

옷이 많이 낡았기 때문에 그것으로 각자의 민족의상을 복구하여 만들기로 결심했다. 거기도 기성복을 판매하고 옷감도 판매하였고, 나는 박박 대감에게 직접 구입할 수도 있었다. 하지만 시장도 가고 싶고 노점에도 가고 싶어서 좀 더 비싸지만 돈을 가지고 우리 네 사람이 마을로 나섰다. 식당에 가서 꼬치도 먹고 쌀로 만든 술도(막걸리) 시켜 먹었다.

기성복을 구입하려고 했는데 엉덩이가 노출되는 그 어떤 문화와도 맞지 않았다. 그래서 비단을 샀다. 참 고운 비단이었다. 박박 대감에게서 저렴하게 살 수 있었지만 다른 사람에게서 사는 것은 일종의 행복이다.

염료가 고르게 도포되지 않아 팔 수 없는, 노예에게만 판매하는 가장 값싼 옷감을 사는 것이다. 그것은 우리에게 비단이나 다름없었다. 우리는 각자 나라의 옷을 만들어 입고 자신의 색을 되찾았다. 그곳 사람들은 놀랐다. 그들의 풍속이 아니었던 것이다. 우리는 완전히 다른 네 사람이 되어 나왔다. 산적은 고비사막 쪽의 이상한 옷을 입는다. 여하튼 그렇게 갈아입을 옷이 생긴 것이다. 바지와 상의뿐이었지만 우리에게 고향의 옷을 만들어 입는다는 것은 집을 그리워하는 사람에게 마음의 위로가 되었다.

우리 네 명이 나에게 이렇게 생겼다는 것을 가르쳐 주고 나는 그것을 꿰매었다. 내가 눈이 멀었을 때 여러 가지 일을 배웠고 사람의 도움을 위해 여자의 일도 했던 것이다. 좋은 바느질 솜씨는 아니었지만 비슷했다. 이곳에서 파는 면의 넓이는 아주 좁다. 유목지에서 만든 천의 4분의 1이다. 우리 몽골인들은 이 4개의 천을 합친 것만큼 넓은 천을 짠다. 고려인의 천은 네 개로 나눈 것처럼 작은 천이라서 먼저 모든 천을 다 연결시켜 꿰매어 넓게 만들었다. 우리의 유목민 옷에는 천이 많이 들어간다. 다만, 소매와 치마를 바느질하는 고려 의상의 경우 그리 적은 원단이 필요하다.

나는 우리 델(Deel, 몽골 전통 옷)을 만들어 입었는데 그들은 내가 여자 옷을 만들었다고 놀렸다. 그런데 이것을 당돌한 11세 또는 12세 소녀들이 말한 것이다. 아저씨의 이 옷은 이렇게 하여 가슴을 넘겨 입으면 꼭 우리 여자들이 입는 옷과 똑같고 밑단이 왜 이렇게 넓은 옷을 입느냐고 놀림을 당했다. 우리 타타르는 그들이 말한 대로 원피스 같은 것을 만들어 주었다. 즉, 그들의 퉁구스 옷을 만들어 준 것이다.

엉고드에게는 세로로 단 깃이 아닌 원형 모양의 옷깃의 높은 뒤트임을 가진 델을 만들어 주었다. 우리 산적은 멋진 바지와 상의를 만들어 달라, 안쪽에 솜이 들어있는 걸로 부탁했다. 솜을 못 찾아서 그 대신 식용으로 쓰는 새 깃털을 옷 안에 넣어주었다. 사실 우리는 겨울을 준비하는 것이다. 대략적으로 깃털로 만든 바지와 상의를 만들어 그 외투로 전통복 델을 만들어 입는 것이다. 우리 산적은 아주 작은 오오즈(전통복)를 제외한다면 달랑 바지와 상의를 입었다. 엉고드족은 엉고드인들의 모자를 굉장히 좋아하는 백성들이라 나는 그 모자를 만들려고 공을 들였다. 처음으로 모자를 만들었기 때문에 최대한 가까이 만들어 주었다. 뭐, 어떡하랴. 타국에서 우리 엉고드에게는 모자지 뭐야. 엉고드 사람이 본다면 아마 비웃을 것이다. 태양 모양의 옷자락을 가진 몽골의 델을 만들어 입게 되어 나는 얼마나 기뻤는지 모른다.

그동안 박박 대감 집에 이르기까지 달랑 바지와 상의를 입었기 때문이다. 타타르도 치마 같은 오오즈를 입고 기뻐했다. 엉고드는 그 모자를 쓰고 기뻐했다. 아, 새 옷을 입었다고 별 다를 게 없지만 뭐 이러한 심리적인 영역에서 지역과 문화적 차이의 표현에 기뻐하는 모습이 박박 대감을 더욱 불쾌하게 만들어 버렸다. 그 이유는 타국의 다른 관습에 완전히 다른 의상을 입은 네 사람, 심지어 그것도 서로 다른 의상을 입은 사람들이 다니고 있다는 게 대감을 대적하는 장면이라는 것을 우리는 전혀 몰랐다. 대감은 우리가 그들 중 하나가 될 것이라고 생각하고 있었는데, 우리가 다르다는 것을 이미 선언했다는 사실조차 우리 스스로가 몰랐다고 볼 수 있다.

박박 대감님은 자기 쪽의 이중 경비원들을 두고 있다. 우리는 위험도가 높은 구역 혹은 외부 경계를 맡았는데, 그것은 우리가 전투의 최전방에서 임무를 수행하고 있음을 의미한다. 박박 대감은 여전히 우리를 두려워했다. 매일같이 우리와 함께 이야기를 나누고, 같이 식사를 했던 모습이 사라져 있었다. 우리는 마을 어르신들과 조금 더 친근해져 그들과 인사를 하는 정도지만, 대감님을 노하게 만들었기에 이후 우리가 곤경에 빠질 거라는 사실을 알고 있었다. 며칠 동안 말하지 않았지만 불안감을 느끼고 있었다. 특히 남의 땅에 있는 우리의 경우 영역을 잃는 것은 심리적으로 엄청나게 우울한 시기였다.

이 기간 우리 중 한 명이, 다음 날 아침 경비를 서려고 할 때 술에 취해 토하고 술에 중독된 징후를 감지해 신뢰가 깨진 일이 생겼다. 우리는 수화 후 첫 겨울을 보냈다. 겨울철 창고를 만들지 않았으니 식량 문제가 생길 것이 분명했다. 사냥감으로 음식을 준비하는 것이 대감님을 불쾌하게 만든다는 것. 즉, 남에게 의존하지 않는 것을 너무 의존하려고 시키는 대감과 반항하기 시작했다. 대화를 했다고 해서 별로 좋은 결과가 나오지 않고 있고, 너희들은 할 수 있다 하지만 거리를 유지하고 있었다. 어떻게 다시 가까워질까? 우리에게 기회를 열어 준 주인을 어떻게 되돌리느냐 하는 문제가 생겼다.

산적들 1

그런데 박박 대감이 먼저 문을 열었다. 수확이 끝났다는 것을 알아챈 산적들은 수확물을 훔치기 위해 마을을 돌아다니는 일이 있다.

"너희들은 경계를 강화해라. 네 명 모두 경계를 해야 할 필요성이 있다. 양반들의 집을 불태우고 반란을 일으키는 동안 창고를 비워 놓고 가버린다. 그러니 조심해야 한다. 때로는 단지 대감의 집뿐만 아니라 일반 집도 불태우고 대감의 주의를 딴 데로 돌리다가 강도를 저지르는 일도 있다. 그런 속임수가 있기 때문에 수확 후 며칠 동안 아주 조심해야 한다. 매일매일 아주 조심하며 이런 상태로 보통 겨울을 넘긴다."라는 일이 있었다.

구체적으로 말하지 않는 주인으로부터 보호 요청을 받는 것은 문젯거리였다. 우리는 이해했지만 언제, 어떤 방법인지 정보 수준에 오류가 있었다. 특히 적을 알지 못한 채 매복하여 기다린다는 문제는 유목민 가운데에선 없다고 할 수 있었다. 누가 공격하고 어떻게 공격할지에 대해 그저 상상 수준에 있는 것이다. 하지만 그냥 '지켜라, 겨울 동안'이라는 이런 적은 정보를 가지고 위험을 참을성 있게 기다릴 수밖에 없었다. 마치 모르는 곳에 덫을 놓고 기다리는 것과 같은 대기 시간을 가졌다. 원래는 발자취를 좇다가 그 길을 따라 덫을 놓는 것인데, 그것과 관련해 말을 하지 않는 박박 대감을 뭐라고 표현해야 할지 모르겠다. 군대와 전쟁 훈련이 잦았던 유목민으로서는 그가 대감으로서 마음에 들지 않았다. 남을 너무 강요하는 것을 좋아하는구나 하는 생각에, 내가 한두 가지의 험담이 있다고 말했듯이, 그중 하나인 "장군이 아니라 창고 지키는 파수꾼"이라는 판단을 했다.

대감님의 운송을 돕고 산적으로부터 보호하고 지내는 동안, 그 주변의 산적들이 숲에 불을 지르는 바람에 우리는 화재를 막으려고 참여했다. 그 불이 그곳에 살던 나무꾼 가족의 집을 파괴해 그 가족을 대피시켜 구해 주었다. 우리 박박 대감은 아주 인간적인 사람이었던 것 같았다. 그 집 딸들을 자신의 집에서 살게 하고 주방 일을 도우라고 했다. 그 집안의 아버지는 죽고 아내와 두 딸, 일곱 살 된 아들을 남겨 두고 떠났다. 그는 아들이 성장할 때까지 우리와 함께 살면서 일을 하라고 하여 그들을 지원해 주었다. 새로운 사람들이 생겼다.

우리가 처음 쓰던 호랑이 가죽을 팔았다. 그 돈으로 다 술을 사서 마셨다. 하하. 그러나 덮개는 팔지 않았다. 호랑이 가죽은 생각보다 비쌌다. 공짜로 얻은 것이 소화가 되지 않는다[9]. 사실 호랑이 가죽 네 개 모두 팔았다면 말 한 마리를 살 수 있었지만 술을 매일 마시는 바람에 다 날려 버렸다. 나는 술을 못 마시는 편이데 그 돈을 무엇에 낭비했는지 모른다. 곶감을 보면 사 먹고, 얼음 사탕도 사 먹고, 견과류를 보면 사 먹고, 꼬치를 사 먹었던 탓에 그랬다. 하하. 사실 내가 내 돈을 맛있는 것에 다 썼고, 우리 세 사람은 술에 돈을 쓰고, 때로는 20명의 고려 병사들과 돈 걸고 윷놀이도 하고 강도를 당해 돈을 잃는 등 아무튼 건실한 방향으로 돈을 쓰지 못한 건 사실이다.

그 해 나는 고려 돈의 가치를 가늠할 수 있게 되었다. 곧 나는 타국에서 첫 겨울을 보냈다. 즉, 내가 카불 칸과 함께 갔던 그해 겨울이다. 대감님을 보호하고 주변을 알아보는 동안 겨울이 끝났다.

....

9) 몽골의 속담이다.

말 바보들

겨울이 지나가고 봄파종기가 시작되었다. 가서 농사일을 도와주라고 했다.

그런데 마마 내삼에게 생기질에 쓰는 말 한 마리가 있었나. 말을 보면 눈물이 나오더군. 나모나 주인과 함께 있을 때는 말이 있었다. 박박 대감을 따른 후에는 직접 수레를 끌며 갔었다. 고려에서 말은 거의 보지 못했다. 한두 명의 양반들이 승마용으로 가지고 있을 뿐, 화물 운송에도 사람을 쓰는 편이다. 농장 밭에서 그 말을 처음 보고 유목민으로서 정말 신이 났다. 한 마리라고 상관하지 않고 천생연분을 본 듯 행복했다는 말을 꼭 하고 싶다. 배우자를 만난 듯 무척 기뻐했던 기억을 말해야 되겠지. 비록 고기용의 말이라 해도 말을 보는 그 자체가 정말로 향유하고 경이롭고 기분 좋았다.

가장 흥미로운 것은 타타르든 엉고드든 몽골, 산적이든 모두가 말을 보고 기쁨의 눈물을 흘리는 것을 본 박박 대감은 웃을 멈출 수 없었다. 그 이후로 우리에게 별명이 생겼다. 그것은 바로 '말 바보들'이었다. 우리는 태어날 때부터 걷는 법을 배우기 전에 말을 타고 살았기 때문에 그 쟁기 말을 다루는 데 전혀 문제가 없었다. 안장 때문에 까진 상처를 치료해 주고 먹이를 주고, 적절한 시간에 휴식을 주는 등 단순한 문제들을 고려인들이 못 해 주었다. 안장 때문에 상처가 생겨 며칠 동안 말이 놀랐는데도 강제로 시키는 편이다. 아니면 입을 벌리게 하고 기절시킨다. 말을 생명체라기보다는 도구로 여기는 것이 아주 불쾌했다.

박박 대감은 쟁기질을 할 유일한 말이 지쳐 버려서 우리에게 이유를 찾아보라고 했을 때, 쟁기질을 많이 시켜서 지쳤다, 이제는 휴식이 필요하다고 말했다. 박박 대감은 아니라며 일이 힘들어진다고 했다. 며칠씩이나 말을 힘들게 하고 일을 놓치는 것보다 이 말을 자주 쉬게 해 주고 일을 시키면 작업을 마칠 수 있다는 것을 이해시켜 주고 그의 눈앞에서 모든 일들을 성공적으로 마칠 수 있었다. 쟁기 말을 쉬게 하고, 그 말 대신 우리가 쟁기질을 하기로 한 것이다.

농장 밭은 가득 차고 빗물로 물을 주고, 그들은 우물을 길어 물 주는 일을 했다. 이 동안 우리는 그 말을 안마해 주었다. 말을 볼 때마다 우리는 몽골을 그리워한다.

한기 있는 푸른 하늘 아래에서, 행복을 외치며 달리고 싶다고 이야기들을 한다. 적어도 말을 위해 서로의 아이처럼 움직이는 것도 즐거웠다. 우리 네 사람은 말한테가서 이 불쌍한 녀석을 방목시켜 주고 싶다고 말했다. 그들은 그 말을 상자 같은 곳(마구간)에 넣고 보관한다. 그 옆에 목초를 갖다준다. 우리가 말을 방목시켜 주라고 설득했지만 박박 대감은 잃어버린다고 두려워한다. 만일 말을 잃어버린다면 나를 팔아 다시 말을 만들어 오라고 하여 그 말을 데리고 가서 방목시켜 주었다. 처음에는 방목하는 법을 배우지 않은 말이라 아주 어려웠다. 우리 네 명은 말에게 매달리기도 하고 타기도 했다. 그러다가 어느 순간부터 그 말은 몽골스럽게 변해 가고 있었다. 하하~ 쟁기질 용도로 썼던 그 말의 등이 펴진다. 그 말이야말로 정말 귀여운 동물이었다. 아무튼 우리가 그 말에 계속 매달린 결과 힘줄이 강해지고 털색도 좋아졌다. 처음에는 발굽이 까지고, 관리를 하지 않았기 때문에 진드기에 걸려 있었다. 우리는 빗질하고, 뽀뽀도 해 주고 안아 주고 편자를 박아서 타기도 했다. 몽골의 안장이 없어서 안장은 하지 않았다. 그 쟁기 말은 생기를 되찾았다.

우리가 말을 잘 다룬다는 사실을 본 박박 대감이 말했다.

"우리나라에서는 말이 아주 비싸서 구입하고 싶어도 찾을 수 없다. 말 한 마리 있으면 마을 전체가 밭갈이에 쓰지. 소도 아주 드물다. 고려인들은 주로 곡물과 쌀로 먹고 살고, 양을 치는 사람들도 있지만 그것도 역시 적다."

나는 이들이 양을 키우는 모습을 보고 싶었지만 양과 염소는 보지 못했다. 박박 대감네 식량인 닭과 돼지를 제외하고는 양고기를 먹는 모습은 없었다. 닭과 돼지는 상자 안에서 키웠다. 생선은 꽤 많이 먹는다. 그리고 야채를 많이 섭취한다. 그동안 우리는 상대적으로 여러 가지 양념이 들어가는 음식에 익숙해졌는데 박박 대감 댁에서는 홍고추를 덜 사용하는 편이었다.

박박 대감은 우리에게 말을 관리하라고 맡김으로써, 그냥 숙소에서 대충 지냈던 때보다 말을 사육하는 측면에서 몸값이 약간 비싸졌다. 한 달에 한 냥이다. 한 번 술을 살 수 있는 돈이다.

어느 여름날 박박 대감 댁 변소가 넘쳤다. 그는 사람을 불러, 동전을 주고 청소를 시켰다. 그래서 나한테는 익숙한 일이라서 하고 싶어졌다.

"다음번에 제가 변소를 청소해 줄 테니 저에게 돈을 주십시오."

"네가 왜? 내가 너를 부족하게 대했느냐?"

"아닙니다. 부족한 것과 상관없이 사람은 옷을 갈아입고, 술을 먹을 필요가 있습니다. 나는 당신한테서 급여를 받지 않으므로 돈을 좀 써 보고 싶습니다."

그러자 박박 대감은 나를 두 양반에게 보냈다. 그 마을에는 박박 대감의 지인이라는 세 명의 양반들이 있었다. 그 사람들은 그곳에서만 양반들이었는데 그 양반들도 상인이었다. 그 집 변소를 청소했다고 박박 대감에게 지불할 동전을 주었다. 나는 그것을 박박 대감에게 주고, 당신이 저에게 이 일을 구해 주었으니까 여기서 당신이 원하는 만큼 가져가시고 나머지는 저에게 주시면 된다고 했다.

"그럼 내가 변소를 청소한 10냥 중 2냥을 가져갈 테니, 나머지 8냥은 네가 가져라. 그러면 되겠느냐?"

나는 좋다고 하였다. 나한테 돈이 생기자 나머지 세 사람은 나에게 와서 돈을 어떻게 쓸 것이냐고 물었다. 하하~

박박 대감의 수하에 20명이 있지만 우리와 거의 교류하지 않았고 박박 대감은 나하고 교류했다. 그는 우리에게 다양한 육체적 노동을 하도록 보내고, 너희들은 나에게 2냥을 주고 나머지는 가져도 된다고 했다. 우리는 그곳에 있었기 때문에 어느 정도 고려 말을 할 수 있었기에 다양한 사람들의 일을 도와주었다. 거기 가서 거름을 나르고, 여기 가서 짐 옮겨 와, 저 집 가서 집 지붕을 수리하고 와, 변소를 청소하고 오라는 등 여러 일을 하고 그 돈으로 술을 사 먹거나 여자를 안거나 해도 상관없었다.

그랬더니 이상한 일이 벌어졌다. 우리가 그곳에 있는 동안 우리는 고향 이름을 알려 주지 않았다. 노예로서 나빠진 운명을 조국인 몽골과 연결 짓지 말자고 약속한 것이다. 나는 소경이라고 불렸고, 산적은 발바닥, 타타르는 흰둥이, 엉고드를 검둥이라고 불렀다.

어느 날 나무꾼의 딸이 찾아와서 '오바아, 오바아'라고 했다. 아니, 내 이름을 어떻게 알았지? 나는 정말 깜짝 놀랐다. 그리고 자세히 들어봤더니 '어쁘아, 오빠'라고 한 것이다. 나에게는 '어브아'로 들렸다. 그때 카불 칸이 나에게 이 이름을 주셨다. 어브아는 '꾀가 많다', '외침'이라는 뜻이라 너를 '어브'라고 이름 붙이겠다 하여 그 이후로 중앙 도심에서는 나를 어브라고 불렀기 때문에 그 '오빠'를 듣고 정말 깜짝 놀랐다. 그러자 그 소녀는 나에게 말했다.

"그 발바닥 친구를 불러 줄 수 있어? 짐을 나르는 일을 시키고 싶은데."

나를 시키지 않겠냐고 묻자, "아냐, 아냐. 오빠는 바쁜 사람이잖아. 그 사람이 여유가 있어 보여서."라고 하기에 발바닥을 불러 주었다. 두 사람은 물을 가지러 가고 박박 대감의 식수 문제를 함께 해결해 주었다.

나는 그곳의 경비원이라 대문을 지키고 있었기에 그들을 관찰했다. 두 사람은 일을 다 마친 듯 그네 위에서 서로를 즐겁게 하고 있었다. 한 명은 밀고, 다른 한 명은 치마를 끌어안으며 서로에게 웃음을 주고받고 있었다. 마당 뒷문에 타타르 흰둥이가 서 있었고 다른 한 명은 짐을 운송한다고 갔었다. 그날 저녁이 되자 흰둥이에게 가서 말을 걸었다. "야~ 흰둥아, 이게 무슨 일이 생긴 것이냐?" 묻자, "서로 사랑을 하는 게 아니겠냐? 아내와 자식이 없던 남자가 지금 사랑에 빠지는 것이 아닌가?"라고 말했다.

그리하여 우리는 거기로 장가보내는 사람이 생긴 것이다.

"발바닥 너, 이곳 사위가 될 생각이냐? 닭 국물을 마셨냐? 돼지 탕을 마셨냐? 쌀술을 갖다주었나? 너는 도대체 왜 이러냐?" 하며 그를 더 놀렸다. 아내와 자식 없이 서른 살이 된 것도 문제다. 발바닥은 그런 사람이다. 여자와 관계는 가져 보았지만 아내로 두고 사랑해 본 적 없고 처음으로 사랑에 빠져 가고 있는 것이다. 발바닥이 매우 쑥스러워했다.

"아무것도 아냐, 그냥 불쌍한 집안의 딸을 도와주었을 뿐이다."

"아니, 그냥 자빠뜨려 버려."

"안 돼, 그녀의 어머니가 허락하지 않아."

그렇게 말하는 것을 보면 그의 마음에 이미 아내로 둘 생각이 있는 것 같았다. 우리가 그를 더욱 놀렸다.

"너는 고향에 돌아갈 생각이 있냐?" 그는 그렇다고 했다. "그러면 그녀를 데리고 도망쳐라." 하니, 어떻게 도망쳐야 할지 방법을 모른다고 한다. 그녀의 어머니는 그를 좋아하지 않았지만 두 사람은 입을 맞추고, 여기저기 나무 밑에서 서로를 껴안는 모습을 보게 되었다. 그래, 뭐 식을 올리지 않아도 배가 불러 오는 법이 있듯이 어느 날 고려 신부가 생긴 것이다. 고려 신부가 생긴 이후부터 고려 말 실력이 빨리 늘어난 것 같았다.

곧 우리는 박박 대감과 키탄어가 아닌 고려어로 대화하기 시작했다.

왜냐하면 우리의 고려 신부가 고려어를 가르쳐 주니까. 그녀의 어머니는 원하지 않았지만 아이를 가졌기 때문에 어쩔 수가 없었다. 그녀는 귀족이 아니기 때문에 두 사람은 문제없이 부부가 되었다. 박박 대감은 나무를 보강하는 창고를 비우고 두 사람에게 주었다. 집이 생긴 것이다. 우리는 병사들과 숙소에서 자고 있었기에 그 두 사람을 그 속에 섞을 수도 없고 해서 따로 분가 생활을 하도록 해 주었다. 우리의 고려 말이 늘어 갈수록 박박 대감이 말을 안 해도 스스로 일자리를 찾아서 했다. 할머니에게 도와주겠다, 할아버님 도와드리겠다며 동전을 받고 이것저것 일을 하며 그 작은 마을에 우리는 적응했다. 우리는 "말 바보"라는 이름을 얻었다. 우리 네 사람을 보면 그렇게 부른다. "오~ 말 바보들이 왔다."고 한다. 그 마을에 있는 유일한 말을 사랑했기 때문에 "말 바보"라고 불렸던 것이다. 우리 중 한 명은 아내까지 두니까 우리는 그 마을에서 인정받게 되었다.

두 번째 가을 수확

가을이 되고 추수할 때가 되었을 때쯤 우리 고려 신부는 임신한 것이 분명해져서 입덧을 하였다. 나는 고려 신부와 함께 집을 돌아다니며 이곳, 저곳에서 술을 얻어 먹고 돈을 모으는 데 관심이 있었다. 나는 뭐, 술에 그리 돈을 쓰지 않는다. 다른 세 사람은 술에 돈을 썼기 때문에 가서 험담이라도 들으면서 술에 쓸 돈을 저장해 두었다. 나는 물건에 욕심이 없는 사람이라 돈이 있으면 언젠가는 쓰겠지 라는 생각을 하고 다닌다. 곱고 예쁜 물건이 있으면 사야겠다는 생각뿐이었다.

우리는 가을에 수확을 거두기 위해 열심히 일을 했다. 마을 남자들보다 더 부지런하게 모든 일에 뛰어들었다. 하라고 하면 무엇이든 할 수 있는 우리는 할아버지, 할머니들의 사랑하는 손자가 되고 여자들 사이에는 사랑이 되어 버렸다. 그들과 가까워진 이유는 그들이 감사를 표현할 때 동전 외는 쌀로 만든 술로 대접하기 때문이다. 또한 돼지고기까지 구워 준다. 사실 우리는 고기와 술 때문에 할아버지 할머니를 찾아가는 것이다. 할아버지, 할머니들과 친해질수록 그들의 손녀딸들이 오빠, 오빠, 하며 다가온다. 젊은이들도 더 이상 우리에게서 혐오감을 느끼지 않게 되었다.

의사소통이 되니 고려인들은 참 인간성이 좋았다. 처음 금나라에서 그랬던 것처럼 싫어하는 면이 있었다가, 차츰 그렇게 살아지고 '우리 사람이다'라는 개념이 굉장히 빨리 들어오는 것 같았다. 말 바보라고 부를 만큼 그런 친절하고 마음씨가 고운 사람들과 함께 어울려 살았다. 대체로 작은 마을이기 때문에 양반들까지 우리가 열심히 한다는 것을 보고 놀랐다. 나쁜 습관도 없고 강탈 같은 것을 하지 않고 즐겁게 지내고 있었다.

우리 병사들 중 가장 여자를 좋아하는 사람은 타타르인 것 같았다. 원래 여자들을 잘 다루는 남자들이 다른 별자리에 태어난다는 것을 알고 있지요? 어떤 별을 가진 남자이기에 남의 나라 아가씨들을 잘 다루는지 모른다. 사실 사랑이라는 것은 언어를 배우는 데 큰 영향을 주는 것이기 때문에, 우리 중 가장 먼저 타타르가 고려 말을 잘 배운 사람이었다.

나머지 사람들은 그를 부러워하기만 했다. 게다가 타타르 하면 모든 것을 잡는 개 같아서 싫어한다. 그런데 폭언 수준에서 서로 말을 주고받는 것이지 주먹질까지 가는 문제는 없었다. 그곳에 나는 뭐, 이것저것 쉬운 고려 말을 배웠다. 하지만 항상 대화를 하는 사람이 없기 때문에 실력은 오르지 못했다. 타타르는 여자 친구가 생겼기 때문에 아주 빠른 속도로 늘어난 것이다. 옆에 있는 사람이 그를 가르치고 싶어 하니까 잘 배운 것이다

이 기간 대체로 주인과 우리 관계는 아주 나쁜 수준이었다. 추수 축제 때 우리가 사람들과 친해졌다는 이유로 술에 취해 문제를 일으켰던 것이다. 그리고 세 번째 나쁜 행동은 계속해서 상황을 더 악화시킨 것이다.

첫째, 무기를 제작할 수 있다는 능력을 보였다. 둘째, 우리들의 민족주의를 표명했다. 셋째, 술에 취해 남의 딸을 울렸던 등 이제는 사형을 선고받아도 할 말이 없다.

수확물은 공식적으로 도정되고 다른 덩이줄기의 형태로 씨앗에 보존되는 모든 작업을 끝난 후, 추수 축제를 했다. 그런데 박박 대감이 설명을 안 하니까 이해를 하지 못했다. 원래 관습을 따르면 온 가족이 최대한 많은 요리를 해 왔고 가장 오래된 나무를 둘러싸고 모두가 즐거운 시간을 보내며 기뻐했다.

마을 사람들과 익숙해졌기 때문에 인사를 하여 여기저기 아픈 곳이 잇는지 물어볼 수 있었지만 박박 대감은 이런 관습이 있고, 이런 문화가 있는 이런 축제다, 우리의 축제가 좋은가? 마음에 드는가? 이런 행동을 지켜라, 그런 행동을 조심하라는 등 안내가 없기 때문에 약간 당황하는 동안 고려 신부는 우리에게 약간의 설명을 해 주고 있었다. 수확은 3개월 동안 계속 진행된다. 먼저 한 곳에서 갈고 그런 다음 건조시켜 주고, 건조 후 표백하고, 표백한 후 분쇄하고 그런 다음 포장하고 각각을 창고에 넣어 둔다. 문제는 3개월 내내 익는 시간이 서로 다른 논밭이 여러 조각이 있고

첫 달부터 심리가 계속 위축되고 있다는 점.

　자, 그리하여 추수 축제, 그런 축제에서 마음속 기쁨을 누리고, 올해를 칭찬해야 할 세 무속인이 나타나서 춤을 추었다. 이번에는 하늘에 감사를 올려, 제일 먼저 주먹 한 움큼의 쌀을 취하고 가장 마지막에 주먹 한 움큼의 쌀을 취하여 불에 올리고 하늘에 기뻐하며, 각 가정의 음식에서 첫술을 빌어 불에 올리는, 우리나라의 "불의 제사 지내기"와 유사한 의식을 치른다. 그런데 불은 작은 불이다. 이전에는 도르래를 들고 춤을 추었는데 이번에는 목검 같은 것으로 춤을 추었다. 그들은 겨울을 죽음의 신호라고 보기 때문이다.

　겨울이 되면 질병이 많이 생기기 때문에 그 죽음을 없애 버린다는 의미에서 돼지 피가 묻은 목검으로 죽음을 내려찍는 춤을 춘다. 춤을 추는 동안 한 명이 나서서 주도하지 않고 세 명 모두 같은 의식을 치르는 것이 특징이다. 불에 절하고, 가장 마지막으로 죽음을 완전히 사라지게 하기 위해 칼을 불에 태워 버렸다. 그런 다음 해가 지면 모든 가정이 불에서 횃불을 만들어 집으로 가져가 집을 밝힌 다음, 각 가정집마다 한 사람이 와서 집을 돌아보고 횃불을 다시 불 속으로 집어넣는다.

　이것은 그 죽음이 집 안에 남아 있으면 쫓아내서 소멸시키는 의식이다.

　이런 의식을 치른 후 집을 정화시킬 필요는 없고 아이들을 보내 놓고 부모들은 먹고 마시고 즐거운 시간을 보내며 다른 사람들의 음식과 음료를 즐기는데, 모든 사람들은 대감님의 댁에서 나온 음식을 맛보고 싶어 한다. 그러나 약간 힘들게 사는 집안도 있지 않은가? 그런 집안의 음식에 관심이 없는 형상도 있다. 이번에 우리는 누구의 집 밥을 조금이라도 원하는지, 누구의 집 밥을 전혀 신경 쓰지 않는지 구별할 수 있었다. 그곳에 사는 100여 가구를 외운 것이다. 그런데 우리에게 가장 잘 대해 주는 할머니의 음식을 아무도 먹지 않는 것이다. 우리 넷이 가서 그 냄비를 비웠을 때 할머니는 무척 기뻐하며 우리에게 술을 따라 준 바람에 약간 문제가 발생했던 점도 있었다. 하지만 정신까지 놓을 정도로 마시지 않았다. 그냥 말이 많아져 다툼 수준에 들어간 것이다.

　마을 남자들이 여전히 아내들을 질투하는 문제가 있고 게다가 박박 대감도 여전히 우리를 의심스러워했다. 여자들은 우리에게 더욱 녹아들어 "이봐, 이걸 좀 옮겨 주라, 거기서 그릇을 가져와라, 물을 떠 주라, 우리 집 창고에 가서 술 항아리를 가져오라." 등 주문이 많았다. 남의 가정집에 가서 항아리에 있는 술을 찾아오는 수준까지 왔다는 것을 보면 절친해진 것 같았다. 우리의 사회적 관계가.

산적들 2

자, 그리하여 같은 고통을 가진 양반들끼리 서로 만남의 시간을 가진다. 박박 대감은 이웃 마을 양반과 만났다.

그들의 정보원들이 공격이 들어올 경로가 있는지, 다른 거점은 없는지 등 상황을 파악하고 있었다.

김씨 양반와 박씨 양반들은 연결되어 두 마을은 조화를 이루고 있으며, 이 마을들을 보호해야 하니 "두 마을이 합쳐서 상황을 극복합시다. 이제는 산적들 수가 우리가 감당할 수 없을 정도로 늘어나고 있다."는 등의 정보가 오는 것이다. 우리에게 공개적으로 이야기하지는 않았다. 우리들이 마을에서 도망친까 봐 두려워하는 건지, 아니면 우리가 산적과 어울려 자신을 강탈할까 봐 두려운 건지, 대략적으로 높은 경계심을 가졌던 시기였다.

박박 대감은 그 추석이 끝난 후 우리 네 사람에게 말했다.

"너희들은 지금 잘 해야 할 때이다. 1년 내내 먹이고 입힌 은혜를 갚아라."

"무슨 일입니까, 박박 대감님?" 우리가 물었다.

"지금 산적들이 들어올 때이다. 수확물을 다 걷었고, 이제 그들은 우리 농작물을 약탈하러 올 것이다. 그러니 네 사람은 이제 나의 도움을 갚아라."

"오, 당연하죠. 그동안 우리는 밥, 고기, 술 등 얻어먹고 가족이나 다름없습니다."

"너희들 신발이 낡았구나. 이곳 겨울은 수도보다 더 춥다. 이번 겨울을 산적 없이 잘 넘겨준다면 그 대가로 겨울용 신발을 주겠다. 여기는 말 말고도 신발도 꽤 비싸다."

나에겐 볏짚으로 만든 짚신을 신은 사람들일 뿐이다. 무엇을 신발이라고 하는 건지? 우리는 '엄지발가락이 튀어나왔을 뿐이지, 발이 시리지는 않겠구면.'이라고 생각했다. 말했던 대로 수가 늘어났다는 산적들이 드디어 쳐들어왔다. 항상 싸우던 우리는 큰 전쟁이 될 것이라고 기대하고 있는데, 30명 정도가 되는 협수룩한 놈들이 나타나자 다 죽여 버렸다. 하하. 우리 넷이 가서 그 한가운데서 도니까 다 죽어 버린 것을 어찌합니까. 그들이 뭘 털려고 한 건지? 오히려 우리는 그들이 가져온 활과 화살, 칼을 빼앗고 그들의 장비를 다 가질 수 있다고 해서 가졌다. 우리 네 명은 전문적인 군인과 많은 전쟁을 경험해 본 놈들이다. 그런데 그들은 일반 서민 출신이 짬뽕 된 산적들이기 때문에 모두가 죽게 될 수밖에 없었다.

우리는 박박 대감에게 "몽골 군인들은 쓰러트린 자들의 옷을 자기가 가집니다. 대감에게 아무것도 주지 않을 겁니다."라고 말하자 그는 "그래 빚다, 니희들의 수고를 내가 아니 이 모든 것을 다 가져라."라고 했다. 그렇게 우리는 그들 죽은 산적들의 옷을 가져오니 박박 대감에게 신발을 받을 필요가 없어져 그들의 신발을 신었다. 몽골 군인은 사살한 사람의 장례식을 치른다고 해서 몽골 군인의 예의로 다 차례대로 쌓아 놓고 불에 태웠다. 반면에 시원하게 잘 싸우고 싶어져 전쟁을 원했다.

그러자 박박 대감의 삼촌 편의 박, 북 씨(하하)가 오셨다. 강도들을 다 없애 버렸다는 소문이 그 지역에 퍼진 것 같았다. "너희들은 우리 옆 지방에도 가서 도와주거라. 그곳은 우리와 며칠 차이로 추수 축제를 한다. 이제 그들도 강탈당할 것이다." 이들 외에 다른 산적이 있냐고 묻자, "있다. 그들 인원수가 더 많다. 그 마을은 더 크기 때문에 더 많은 강도들이 올 것이다. 너희들이 가서 도와주거라. 그리고 급여까지 받거라." 하며 그는 우리에게 나무로 된 호패를 주었다.

우리가 떠날 때 우린 "말을 줄 수 있습니까?"라고 부탁했다. 아무리 유일한 말이라고 해도 말은 말이다. 그런데 그는 좋은 듯 아닌 듯 히죽이다가 "그래, 가져가라."고 했다. 그 마을의 유일한 말을 너무 타고 싶어 서로 번갈아 타며 갔다. 하하하. 그 말도 마을에서 나가는 것을 기뻐한 것 같았다. 거의 당나귀다. 그 말은. 하하. 하지만 아주 좋은 친구들이다. 말 바보들이 이렇게 어울려 떠났다.

박과 북 대감들의 명령으로 따라 김과 벽(하하하, 나에게 그렇게 들리니 어쩔 수 없다. 하하.) 그 양반에게 가서 당신의 마을이 산적들과 만나게 되면 우리가 도와주러 왔다고 하자 그는 무척 기뻐하고 우리에게 좋은 음식을 차려 주고 편안한 여름 천막에 밤을 보내게 했으며, 산적들이 오기를 기다렸다. 그 마을은 백여 명의 군인이 있었다. 한쪽 끝에서 다른 한쪽 끝까지 꽤 길었다. 그런데 우리는 그 안에 갈 수 없었다. 왜냐하면 그 마을 백성들이 우리를 노려본다. 개숫물을 얼굴에 뿌려 버린다. 노예라고 싫어하는 사람들이다.

그 마을 대감 댁에 있었는데 산적들이라고 횃불을 든 사람들이 나타났다. 우리는 말을 가진 사람이 있는지 둘러보았는데 말은 탄 사람이 두 명 있어서 아주 기뻐했다. 게다가 이전 산적들에게서 걸은 활과 화살을 가졌기 때문에 말 탄 사람을 쏘았더니 쓰러지고 말았다. 그러자 다른 산적들은 들고 있던 횃불을 다 버리고 도망쳤다.

말이 한 마리 있던 우리는 말 두 마리가 생겨 돌아오게 되었다. 그리고 그 주인에게 말을 했다. 몽골 군인은 적을 물리치면 소지품을 다 가져간다. 그리고 장례식을 치른다 하였다. 그는 "네, 그러시오."라고 했고, 우리는 두 마리 말을 더해 총 세 마리를 가지고 갔는데 우리 박박 대감이 "아이고, 좋은 봄이 오겠구나!"라고 하며 무척 기뻐했다. 하하.

우리가 박박 대감에게 산적들이 어디에 사는지 아느냐고 묻자 그는 안다고 했다. "그들 모두를 죽이는 게 대감께 문제가 될까요?" 하고 묻자 그는 "문제가 안 된다."라고 했다. 이 산적들은 도대체 어떤 사람들인가 묻자, 박대감은 "자신의 주인에게서 도망친 다양한 노예들이 산속에 가서 살고, 수확할 때면 강탈하는 것이며, 이것은 마을 영주들에게 아주 어려운 일이고 그들의 정확한 수를 잘 모른다." 라고 하였다.

"우리는 그들과 싸운 적이 없다." 이것이 반가운 소리였다. "싸운 적은 없었다…. 우리는 당신들에게 전투가 어떤 것인지 실감나도록 만들겠다."라는 말에 우리는 너무 반가워서 거의 박수를 칠 뻔했다.

우리는 박박 대감의 20명을 데리고 갔다. 그들과 항상 돈을 걸고 놀았기 때문에 누가 어떤 겨드랑이 악취가 있고 누가 발 냄새가 있다는 것을 알 정도로 그들을 잘 안다. 하하. 다른 마을의 주인에게 말해서 그의 100명의 병사를 추가로 데려오고, 세 번째 마을 주인에게 말을 했더니 합류하자고 하여 50명의 병사를 더 데리고 나왔다. 이렇게 200명을 준비시켜 공격을 떠났고 우리는 장군들이 되었다.

얼마나 좋았던지! 게다가 우리 세 명은 말도 생겼고, 말을 타니까 그 기분이 너무나 좋았다. 네 번째 말을 갖고 싶었다. 우리 타타르, 흰둥이가 화를 냈다.

우리는 그에게 "너는 타타르니까."라고 하여 말을 주지 않았다. "너는 박박 대감을 지켜. 그의 옆에서 걸어가고 있어라."라고 말했다. 우리는 산적들의 터를 찾아가서 파괴해 버렸다. 사실 거기서 우리 4명이면 충분했다. 나머지 병사들은 옆에서 위세를 보여 주며 소리를 지르고 비명을 지르는 역할을 했다. 우리가 산속으로 들어가서 도둑놈들을 다 사살해 버리고, 도망친 놈들의 뒤를 따라 사살했고 강도 놈들의 은신처를 없애 버렸다.

그런데 아이들과 여자들이 남은 것을 보고 우리는 놀랐다. 박박 대감에게 우리는 아이와 여성들을 죽이지 않는다고 했을 때, 그는 "자, 너희들은 일단 집에 돌아가 있거라. 몽골군의 방식대로 죽인 사람 수에 따라 소지품을 다 가져라. 그리고 장례도 치르는 등 이전 하던 대로 다 해라."라고 했다.

산적들과 싸운 후부터 박박 대감은 우리가 자기편이라는 생각을 갖게 되었다. 대체로 우리는 박박 대감의 지시를 따라 이런 일, 저런 일도 하고 다녔다. 무엇을 하는지도 알지 못했다. 여기에서는 대감의 명령을 자신들의 방식대로 받았다고 하는 것이 맞다.

즉, "방어"하라는 것을 "죽여"라는 명령으로 받았다. 하지만 이곳의 좋은 점은 고려인들은 서로를 죽일 뜻은 없었다. 내가 알기로는. 아무리 많은 산적들이 들어와야 한다는 것처럼 들어와서, 그것을 견딜 수 있으면 식량을 지키고, 그렇지 못하면 그 도둑놈들이 이긴 것이다. 이런 경우, 누구도 죽이지 않고 지나갔었다. 삶은 파괴되고 집은 불타지만 아무도 죽이지 않고 이 오랜 세월을 보낸 것이다.

박박 대감의 경우 북쪽 지방에서 온 지 얼마 안 되었고, 이것 때문에 본인도 조금 허둥대기 때문에 이웃 마을 대감의 도움을 받는 것도 사실이다. 게다가 네 명의 멍청한 놈들이 있는데 그들은 살인을 행하는 것이다. 그래서 박박 대감은 한편으로는 이웃들에게 칭찬을 반, 욕을 반씩 먹었다.

북 대감은 박박 대감을 보고 "너는 궁궐의 규칙을 지켜라, 너는 너의 동포를 죽였다." 하며 꾸짖었다. 박박 대감은 우리가 저지른 일에 대해 책임을 지고 있는 것이다.

"박박 대감님, 제가 부하들을 통제하지 못했습니다. 용서합시오."라고 할 때 그건 나에게 정말 이상했다.

그러자 북 대감이 "우리가 감당하지 못해서 사람들이 산적이 되었고, 우리가 책임 지고 돌보지 못했기 때문에 모두의 생계를 유지해 주지 못했다. 그런데 자네는 그들을 파괴하는 정책을 폈구나. 그들을 고칠 수 있었는데도." 하고 꾸짖었다. 이것은 추측성 통역이기 때문에 살해를 한 우리에게 그렇게 감이 온 것이다. 박박 대감은 우리에게 결코 서운함을 내색하지 않았다. 잘했다는 말뿐이다. 대감과 우리 사이의 깨진 관계가 회복되었다. 박박 대감의 "우리는 더 이상 강도들 때문에 골치 아프고, 아들딸들을 보호할 필요도 없어졌다."라는 말만으로도 밝혀진다.

북 대감님은 아주 노신사이며 게다가 오랫동안 이 북부 지역을 지켜 온 경험이 많은 사람으로서, 젊고 새로운 대감을 꾸짖고 있는 형상이다. 산적들 관리를 책임지지 못한 북 대감의 자신의 잘못이다. 결국은 죽음으로 다스린 박박 대감이 죄인이 된 것이다. 북 대감의 요청이 우리에게 간접적으로 왔을 때, '이 산적들을 이번에 견뎌내라'는 뜻을, '이번에 끝내라'고 받아들인 것이다. 게다가 키탄어와 고려어를 삐뚤삐뚤하게 배운 탓이기도 한다. 견디고 살아남아라, 박박 대감이 오고 정권은 더 커졌고, 산적들은 주인 없는 백성이 되고 대감들끼리도 위아래가 있으니 그것을 지켜야 했는데 멋대로 끝장을 내 버렸으니 박박 대감은 북 대감으로부터 질책을 받았다.

강하다는 것을 증명해 주면 그 강도들이 해산하여 더 나은 주인 곁으로 가서 생계를 이어갈 것이었다. 하지만 그들을 다 죽이고 14세 이상의 사람은 모두 죽이는 몽골식 관습으로 다 치워 버린 것이다.

무기를 든 자는 남자, 여자 할 것 없이 모두 우리의 적이며, 개라도 물면 우리의 적으로 간주하기 때문에 그 원칙에 따라 행동한 것이다. 여기서 충분한 설명도 주지 않았고 그런 결과를 예상하지도 못한 박박 대감은 충격을 받았지만, 같은 배를 탔다는 것을 깨닫고 우리와 대면했다. 그러니까 북 대감이 박박 대감에게 한 기대와, 박박 대감이 우리에게 했던 기대는 대체로 깨져서 온 것이다. 이것은 내가 이해하지 못하는 수준의 관계다. 나는 그 당시에 그것을 이해하지 못했다. 나이 많은 대감은 자신의 정책을 젊은 대감에게 이어 주려고 노력하는데, 박박 대감은 궁에서 왔기 때문에 그의 정책은 우리와 같은 방식으로 진행한 것이다. 침략에 대한 정책 수준이 유목민 문화에 있어서 더욱 잔인하게 진행된다는 것을 평가한다. 북 대감도 많은 사람들의 생계를 꾸리지 못한 책임을 질 것 같은 느낌이었다. 강력한 보안 때문에 산적들은 해산하고 각 주인 밑으로 갈 것이라는 기대가 살인으로 끝났기 때문에 계산에 불일치가 생기고, 다른 한편으로는 이것 때문에 문제들이 더욱 발생할 것이다.

원하든 말든 두려움과 존경심을 불러일으키는 것과 관련하여 마을 남자들이 우리를 대하는 태도가 명백하게 신체적 언어로 적대감을 표현하던 것이 없어졌다. 경멸 수준으로 우리를 보지도 않고 노려보던 눈은 피하는 수준이 되었다.

박박 대감은 겁을 먹은 건지 아니면 용기를 내어 직접 대면한 건지 모르지만 이 사건 이후 우리와 개별적으로 만났다. 너는 어떻게 할 것인가, 내가 너에게 무엇으로 도울까 등을 의논했다. 나는 이것이 꾀를 부렸다고 생각했다. 사실, 두 번째 험담이 나온 것이다. 첫 번째는 그가 우리가 무기를 만들 수 있다는 것을 알았고, 자신의 정책에서 벗어날 수도 있는 인간들이라고 두려워하고 있었다. 어차피 결과 후, 죽어야 한다면 죽자, 살면 살겠다고 하여 대면하게 된 것이다. 이런 나의 두 번째 험담. 박박 대감은 아침에 북 대감에게 혼나고서 오후에 한 시간 정도 그늘에 앉아 있다가 오후쯤에 제일 먼저 나를 불렀다. 어떤 결정을 내렸는지 모르지만, 머리 위 상투에 꽂은 비녀를 만지고 있었다. 계속 만지다가 머리 위에 있는 망사를(상투 관) 떼었다가 다시 끼우면서 "소경아."라고 불렀다.

그러면서 나에게 직접 "너는 우리나라에 남을 것이냐? 우리 고향이 마음에 드는가? 네 목적은 무엇이냐? 삶의 의미는 무엇이냐?"라고 물었다. 나는 대답했다.

"당신의 나라가 좋습니다. 아주 평화롭고 아름다운 곳입니다. 당신의 백성들은 조직적이고 예의를 지킵니다. 저는 처음에 당신의 풍습에 있어서 불교 국가라 살면 어떨지 두려움이 있었지만, 우리나라처럼 하늘과 땅을 숭배하는 관습이 있어 이해하는 데 어렵지 않아 기뻤습니다. 하지만 저는 여기서 살고 싶지 않습니다."

"너의 친구들은 여기서 가정을 이루는 데 아주 가까워졌다. 너희가 가더라도 너희의 피가 우리에게 남을 것이다."

"제가 노예 인장을 찍혔는데 왜 다른 사람들보다 먼저 저를 부르셨어요? 다른 세 사람은 표식이 없지 않습니까?"

"다른 세 사람을 주도하는 모습이 너의 행동에서 보인다. 나머지 세 사람은 대감을 알고 있다고 했을 때 너는 왕(칸)을 안다고 했다. 그래서 너만 인장이 있다는 것이, 아마도 네가 남들보다 더 강하다는 표식일 수도 있다는 나의 의심이기도 하다."

뭐, 나는 고려 말을 잘 이해하지 못했기 때문에 그러한 개념에 대해 이야기한 것 같았다. 그는 나를 존중했기 때문에 나도 존경을 표현했다.

"감사합니다, 저에게 노예 표식이 있다고 무시하지 않아서. 하지만 저는 우두머리가 아닙니다. 우리는 평등합니다. 서로의 의견을 지지할 때도 있고, 안 할 때도 있습니다. 함께 움직이고, 동의하지 않으면 움직이지 않는 그런 사람들이기 때문에 대감님은 저를 위 아니면 아래라고 보시면 안 됩니다."

그러자 그는 아주 많이 웃으면서, "너는 노골적인 사람이구나."라고 했다. 그리고 그는 하녀를 보내 작은 상을 가져오게 하여 식사를 대접했다.

"나는 이곳에 만족하지 않는다. 나는 이보다 더 나은 삶을 살았다. 내 친구가 물려준 상점에서도 더 잘살 수 있었고, 장사를 해서 더 잘살 수 있었다. 하지만 정치적 압박과 임금에게서 오는 압박이 있기 때문에 나는 여기서 움직일 수 없단다. 족쇄가 달려 있어." 하며 이야기를 하기 시작했다.

"하지만 지금은 북 대감에게 질책을 받고 있다. 그는 임금의 사람이고 임금의 눈과 귀이기 때문에 나를 죽일 수도 있다. 이번 겨울 네가 나를 살아남을 수 있도록 도와주거라."라고 했다. 나의 서툰 고려말로 이해하기로는.

"네, 저는 도와드릴 겁니다. 저는 이미 예전에 당신의 생명을 지킬 거라고 했기 때문에 도와줄 겁니다. 북 대감을 살해할까요?"

"아니다. 북 대감을 살려 두어라."

"가서 울타리를 넘어서 처리하면 됩니다."

"너희들은 사람 목숨을 어떻게 그리 쉽게 가져갈 수 있느냐?"

"그럼 고려인들은 어떻게 그리 쉽게 밥을 씹습니까?"

그렇게 말했을 때 박박 대감은 아주 많이 웃었다.

"우리는 태어날 때부터 밥을 씹었다. 너희들은 어려운가?"

"치아 사이에 끼어서 아주 힘듭니다. 오래 씹을수록 점성이 생겨 밥을 씹는 게 문제가 됩니다. 이런 문제 때문에 집에 돌아가고 싶습니다. 제일 먼저 돌아가고 싶은 이유는 바로 저에게 벙어리 부인이 있습니다. 우리나라 풍습을 따르면 그녀는 다시 남편이 생길 수 없기 때문에 그녀가 남자 없이는 최대 5년을 버틸 수 있을 것이라고 생각합니다. 우리 헝흐텅 마을의 풍습을 따르면 저를 존경했던 우리 형제자매들은 그녀를 지원해 봤자 5년 후에 그만할 것이고 그녀는 생계가 어려워집니다. 그때 그녀는 버림받아 살 수 없기 때문에 남겨 둔 벙어리 부인과 자식들을 위해 저는 꼭 돌아가야 합니다."

내가 사정을 설명하자 박박 대감이 말했다.

"아, 네가 돌아가야 할 이유를 알겠다. 하지만 먼저 너는 내가 살아남을 수 있도록 도와주어라." 그는 다시 부탁을 했다.

"북 대감을 죽여 드리겠습니다. 아주 간단합니다. 아무도 모르게 할 수 있습니다."

"아니다, 죽이면 안 된다. 이번 겨울만 넘길 수 있도록 도와주어라. 그동안 내가 직접 나의 살길을 만들 것이다. 너는 그것까지는 알 필요가 없다."

"고려에는 임금이 두 명입니까?"

"아니다. 2년 전에 나의 임금이 세상을 떠나고, 북 대감의 사람이 임금이 되었다. 그렇기 때문에 북 대감은 나를 감시하고 있다. 우리 선왕의 신하들은 모두 이러한 압박을 받고 있다. 우리는 때를 기다리고 있고 힘을 잃지 않았다. 현재 임금도 우리 편이 될 수도 있다. 형제이기 때문에."

하지만 현재 권력을 가진 자들은 북 대감 같은 사람들이기 때문이라는 수준의 이야기를 했다.

여기서 나는 바로 한 가지를 이해했다. 2년 전에 임금이 바뀌었다는 걸 보면 우리 몽골 전쟁과 관련이 있고, 우리 칸을 금나라에 초대한 것과 관련이 있다고 생각해 바바 대감에게 혹시 몽골에 대해 알고 있는 게 없는지, 카마그 몽골이라는 나라에 대해 알고 있는지 묻자, 모른다고 그가 말했다.

"우리는 키탄 제국의 최고 군사였고, 태초부터 투지적인 민족입니다. 대감님은 아마도 알고 계실 겁니다. 그렇기 때문에 우리 일부 군사들도 키탄어를 알아서 당신과 이렇게 대화를 할 수 있습니다."라고 하자, 그는 키탄에 있는 즈부 타타르를 안다고 했다. 그냥 타타르는 다른 곳이었지만, 즈부 혹은 북부 타타르라고 하면 우리 지역을 말하는 것이다.

"알지, 그 전쟁의 전설을 들었다. 키탄 제국이 멸망한 이후 나라가 되었던 사실은 몰랐다. 지금 자네 칸은 어떤가? 안녕하던가?"

"우리 칸은 잘 있습니다. 왜냐하면 제가 여기에 있다는 것은 우리 칸이 잘 지내고 있을 거라는 뜻이라고 생각하기 때문입니다."

그 당시 나는 카불 칸의 소식을 몰랐다. 그렇기 때문에 나는 우리 칸에게 가야 한다고 했다. 너는 왜 그렇게 칸에게 충성하냐고 박박 대감이 물었다. 나를 키운 아버지이기 때문이라고 했을 때, 우리 박박 대감의 얼굴이 창백해졌다.

"너는 왕자냐? 아니면 칸의 서자냐?"

나는 칸의 수양아들이라고 대답했다. 왜냐하면 박박 대감은 우리와 관계가 안 좋았기 때문에 나는 뭐라고 거짓말을 해도 상관없었다. 그의 얼굴을 보고 자물쇠가 풀렸다고 안심했다.

"너는 조국으로 돌아갈 수밖에 없구나. 너도 나처럼 등에 짐을 얹고 있구나. 나는 첫째로 권력을 갖고 싶다. 왜냐하면 권력이 있으면 내가 원하는 사람을 보호할 수 있기 때문이다. 내가 권력이 없을 때, 나는 아주 많은 수를 써야만 내가 원하는 사람을 보호할 수 있다. 이 둘 사이의 격차를 해소하는 것이 권력이라는 열쇠다."

그는 그런 고대의 가르침이 있다고 말해 주었다.

"권력은 모든 백성들한테 있어야 한다. 북 대감 같은 사람이 있으면 금나라의 정책을 따르는 장관들이 늘어나고, 기존의 고려와 신라 민족은 고통을 겪을 것이다. 왕씨 집안에서도 우리는 혈통 정책을 가지고 있다. 따라서 혼혈들이 강력해진다는 것은 우리 기존 백성들의 상당 부분이 노예가 될 것을 의미하고 산적의 수가 더욱 증가할 것을 의미한다. 나는 이것을 참을 수 없기 때문에 내가 원하는 사람을 보호하고 싶다."

"그렇다면 제가 당신의 동포들을 죽인 것은 잘못한 짓입니까?"

"아니다. 희생의 제물이 있다. 쌀 한 움큼을 심을 수 있지만 다음 해 하늘의 복을 위해 불에 태운다. 이 풍습과 같이 이미 잘못된 길로 들어가 내 것도 아니고 북 대감의 것도 아니고 신라 것도 아닌 그 백성들의 인생은 없다. 그렇기 때문에 한 움큼 쌀과 같이 불에 타오른 거다. 이 한 움큼 쌀로 나는 이 세 마을에서 유명해졌다. 이 세 마을을 금나라의 영향으로부터 보호하고 있는 것이다."

"그렇다면, 북 대감은 왜 대감님에게 동포들을 죽였다고 꾸짖습니까? 저는 그런 통역을 받았습니다."

"그는 동포 강도들까지 불쌍히 여기는 척하는 대감의 행세로 자신의 명성을 높이기 위해 그런 행동을 보여주는 것이다. 신경 쓰지 마라. 북 대감처럼 산적이 많아졌다는 것을 알고 있음에도 아무런 정책을 수행하지 않는 것이 이 나라를 멸망시키는 원인이 될 것이다. 무정부 상태를 조장하는 것은 고려의 몰락이다. 주인 없는 백성들이 증가할수록 통치체제가 약해진다. 국가가 강하면 모든 백성들은 국가의 단위에 속하는데, 스스로 주인 없는 백성 된 것을 편드는 북 대감을 나도 이해 못 한다. 그렇기 때문에 너는 가끔 옛날이야기들을 들려주렴. 내가 너를 부르지 않아도 네가 알아서 나를 찾아오면 나는 기뻐할 것이다."

이렇게 우리는 하루 종일 이야기를 나누고 다른 몽골인들과도 대화를 나눈 박박 대감은 그들을 보듬어주는 면이 있었기 때문에 우리 둘의 이야기는 이날 후로 계속되지 않았다.

"자, 됐다. 네가 생각해라. 나를 지켜달라고 했다. 이것은 단순한 보안이 아니라 생명을 지킬 수 있는 보호 차원에서 참여하라는 뜻을 말한 것이다. 지금의 이 정부가 강하다면 백성들도 강하다는 정책이 옳은지 아닌지, 내가 이방인으로서 이 주변을 제대로 주도하고 있는지 잘못 주도하고 있는지. 북 대감이 옳은지, 아니면 북 대감이 벌인 일을 다른 사람으로 처리하게 하고 다시 그 사람을 파내는 것이 옳은지를 네가 스스로 생각하고 나에게 다시 알려줘."

이 시간 다른 세 명과도 이야기를 나눈 그가 얼마나 똑똑한 사람이었던지, 나의 완전한 신뢰를 얻었다.

박박 대감에 대한 나의 존경심이 여기서 시작했다. 그전에는 그가 어떤 일종의 행상인, 창고지기나, 부양자라는 생각을 가지고 있다. 하지만 이제 나 자신이 카불 칸의 정치 행정에 대한 지지자이고 응원자로서 박박 대감을 조금 다른 차원에서, 그저 돈이 나오는 지갑이라는 생각을 지웠다. 나에게 생각할 시간을 준다는 것을 보고 이 사람은 신중하게 움직이지 않으면 안 될 사람인 걸 알았다. 나중에 나는 칸의 수양아들이라고 이런저런 거짓말을 한 것을 후회했다. 하하. 하지만 내가 카불 칸 옆에서 자랐다는 것은 사실이라 생각하면 옳기도 했지만, 내 몽골에서의 명예나 체면을 생각하면 이런 말이라도 하지 않으면 한 양반을 설득할 수준이 되지 않는다는 사실에 한심했다.

내가 돌아오자 주인과 무슨 이야기를 나눴느냐며 세 사람이 나를 심문했다.

"나를 보고 이곳에 남을 거냐고 물었다. 나는 고향으로 돌아갈 거라고 말해 주었다. 딴 이야기는 해 봤자 알아들을 리가 없잖아."

우리 셋 중 한 명이 "너는 남을 거라고 했냐? 갈 것이라고 했냐? 남는다고 하면 박박 대감이 어떻게 할 것 같으냐?"라고 물었다. "남겠다고 하면 거의 부인과 아이들을 줄 것 같은 소리를 했다."라고 하자 타타르가 "당신을 왕으로 만들어 줄 테니 당신은 나를 장군으로 만들어달라고 하지 그랬느냐?" 했다. 이 타타르 사람들의 생각은 아주 무섭지. 그래서 나는 타타르에게 욕을 했다.

"너는 무슨 개소리야, 골짜기 개새끼 같은 놈아. 나는 현재 살고 있는 이 마을에서도 명예를 얻지 못하는 주제에 그런 큰소리를 칠 수 있겠는가? 푸른 하늘 아래서 아가리 깨진 그릇이 아닌가?"

그러자 나머지 두 명은 동의하여 "사람은 할 수 있는 것을 말해야 한다."라고 유목민들만의 규칙을 따랐다.

가장 많이 말을 걸은 타타르가 말했다.

"솔직히 난 이곳에서 남아서 살고 싶다. 나를 고려 사람으로 만들어 주고 부인과 아이를 갖도록 해 줄 수 있을까?"

그래서 나는 대답했다.

"네가 직접 물어라. 나는 주인 대신 결정하는 사람도 아니다."

그다음 산적이 불려갔다. 원래 나머지 두 사람을 먼저 부를 줄 알았다. 하루 종일 이야기를 하고 저녁이 되어 그가 돌아올 때 우리 세 사람은 그를 심문했다. 산적을 도륙한 사건 이후로 이곳에서 함부로 왔다 갔다 할 수 없게 되었고, 양반들까지 여러 가지 잘못을 저질렀고, 게다가 마을 남자들이 우리를 꺼려하는 상황이었다. 그렇기 때문에 우리는 박박 대감의 상황으로 방패를 만들어 마을 사람들과 다시 지내려 했는데, 백성들 사이에서는 추가 살인이 있을까 우려가 증가했다.

저녁이 되어 그가 돌아올 때 박박 대감이 뭐라고 하느냐고 물었다.

"나를 경호원으로 가질 마음이 있단다. 대감과 함께 늙을 때까지 같이 갈 수 있는지 물었다."

그러니까 나와는 달랐던 것이, 나한테는 떠날 것이냐고 물었다. 박박 대감이 남을 파악하는 능력이 탁월하다. 산적이 말했다.

"나는 원래 산적들 가운데서 자랐고, 강도 집단의 출신이다. 그렇기 때문에 사람답게 살 수 있는 곳을 찾고 있었다. 금나라에서 못 찾았고, 송나라에서도, 탕고드에서도 못 찾았다. 우리 고향에서는 나를 사형할 것이다. 그러므로 대감이 나를 사람 대우를 받도록 해 주시면 내 평생 당신의 곁을 지키고 도와드리겠다고 했다."

그는 간략하게 말했다. 그래서 나는 그것을 설득이라고 믿었다. 왜냐면 우리 산적은 꽤 숙련된 무사다. 게다가 이런 연기를 하는 것도 쉬운 일이다. 특히 명성을 추구하는 사람에게. 자, 그렇게 되면 우리 산적은 이곳에 남아 아내와 자녀를 가질 것이 분명해졌다.

다음날 우리 엉고드가 들어갔다. 엉고드는 원래부터 조국에 돌아가도 상관없고 여기 있어도 상관없다고 하는 변덕스러운 사람이다. 어디가 편하고 좋다면 그곳에서 살고 싶어 하는 사람이기 때문에 같이 있어 달라는 부탁을 받은 것이다. 그리고 박박 대감에게 따로 요청이 있었는데, 이번에 엉고드가 상행 중 하나의 대장을 맡아 달라는 요청이었다. 그러니까 박박 대감이 그동안 우리를 아주 잘 관찰한 것이다. 즉, 우리 중에서 엉고드가 가장 셈이 빨랐고, 특히 고려 돈거래와 장사 문제에서는 가격을 흥정까지 하는 수준이었다. 나의 호랑이 가죽을 좋은 가격으로 거래해 준 사람이 바로 엉고드였다.

박박 대감이 "나는 너를 이 장사에서 도와주었으면 하는 바람이 있다, 너를 잘 보살펴 줄 것이다. 네가 나를 배신해도 상관하지 않겠다."라고 했을 때 "서로 이익이 될 때 상인들은 서로를 신뢰한다는 신념으로 살 것입니다."라고 엉고드가 말했다.

가장 마지막에 우리 타타르가 갔다. 대감은 산을 넘으면 너의 나라가 있을 텐데 왜 가지 않느냐 물었다. 이전의 우리 셋과는 아주 다른 질문을 했다.

"너는 이 지역을 아는 사람이고, 타타르 땅이 이 산을 넘으면 있다는 것도 알고 있다. 게다가 어느 길을 따라가면 작은 마을까지 갈 수 있는지 알 수 있는 충분한 능력을 가진 사람이다. 안 가는 이유가 무엇인가?"

자신도 다른 세 명처럼 이곳에 남아 달라는 부탁을 받을 거라는 기대를 했는데, 왜 안 가느냐는 질문을 받고 당황한 것이다.

"저는 여기서 사랑을 찾았고 그녀와 함께 좋은 삶을 살기 위해 힘쓰고 있다."라는 인질이 된 사람처럼 양 새끼 울음 같은 소리를 했다. 그러자 박박 대감은 "네가 여기서 내 이름 아래에서 가정을 이룰 수 있도록 허락해 줄 수 있다. 너는 나와 함께 살 수 있다. 다만 고려에서 얻은 부인을 절대로 타타르로 데려가지 않겠다는 약속을 해야 한다."라고 했다. 그러자 "저는 타타르에 돌아가면 평범한 목동입니다. 제가 이곳 고려에서 살면 권력을 얻을 기회가 있습니까?"라고 타타르가 호기심으로 물었다. "너는 승진해 봤자 운송의 우두머리만 될 수 있다. 왜냐면 너는 이방인이라는 게 얼굴에 새겨 있기 때문에 이름을 고려 사람으로 바꾸어 도장을 찍어도 다른 상인들이 너를 신뢰하지 않을 것이다. 따라서 너는 최대 운송의 우두머리가 될 수 있는 길이 있다. 여기서 충분하다고 하면 너의 아들이 그보다 더 높이 갈 수 있다."라고 했다.

"저는 사랑하는 사람과 함께 평생을 보낼 삶을 원합니다. 나의 그녀를 마음껏 살게 할 수 있는 능력을 부탁합니다. 이렇게 노예인 채로 여자를 사랑하며 그녀에게 상처 주고 싶지 않습니다. 살 기회가 있다면 거미줄만큼의 줄이 있더라도 그것을 붙잡고 싶습니다."라고 마음을 털어놓았다고 한다. 이 모든 대화의 끝에 나는 박박 대감이 사람을 파악하는 능력이 얼마나 대단한지를 짐작했다. 그는 누구를 어떤 말로 시작할지, 설득과 진퇴양난에 빠지게 할지, 그리고 미끼를 던진 것을 눈치챘다.

우리 박박 대감의 18세 딸이 동생들과 함께 그녀에서 논다. '김안은'이라고 한다. 이것은 듣던 대로 발음한 것이라 부정확할지도 모른다. 내 이름인 '어브아'라고 하는 것 같아서 나는 정말 깜짝 놀란다. 내 아내와 눈이 똑 닮아서 그 소녀를 보면 내 아내가 생각난다. 시력이 돌아왔을 때 나는 처음으로 내 벙어리 아내의 눈을 보았기 때문에 그 눈이 머릿속에서 떠나지 않았다. 그래서 그 소녀를 볼 때마다 내 아내가 생각나 많이 괴로워했다. 내 아내인 그 불쌍한 벙어리 여자는 나를 기다리며 얼마나 속상해할까. '삼촌 탄다' 관습으로 그녀를 데려갈 사람은 없을 것이다. 형흐텅 쪽까지도 없을 것이라 마음이 아프다. 나를 겉으로 보면 사랑에 빠진 멍청한 놈으로 보였을지도 모른다.

솔직히 말하면 그 소녀가 나한테 꼬리를 쳤다. 나를 오빠라고, 내 이름 어브아로 부르는 사람처럼. 물론 박박 대감은 나를 사위로 두지 않을 것이다. 사위가 될 소리를 하면 그런 기회가 없다. 왜냐하면 나는 김씨 집안의 사위가 된다면 내 성도 김이 된다. 즉, 임금짜리 판에 장군으로서 플레이를 할 수 있다. 그러니까 타타르가 하는 말이 사실이다. 즉, 양반의 딸과 식을 올리면 그 어떤 하급 출신은 승진한다는 법이 있다.

대체로 귀족 따님들과 식을 올려 일반 백성에서 위로 올라온 장군들이 많다. 그런 이야기도 있다. 그러니까 양반이 딸을 준다는 것은 정치 동반자로 생각한다는 뜻이다. 그렇기 때문에 나에게 장기적인 정책을 세워 오고 나서 나하고 같이 가겠냐고 물어보았겠지.

즉, 나는 고려의 정치적 플레이어로 변해 버릴 것이다. 특히 우리 엉고드가 장사꾼이 되겠다고 박박 대감과 친해진 바람에 그들의 집안이 좋은 아가씨들까지 그에게 꼬리치기도 했다. 즉, 나는 김씨 집안과 식을 올리면 공식적으로 정치 게임에 참여할 수 있어, 김씨라는 성 자체가 매우 높은 값을 가졌기에 아가씨들이 게임에 들어온다 등의 정보를 얻었다.

그들 아가씨들은 많은 남자들과 시시덕거리고 놀다가 그중에서 한 명을 고른다고 한다. 일을 하는 것이다. 하지만 그 아가씨들은 성관계를 갖지 않는다. 그냥 꼬리치고 노는 것도 끔찍한 수준이다. 김씨 집안 딸들 때문에 버림받고 마음의 상처를 받는 남자들이 많다고 한다. '김'이라는 명예 가치를 아는 아가씨들이 위험하다는 뜻이다.

모든 아가씨들이 그런 것은 아니다. 명예 가치를 아는 여자들이 아버지처럼 선수다. 양반들의 딸들은 모두 김씨다. 그 아가씨들은 남자들을 가지고 논다. 즉, 자신의 명예가 아주 큰 무기라는 것을 그 아가씨들이 잘 알고 있다. 그렇기 때문에 아주 좋은 노예 남자를 골라 잠재적으로 통치하는 데 관심이 있는 아가씨들이 있다. 왕이 되지 못하더라도 부친의 동반자로 만들거나, 최전선에서 목숨을 바치거나 적어도 경제와 정치에서 군비 면에서 좋은 파트너를 시키기 위해 그런 조치를 취한 것이다. 고려 여자들은 청순하지 않다. 특히 9살 이상의 아가씨들은. 정책에서 멀리 떨어진 아가씨들은 여기서 제외한다. 일반 백성 여자들이 아주 순수하다. 우리 타타르와 연애 관계를 가져 아무 문제 없이 지내는 것을 보면 그녀들은 순진하다.

그 후에 다시 내가 만나야 할 차례가 왔다. 이번에 내가 먼저 그를 찾아가야 했다. 하지만 무엇을 이야기해야 할지 몰라 당황했다. 젊은 늑대가 힘없고 늙은 늑대를 무서워한다는 말이 있듯이, 일이 벌어진 것이다. 박박 대감은 체력과 전투 능력이 떨어진다. 이것은 실생활에서 여러 번 입증되었다. 하지만 정신적, 영적 면을 우대하는 유목민으로서 나는 그 사람을 존경하게 되었다.

도망쳤지만 운명이 겹치는 일이 벌어졌다. 그의 외동아들이 장난으로 나무를 오르다가 떨어져 어깨 탈구로 부상을 입었다. 우리 헝흐텅은 카마그 몽골에서 장애를 가진 사람들이 모여 사는 마을이라 기본 치료법을 알고 있기 때문에, 아픈 사람이 있으면 보다 못해 가서 도와주는 편이라 나는 소년에게 가서 빠진 어깨를 맞추어 주었다. 그런데 나를 보고 내 팔을 잡아당겼다고 아버지에게 일러바쳐 울었다. 아버지는 아들이 어깨가 탈구되었고 그것을 내가 맞추어 주었다는 말을 듣고, 미워하든 말든 우리가 다시 만남의 자리를 갖게 된다. 어쨌든 그는 나에게 "고맙다, 우리 아들이 천진해서 네가 치료해 준 줄도 몰랐다."라고 나에게 말했다. 그는 아들에게 "치료할 때는 쓴 약과 아픔이 있다. 그다음 낫기 때문에 헌물에 확신을 가져라."라는 교훈을 가르쳐 주는 것을, 나는 고려 말을 조금씩 하기 시작했기 때문에 이해했다. 이 가르침은 나에게 강한 인상을 주었다. 즉, 희생을 할 수 있는 그런 사람의 생각을 알기가 어렵다. 특히 경비원 수준이 아니라 목숨을 보호하는 사람이라는 것을 안 나는 두려움으로 가득 차 스스로 나서지 못했다. 왜냐하면 나는 할 수 있을지에 대해 몰라 망설였고, 그가 원래 사람을 파악하는 것을 잘했기 때문에 나를 파악했으면 하는 바람이 있을 뿐이다.

존경심, 다양한 관습, 금기 때문에 나를 버린다면 우리 두 사람 관계가 끝이 날 것이다.

나는 그의 뛰어난 지능에 감탄하고 한편으로 그는 나를 강한 용사라는 생각으로 서로 어울리지 않는 무대에 등장할 것이다. 그런데 박박 대감은 그런 실수를 하지 않았기에 그건 정말 귀족으로서 존경하는 이유였다. 대부분 귀족들은 이런 실수를 하기 마련이었다.

나는 왕궁에서 많은 귀족이 실수를 저지르는 것을 보면서 그때 내가 어떻게 하면 불의 흐름을 되돌릴지 대해 생각을 했기 때문에 그런 실수를 저지르지 않는 것을 보고 또다시 감동받은 것이다.

박박 대감이 내게 물었다. "너는 결정을 한 것 같구나. 너의 결정은 망설임이다, 맞느냐?"라고 했다. "네, 저는 당신을 궁전 근처에서 지키는 부탁을 받았다고 생각하지 않기 때문에 두려워합니다. 즉, 당신은 나를 당신의 친구, 안내자로 삼으려고 하는 것 같습니다."라고 생각하는 것을 대담하게 물었다.

"그래, 나는 네가 나를 안내해 주었으면 한다. 그런데 이게 네가 생각하는 만큼 장기간은 아니다. 내가 너에게 고려의 역사를 말해 줄까?"라고 했다.

"우리 임금님은 이 고려 명칭을 꺼내 주었다. 예전에는 고구려였다고 한다. 이 작은 구석에 있는 여러 지방이 통합되어 이제 거의 모두 하나가 되었다. 하지만 우리는 전쟁을 통해 이 모든 것을 이루지 않았다. 그러므로 네가 생각하는 만큼의 어려운 일은 하지 않을 것 같다."

"대감님은 제가 어떤 생각을 하고 있다고 봅니까?"

"너는 필수적인 사람들을 죽이는 것을 생각하고 있다면, 나는 필요한 사람들을 화합시키고, 그들이 필요하다는 것을 이해시키는 수준에서 일을 하겠다."라고 말했고, 우리 사이의 있던 벽이 조금씩 무너지고 있었다.

"오늘날 우리는 인간을 초월한 만전의 노력으로 전쟁 없는 국가 정책을 유지하고 있다. 꼭 필요한 사유가 아니면 전쟁을 피할 방법을 찾은 것이 이 나라의 역사다."

"꼭 필요한 경우가 아니면 전쟁을 하지 않는다는 것을 저에게 더 구체적으로 설명해 주십시오. 저는 듣고 싶습니다. 우리는 3년에 한 번씩 전쟁을 합니다. 전쟁이 있는 지역의 백성들입니다. 그래서 여섯 살짜리 아이가 무기를 들고 목숨을 걸고 싸우는 그런 곳에서 삽니다. 우리는 오직 인간과 싸우지 않더라도 양을 보호하기 위해 야생동물과 늑대와도 싸웁니다. 우리는 당신들과 같이 나무로 망을 친 것 같은 곳에서 살지 않습니다. 만일 그렇게 된다면 우리 양은 죽을 테죠. 가서 풀을 먹도록 방목함으로써 만들어지기 때문에 절대적으로 필요한 것과 꼭 필요하지 않은 것의 차이를 이해할 수 없습니다."라고 했다.

박박 대감은 "희생은 가장 마지막에 하는 것이다. 나는 이곳에서 2년 동안 대감이었다. 만일 내가 직접 죽일 수 있었다면 2년 전, 산적이 적었을 때 그들을 소탕할 기회가 있었다. 하지만 나는 북 대감의 말을 따랐고 산적들에게 겁을 주어 쫓아냈다. 하지만 결과적으로 다음 해에 또 한 번 만나게 되었다. 그때 나는 당신보다 유능한 장군을 잃었고 도적들은 고치는 것이 아니라는 것을 깨달았다. 이번에도 북 대감이 산적들을 겁만 주고 쫓아낼 것을 요구했다. 첫 번째 때는 산적들이 두려워했지만 두 번째 때 그들은 내 장군을 죽였고 세 번째에는 그들이 확실히 내 창고를 가져갈 것이다. 나는 장군으로서 부족할 사람은 아니다. 하지만 북 대감은 2년 동안 내가 병사를 훈련시킬 수 있는 모든 선생과 무기를 만들 수 있는 사람들을 궁궐에 보냈지. 유능한 사람들이 산 구석에 있을 필요가 없다며 보냈다. 그런데 이 모든 것을 내 친구가 준 너희 네 사람 덕분에 올해를 무사히 보내서 기쁘다."

그래서 나는 대감이 밀히는 내로 '하늘의 복을 빈은 사람'이 및느냐고 물었다. 그런 행운을 우리는 하늘의 복이라고 한다.

박박 대감은 "창조자는 모든 악을 안다. 거긴 어떤 처방, 어떤 핏물, 어떤 땀이 들어갔는지 알기 때문에 창조물에 감사하지 않는다. 그러나 기적을 본 사람은 그 창조물에 감사한다."라고 말씀했다.

이것이 나의 장래 깨달음이다. 나는 이 가르침을 고려에서 가져갔다. 자기 자신을 희생할 줄 아는 사람이 있어야 한다. 인간성을 희생할 수 있는 사람이 있어야 한다. 이는 누구든지 될 수 있다. 이를 위해 자신을 희생할 수 있는 능력을 가진 사람, 이 일이 실패하면 자신의 목숨을 바칠 수 있는 능력을 갖춘 사람이 되어야 한다는 말씀이 처음에는 매우 무섭게 들렸다. 사람은 자신의 본능에 반하여 살아야 한다는 것을 내 상상과 내 가르침과 내 나라에는 없는 것이다. 하지만 그곳에서 나는 얼마나 큰 희망과 성실함, 얼마나 큰 대가인가? 살아 있는데 죽은 자의 운명을 따라 사는 임금들의 대한 생각을 찾은 것 같았다.

비록 그가 먼 곳에 추방당하고 권력을 잃었지만, 북 대감을 통해 자신의 임금을 탐색하는 박박 대감을 내가 밝혀 본 것이다. 북을 고립시켜 구석에 물아붙이는 계책을 내가 맡아서 해 주어야 했다. 하지만 상대인 북 대감을 죽일 수도 없고, 만일 죽이게 되면 바로 권력 투쟁에 빠질 것이다. 그러면 명종 임금이 들어오게 된다.

왜냐면 나의 든든한 북부 방어인 북 대감이 사라졌다고 문제를 삼을 것이기 때문이다. 그러기 때문에 죽이지 않고, 다만 북 대감의 수익 경로와 그의 팔과 다리를 찾아내서 끊으면 될 것이라고 박박 대감이 계산한 것이다.

나는 머리를 사냥하는 나라에서 왔기 때문에, 팔과 다리를 잘라 머리가 입으로만 숨만 쉴 수밖에 없도록 만들어 버리는 법은 고려에서 배웠다. 산적들과 북 대감 간에 관계가 있고, 북 대감이 그 산적들을 만들었다고 박박 대감이 추측했다.

왜냐면 추가 수입원은 다른 마을 대감들로부터 강탈한 거래를 북 대감이 궁에 뇌물로 바친다. 이것은 북 대감이 명종 임금에게 알리지 않고 하는 작업이기도 하다. 북 대감이 이를 통해 궁으로부터 뇌물을 지원받곤 했다.

산적들을 제거하면 북 대감의 추가 수입원이 사라진다. 다시는 산적이라는 이름으로 북 대감의 자금을 지원할 수 없도록 연결 고리를 파괴해야 하는 이유가 이것이다. 사실은 북 대감이 명종 임금에게도 알리지 않은 수입원이다. 북 대감이 명종 임금에게 자금을 지원해 왔기 때문에 그 대신 대감 자리를 지킨다는 방식을 박박 대감이 말해 주었다. 그러면 그를 살찌우고 있는, 북 대감에게 이점을 주는 그것을 막으면 북이 스스로 망하게 된다. 그가 팔과 다리를 잃어 자신을 먹여 살릴 수 없게 되면 결국은 떨어진다. 북 대감이 더 이상 필요하지 않게 되면 명종 임금이 그를 버릴지 아닐지 확인하고 싶었다.

나는 내 의종 임금에게 준 도움을 명종 임금에게 주고 싶다. 주고 싶다고 하면 명종 임금이 허락하겠지만 단, 명종 임금의 인간성을 모르기 때문에 북 대감을 통해 짐작하는 것이다. 박박 대감은 팔과 다리를 잘린 북 대감이 얼마나 버틸지 옆에서 3개월만 지켜본 뒤 판단을 내린 후, 명종 임금에게 자신의 자리를 마련시킬 준비, 다른 판을 벌일지, 말지 결정을 한다. 즉, 임금에게 뇌물을 상납하여 임금 편에 선 대감이 될 것인지 여부만 진단할 것이다.

만일 명종 임금이 산적들로부터 탈 것을 찾은 북 대감을 알았더라면 그에게 다시 자금 조달, 산적을 다시 끌어내고 철권통치를(국민을 처형 등 극단적인 방법으로 다스리는 정권) 유지할 것이다. 이 경우 박박 대감이 더 이상은 북 대감을 통하지 않고 직접 명종을 임금 자리에서 떨어뜨린다고 계산한 것이었다. 북 대감을 통하지 않고도 다른 많은 것 중에서 탐색의 연결선을 잡으려고 노력하고 있는 것이다. 또한 모든 것을 관찰하는 왕인지 아닌지를 재확인하는 것이다. 이 작은 수입원을 무시해서 버릴 수 있는 왕인가? 아닌가? 만일 북 대감 같은 작은 마을의 대감이라도 통제할 수 있다면, 임금이 자신의 게임에 참여하려는 임금인지 아닌지를 확인하려는 것이다. 한 명은 판을 벌이기 너무 어려운 임금, 다른 하나는 아무것도 모르는 임금이거나, 또는 협력할 수 있는 세 가지 임금 중 어느 건지 진단하려는 것이다.

여기서 역사는 헝겊 조각으로 덧대듯 들어오는 것이다. 나는 산적들의 어린 자식들을 죽이지 않고 두었다고 앞서 말했다. 그다음 그 아이들을 다시 찾아가서 박박 대감 마을에 데리고 와서 키우고 있었다. 즉, 산적들을 죽이는 길이 아닌, 재생의 근원을 소거한 것이다. 이렇게 원인을 소거했는데도 이 땅 사람이 아닌 어떤 사람들이 어디선가 다시 그 산에 생겨 산적 생활을 시작하면, 명종 임금이 북 대감을 통해 이 일을 시키는 것이라고 볼 수 있다. 여하튼 밭을 완전히 청소하고 나서 어떤 쓰레기가 있는지 보려는 것이 박박 대감의 생각이다. 지금 상황에서 밭의 쓰레기는 박박 대감과 북 대감 두 사람들, 즉 그 지역 사람들이다. 반면 박박 대감이 북 대감을 끊임없이 감시하고 있었다. 나는 밭의 쓰레기를 아주 깨끗하게, 인간적인 방식으로 처리하려고 하는 것이다. 그렇게 나와 박박 대감이 타협했다. 살인죄를 나에게 뒤집어씌워, 나를 도망치게 하거나 아니면 나를 죽일 수도 있었다. 하지만 내가 이미 떠나겠다고 했으니 그런 게임을 만들 희생양이 된 것이다. 나는 이 땅에 머물지 않겠다고 밝힘으로써 그런 문제에 빠진 것이다. 만일 내가 임실하는 노동에 문제가 생겼다면 내 삶도 죽음으로 바뀔 것이 분명했다. 즉, 모든 죄를 나에게 씌우고 감추는 문제이다. 그러나 나를 죽이느니 차라리 조국으로 도망치게 해 주면 그의 명예가 보전된다. 박박 대감의 경우. 왜냐면 우리 세 명의 증인이 남아 있기 때문이다. 만일 박박 대감이 나를 죽이면 나머지 세 사람이 박박 대감을 경계할 것이다. 또한 모든 장군을 중앙으로 보낸 박박 대감에게 군사 훈련을 할 장군이 필요했기 때문에 다음 훈련 장군은 우리 중에서 준비할 것이다. 누군가를 정치 게임의 타깃이나 희생자로 선택해야 할 필요가 있었는데, 그것은 바로 나 오브아가 된 것이다. 고려는 그런 나라다.

평화가 생겼다

자, 이렇게 산적과의 전쟁은 끝났다. 말이 다섯 마리 생겼다. 그것은 우리 마을의 재산이 되었다. 박박 대감에게 말을 돌려주었다. 우리 네 사람은 모두 말이 생겼고, 말 바보들이 이제는 말을 타고 달릴 것이다. 3개의 마을에 지인들이 생긴 후 오빠라고 포용하는 아가씨들의 수가 늘고, 우리 세 명은 포용을 잘해 주었다. 나를 오빠라고 부르며 안아 주면 내 아내가 생각나서 울먹거리니까 "나는 오빠가 아니다." 하고 피하는 편이다. 이러한 모습으로 지내고 있었다. 우리는 겨울 내내 술만 먹었다. 두 번째 겨울 음주다.

우리는 새로운 마을의 지역 위치와 산적들의 위치를 알았고 게다가 말까지 생겼다. 또한 겨울에는 고려에서 할 일이 없다. 그래서 숲으로 가서 큰 고양이를 찾다가 결국은 15마리를 사냥했다. 사람들이 거기에 가지 않는 이유는 바로 호랑이와 노란 고양이가 많기 때문이었고 숲의 산적들만이 용감하게 살았던 것이다. 다른 농부들은 호랑이 먹잇감이 된다며 가지 않았다. 이런 식으로 사람을 습격하고 잡아먹는 2차 적을 죽여 준 뒤 말한다. 몽골군은 죽인 적을 자신이 가진다고 박박 대감에게 주지 않는다, 하하.

나는 이렇게 사냥을 하고 다니다가 우리에게 죽임당하지 않고 살아남은 몇 명의 산적을 만났다.

나는 보통 혼자서 거기에 갔다. 다른 세 사람은 거의 그 마을에 정착하여 이미 여자가 한 명씩 생긴 것이다. 나는 집이 그리워 그 산을 혼자 헤매다가 산적 2세를 만난 것이다. 그들과 몸싸움을 했다. 그리고 어쩔 수 없이 이겼다. 죽이고 싶은 생각은 없었다.

나는 단지 내가 강하다는 것을 보여 주고 싶었다. 그 이유는 그들은 어린 청년들이다. 조금 고려 말을 할 수 있게 되었기 때문에 그들 청년들에게 물었다.

그런데 노예는 대대로 노예가 되기 때문에 아이가 태어나자 바로 도장을 찍는다고 했다. 우리는 인장 없이 태어났기 때문에 한 마을의 대감 아래서 살 수 있다. 중요한 것은 누구의 자식이라는 것을 알리지 않는다, 우리에게 그런 기회가 없기 때문에 산에서 산다. 부모님과 함께 살고 싶어 하지만 대감들 때문에 상황이 힘들어졌다.

우리는 이번 겨울을 살아남을 수 없다. 우리는 아주 많이 배가 고프다. 우리는 숲에서 사냥을 하는데 제대로 된 것을 얻지 못한다고 말했다. 그래서 호랑이 고기를 구워 그들 청년들과 나누어 먹었고, 그 청년들을 박박 대감에게 데려갔다. 20대 소녀가 한 명, 16세 소녀 두 명, 나머지는 20살도 되지 않은 5명의 소년들이다. 그동안 나는 박박 대감님을 아주 많이 존경하게 되었다. 왜냐면 이 작은 마을을 위해 열심히 일하는 박박 대감과 북 대감을 보고, 본인들은 그다지 호화롭지 않은 삶을 살았지만 백성들을 부양하려고 노력하는 모습에 우리 하르 베키(Khar Beki)가 생각났다.

박박 대감은 이 아이들을 어떻게든 이해해 줄지도 모른다, 죽더라도 굶어 죽는 것보다 사람에게 죽는 게 차라리 낫다고 생각하여 데려다 주었다. 박박박 대감은 "나는 이 아이들의 출신을 숨겨 줄 수 있다. 다만 네가 이 아이들이 나에게 충실하도록 약속해 줄 수 있느냐?" 하고 물었다. 그러자 그 아이들은 "우리는 사람으로 충실함을 보증받지 않을 것입니다. 우리가 스스로 충실할 수 있습니다. 다만, 우리가 살 수 있게만 도와주십시오."라고 하며 스스로 빌고 무릎 꿇었다. 나는 놀랍기만 했고, 왜 그의 앞에서 이렇게 굽실굽실하는지 궁금했다. 참 흥미롭다. 그런 다음 그들을 박박 대감의 병사들과 함께 군사 훈련을 시키기 시작했다. 산적이었기 때문에 전투 기술을 조금 더 빨리 익히는 반면, 다른 사람은 '가서 잠잔다.' 하고 가 버린다. 돌아가서 잠을 자지 않는 사람은 나만 남아서 아이들을 훈련시킨다. 소녀들은 주방 일을 돕고 바느질하며 살았다. 소년들은 나를 대신해 경호원을 시켜 주려고 군사 훈련을 가르쳐 주었다.

봄파종기 때 박박 대감의 명성이 크게 올랐다. 산의 아이들을 밭에서 일을 시키고 부양했기 때문에 다른 마을에서도 그의 명성이 높아져, 무역과 다른 양반들의 동맹은 북 대감이 아닌 박박 대감에게 집중되었다. 원래 북 대감에 있던 주변 15개의 마을이 이제는 박박 대감에 관하게 되자 북 대감은 노신사가 될 뿐이었다. 즉, 정부의 지원이 없어진 것이다. 죽을 때까지 국가를 지탱하려 노력했던 만큼 국가로부터 지원을 받지는 못했다.

북 대감이 산적들을 만든 사람이라는 추측이 맞았다. 그것으로 이 15개의 마을을 약탈하고 중간에서 정리해서 자금을 모았지만 아무도 밝히지 않았지만 처리가 되었다. 국가의 직접적인 지원을 받은 것으로 이해되었으나, 북 대감이 약해지자 명종 임금이 돕지 않았기 때문에 북방 대감들이 그가 명종 임금의 이름을 사칭한 사람이라고 치부 당했다. 북방의 대감들이 모두 명종 임금을 후원해도 실익이 없다는 것을 인식했기 때문에 박박 대감에게 몰려들었다.

겨울이 가고 봄이 왔다. 박박 대감은 장사를 간다고 했다. 이제 이 지역에서 여러 가지가 부족하다고 했다. 그리고 판매되는 모든 약초를 포함하여 중앙 도심에서 가장 필요한 것을 청산했다. 나는 그동안 산을 샅샅이 뒤져 고양이들을 모두 사냥하고 말려서 다 가죽으로 만들었다. 다른 세 사람은 모두 아내와 아이들이 생겼다. 나는 사람 품에 들어가 여자를 안아 주기만 해도 아내가 보고 싶기 때문에 거리를 두었다. 내가 이곳에서 정착하지 못한 것을 본 박박 대감은 나에게 물었다. "자네는 왜 이러는가? 이제 자네를 제외하고 모두가 아내를 맞이했다. 내가 너를 내 사람으로 만들고 싶다는 열망이 크다."라고 했다. "저는 아내와 자식들을 둔 사람입니다. 내 나라에서 칸의 목숨을 지키는 군인이었습니다."라고 말하자 그는 충격을 받았고 너의 이야기를 들려주라고 했다.

우리에게 카불 칸이 있고 카마그 몽골 국가를 세웠다. 금나라는 우리 칸을 붙잡아 죽였다. 금나라라는 공간에서 우리 자신을 인정받기 위해 노력했으나 그들은 우리 칸에게 거짓말을 하고 그를 죽였고, 거기서 나는 칸의 목숨을 구하지 못했고, 목숨을 걸고 도망가다가 당신을 만났다고 했다. 그러자 박박 대감은 자신의 이야기를 들려주었다.

우리 할아버지는 임금의 삼촌이다. 그때 송나라는 우리와 싸우고 있고, 우리의 나라를 속국으로 만들려고 그들이 우리 임금들을 너희 칸을 속이듯이 거짓으로 속이며, 한 마음으로, 풍요로운 삶을 살도록 해 주겠다는 설득으로 배신시켜 결국은 임금님이 백성들의 미움을 받게 만들었다. 그다음 그들을 말살시키고 들어와서 자신들의 왕을 세웠다. 그리하여 우리 모두가 잘살 거라는 생각으로 대감들은 떠났지만 우리 임금의 욕심보다 많았기 때문에 우리 백성들은 지금의 이 아이들처럼 산적이 되거나 생존을 위해 노력하는 농부가 되었다. 이 일을 한 사람만으로 해결할 수 없다.

주변 사람들에게 이 마음을 말하면 그렇다고들 하지만 노력하지 않는다. 그것은 내면의 마음뿐이다.

그리고 그동안 나는 너를 열심히 지켜보았다. 너는 모든 사건의 골칫거리다. 그렇기 때문에 나는 너를 두려워하면서 한편으로는 너를 존경하기도 한다. 나는 너한테서 많은 것을 배웠고 너도 나에게서 많은 것을 배웠다. 어떤 어려움과 고통 속에서도 희망을 잃지 않는 법을 너한테서 배웠다. 그러나 너는 거래와 우정의 관계를 우리한테서 배웠을 것이라고 믿는다. 나는 너를 인간적으로 대우했고 노예로 취급한 적이 없었다. 나는 왕가에 속하기 때문에 노예를 대하는 방법을 알고 있다. 또, 노예를 그런 식으로 대한 결과 그 임금이 어떻게 죽는지도 안다. 나는 이 백성들이 어느 나라에, 어느 임금 아래 있든지 상관없고 단지 전쟁 없이 평화롭게 살고 싶고, 배고프면 자기 탓이고, 힘들면 자기 탓이다 라고 하며 살고 싶다고 말했다.

이것이야말로 내가 고려에서 배운 굉장한 학문이다. 사람들은 평화롭게 살 때 배고프고, 평화롭게 살기 위해 대감들은 매우 지혜로워야 한다는 것. 전쟁은 작은 이익이다. 특히 매일 전쟁 없이 평화롭게 살기 위해서는 많은 노력이 필요하다.

화친과 조화 협약이 필요하다는 것을 알았다. 또한 인간의 부족에서 생긴 욕심을 채우기 위해서는 사업도 잘 발달되어야 한다는 것을 깨달았다.

그렇게 하여 우리 두 사람은 아주 오랫동안 무역 경로를 따라가며 많은 이야기를 나눴다. 사실 고려 임금들이 얼마나 많은 권력을 가지고 있는지, 얼마나 많은 국가가 얼마나 많은 측면을 통제하는지, 저 임금은 정책을 운용하기 위해 저 대감들(도지사) 사이에서 어떻게 고생을 하며 사는지, 그러나 그곳에서 풀리고 나서 행복해지는 박박 대감의 모습도 보았다. 이 마을의 작은 사람들과 함께 농사짓고 수확하고 겨울을 보내고, 먹고도 남은 수확물을 다른 이웃들과 거래하고 비단과 마를 사고 할머니들을 기쁘게 해 드리고 부인도 뽀뽀해 주면서 사는 것이 평화라는 것을 깨달았다. 이 2년 동안 산적이라는 내부 봉기와 만났을 뿐, 한 번도 전쟁을 보지 않았다. 그렇게 나에게 전쟁 없이 살 수 있다는 희망을 주었고 전쟁이 없이 살 때의 삶이 어떤 것인지를 보여 준 시기였다. 나는 선생이 끝나면 보누가 행복해신나는 1년 이야기를 들으며 자란 사람으로서 그 행복한 이야기 뒤에 더 많은 노력도 있다는 것을 박박 대감과 북 대감한테서 보았다. 그들은 자신들의 국가를 세우지는 않았지만 평화를 찾은 사람들이었다.

2년 사이 전쟁은 한 번도 없었다. 노인은 죽지 않았다. 내부에서 먹여 살릴 수 있다 없다는 사실에 의해 두 개로 분리되어 서로를 죽이는 것 외에는 고통을 겪지 않는다는 사실이 나에게 큰 격려와 용기를 주었다. 그 문제는 나에게 당연한 문제로 보였다. 왜냐면 지능이 부족하고 땅과 음식이 부족한 사람이 늘어날수록 이런 현상이 생긴다는 것을 이미 이해했기 때문이다.

또한 우리를 노예로 취급하지 않고 백성들과 화해시켜 주며 가족도 이루게 해 주고 필요하다고 하면 작은 재산도 줄 수 있는 만큼 베풀고, 자신의 전부를 주지 않아도 그 사람을 얼마든지 지원해 주고, 지원받는 사람도 다른 이를 지원해 주고 살 수 있고, 외국이든 내국이든 중요하지 않다는 것을 이해하게 되었다. 중앙 도시에 갔을 때 박박 대감은 나를 어떤 사람에게 소개시켜 주었다. 이 사람은 얼형, 이해르스, 타타르[10]와 거래하는 상인이었다. "이 사람을 따라가거라. 너는 조국에 가서 살아라."라고 했다.

그는 너희들은 몽골이라는 나라에 가서 살고 싶은지 다른 세 사람에게도 물었다. 아니다, 우리는 여기서 부인과 자식까지 생겼고, 이제는 당신 밑에서 살 것이라 했고, 나만 혼자 돌아갈 것이라고 했다.

"그렇다면 나에게 아주 좋은 군인들이 생겼군. 너희들은 이제 내 병사들을 잘 가르쳐 주렴. 이제는 사람들이 우리를 공격하지 않으면 곰이 습격할지도 모른다."라는 소리를 내 귀가 듣고, "그 곰은 어디 있습니까?"라고 묻자 박박 대감은 나를 보고 배꼽을 잡고 웃었다. "오, 내가 너한테 곰이 어디 있는지 알려 줄걸." 하며 비웃었

········

10)   그 당시 몽골의 소수민족들이다.

다. 그러나 자연 재난에는 힘이 필요하다. 우리는 힘을 버리고 교활함과 꾀로 살려고 노력해 봤지만, 아무리 가족이 늘어난다 해도 일손은 언제나 필요하듯이, 사람은 전투력이 필요하다는 것을 너희들로부터 깨달았기 때문에 너희 중 세 명은 남아서 나를 돕겠다는 것에 매우 기쁘게 생각하고 있다. 그러므로 집을 그리워하는 한 명을 보내 주어야겠다고 말을 했을 때, "그러십시오. 얘는 우리한테 필요 없습니다."라고 하며 세 사람은 나를 쫓아냈다, 하하. 나는 기분이 상하기도 하고 기쁘기도 했다. 이렇게 나에게 드디어 집에 돌아갈 기회가 열린 것이다.

박박 대감이 "이제 너는 15마리 호랑이 가죽을 팔 것인가?"라고 물었고 나는 그러겠다고 했다. "네가 팔면 가격이 떨어진다. 내가 너 대신 팔아 주겠다. 나에게 동전을 2개 주면 된다. 나머지는 네가 다 가져라." 그리고 거래된 1,278개 동전에서 2개의 동전만 가지고 나머지는 다 내게 주었다. 그런데 그 동전들은 청동, 은, 금으로 서로 달랐다. 나는 그때 항상 청동 동전을 가진 것이다. 그건 금 동전 몇 개에 불과했다.

모국에 돌아왔다

한 달 안에 우리는 타타르 국경에 도착했다. 타타르에 직행해 입국하고 싶지만, 몽골인 티가 나서 잡힐 위험이 있었다. 타타르 친구의 이름과 그들이 하는 인사를 하고 대담히 들어가면 된다고 했을 때, 우리가 왜 타타르와 싸우는지, 왜 어힝 바르학(Okhin barkhag)과 카불 칸이 금나라로 가서 죽임을 당했는지 알기 때문에 조심해서, 타타르 땅에 직접 들어가지 못하고 있었다. 타타르 국경에 도착하자 나를 데려간 상인에게 말했다. "자, 이제 나는 내 길을 갈 것입니다. 당신은 타타르에 가서 장사를 하십시오."라고 하며 헤어졌다. 나는 고려에서 말이 생겼으니까. 따라서 나는 타타르 국경을 따라 엉고드 국경을 따라가다가 엉고드 땅에 들어갔다. 엉고드에서 나는 옛날 카불 칸 시대에 나와 함께 갔던 병사들이 아직도 살아있는지? 아닌지? 나를 구해 준 여성들은 어떻게 되었을까? 오랫동안 몽골에 가지 않았으니 우리나라는 존재하는지? 아닌지? 금나라가 카불 칸을 죽이고 우리나라를 망쳤다면, 나는 거기 가서 무엇을 하는가 등 많은 생각으로 신중하게 엉고드 땅으로 갔다.

엉고드에서 카불 칸의 군대에 함께 있었던, 소수의 살아남은 동료들과 만났다. 그들 역시 몽골에 직접 갈 수 없었다. 간다 해도 심판 받을 것이다. 어떻게 하나, 하다가 엉고드 부인도 두고 그곳에서 살고 있었다. 같은 문화를 가졌고 몽골과 차이가 없기 때문에 칸의 목숨을 지키지 못했다는 죄가 있었고, 몇 명의 살아남은 친구들이 있었다. 금나라에서 노예로 살던 몽골 매춘부들이 그들을 사서 한 명씩 옮겨 국경을 밀수시켜 주었다고 했다. 그들은 엉고드에서 더 이상 움직일 수 없다고 했다. 나의 몽골 국가는 여전히 있고 암바가이 칸이 되었다고 했다. 그는 엄격한 통치자이기 때문에 무서워한 것이다. 그래서 그들과 어울려 고비 사막을 넘었다. 고비 사막의 폭풍 속에서 많은 일을 겪었고 세 사람만 남았다. 나는 그곳에서 매우 후회하고 슬펐다. 만일 지난 3년간 부인과 자식이 생긴 이들을 조국으로 돌아가자고 설득하지 않았더라면, 오늘날 그들은 살아 있을 것이라는 큰 죄책감을 느끼고 사람을 책임진다는 것을 뼛속 깊이 느낀 그런 위험한 폭풍이었다.

그런데 카불 칸의 마지막 빈소를 찾아가서 큰절을 올리고 싶은 소망이 우세했다. 카불 칸은 나에게 삶의 의미를 주셨기 때문이다. 그는 맹인에 불과한 나에게 세상의 많은 것을 보여주었던 은인이다. 죽은 다음에도 그의 영혼이 내가 노예의 고통으로 개밥을 먹다가 죽을 운명으로 내버려 두지 않았다. 아주 좋은 고려인들을 만나게 해 주시고, 모국의 땅을 밟을 수 있는 기회를 주셨기 때문에 감사하는 마음이 쏟아졌기 때문에 나는 모국에 온 것이다. 내가 살아 돌아온 것을 보고 가장 많이 충격을 받은 사람은 역시 암바가이 칸이었다. 내가 죽었을 것이라고 생각하고 있을 때 돌아온다는 것은 아주 무서운 것이다. 그리고 내가 살아 있다는 것에 의심했다.

그러나 나는 그 의심이 정당하다고 생각한다. 왜 그렇게 오랫동안 사라졌다가 갑자기 다시 나타나는지 그들이 이해 못 하는 것도 무리는 아니다. 그래서 그동안 있었던 모든 일을 암바가이 칸에게 말했다.

가장 중요한 것은 무슨 일이 있었는지 듣지 않았던 카불 칸의 아들 쿠툴라가 나를 이해해 주지 않았다. 그의 아버지의 목숨을 지키지 못한 그의 경호원 군사들을 미워하는 마음이 생긴 것이다. 쿠툴라는 그때 국가의 거물 중 하나가 되어 있었다. 그의 아버지는 살아 있지 않고 내가 살아 있다는 것에 그는 많이 불쾌해 했다. "아버지의 빈소를 찾아가서 절을 하겠다니, 미친 소리 그만해라. 칸의 생명을 지키지 못한 주제에, 칸의 죽음을 확인하려 하는 건가?"라고 화를 내고 싫어했다고 한다. 그러나 암바가이 칸은 내가 카불 칸의 빈소를 찾아갈 수 있도록 허락해 주셨다. 또한 내가 집으로 돌아갈 수 있도록 허락해 주셔서 나는 집에 갔다. 내 아내와 아이들이 정말로 겁을 먹었다. 내 영혼이 들어왔다고, 하하. 나는 겨울에 집에 돌아온 것이다. 내 입에서 김이 나왔고, 몸에서 따뜻한 기운이 나기 때문에 그들은 내가 죽은 몸이 아니라 진짜로 살아 있다고 실감하여 나를 껴안고 울었다. 집에 돌아온 후에 아내가 해 준 음식을 먹었을 때, 마치 주마등 같은 묘사가 지나갔다. 나는 아이들에게 나에게 무슨 일이 있었는지 말해 주고 며칠 동안 말해 주었다. 내가 없는 동안 있었던 일들을 듣느라고 한 달이 지났다.

그다음 이야기를 네가 알고 있잖느냐. 우리 형흐텅 마을은 대감이 죽고 그의 외동딸 쭈르힝이 이끌어 가고 있었다. 집에 돌아온 한 달 후, 우리 쭈르힝이 들어오더니 "너는 살아 돌아왔으니 이제 나한테 장가와라."라고 내 머리 위에서 노려보았다.

나는 장사를 배웠기 때문에 돈, 돈, 돈을 벌어야 한다고 했다. 이제 나는 내 아내의 애완동물이 될 것 같아서 자유를 원했다. 아무리 많이 그리워했어도 한 달이 되자 정상 생활에 익숙해졌다. 아내에게 나의 능력을 보여주고 싶은 마음에, 무역 경로에서 한 얼헝 상인과 만나 접했다. 그리고 아내가 얼굴에 화상을 입은 그의 딸을 치료해 주고, 그녀의 아버지는 나에게 딸을 주기로 하여 나는 그의 딸을 부인으로 두었다. 아내도 집안일에 도우미가 필요한 것을 당신이 없는 동안 많이 깨달았다고 해서 그녀를 받아들였다. 내가 집에 왔을 때 우리 집은 박박 대감 집보다 더 불편했다. 나는 그곳에서 노예로서 열악한 곳에서 생활했지만, 우리 집은 그 노예들이 사는 것보다 일곱 배나 더 열악했다.

남편이 돼서, 아내와 아이들을 이렇게 살게 해서는 안 된다고 판단해서 적극적으로 상업에 나섰다. 잘살아 보자, 멋지고 풍요로운 삶을 꿈꾸며, 내 아내에게 나 자신의 호사스러웠던 삶을, 사치스러웠던 생활과 낭비하고 잃어버린 돈이 어떻게 생산적으로 사용될 수 있는지, 편안하고 따뜻하고 좋은 옷도 입고 살 수 있다는 걸 보여주고 싶었다.

그때부터 열심히 일하기 시작했다. 만일 내게 그런 모험이 일어나지 않았더라면 나는 그냥 전쟁을 하다가 죽을 사람이다. 박박 대감과 있었기 때문에 나는 좋은 삶을 누릴 줄 알고 그리고 그 편안한 삶을 찾는 사람으로 변해 버린 것이다. 최전방 전사였던 사람을 후방의 대감으로 교육시킨 사람이 박박 대감이다. 또한 북 대감, 하하.

그들은 나를 후방의 대감으로 키운 것이다. 쭈르힝은 그의 아버지를 계승했고, "형흐텅"을 조직하고 나보다 나은 군사 질서로 살게 하고 게다가 나까지 쫓아다닌다. 난 당신의 부인이 될 것이다. 다른 사람을 못 믿는다, 이 오톡을 이끌라고 했다.

내 사업은 성공했고, 사업 때문에 모든 가정집에 방문하고 필요한 물건이 있는지 묻고, 다른 사람에게 구해서 갖다주고, 그 기쁨으로 보람을 얻고 살았다. 박박 대감의 버릇이 나에게 나타나고 있는 것이다. 이런 태도 때문에 나는 "이 오톡에 박박 대감 같은 역할을 하면 좋겠다. 형흐텅 오톡에 그런 대감이 있으면 좋겠다."고 쭈르힝에게 발설했다. 그러자 그녀가 그 말을 걸어 받아서 "당신 이 일을 꼭 해야 한다. 나랑 결혼해 줘."라고 하여 앉아있는 내 앞에 서서 춤을 췄다. "아냐, 난 너랑 결혼 안 한다. 나는 너의 아이들에게 아버지가 되어 줄 수 없다. 타지에서도 아내 외에는 누구에게도 품을 열어 주지 않았다. 남의 자식에 대해 좋은 마음을 가질 수 있을지 의문이다. 내가 너에게 마음의 고통을 더하지 않겠는가? 너에게 상처 주고 싶지 않다. 너는 단지 내 동생일 뿐이다. 그래서 내 동생 자식이라고 하면 내 마음에 와닿을 것 같다. 그런데 막상 내 자식이라고 하면 마음에 와닿지 않을지, 그리고 네 딸들이 나를 아버지로 받아들일지 나는 걱정이다. 쭈르힝아. 이것은 큰 문제다. 우리 그냥 형제자매로 지내자." 그러자 "당신은 할 수 있다, 내 딸들이 너를 사랑해 줄 것이다. 아버지가 누가 되든 무슨 상관이야."라고 어릴 적부터 제멋대로 자란 쭈르힝이 내 말을 무시했다. "아니, 너는 도대체 사람 말을 듣고 있는가?"라고 하자 "내가 듣고 있지 않느냐?" 하여 그녀는 나를 눈을 크게 하고 쳐다본다.

그러자 쭈르힝의 큰딸 아마이에게 "너희들은 아버지에 대해 어떻게 생각하느냐?"고 묻자, 아마이는 "모른다. 아버지 없이 자라서 잘 모르겠다. 그런데 우리는 어머니가 많이 불쌍하기 때문에 아버지라는 사람이 우리 가족을 데려가는 데 반대하지 않는다. 나의 아버지는 누구인가라는 문제가 나에게 있지만, 만일 우리 어머니를 행복하게 해 줄 수 있다면 나는 그 사람을 아버지로 생각할 것이다."라고 했다. 아마이에게 이 말을 듣고 나는 쭈르힝과 남녀 관계에 대해 완전히 준비되어 있었다. 왜냐면 어머니를 기쁘게 하기 위해 자신이 원하지 않는데 아버지라고 부르는 것은 어려운 일이다. 하지만 아마이가 나에게, "우리 엄마는 당신을 정말 사랑한다. 우리가 결혼하고 시집가면 어머니는 외로울 것이다. 내가 아버지가 있든 없든 아무에게도 상관없다. 그렇지 않아도 나는 다른 사람에게 기대게 될 것이다. 그렇기 때문에 당신 우리 엄마랑 결혼하세요."라고 했다.

나는 내 편의를 생각해서 쭈르힝을 피해 다니는 것이 마음 아팠다. 그리고 첫째 부인과 둘째 부인에게 아마이에 대해 말을 했을 때, "여자는 훌륭한 마음을 가지고 있다."라고 우리 얼굴 없는 부인(얼굴에 화상 입은 아내)이 말했다. 당신이 쭈르힝과 합친다고 해도 우리는 반대하지 않는다. 중요한 것은 그녀는 헝흐텅의 우두머리이다. 여자 혼자서 이 오톡을 이끄는 것은 어렵다. 우리는 헝흐텅 이름으로 살고 있다. 여자라고 다른 대감들에게 깔보이는 눈치다. 게다가 그녀가 부모처럼 하려고 고군분투하는 모습을 보면 안타까울 뿐이다. 여기서 안식처를 찾고 싶어도 이 요구를 받아들일 만한 남자가 없기 때문에 고독하다. 이것 때문에 고생을 시켜도 쭈르힝은 혼자 살 수 있다. 우리는 좋은 백성들로서 그녀를 지지할 수 있다.

당신이 이 오톡의 지도자가 되어 책임지지 않을 것이라면 그녀와 합칠 필요가 없다고 했을 때, 쭈르힝과 결혼하고 싶은 마음이 없어졌지만 나의 쭈르힝이 너무 불쌍했다.

아버지로부터 고아가 되어 이 오톡의 지도자의 짐을 등에 진 우리 쭈르힝의 이 무거운 짐을 짊어질까 봐 두렵기도 하고, 거기서부터 술이 시작됐다.

나는 고려에 갔다 왔기 때문에 고생을 핑계 삼아 술을 잘 배운 것이다. 처음에는 그런 버릇이 없었지만 거기에 오래 있어서 그런지 녹슬어진 것이다. 나는 술에 많이 취해 잠이 들었고 다음 날 일어나 보니 내 옆에 쭈르힝이 자고 있었다. 생각해 보니 내가 정신을 잃고 누웠을 때, 나를 덮어 주고 자신의 고민을 털어놓기 위해 내가 일어나기를 기다리며 내 옆에서 잠들었던 것이다. 그날 우리 사이에 성관계는 없었다. 그냥 내 옆에 잠들었을 뿐이다. 어릴 때부터 같이 자란 내 동생이 옆에서 자는 건 당연한 일이리라. 어렸을 때부터 나에게 기대어 잠든 아이였기 때문에 나도 아무런 생각을 하지 않았다.

쭈르힝을 내 델(몽골 전통 옷)로 덮어 주었고, 불쌍한 그녀를 어떻게 하면 좋을까, 얼마나 많은 고통을 겪었을까 생각하는 동안 우리 헝흐텅의 쩨브게라는 고자질쟁이 할머니가 들어오신 것이다. 그 할머니는 "건드렸다, 건드렸네!"라고 소리를 치며 나가 버렸다. 뭐, 이 말이 퍼지면 몽골 남자들의 행동은 분명해진다. 내가 저지르지 않은 일에 대해서 책임지지 않겠다며 쭈르힝에게 말했다. "너에 대해 오랫동안 생각했다. 나는 대감은 어떤 것인지를 타지에서 더 보았고, 위대한 국가에서도 봤고, 이 나라에서도 보았다. 나는 대감의 역할을 무서워한다. 하지만 당신이 나를 반드시 이렇게 하라고 강요하지 않고도, 그냥 의존 정도로 나를 자유롭게 만들어 주면 나는 너의 일에 할 수 있을 만큼 노력해 주겠다. 그러니까 당신은 우두머리가 될 것이다. 그러나 나는 당신의 곁을 지켜 줄 것이고, 내가 벌어 온 것을 나눌 것이다. 나는 상인의 경로로 살고 싶어 한다. 더 이상 전쟁에 나가고 싶지 않다. 왜냐면 나는 평화롭고 편안한 하루를 보내는 나라를 보았기 때문에 다시는 싸우고 싶지 않다. 사람의 피의 가치는 보편적으로, 타국하고 내국에서 보았기 때문에 호전적인 형흐텅이 아니라 겸손한 기술자로, 모든 지혜를 짜내어 노력과 땀으로 내일을 만들어가는 형흐텅을 원한다고 했다.

그러자 쭈르힝은 "내일이라는 말이 나에게 충분하다."라고 말했다. 이렇게 그녀는 나의 세 번째 부인이 될 것은 분명해진 것이다. 쭈르힝의 일은 대체로 아버지로부터 배웠던 것으로 군인을 훈련시킨다. 나는 무역로를 알게 되면서 몽골에서 무역로를 찾아보려고 노력했고, 두 번째 부인의 장인을 꽤나 의존했고, 양반들이 무엇을 사고, 무엇을 원하는지, 어떤 종류의 황금이 어떤 품질을 갖는지, 가짜 금은 어떻고, 진짜 금은 어떤지를 구별할 수 있게 되고 장사에 미쳐 가고 있었다. 교활한 사람이 아닌 꾀(Ov Chin)라는 단어의 의미가 여기서 완벽하게 실현되었고, 사람의 재치를 찾고 그들과 친구가 되고, 그들의 소비를 채워 주고 박박 대감님처럼 "당신에게 무엇이 부족한가? 내가 찾아 주겠다."라는 일을 했던 그런 스토리를 가진 것이다. 나에게 한때 큰 의지가 되어 주셨던 박박 대감님, 북 대감님, 김 대감님, 그리고 벽 대감님들의 영향이 이렇다.

어브아는 몽골의 고비 아이막(도)에서 태어나, 부모와 남동생과 함께 살았다.

어느 날, 아홉 살 된 어린 어브아가 가장 사랑했던 새끼 양의 눈을 까마귀가 부리로 찔렀습니다. 이에 큰 슬픔에 빠져 울던 어린이 어브아는 까마귀에게 원한을 품고, 나무 위로 올라가 까마귀의 알을 다 부수고 던져 버렸습니다. 그런데 갑자기 많은 까마귀들이 한꺼번에 몰려와 어린 어브아를 공격하기 시작하여 날개로 치고 발톱으로 할퀴고 나무에서 떨어트려 왼쪽 눈을 부리로 찔러 버렸습니다. 어브아가 울며 눈을 가리고 겨우 도망쳐 집에 들어오자 엄마는 당황하여 아들을 안고 의사에게 갔지만, 의사가 있는 곳까지는 3일이 걸리는 먼 곳에 있기 때문에 시간을 많이 놓쳐 버렸다. 그 후로 삶의 의미를 잃은 어브아는 힘든 시기를 보내게 되었고, 점점 오른쪽 눈까지 시력이 없어졌다고 한다. 그래서 실력이 좋다고 하는 모든 의료인을 찾아갔지만 도움을 얻지 못했다. 결국 어브아의 부모는 그를 헝흐텅 오톡에 데려다 주었고, 완전 장님이 된 어브아는 헝흐텅 오톡의 우두머리의 집에서 그의 부인을 돕고 갓난아이를(쭈르힝) 돌보며 살았다고 한다. 이때 이흐 삐에트(Ikh Beyt, 몽골 의학 책 저자이자, 카마그 몽골의 명예로운 의사)를 알게 되어 나중에 절친한 친구가 되었다고 한다. 이흐 삐에트는 친구인 어브아의 눈을 많이 치료해 주었고 나중에 어브아가 성인이 되었을 때는 한쪽 눈의 시력이 돌아왔다고 한다.

헝흐텅 오톡은 카마그 몽골 시대 때 전쟁에서 다치고 장애를 가진 군인들이 모여 살며 서로에게 치료해 주고 고치는 그런 의료의 오톡이었습니다.

Gerliin urguu

The creation of the next
thousand years is built today upon
the history of the past millennium.

Tenger Mongol Gazar
October 4, 2011

**Book on
The Great History**
November 14, 2012

**Book on
Scripted Cultures**
November 14, 2012

**Book on
The Enlightened Mind**
November 14, 2012

**Book on Prospering
the Khas State**
November 14, 2012

The Sublime Intuition
November 14, 2012

**The Assembly of
Ten Thousand Great Spirits**
December 6, 2012

Book of Motherhood
January 23, 2015

**The Chronicles of
Shamans**
February 29, 2015

**Renditions of the
Mongolian Secret History**
April 1, 2015

"27"
Septemb
er 7, 2015

**Revelations of
Mongol Queens**
September 21, 2015

Under the power of eternal sky, the time
has come for Tenger where all menace and
idiocies shall be eliminated and destroyed.
Those who recognize it, be revered.

Book of Mongol Healers
August 11, 2016

Book on
Raising Children
June 22, 2017

The Art of Speaking
April 1, 2018

Board, Records, Seal
February 2, 2019

Board, Manifesto, Seal
May 20, 2020

Revelations of
Mongol Queens
/Translated into English/
September 11, 2020

One of Nine-Zelme
September 17,2021

The Wailing of a Prince
September 17, 2021

The Raw Sword
December 2, 2021

The Warrior
Khar Khadaan
December 20. 2021

Ov A
February 2,
2022

The Artistry, Craftship of
The Khamag Mongol Khanate
june 18, 2022

Gerliin Urguu Production

ОВ А Гуулин улсад

Хамаг Монголын үед Солонгосийг
Гуулин хэмээн нэрлэдэг байв.

Улаанбаатар
2023

Айлдсан : Нэгүдэй Цагаан Ов А Онгод
Удирдаж зохион байгуулсан: Аянгат удгүн (Л. Адьяамаа)
Улаачилан дамжуулсан: Утаа удгүн (З.Анхтуяа)
Зураач: С.Чулуунзаяа, Ү.Болдсайхан
Солонгос хэлрүү орчуулсан: Б. Энхмандах
Орчуулга хянасан: Г. Тэгшбаяр
Гэрлийн өргөөнөөс эрхлэн гаргав.

Хянасан: Шин Сонь Ми
Редактор : Мүн Со А
Маркетинг: Пак Ка Ён
Ерөнхий эрхлэгч : Шин Сонь Ми
Эх бэлтгэсэн: Мүн Хён Гуан
Ном хэвлэсэн: "Ха Ум" хэвлэх газар
E-mail: haum1000@naver.com
Вэб сайт: haum.kr
Влог: blog.naver.com/haum1000
Истаграм: @haum1007

Орчуулагчийн өмнөх үг

Сайн байцгаана уу?

Эрхэм хүндэт уншигч Танд энэ номыг унших өдрийн мэндийг хүргэе ээ!

Юуны өмнө ОвА буурлынхаа түүхийг Солонгос хэлрүү хөрвүүлэн ном болгох үйлэнд нь оролцож буйдаа туйлын баяртай байна. Энэ бол миний хувьд жинхэнэ нэр төрийн хэрэг гэж бодож байна аа.

Өөрийн тухай товч танилцуулъя. Миний нэр Буурал овгийн Б.Энхмандах. 2006 онд Сөүл хот дахь МёнЖи Их Сургуулийн Digital Media буюу телевиз радио, сэтгүүлчийн ангид орж суралцан 2010 онд төгссөн. Одоо Түндэмүн дүүрэгт байрлалтай Глобал хуулийн фирмд орчуулагчаар ажиллан Монголчуудаа хууль-эрхзүйн туслалцаа үзүүлэхэд тус нэмэр оруулж байна.

Одоогоос бараг 10-аад жилийн өмнө Аянгат удгүны хөтөлдөг блогийг уншиж эхэлснээр "Гэрлийн Өргөө ТББ"-ийн талаар мэдэж авсан бөгөөд Монголд очин "Гэрлийн Өргөө"-ний гишүүдтэй уулзан танилцаж тэндээс "Монгол Домчийн судар" (анагаах ухааны ном) "Монгол Товчион Түүхийн Тайлал" (Монголын Нууц Товчооны гуйвуулаагүй бүрэн эх) зэрэг олон сайхан судар ном гарсныг мэдэн авсан бөгөөд бүх л судраас авч уншиж эхэлсэн. Одоо ч шимтэн уншсаар байгаа.

"ОвА Гуулин улсад" номын эх бичвэр нь Гэрлийн Өргөөнөөс эрхлэн гаргасан ОвА номын хэсгээс таслан авч кино зохиол хэлбэрээр бичигдсэн юм. ОвА буурал минь тухайн үеийн Корё улсын нэгэн тосгоны Пак хэмээх Корёгийн хааны угсааны ноёны доор боол болон зарагдаж очжээ. Тэрээр хүний нутагт хамаг хар бор ажилд нь үнэнчээр зүтгэж, өөрийн зөн совин, ур чадвар, авхаалж самбаа, тухайн үеийн Хамаг Монгол улсын ард түмний эзэмших ёстой "амьд үлдэх чадварт" гарамгай сайн суралцаж бэлтгэгдсэн жинхэнэ цэрэг эр байсны хүчинд олон сорилтыг даван амьд гарч, Монгол нутагтаа буцан очиж чадсан юм. Түүний гурван жилийн хугацаанд Солонгос улсад хэрхэн олон адал явдалтай учран суусан тухай сонирхолтой түүхийг та бүхэндээ энэ номоор хүргэж байна. Номыг орчуулах явцад төрсөн сэтгэгдлээс хуваалцвал, тухайн үеийн Корёгийн ард түмэн болон одоо цагийн Солонгосчуудын зан чанар нь яг адил байгаа нь үнэхээр хайхалтай санагдсан. ОвА буурал эх нутаг Монголдоо буцаж очоод Эзэн Дээдэс Чингис хааны мянгатын цэргийн их жанжин болсон түүхтэй. Энэ номыг Солонгос, Монгол хоёр хэлээр оруулж хэвлэн гаргалаа.

Уншигч танд энэ номыг уншаад сэтгэгдэл төрсөн бол ОвА онгод улаач нараараа дамжуулан өөрөө хөтлөн явуулдаг Youtube-ын "Зөв үү? Тав уу?" нэртэй подкастыг сонсож үзээсэй хэмээн хүсэж байна. 900-аад жилийн өмнө амьдарч байсан ОвА нь одоо Онгод Тэнгэр болчихсон, өнөө цагийн Монголчуудад үнэн мөнийг таниулах үйлд хүчин зүтгэсээр явна. Үгүйсгэх нэгэн байхад үг айлдвараас нь сонсоод амьдралын мөн чанарыг ухаарч өөрийн ахуй амьдралдаа ач тусыг нь хүртээд явах нэгэн нь бас бий.

Та бүхэнд эрүүл энх, сайн сайхан бүхнийг хүсэн ерөөе.

Тэнгэр Монгол Газар.

Орчуулсан: Буурал овгийн Б.Энхмандах.
E-mail: mandara0716@gmail.com
https://www.facebook.com/groups/ovaguulind
2023-01-08 БНСУ, Сөүл хот.

Номонд дэм өргөх үг

Эцэг Тэнгэрийн иэлээр
Эх Этүгэний элбэрлээр
Энэ замбутивд морилон
Эрдэнэт биеийг олсон
Алтан нарны
Эрчмээр хүчжиж
Мөнгөн сарны
Хэмээр хөглөгдсөн
Тэнгэр заяат
Босоо хийморьт
Хөх толбот
Мөн чанараа голлох
Монгол хүмүүн танаа зориулж
Эзэн Дээдэс Чингисийн
Эрхэм нэг жанжин
Нэгүдэс оттийн тэргүүн
Нэгүдэй Цагаан ОвАгийн
Гурвантай хаврыг
Гуулин улсад сууж
Тэмцэж олсон ухааны
Дээж нэгнээс нь шигшиж
Тэмдэглэснээ энд мутарлав
Харын тэнгэр
Хан БууЭрЭл ОвА дээдэс нь
Эртэд
Эзэн Чингис хааны
Эрхэм үйлийг дүүргэлцэв
Өдгөөд

Өргөн олноо гэгээрүүлэх
Өндөр үйлийг дүүргэлцэн сууна
ОвА дээдсийн түүхийг сонордвол
Өөрийн биеийг өчүүхэн гэж
Үл голон тэмцэлдэн амьдарчээ
Олон бэрхэд нухлуулан хат сууж
Олон зовлонг гэтлэн ухаан нэмж
Олон хүмүүнтэй учран эрдэм
сурч
Их мянгатын ноён сууж
Эзэн хааны жанжин болж
Алдар сууд хүрсэн бөлгөө
Өвдөг хүрэхгүй
Өчүүхэн тулганд ч
Сэтгэлийн Галту босговоос
Өргөн түмэнд
Уухай хадааж дийлэх бөлгөө
Өндөр дээдсийн удам
Ухаант Монгол хүмүүн танд
Өвөг дээдсийн
Өндөр ухааны хишгээс
Өөрийн биенд тосон авч
Өгөөж юуг нь арвин хүртэхийн
Өлзий дүүрэнтэй ерөөлийг
Өргөн өргөн дэвшүүлье.

ТЭНГЭР ТЭНГЭР ТЭНГЭР
МОНГОЛ МОНГОЛ МОНГОЛ
ГАЗАР ГАЗАР ГАЗАР

Хүчтэн угсааны Г.Тэгшбаяр
2023-01-12 БНСУ, Сөүл хот.

➤ **Түүхэн намтарчилгааг айлдсан:** Нэгүдэс отгийн тэргүүн Цагаан Ов А Онгод.

➤ **Эцэг эхээс өгсөн нэр:** Цагаан (өнгөний нэр)

➤ **Хоч нэр:** Хааны алтан баас, Нэгүдэ буюу нэг нүдэт, Ов А.

➤ **Хочны утга:** Ов мэхтэй, зальжин. А зэрэгт буюу маш их зальтай.

➤ **Цол хэргэм:** Хамаг Монголын Хабул хааны цэрэг, Нэгүдэс отгийг үүсгэн байгуулагч, ТэмүЧин-ийг Хамаг Монголын хан болох үед багш, түүний Нэгүдэс отгийн тэргүүн, Мянгатын ноён.

➤ **Түүхэнд тэмдэглэгдэн үлдсэн нь:**

Монголын Нууц Товчооны

• 120 –р дэсд ... Нэгүдэй Цагаан Ува ирэв...

• 129- р дэст ... Нэгүдэй Цагаан Увагийн толгойг нь огтолж, морины сүүлэнд чирч оджээ.

Жич: Энэ цаг үеүдэд бол ТэмүЧин Хамаг Монголын хан болсон ч Их Монголын Чингис хаан болоогүй байв. ОвА нь ТэмүЧиний нэгэн мянгатыг толгойлон дайн туланд манлай цэрэг удирдагч болон явж байсан тухайд нь ийн тэмдэглэгдэн үлджээ.

• 218-р дэст ...Бас Чингис хаан Цагаан Увагийн хөвүүн Нарин Тоорилд өгүүлрүүн: Чиний эцэг Цагаан Ува миний өмнө хичээж, хатгалдах болоход, Далан балжудад хатгалдахуйд Жамухад алагдлаа. Эдүгээ Тоорил эцгийнхээ хүргэсэн тусад өнчдийн авилга автухай хэмээхэд, Тоорил өгүүлрүүн: Соёрхвоос, Нэгүс ах дүү нар минь харь тутамд бутран тарсан буй. Соёрхвоос, Нэгүс ах дүү юүгээн цуглуулсугай хэмээвээс, Чингис хаан зарлиг болруун: Тийн бөгөөс Нэгүс ах дүүгээ цуглуулж, чи ургийн ураг хүртэл мэдэж байх бус уу хэмээн зарлиг болов.

Жич: хэмээн бичигдэн үлдсэн байдаг. ТэмүЧинг Хамаг Монголын Хан болох үед Нэгүдэ Цагаан ОвА байсан ч сүүлд Их Монголын Чингис хаан болоод ч Нэгүдэ Цагаан ОвА-гийн ач тусыг санан, түүний хүүд отог овгоо захирах эрх олгож, нэг мянгатынхаа ноёныг болгосонг харвал ОвА гэж хүн ТэмүЧин Чингис хаанд ямар чухал эрхэм хүн байсан нь ойлгомжтой.

Жич: Түүхэн сурвалжуудад Нэгүдэ, Нэг нүдэт ноён, Цагаан Гуа, Нэгүдэс Цагаан Ува гэх мэтээр бичигдсэн байдаг. Худам Монгол бичигт О, У нь нэг дүрслэлээр бичигддэг бөгөөд судлаачид нэрний утга дээр анхаарал хандуулаагүйг илчлэнэ. Монгол хэлэнд Ув, Ува гэсэн үг ямар нэгэн утга заадаггүй. Харин Ов гэдэг ов, заль, мэхний утга заадаг. Монгол үг яриинд А авиа нь ямар нэгэн зүйлийн зэрэг, хэв хэмжээг өндөрсгөн, хүч өгөн ихэсгэдэг. Жишээ нь Аатай барилдлаа, А ёстой гэх мэт яривал арын тодотгол үгийг өндөрсгөж, их гэдгийг илэрхийлдэг. Иймд Ов А гэдэг нь Ов мэхээр үнэхээр илүү, онцгой, их гэсэн утга илэрхийлдэг. Ов А, Ов Чин гэх мэт нь ард түмэнд түгсэн алдар юм. Иймээс ч Монголчууд "Дуудах нэрийг эцэг эх өгдөг. Дуурсагдах нэрийг өөрөө олдог" гэдэг.

Одоо бумбын буюу билэг оюуны эрин үе эхэлж буй учраас зөн мэдрэмж, зургаа дахь мэдрэхүй нь хөгжсөн, далд ертөнцтэй харьцах чадвартай сүнслэг оюунтанууд нэгдэн, хамтарч үйлээ хийж эхэлсэн цаг үе болж байна. Хии бие хийсгэлэн дүртэй ч өөрсдийн удмын бөө улаачид болон, мэдрэмж сайтай чадварлаг хүмүүст элдэв төрлийн сүнснүүд үгээ хэлэн, үйлээ ойлгуулж, сайн муу нөлөөгөө үзүүлж эхлээд байгаа билээ. Байгалаасаа холдох аваас хүн төрөлхтөн мөхөх аюулд ойртож байгааг сануулан Онгод Тэнгэрүүд хэлж, эх дэлхийгээ ухаж төнхчиж, гагнаас болсон алт болон эрдэс баялгийг авч хаявал дэлхий бутрах хагарах аюултайг лус савдгууд анхааруулан сануулж байна. Энэ махан бие үгүй болсон ч сүнс бол мөнхийн эргэлттэй байж, цэнхэрхэн гараг дээр дахин элдэв төрлөө олон төрж, үүрд оршдог гэдгийг дэлхийн бүх хүмүүст ойлгуулахыг хичээн оролдож байна. Иймээс ч Ов А гэх Онгодын сүнс олон сайхан дурдатгал ярьж, Зөв үү? Тав уу? гэж подкаст хөтлөн хүмүүсийг гэгээрүүлэхийн төлөө цуврал яриа ярьдгаас, сонирхол татсан энэ хэсгээр кино хийхээр зорьсон билээ.

Гарчиг

Харийн газар үхэл амьдралын зааг дээр

1146 онд Алтан улсын Хушаху жанжин 80 түмэн цэргээр Хамаг Монгол руу довтолсон дайнаар Хабула хаан тэднийг ялан, буцаан элдэж хөөсөөр Алтан улсын хилийн дагуух 27 боомт тосгодыг эзэлсэн юм. Алтан улс "Алдсан 27 боомтоо Алтан улс өөртөө авмаар байна. Монголтой хилийн гэрээ хийх" санал дэвшүүлэв. Хабул хаан маань Алтан улсад очих болсон шалтгаан нь ердөө энэ. Тэдгээр боомтуудыг өөртөө газар нутаг тэлэхээр авах сонирхол Хабул хаанд байгаагүй. Харин албан ёсоор түүхэнд Хамаг Монгол, Хабул гэж тэмдэглэж эхлэх /тэр үед Алтан улс хойд нүүдэлчин аймгуудыг, өөр хоорондоо тусгаар гэдгийг мэддэггүй, нийтэд нь Цыбүгийн Татарууд гэж нэрлэдэг байсан. Гэтэл тэнд өөр өөр нүүдэлчид байдаг учраас Хамаг Монгол гэж Чоносын гарвал угсааныхан гэж өөр бүлэг улс байдгийг таниулж, тусдаа хил хязгаартай, өөрсдийн Хаантай улс гэдгээ хүлээн зөвшөөрүүлэх хэрэгтэй байв/, албан ёсоор цагаан хэрмээрээ заагласан бидний газар нутгийг буцаан өг, говь бол манайх учир ямар нэгэн говь үлдээхгүйгээр гэрээлж байж 27 боомтыг авч болно гэсэн гэрээ хийхээр Алтан улсад очив.

Бид мянгатаар эхлээд очсон бөгөөд хэрэв гэриэ эвгүйдвэл хилийн гадна Онгууд, Хамаг Монгол, Хэрэйдтэй нийцээд ерөнхийдөө цэрэглэн довтлох байсан. Гэвч гэрээгээр шийдэж болох зүйлийг заавал дайнаар шийдэх албагүй. Хэдэн сааяар тоологдох хүн амтай газарт манай бум руугаа ч ойртдоггүй цөөн хүн амтай бол хэцүү шүү дээ. Иймээс харилцан довтлохгүй, эв гэрээ хийх нь чухал байв. 1000 цэргээр оруулахгүй 100 цэргээр орохыг Алтан улс зөвшөөрч, тэр 100 цэрэгт Ов А миний бие явж байв. Энэхүү гэрээ 3 сар үргэлжилсэн.

Тухайн үед хоёр улстай байлдахгүй гэх бодлогыг Алтан улс баримталж байсан, яагаад гэвэл Сүн улстай байлдаантай, Монголтой байлдаантай байна гэдэг нь цэргээ хоёр хувааж, асар хүнд байдалтай байсан. Иймээс Хамаг Монголын хил хязгаар, тусгаар байдал болон Хабул хааныг хүлээн зөвшөөрч, боомтоо аваад, газар нутгийг чинь түүхэнд тусдаа нэрээр нь бичнэ гэсэн болно.

Алтан улсад гэрээ байгуулаад бид долоо хоног болоод гарах боломжтой байсан ч "Сүн улсаас манай жанжид ирж буй. Бүх жанжид иртэл та хүлээнэ үү" гээд нэг сар уягдчихав. Энэ хугацаанд бид нэлээд сэрэмжтэй байсан. Жанжид нь ирэв, Сүн улсаас. Энд хуучин ТумБайНай сэцнээс манлай шугамд давхилдаж байсан жанждын үр удам, домгийн шинжтэй ах дүүс маань тааралдаад Хабул хаанаас тусламж эрж, "Сүн улс ийм бодлогоор бидэн рүү довтлоод байна" гээд жанжид жанждын уулзалт болон дайсандаа тусалсаар дахиад өнгөрөв. Энэ удаа бидний сэрэмж буурав. Яагаад гэвэл дасалцахын зовлон үүссэн, эхлээд хоол ундандаа нь эвгүйцэж, байнга мөнгөн савхаар шалгадаг байсан бол одоо цааргалдаг, шууд гударчихдаг болоод ирсэн.

Гурав дахь сар нь боллоо. Жанжид бүгд тамгаа дараад, сайдууд, арилжаачид тэд бүгдээрээ цуглаж, Хамаг Монгол гэх улсыг хүлээн зөвшөөрч гэрээ байгуулах, бүх хүний тамга цуглах үйл ажиллагаа яг дүүрээд том хэмжээний найр болов. Тэнд гэнэ алдсан, дассан хоолонд хор хийхэд хүн сэрэмжгүйднэ гэдэг нь болоод бидний олонх цэргүүд хордоцгоон тэмцэл өрнүүлж чадалгүй баригдацгаав.

Хамаг Монголын Хабул хааныг ихэд тоосон Хааныхаа эсрэг Зүрчид сайдууд бослого зарлаж, бор дарсанд бодол юугаа өгсөн гэж хаанаа зэмлэцгээсээр, Хааныхаа сэтгэлийг урвуулж дөнгөв. Биднийг хордуулан барьж авах энэ үймээн самуунаар Хабул хааныг оргуулахаар Зүрчидийн хан хүүгийн талынхан оролдсон ч Хабул хаан "Ирт зуун цэргээ дайсандаа бариулж орхиод ганцаар дутааж, шившиг болохгүй. Би жанжин хүн" гээд явсангүй баригдлаа.

Ингээд Хабула хааны амь сахиж байсан зуут цэрэг хэрмэн дээр өлгүүлснээр би Хаантайгаа холбоо тасарсан түүхтэй.

Зүрчидүүд Хабул хааныг "Биднээс хэм татвар нэхсэн ихэд шуналт, эдэнд сүнсээ худалдсан хар муу боол Монгол чи бүх алтан зоосыг сүнсэндээ ав, шунал чинь ханавал цад" гээд биед нь зоос улайсган наан түлж, олон түмний нүдэн дээр тамлав.

Хэрэмд борцлогдохоор өлгөгдсөн зуун Монгол цэргүүдийг хараад, хэрэг бишидсэнийг мэдэн их балгадад байсан Монгол жинчин болон өртөөчид шувуухай нисгэж, Онгууд зүг хэл элч явуулсан ч Онгууд нар ам тангараасаа няцаж, ган болж хамаг адуу таргалаагүй гээд эс довтлов.

Уг нь бид хэрэг бишидвэл зугтах хэлэлцээрээ бүрэн төлөвлөсөн байсан юм. Алтан улсын Хаан суудлыг эцгээсээ булаах сонирхолтой ханхүү бидэнтэй холбоотой байсан учраас Хабул хааны баригдсанг ашиглаж, Хотулаг Алтан улс руу довтлуулж, ордонд үймээн самуун гаргуулав. Тэр ханхүү Хабул хааныг сулласан ч биднийг суллаж чадаагүй. Зөвхөн гол хүнийг нь суллаад, хил нэвчүүлээд, Хотулад гардуулан өгсөн нь түүхэнд тэмдэглэгдсэн. Биднийг бол үхсэнд бүртгэдэг. Энэ бол Алтан улсын түүх дээр мөр нь байх ёстой. Хабула хааныг суллаж чадсан ч эх нутагтаа ирээд, тэрээр шархны халуунаар нас эцэслэсэнг хэдэн жилийн дараа л би мэдсэн.

Олзлогдогдсон цэрэг тус бүрийг Алтан улсын төв хүрээнд одоогийн 3 давхар байшингийн өндөртэйд, суугаа хүний өндөртэй, дотор нь гар хөлөө хөдөлгөж болохгүй давчуу, шувууны сагс шиг хэлбэртэй торхонд хийн, хүн борц болгохоор өлгөсөн байв. Хаангүй болсон бидэнд асарч хамгаалаад, эсвэл алж устгаад байх шаардлага үгүй учир эхнээсээ мартагдаж олонх нь үхсэн гэж болно. Минийхээр бол шинийн найман хоёр удаа болох шиг болсон гэхээр бүтэн сарын хугацаанд өлгөгдсөн болов уу гэж боддог юм.

Тэр торх нь явган суултын хэртэй өндөртэй, хажуу тийш тохой дөнгөж биеэс салах хэмжээний, цээжнээсээ урагшаа төө хэртэй гараа хөдөлгөх боломжтой бөгөөд хөл нь голдоо, хоёр гарыг ард олсон шидэмсээр хүлсэн байв.

Эхний өдөр бол уур хилэн, цөслүүн зантайгаар орилоод хашхираад, олсоо татаад л тайчих оролдсоор өнгөрсөн бөгөөд үхсэн хүн байхгүй. Хоёр дахь өдөр хортой сарханын хор үйлчилж хориод хүн өөд болсон. Бид хоорондоо алд алдын зайтай торхлуулсан байсан.

Би угийн залхуу талын хүн тул бусдыг бодвол нэг их орилж хашхирахгүй, шүлсээ барахыг хүсээгүй. Хэзээ, хэрхэн суллагдахаа мэдэхгүй учир эрчмээ гамнаж, их унтахыг л хичээж байв.

Хоёр дахь өдөр бие асар чилсэн ч нуруугаа нумлаад жаахан чилээгээ гаргахаас өөр хөдөлгөөн хийх боломжгүй байв. Сэрүүн байх хугацаандаа гуталдаа хүлсэн олсыг үрж, хөдөлгөөн хийж чилээгээ гаргана. Хүний нуруу л чилээгүй байвал мөчдийн цусны эргэлт хангагдах тул ийм аргаар чилээгээ гарган, өдрийг ихэвлэн унтаж өнгөрөөж байв. Унтаж байхад эрчим бага зарцуулдаг учраас иймэрхүү заль хэрэгтэй. Иймдээ ч бусад цэргүүдээс тамираа илүү удаан хадгалсан гэх үү дээ, өдрийн сэрүүн хугацаа хоёр цаг орчим л байсан. Говийн дээрэмчин Нөжүү ах говийн хуйд дайрагдаж, тамираа хадгалах тухай ярьж байсантай уялдаж ийм л бодол төрсөн юм. Гэвч энд бол говийн салхи биш, хязгаарлагдмал орон зай.

5 дахь хоногт бороо орж, олс чийглэгдэж, элдвээр үрсээр тасарсан тул гараа ядаж хөдөлгөж, өвдгөө тэврэх дайтай болов. Өндрийн айдастай тул торхоо эвдэж чадаагүй.

Хагас нойрмог байдалтай байхад нэг мөс торх руу орж ирэхэд түүнд багахан өвдөл цөвдөл шорлоотой байсан, түүгээр өл тайлсан. Өөрөөр хэлбэл, Алтан улсад байх Монгол боолууд бидэн рүү хүнс харвасан гэсэн үг. Их хэмжээтэй биш ч өл тайлахуйц хэмжээтэй байв.

Энэ үед биднээс дахин 15 нь үхсэн байсан ч тэднийг торхноос суллаагүй. Үхсэний дараах 2-3 хоногт тэдний биеэс хий гарч, өмхий ханхалж эхлэж байв. Заримдаа тэдний гэдэснээс нь пүг гэх чимээ гарч, их л айдас төрдөг байлаа даа.

10 хоноход дэмийрч, оюун санаа бүдгэрч, тал хээр нутгаа, гэргийгээ санаад, түүндээ эцсийн мөчийн үгээ хэлж байна гэх бодлууд арвидав.

Удаан хугацааны өлсгөлөнгөөс болоод чөмөг халуу дүүгж өвдөх, суугаагаас өөр хөдөлгөөнгүй учраас хөлийн хуруунууд хүйт дааж, цусны дутагдал орж байгаа нь мэдрэгдэнэ. Чимчигнээд л халуу дүүгээд байна, өвдөлт биш, загатнаа ч биш, их зовуурьтай мэдрэмж төрнө. Суудлын хоёр ёндгор яс дороо тонголзсоноос болоод холгогдсон байсан. Ам тагнайд ямар ч шүлсгүй болов.

Ийн байтал дахиад бороо оров. Энэ удаа гар чөлөөтэй учир чадахынхаа хэрээр хормойноосоо шүдээрээ урж, бороон ус их хэмжээгээр шингээгээд, салтаандаа хавчуулан хадгалсан. Шөнөжин орсон бороогоор цангаа ч сайн тайлагдсан даа.

Эхний хэдэн хоногуудад шээж байснаа, өтгөн шингэнээ гадагшлуулсандаа харамсаж эхэлсэн. 2-3 хоногт нэг удаа өвдөл цөвдөл харваж, нууцаар биднийг хооллох хүмүүст маш их баясна. Амьдрахын шалтгаан тэднээс үүдэлтэй гэвэл зөв. Тэсвэр алдсан нь хэлээ тас хазаж үхэж байсан. Ухаан санаа бүдэг бадагтай, ихэвчлэн гэрээ санаж зүүдлэх нь их болов.

15 дахь гараг дээр шинийн 23-ны маш үзэсгэлэнтэй сарыг харав. Их тунгалаг шөнө байв. Тэнгэр дэх багахан үүл нь чоно лугаа

харагдана. Энд Тэнгэр байдаг болов уу, бидний шүтээн өвгүд дээдэс хардаг болов уу гэх бодлууд хөвөрч, энэ хугацаанд хамгийн удаан буюу 8 цаг сэрүүн бодлогоширов, шүншиглэв, залбирав. Урьд нь гомдоосон хүмүүс, алсан хүмүүс, тэдний гэр бүлүүдээс өршөөл эрэх, үхэлд бэлдэх шөнө байсан гэвэл зөв. Үхэгсдийн ертөнцөд учрахад юу гэж хэлэх вэ, амьдын ертөнцөд байгаадаа хэлэх үгээ шавчихсан учгаас ~~нөгөө ертөнцдөө өөрийгөө бэлдэж байв. Тэгээд нойрсов.~~

Энэ нойрондоо би урьд нь хэзээ ч харж, сонсож байгаагүй тэр хүнтэйгээ учирсан. Мөн миний нэг нүд эмчлэгдэн хараа ороод удаагүй тул хүний царайн тухай ойлголт маш маруухан байв. Миний таньдаг зүс ерөөсөө биш. Бас миний мэддэг хуяг ч биш байсан. Тэр хүн яг л хянагч цэрэг шиг торхны дээр, хэрмээс өлийгөөд, "Тэвчиж чадвал чи хишиг хүртэнэ шүү" гэж зарлигдаж байгаа зүүд зүүдлэн сэрээд ихэд гомдсон, дээрэлхэх юмаа олж ядав аа гэж. Учир нь хэрмэн дээр байдаг цэргүүд бидэн дээр шээх, доор байгаа хүмүүс муудсан хүнсээ шидэх зэрэгтэй ямар ч ялгаагүй санагдсан учраас Монголоор ярьж байхдаа тэсээрэй гэж үг хэлчих болов уу гэх горьдлого, тэвчихийн бол их хишиг хүртэнэ гэх зарлиг адил агаар нэг л сонсогдов. Тэрний дараа өөрийгөө бүрэн сэрсэн эсэхээ мэдэхгүй, цаг хугацааны мэдрэмж алдагдан, нэг их урт харанхуй агуй дотор мөлхөөд л, хөл бөгсөн бие чирэгдэж, мөр мултарч, оюун санаа байгаа учраас л толгой, эрүүгээрээ тэмцэн мөлхөж байсан тэр урт зүүдийг санадаг юм.

Амь аврагдав

Ийн зүдчин байхад Бартанбаатар, Хотула, Хадан тайш нар Хамаг Монголоос цэргийн хүчээ татан ирж, Зүрчидийн хилээр довтлов. Үүнийг далимдуулж төв ордонд эцгийнхээ хаан ширээг булаах зорилготой самуун болж, ордон шатахад хэрмийн харуулууд үгүй болох зуур Зүрчид нутгаа байх Монгол боолууд дэгүг юугаа шидэж, ясан сум харваж, торхны хулсыг тастаж, торхнуудыг буулгав. Ижил нэгтнээ өмхийрөхийг харахыг хүсэхгүй байна, ядахдаа хөрсөнд булж ёс үйлдье гэх сэтгэлзүйгээр туслахаар буулгахад, олзны цэргүүдийн зарим нэг нь амьд байсан аж. Манайхнаас хэд нь амьд, хэд нь үхсэнийг мэдэхгүй.

Зөвхөн толгой хөдөлнө, зөвхөн оюун санаа бодно гэдгийг мэдэрсэн асар урт зүүдний дараа би газар унахаа мэдэрч, бүүр түүрхэн хүмүүсийн чимээ, тэмцэл дунд чирэгдэж байгаагаа бүүр түүр анзаарахад "Энэ хүн амьд байна" гээд чирэгдээд явснаа л санадаг. Ийн нэгэн Монгол янхан өөрийн ягаан дэнлүүтийн гэртээ намайг чирч авч оров.

Муухан чулуун агуулахад ам руугаа шингэхээн шөл цутгуулж, ухаан орсноо мэдэж байна. Яагаад гэвэл тэр амт, үнэр, хамгийн муу хүнсээр хийсэн байсан ч энэ урт өлсгөлөнгийн дараа юугаар ч зүйрлэшгүй дээд цочоог тархинд минь өгсөн юм. Шүлс энэ бүх хугацаанд байгаагүйгээрээ ундарч, хамраас нус гоожиж, зовхиноос нулимс асгараад л байсан. Шууд ухаан орж чадаагүй, тэрний дараа буцаад л унтсан. Гэхдээ хөлд цус гүйж байгаа нь түмэн шоргоолж хөлийг минь хазаж байгаа мэт мэдрэгдэж, толгой маань хэвтээ тэнхлэгт орсон учраас гавал руу цус юүлэх нь толгой руу алх лантуугаар цохиж байгаа мэт өвдөж, удаан ажиллаагүй ходоод, элэг минь хоол гэдгийг хүлээн аваад тамирдан, шингээхийг тэмцэж байгаа хэвлийн халууныг мэдэрч, огьж бөөлжих тэнхээгүй, гэдэсний гүрвэлзэх хөдөлгөөнгүй учир яг л хаданд даруулсан мэт мэдрэмжийг эдэлж байсан юм. Гэхдээ шим болсоон, өвдөлтүүд алгуур сарниж, хэл зөөлөн нойтон, хамар амьсгалахуйц чийглэг болж, зовхи хөнгөн нээгдэж байв.

Нүдээ нээгээд анх удаа харсан хүн маань 40 эргэм насны, эцмэг туранхай, цайвар шар царайтай бүсгүй байв. Биеэс нь оо энгэсэг, идээ бээрийн үнэр ханхална. Гэхдээ ил ямар ч шарх сорвигүй харагдсан тэр эмэгтэй "Таныг амьд үлдсэнд үнэхээр их гайхаж байна" гэж хэлэхэд, их таньдаг үг, таньдаг хоолойг сонсоод бүр будилав. Нэлээд аялгатай Монгол үг, намайг тэмтрэн асууж байна, би амьд уу? үхсэн үү гэх бодол богинохон авч миний оюун санаанд бол урт эргэлзээг төрүүлсэн юм даа. Надад дахиад балга шөл өгөхөд амь тамир авч өөрийнхөө гараар барьж ууж, явдал байдал асуухтайгаа болов. Оюун санаандаа энэ хугацаанд болсон бүхнийг, тэр их хүслээрээ "Хаан маань яав" гэж л хамгийн түрүүнд асуусан юм. Өөрийнхөө хоолойг сонсоод итгээгүй. Царгиж хахарсан, хэрээний дуу мэт л сонсогдсон доо. Тэгэхээр би өөрөөсөө ч илүү Хаандаа хайртай юм шиг байгаа юм даа.

Амь аварсан тэр бүсгүй: Та цэргүүдийг торхонд өлгөсний дараа, бүхий ард түмний нүдэн дээр Хамаг Монголын Хабул хааны биед нь зоос улайсган шавж тарчлаахад, ганц удаа ёо гэж хашхичаагүйд, бидний сэтгэл ихэд өвдсөн ч бахархаж омогшив. Гурван гараг энэ тамлал үргэлжилсний дараа дахин тийм зүйл болсонгүй. Үхсэн амьдыг мэдэмгүй. Харин ордонд гал гарч, тэмцэл өрнөхийг ажаад, бид боолууд та цэргүүдийг өмхийрүүлж байснаас хөрсөнд шингээе гэж сэтгэв. Ийн буулгахад таныг амьд байхыг үзээд би ихэд цочлоо. Аяа юун баатарлаг вэ? юуны тулд амьдарна вэ? юунд итгэж ийн оршином гээд бахдав.

Хэрэв та нар ингэж үхэхээр бидний өөрийн дотор байгаа хүн үхэх гээд байв. Бид энд бузарлагдаж дээрэлхүүлж, янхан боол нэртэй ч энэ их хэрмийн цаана миний эх орон, хамаатан садан, үр сад, ах дүүс амьд байгаа гэж мөрөөсөх нь өөрөө бидний амьдрах итгэл юм. Та нарыг ингээд үхээд дуусвал, тэнд байгаа ар гэр минь итгэл мохоогоод байна. Тиймээс харж тэвчсэнгүй. Өөрөө өөртөө итгэл олохын тулд таныг аварлаа. Биднийг Тэнгэр хүртэл хаясан бус уу хэмээн гуних сэтгэлд минь та оч болж гялалзлаа. Гэвч янхны газрыг ажиллуулдаг нь биш, дор нь ажилладаг шүү дээ. Иймээс эзэн мэдвэл төвөг болно, нүдээ нээгээд, хөлөө чирдэг болбол үтэр явах хэрэгтэй, иймд тэнхрэх хэрэгтэй, та гэж хэлэв.

Эргэн тойрноо харахад тэр өндөр өлгүүртийн зүүн урд байрладаг улаан дэнлүүний асар шиг л байсанд "Энэ улаан дэнлүүт газар уу?" гэж асуухад, тиймээ гэж бүсгүй гунигтай хариулсан. Эндээс би цаашаа юу ч асуух шаардлага байсангүй. Ямар их зовлонг сонсох тэнхэл байсангүй. Талархлаа, би танд ямар тусыг өргөх вэ гэж хэлэхэд, үхлээс амьдрал руу дутаасан нэгэнд их аз тохиодог гэнэ лээ, та намайг ерөөж хайрла. Тэнхэрмэгцээ яв, амьд л байх хэрэгтэй шүү гэж л хэлсэн юм даа. Удалгүй нэг шулганасан дуу тэр эмэгтэйг дуудахад, наалинхай инээгээд л агуулахаас гараад явлаа.

Тэнхрэх гэдэг нойртой гүн холбоотой байдгийн хувьд шөлийг цэрийтэл уудж байгаад нойрсож, дараад нь биеэс гадагшлуулсны дараа нэлээд тамиртай болсон ч хөл дээрээ шууд зогсож чадаагүй. Бүх шөрмөс хатингаширч, яснууд яг хугарах гэж байгаа юм шиг шарчигнан дуугарч их эвгүй байсан тул ясаа хугалчихгүй, шөрмөсөө тасалчихгүйн тулд хэвтэж л байсан нь дээр байв. Чадахаасаа сарвуунаасаа авхуулаад л тэмтэрч, илж, оршиж чадах эсэхээ магадлав. Хоёр хоногийн дараа бие бүлээцээд, дахиад босох оролдлого хийхэд хөл дээрээ тогтож чадсан шүү. Тэгэхдээ шууд алхаж чадаагүй, дөнгөн данган тэнцвэр олон өндийж байсан юм. Булчингууд яаж алхдагаа ч мартсан байсан нь үнэхээр гайхалтай. Хорвоо дээр хүн хоёр дахь удаа алхаж сурна гэж байдаг л юм байна гэж бодон зугаацав. Булчингаа хөдөлгөж, эхлээд алхаж тэнцвэр олж, ачаалал өгөхгүйгээр сунал уярлыг нь өгч, өнөө л хэвтээ үедээ булчингуудаа хөдөлгөж байсан. Маргааш нь хөдөлгөхөд харин алхаж дийлсэн шүү. Булчин гэдэг юутай хурдан төлжиж дийлдэг, гайхалтай тогтолцоо вэ гэж гайхаад түшлэгтэй түшлэггүй, хана налсхийгээд алхсан тэр үдшээ булчин аймшигтай янгинаж, буцаад хэвтээд өгсөн. Шөнөжингөө халуурч унтаж чадсангүй, өвчин шаналлаас болоод ухаан балартахын завдалд өнөө надад тушаал өгч байсан хүнийг дахиад зүүдэлсэн юм. Энэ удаа харин "Чи амьдарна аа, амьдрах ёстой" гэдэг тушаал буулгасан тэр үгс нь надад тийм ч муухай санагдаагүй. Маргааш нь бие их хөнгөн болоод, шөнөжин халуурсан байдал илаарь болсон.

Илүү удвал өнөө эмэгтэйд төвөг болох байх гэж эмээнэ, гэхдээ тэр эмэгтэй намайг өдөрт гурван удаа маш муу шолоор хооллож байсан юм шүү. Өөрөө бараг хоолоо иддэг болов уу гэмээр тураалтай атал, надад тийм сэтгэл гаргасанд би хязгааргүй талархана. Хамгийн гоо үзэсгэлэн тэр эмэгтэйд байх шиг санагддаг. Гэхдээ гадаад гоо үзэсгэлэн биш шүү. Ямар ч эр хүн тэр эмэгтэйгээс гоо үзэсгэлэн гэдгийг төрхөөс нь ажихгүй байх, гэхдээ сэтгэлийн гоо үзэсгэлэнг бол хүртэж болно. Намайг ийн тэнхрэхэд тэр эмэгтэй өөртөө урам зориг олж, өдрөөс өдөрт нүдэнд нь гялбаа оч нэмэгдэж, хацарт нь ягаан туяа бутарч байхыг ажив.

Би чамд талархлаа яаж илэрхийлэх вэ хэмээхэд тэр бүсгүй: Тийм зүйл хүсээд таныг аварсангүй ээ, та нарыг хараал зүхэлт амьдын чөтгөр болгохгүй, хорвоод амгалан нойрсоосой гэж бодохдоо аврахад, таныг амьд байсанд үнэхээр их гайхаж, тэнхрэхийг чинь үзлээ. Энэ чинь надад бэлэг гэж хэлсэн юм. Тэр эмэгтэй уйлж байсан учраас хэрхэн аргадах учраа олоогүй, бас юу өгөхөө ч мэдэхгүй байв, үнэхээр өгье гэхэд хүнд юу ч байдаггүй. Их тусын дэргэд сэтгэлийн талархлаас өөр сав байдаггүй гэдгийг тэр шөнө ойлгосон юм даа. Өдөр тамгагүй боолуудыг барьдаг учраас шөнө яв гэж тэр эмэгтэй хэлэв.

Ийн миний амийг аварсан тэр янханд талархах сэтгэл их ээ. Ямартай ч нэг хүнтэй юм ярихтайгаа болоод асуув. Надаас өөр хэдэн цэрэг амь авагдсан бол, хаана байгаа бол гэхэд,

Янхнууд яг хэдэн тооны цэргүүдийг аварсныг би мэдэмгүй. Үүнээс өмнө үхэх дөхсөн хоёр, гурван цэргийг, ханш өгч байгаад хямдхаан худалдаж аван, амийг нь авраад, жинчин дагуулаад явуулчихсан гэж сонссон. Өвөрт нь ордог цэргүүдийнхээ сүвчидээр худалдаж авсан биз. Зорилго нь эх нутгийн маань хэн нэгэн хүн нүдэн дээр үхэхэд, сэтгэл нь хямардаг учраас эх орон, элэг нэгт хүмүүнийхээ төлөө муу явдалтай мөнгөөр ядаж амийг нь аварч өөрөө өөрийгөө аргадах ийм үйл хийдэг гэж ярьдаг шүү хэмээв.

Хүүхэн үрд гялайюу. Энэ дэнлүүтэд чамаас өөр Монгол хэлтэн байна уу? гэж асуухад, "Долоон гараг өмнө Найманаас Сүн, Сүнээс Гуулин явдаг урт жингийн Тасдай жинчин буулаа. Түүнд нэгэн Монгол хэлт замчин буй. Та тэнд шургалбал амьд үлдэх бус уу? Монгол цэргүүдээс амьд үлдэгсэд нэг цуваанд явж болохгүй учраас өөр арга, танил тал хайх хэрэгтэй" гээд өвөрт нь ордог наймаачинтайгаа уулзуулах болов.

Сүн улсад

Тасдай жинчний замчийг хайн очив. Монгол зүстэй, хэтэрхий өндөр шанаатай учраас "Хорвоо дээр энэ хацар шанаагараа адлагдах гэж" бодсоор, тэнд байх дөрвөн сацартын дараах хүн дээр очиход Нөжүү ахын Нохой нэрт дээрэмчин байх нь тэр. Тасдай жинчин бол Говийн дээрэмчин Нөжүүгийн дээрэмчидтэй холбоотой учир тэднийхээс цэрэг авч хамгаалалтын хүчээ гаргачихсан, Сүн улс руу явах гэж байсан юм. Би Нохой ахыг хараад тэсэлгүй барин авч уйлаад, хэрэг явдлаа ярьж, хэцүү учраа хэлэв. Эхэндээ ч танихгүй гайхаад байхаар нь "Би чинь Бухагийн хүү байна аа" гэхэд,

Нохой ахай: Хүүе, хаая болоод явчхав. Тэгээд нөөлөглөж эхэлсэн бөгөөд "Ээ, чи сохор юм чинь, биттий тэг ээ, биттий тэг, бид чиний өмнөөс ажлыг чинь хийчихнэ. Чи зүгээр дагаад, хоол идээд л явж бай" гээд хайрлан намайг хамгаалж, төлбөртэй улаан дэнлүүнд тухтай, хөшигтэй, дэнлүүтэй өрөөнд амраалаа. Ширээ дүүрэн идээ тавьсан байсан ч идэж чадах нь тун ховор байв. Идэх юм бол миний цөс арвидаж энэ биеэ алахаар хэмжээнд байсан учгаас багахан шөлнөөс л ууж чадав. Энэ эрдмийг өгсөн Их Биет анддаа маш их баярладаг. Тэгэхгүй дураа дагаад тэдгээр хүнсийг идчихсэн бол би амьд байхгүй. Чамайг өлслөө гээд идээ өгөхөд, юунд идэхгүй байна гээд Нохой ах маань ихэд гайхан надаас асуухад,

Би: Өлдүү хүн шөлөөр тэнхэрдэг юмаа, хуурсан хоол идвэл миний цөс эзнээ ална шүү. Тиймээс болоогүй, сэтгэлд тань талархлаа. Магад энэ хүнсийг чинь тэнд байдаг улаан асартын бүсгүйд өгч болно уу гэхэд,

Нохой ах: Арвин хөрөнгөтөнд идээ өгч яадаг юм. Бидэн шиг ядарсан хүмүүс, хишгээ өдөртөө тосож, итгэлээ өдөртөө бадраахад болох бус уу гэж зэмлээд, нойрс, нойрс, унт унт, тэнхрэлийн эх зүүдэнд байдаг юм гээд л хучиж өгсөн юм. Таньдаг, дотно хүмүүнтэйгээ учраад, элэг нэгтэн Монгол цустантайгаа уулзаад, санаа сэтгэл шулуун байсан тул сайхан амарсан. Нэг ийм л чөлөөлөлт болж билээ.

Тэд жинчин Гуулин улсыг зориh буй бөгөөд нэгэн жилийн дараа л Монголын говиор дайран Хижрийн оронд очно гэнэ. Цаас тахин шүтэх тэдэнд Гуулингийн торгон цаасыг арилжих зорилготой. Гурван зоосоор авах Гуулин цаас Хижрийн оронд Тэнгэрийн цаас гэж шүтэгдэн 300 зоост хүрдэг аж. Иймд гагц тэрийг хүргэж дийлэх ав_аас насаараа барамгүй хөрөнгө болно хэмээнэм. Гуулин цаасанд тэд Бурханы сургаалаа бичиж, уртад хадгалж болдог тул ийн шүтэглэх аж. Бэх түрхээд нааллдаггүй, хөгц мөөгөнд идэгддэгтгүй тул ихэд үнэт цаас юм гэнэ.

Хувцас хийгээд өмсөх биш, галд ойртмогц шатах тэр муу өгөр юу нь тийм гайхалтай гэж би гайхахад, "Зуун жилээр дамжих зураг зурж болдог. Мянган ном бичдэг тул хайхалтай" гэхэд үнэмшиж ядав. Дүү минь Зүрчид нутагт хүртэл Гуулингийн 3 зоосны цаас нь 30 зоос хүрдэг гэж мэднэ үү гэж Нохой ах шогширно.

Чингээд Нохой ах Монгол тийш говиор туучих, Хижрийн чиг явж буй хөх нүдэт жинчдэд намайг даатган хил давуулах гэтэл, Алтан улсын Хаан төр булаалдах самуунаас болоод, хил тодорхойгүй хугацаагаар хаагдаж, хилийн цэргүүд нэмэгдсэн байв. Ийн улс дамнан уртын жинд явагч арилжаа наймаачид Зүрчидийн нутагт боогдсонд Нохой ахай намайг дагуулаад Гуулин улс явахаар болов. Тэд Сүн улсаас торго дурдан, бурам чихэр аваад Гуулинд очиж, үнэ хүргэж арилждаг. Дээрээс нь үнэ хүргэж чадахгүй бол Хорь Түмэд, Мэркүдүүдээс авсан ангийн үсээ Гуулин руу аваачаад зарчихаар алдагдал нөхчихдөг гэнэ.

Хоёр хоногтын дараа Нохой ахыг хөлсөлсөн Тасдай гэх хочит Зүрчид улсын арилжаачин Сүн улс руу хөдлөх байсан учир ачаа барааг нь бэхлэлцээд л, гар хөл хөдлөхтэйгөө юм чинь уяа татлага татахаар юм болоод л явав. Олон газар ачигч арилжаачдаа хуваагаад суулгачихсан учир яг тэр их хүрээдээс хөдлөхөд хэн ачаанд нь байгаа, хэн нэмэгдсэн хасагдсан тэр ноён ер мэдээгүй байх. Жингийн явдалд ч ачаа бараагаа тоохгүй хэнэггүй гэх чинь тээр урд талд, тавиад тэмээний урд талд явж л байсан.

Би Нохой ахтай хамт хамгийн сүүлийн тэмээн дээр, хамгийн их довтлогдож, дээрэмдэгддэг хэсэг дээр алхаж байсан юм. Хоёр хоног тасралтгүй алхсан, тэгж алхдаг гэнэ зам хороохын тулд. Тэнхээтэй үеийн алхалтаараа хоёр хоног, тэнхэлгүй үедээ гэгээт үеэр алхдаг юм гэнэ. Хоёр хоног алхаад буудаллан хүрээлэхэд л намайг нэгдсэнийг анх мэдсэн шүү.

Тасдай жинчин аян жиндээ жаал алжаасан учир эхний удаа учирчхаад аан гэж, ачлага тээж байгаад замд нийлж, нэг тосгоноос нөгөө тосгон руу хэрэгч, ямар нэг зүйл гэсэн бодолтойгоор дагуулаад л явав. Сүн улсын хил дээр ирээд, Алтан улсаас шууд Күрёо руу гарч болдог ч гэсэн татаас өндөртэй учир Сүнгээр дамжсан нь хялбар гээд, Сүн улс руу нэвчин орохын урьтад, авч яваа хүн, ачаа бараагаа тоолох цагт л над дээр анхаарлаа хандуулсан даа. Чи юун хүн бэ гэж. Энэ хугацаанд бараг л арван таван хоног өнгөрсөн байв.

Нохой ах маань "Би дүүтэйгээ учраад, алба хэрэгтэй гэхээр нь дур мэдээд өгчихлөө, өршөөгөөрэй. Замдаа сайн хүнтэй учирвал өгчихнө гэж бодсон ч учирч чадахгүй энд хүрлээ, та авна уу" гэв. Тасдай их л дургүйцэн "Дэмий хүн тэжээхгүй, дэгсдүү ачаа ачихгүй. Тус үгүй хүнийг тэжээнэ үү. Тос үгүй мал ачимгүй. Зайлуул" хэмээн уурлахад, Нохой ахай "Энэ хөвүүн тулалдах байлдах эрдэмд төгөлдөр, талын их баатар дээрэмчин бөлгөө. Та хараач. Мөн говьд надтай өссөн тул тэмээ маллахдаа ч сайн бөлгөө. Мага таны биеийг манаж дийлнэ" гээд ятгав. Би танд түүнтэй тулалдаж үзүүлье хэмээгээд, миний чихэнд "Хүү минь ээ! Би чамайг хүчтэй цохихгүй.

Чи тулалдаж байгаа мэт чавч. Би түүнд чинь оногдож ялагдсуу" гэж шивгэнэхэд,

Би: Миний нэг нүд эдгээд удаж байна. Би Хабул хаанд цэрэг болоод мөнөө хааны биеийг хамгаалах гэж Зүрчид нутагт ирэв. Иймээс ирд минь бүү эргэлз хэмээн шивнэлдэхийг хараад, Нохой ахайд эргэлзэн "Чи зай бол. Би наад хүнийг чинь өөрөө шалгана. Миний амь сахигч цэргүүдээс наадхыг чинь тамиртай, тамиргүйг шалгах болно гэхэд, Нохой ах маань ихэд айж билээ.

Ийн нүцгэн биеэр зогсох над руу шулуун илд аттасан бие манаач хүдэр эр довтлов. Чавчилтаас нь нэг бултаад л суга руу нь гараа шааж, илдийг нь тавиулаад, эргэх зуураа илдийг нь авч ар шилд нь тулгав. Энэ үйл нүд цавчих зуур хурдтай болсонд ихэд гайхсан Тасдай арилжаачин мөн л үл итгэж, хуйвалдсан биз гээд бусад эрсийг бөөнөөр довтол хэмээв. Эд замын дээрмээс бисэ хамгаалж, тэмээгээ манаж, арилжаагаа хийх цэрэг эрсээс ч хүчирхэг баатар лугаа адил хүмүүс аж.

Би хориод эрсийн эсрэг тулалдах боллоо. Олзлогдоход бүсээ хураалган нүдний боолтоо алдсан тул гэрэлд нэг л дасаж өгөөгүй байлаа. Иймд хормойноосоо цуулж авч нүдээ боогоод, санамсаргүй байдлаар тэд эрсийг гэмтээхээс сэргийлэн, илдний ирийг бас боов. Өмнө нь Хабул хаантай илдээр тулалдахад, илдээ алдвал хаанаас авахаа мэдэхгүй газар тэмтчих тул илдээсээ уяа бэхлэн бугуйндаа зангиддаг тэр л дадлаараа шулуун илдийг гартаа бэхлэв. Ийн Хабул хаантай тулалдах зуураа илдийг дүүгүүр шиг эргэлдүүлж, уягаар тулалдаад сурчихсан тул мөн тэрийгээ ч санагалзан, Хабула хаанаа бодоход өөрийн эрхгүй нулимс урсав.

20 хамгаалагч жинчин эр хашхиралдан, тал талаас нэгэн зэрэг довтлоход, илдээ дүүгүүрдэж зайгаа барихын хамтаар, уяат илдээ шидэж татан нэгэн илдчийн илдийг уягаараа ороон угзран булааж, хоёр илдтэй болоод уулгалган хашхиран сүрийг үзүүлэхэд, Тасдай наймаачин алтан шүдээ мултартал, амаа ангайн цочирдон гайхацгаав. Хөлдөө байсан уягаар дүүгүүр хийж аваад ойртох зайгүй болтол нь л эргүүлсэн юм. Тамир өөрөө хүрэхгүй, мэх өөрөө хүрэхгүй зовлонтой байсан учгаас тиймэрхүү заль ашигласан гэвэл болно. Суллагдаад удаагүй, тамир муутай байсан надад бол тун хэцүү байсан юм. Гэхдээ яах вэ Хааны амь сахигчийн дайтай цэргийн эрдэм суралцсан учир яаж ийж байгаад давав. Энийг ажсан Тасдай арилжаачин: За за, тустай юм байна, аминд минь хүрчихгүй яваарай, алтан зоосоор шагнана гээд л дуртай дургүй нийцсэн юм даа, жиндээ.

Нохой ахай хөөр баяр болон тэврэн авч "Ай, чи ааваан давж эр хүн болжээ. Нөжүү ноёныг ч давж баатар болжээ. Ямар сайхан тулав" гээд ихэд бишрээд, Харав уу! Та, миний дүүг. Харав уу? гэж хамаг чангаараа хашхирахад, Тасдай наймаачин "Күэ, мөн онгирох юмаа олж ядаад, нүдээ хүртэл бооно уу. Чамд итгэе" гээд үг дуугүй болов. Ийн жин хамгаалагч, тэмээ асрагчаар тэднийг дагалдах болвэй.

Боолын тамга

Алтан улсаас Сүн улсад ирээд хулгайн хэрэгт сэрдэгдэв. Өмнө нь ийм хулгайн явдал гарч байгаагүй, шинэ хүн ирснээр хулгайчтай боллоо гээд Нохой ахад намайг муушаан ярив. Би хулгайчийг нь барьж өгсөн. Гуулин луу жинчилдэг итгэлт хүн нь хулгайлсан байтал, саяхан нэгдсэн намайг муу л бол хойд талын хар овоохой гэдэг шиг ад үзнэ. Шинээрээ чи л хулгайллаа, олон жил жин тээж байгаа анд минь юу гэж авах вэ гэхэд, тэнд л хулгай гарсан байж тааараа.

Намайг хулгайч гэж барьж авч нэгжихэд аваагүй юм чинь юугаа гардаг юм. Хаана нуусан гэж байцаахад нуугаагүй юм чинь хаанаа байдаг юм. Ингээд би харалдсаар хулгайчийг нь барьж өгсөн. Түүнийг шалгахад алдагдсан зооснууд нь гарч тэр өөрөө боолоор худалдагдсан даа. Тэр л сонирхолтой сайхан түүх байх шив дээ.

Би тэд жинчид дотор ажаа их байсан учраас хэн яагаад хулгай хийгээд дутаасныг олж мэдсэн, яагаад гэвэл олон удаа жинд явсаар байгаад хэр их гарц гаргах чадалтайг мэднэ. Манайхаас нэг нь арай л үрэлгэн байгаад байсан тэр байж мага гээд түүнийг тэмтрэхэд Тасдай ноёноос гувчуулж байсан нь баригдаж би цагаадсан. Гэхдээ тэр үед Тасдай арилжаачин надад итгээгүй, хуйвалдааны зарчмаар өөр нэгнийг бариулж байна гэх бодол тээсэн байж болзошгүй. Энэ бол миний таамаг юм.

Энэ явдал цаашид яасан гэхээр, өчиггүйгээр би шанаандаа боолын тамгатай болсон, наана цаана яриа байх ёстой байтал ийн бага хацарт боолын тамга дарчихсан юм. Энэ нь надад нэлээд том сэтгэлзүйн хохирол болж байсан. Яагаад гэвэл цаашид аянд боолын тамгатай учраас дорд үзэх явдал их, арилжаа наймаанд, өдрийн хоолонд хүртэл гадуурхагдах зэрэг хорлол ихтэй.

Сүн улсыг даваад би буцах жинд холбогдох ёстой атал Сүн улс Алтан улсын тааламжгүй байдлаас улбаалаад, Тангудын нутгаар дамжин Монгол руу орох төлөвлөгөө маань боломжгүй болсон юм.

Мөн Зүрчидийн Тасдай жинчин хулгайн хэргийн алдагдлыг нөхнө гэдэг явдлаас болж, тэрхүү хохирлоо давахын тулд Сүн улсад байхдаа Солонгос арилжаачин руу зарагдсан. Хэдий цагаадсан ч боолын тамгатай учраас үг өчих, амьдрах ямар ч хамгаалалтгүй болж, ялгаварлан гадуурхал гүн болж, Нохой ах ч намайг хамаарах боломжгүй болж ирсэн. Сүн улсад ойролцоогоор арваад хоног замд өнгөрөөсөн. Эхний боомтон дээрээ зарагдсан гэсэн үг.

Тасдай арилжаачныг бодвол арай хүн чанартай, хуйвалдаж байгаад алчихаалгүй хүнд арилжсан нь дээрээ гэж Нохой ах зөвшиж, Гуулингаас Олхонуудаар дамжиж Монгол руу очиж болно гэж яттаж миний сэтгэлийг засав. Хэдийгээр би боол биш гэж өөрийгөө үнэлээд байгаа ч боолын тамга бол намайг тэрчлэн нийгэмд боол болгоод хаячхаж байгаа юм л даа.

Энэхүү өгүүлж байгаа цаг үед Алтан улс, Сүн улс, Татаар нүүдэлчин аймаг гурвуул Ялу голын уулаар Гуулин (Солонгос) улс руу хил давдаг байв. Энэ уул нь өөрөө байгалийн хамгаалалт болдог өндөрлөг газар юм. Одоогийн Сөүл байгаа хэсэг нь тэр цагт Шила нэртэй бөгөөд, миний очиж чадаагүй хэсэг болно. Би бол Япон руу явдаг эргийн боомтод, одоогийн хойд Солонгос нь байгаа хэсэг буюу тэр цагт Күрёо гэдэгт байсан нутагт байсан болно.

Күрео тэр цагт гэрээний төвшний бодлогоор газар нутгаа хамгаалсан, их хэмжээгээр Алтан улс руу авлига өгсөн байдалтай байсан үе. Алтан улс, Татаар хоёртой эв гэриэгээр арилжааны худалдан авалт хийдэг учраас хойд боомтын эх газар дагуу арилжаа сайн хөгжсөн Күреогийн эдийн засаг нь өсөлттэй. Харин Шила бол зөвхөн Сүн улстай арилжаа хийдэг учраас эдийн засгийн уналттай байв.

Тэр үед миний байсан боомтоор дамжуулж төв Япон бус, хойд Японтой харьцдаг байв. Өөрөөр хэлбэл загасчид руу, Айно гэдэг нүүрээрээ дүүрэн шивээстэй Япон үндэстэн арай хүчирхэг байсан үеийн Япон юм. Самурай гэх Японууд нь биш. Ерөнхий төрх нь орос шиг, Япон хэлгүй, айно хэлтэй тэр цагтаа.

Тухайн үед Алтан улстай Солонгос ч тэр, Татаар ч тэр, Монголчууд ч тэр эв түнжин муутай байсан ч эв найрамдлын ямарваа нэг гэрээний баримтлал барьж байсан. Солонгосчуудын хувьд авлигадах баримтлалтай, Татарчуудын хувьд тууварлагдах баримтлалтай, Монголчуудын хувьд тэрсэх баримтлалтай байсан. Бид нэг ижил дайсантай үед хоорондоо нэгдэнэ гэх ойлголтын дагуу энэ нь надад нэг талдаа тус болсон.

Гуулинд (Солонгост) очоод би тэвчээртэй байдлыг л сурсан. Энэ нь амьдралын минь туршид үнэхээр алт болохоор эрдэм байсан. Яагаад гэвэл миний Хаант засаглалын Хаан буюу Хабул хаан бол нүдийг нүдээр гэх төрлийн Хаан, бараг урьтаж нүдийг нь сохлох төрлийн хаан. Тооцоо хийж байгаад чамайг сохлох гэж байгаа шинж тэмдэг илэрвэл эхлээд очоод нүдийг нь сохолчих төрлийн хааны цаг үе шүү дээ.

Тэр цагт Монголчууд ер нь Солонгосчуудтай харьцаж үзээгүй байв. Яагаад гэвэл их хэмжээний бараа гардаггүй, бараа зарахыг Татар, Олхонуудууд өөрсдийн хувийн хэрэгцээндээ хангаад, гадагшаа наймаалах хэмжээний их ашиг өгдөггүй байв. Судар бичигтэй улсуудад л Солонгос сонирхолтой байсан. Солонгосоос алт гарахгүй, сайндаа л ногоон шаазан гаргадаг улс шүү дээ. Хамгийн сайн бараа бүтээгдэхүүн нь өөрөө мөөгөнцөртөхгүй цаасны төрлүүд юм. Хэдэн зуун жилээр хадгалж болох сүмийн судар бичигт зориулж гаргасан цаас. Тэр нь өөрөө Солонгосыг бичигтэй орнуудад алдартай болгоод байгаа юм. Өөрөөр хэлбэл түүхээ бичдэг улсуудад удаан хадгалдаг цаас гэдэг үнэтэй байдаг учраас Солонгос байх шалтгаан тэнд үүсдэг. Нүүдэллэж явдаггүй, суурин соёл иргэншилтэй, агуулах сав арвинтай, түүх судраа бичиглэдэг Алтан улсаас гадна Сартуул улс коран судраа Солонгос цаасан дээр бичихийг хүсдэг.

Маш их модтой, дээрээс нь цавуулгийн ургамлууд сайн ургадаг бөгөөд мөөгөнцөр үрждэггүй, мөөгөнцрийн эсрэг ургамлын ай бас байгаад байдаг талтай. Газар тариалангийн орон тул түүнийгээ будаатайгаа хольж байгаад хортон шавьж устгах арга нь бас хөгжсөн байсан, түүнийгээ цаас үйлдвэрлэхдээ ашигладаг байсан нь өөр улсууд түүнийг нь хуулбарлах боломжгүй аргыг олсон байсан.

Гэтэл бичиг цаасыг эрхэмлэдэггүй манай Монголчуудад Солонгосоос худалдаж авах юм байдаггүй. Данс хөтөлдгөөрөө Олохнууд хааяа нэг авбал авна. Гэхдээ ханш өндөртэй гээд авах нь ховор. Сийрсэн нимгэн торгыг нь, торго гэж нэрлэдэг ч модны нэг төрлийн даавуу л даа, түүнийг нь авбал авна. Үргэлж нүүдэллэх Монголчууд цаасан дээр бичихээс илүүтэй цээжлэх, оньслох, үнсэн самбарт бичих, аман сургалтуудтай байв. Татарууд бол Гуулингийн цаасан дээр нь маш сайн ажиллаж, Онгуудтай нийлж байгаад бүр хөх нүдтэний оронд (европ) зарах оролдлогуудыг хийдэг. Тэртэй тэргүй лалын оронд очоод дуусчихдаг зүйлийг хөх нүдтэний орон руу гаргана, илүү ханш үүсгэнэ гэдэг миний хувьд тэр үед тэнэг санагддаг байсан.

Миний хувьд Хабул хааны дэргэд байхдаа Солонгос улсыг зүгээр цаас үйлдвэрлэдэг ямар нэгэн тосгон гэх ойлголттой байсан нь үнэн, оршдогийг нь мэддэг, ямар ч том улс биш гэж боддог байв. Харин Алтан улс их хүрээний хэмжээний гучин хэдэн хот, 170 гаруй тосгон, 50 гаран боомттой гэхээр надад том санагддаг байсан. Гэхдээ тэд нар нь хоорондоо ойрхон. Сүн улсыг бол Алтан улсыг зодож байдаг ямар нэг улс гэж мэднэ. Солонгос орны талаар ийм эрхүү ойлголттой байхдаа Хабул хааныг дагаад Алтан улсад анх очиж байсан түүхтэй.

Боолууд худалдаж авсан Солонгос арилжаачинд нэг Татар, нэг Онгуд, нэг Зүрчид, нэг Нохой ахын цэрэг, бас би гээд таван боол ачлагын шаардлагаар ачигдав. Надаас бусад нь боолын тамгагүй, би бол хамгийн дорд зэрэгтэй байна. Энэ боолын тамга цаашид маш их төвөг тарив. Арыг минь даалж, амьжиргааг минь тэтгэж байсан Нохой ахаасаа хагацан ядан салж, Күрёо руу шинэ эзэн худалдаачинтай хамт хил гатлах болов.

Тэр Күрёо худалдаачныг Нохой ах гайгүй гадарлах тул итгэлт хэмээн, аминдаа намайг нутаг буцаахыг сэдэж өгсөн учир, ямар ч учир сэдсэн байсан би муу санах эрхгүй, ийм арилжаанд өртсөндөө. Ингээд Гүреогийн хил давлаа. Боолын наймаа гэдэг чинь ийм байдаг.

Тасдай жинчин өөрөө амь нас, дагуулж яваа бусад цэргүүдийнхээ амьдралтай холбогдож байгаа учгаас, нэлээн их ашиггүй байдалд орсон тул, ашгаа нөхөхөөр хүнээ зарчхаж байгаа ийм үзэгдэлд өртөөд, Гуулинд би хамгаалалтын цэрэг болоод зарагдчихаж байгаа юм. Ачаа дагаж яваад амь насыг нь хамгаалдаг цэрэг болж байгаа юм. Гэхдээ дөнгөтэй боол биш, хөдөлмөрийн мөлжлөг талын боол шүү дээ. Гайгүй хүнд зарагдчихсан л гэж хэлсэн шүү дээ. Ямартай ч ташуурдуулж, хүнд чулуу зөөгөөгүй. Хэл мэдэхгүй газар үлдчихсэн юм чинь дуулгавартай байх гэдгийг хийнэ. Гэрэхэ бичиг байхгүй учраас Гуулингаас Сүн улс руу явж чадахгүй. Зүрчид рүү ч явж чадахгүй гацчихсан. Буцаад Монгол орох боломжгүй. Хилийн боомтын гэрэхэ бичиг буюу орж гарахын модон пайз байхгүй учраас тэндээ үлдэж байгаа юм. Солонгос худалдаачныг дагаад л хоолтой явж байх нь чухал болж хувирав.

Сэтгэл санаа авах юмгүй, танихгүй газар аргаа барж, унжсан улаан юм л байсан. Энэ үед жинд байсан хамгаалагч, ачаа бараа манагч болон дагавар наймаачид их дээрэлхэнэ. Тэр хугацаанд танилцахын явдал нь нударга зөрүүлэх дээ. Гэвч бяраа мэдүүлж байна гээд сөргөн довтолдоггүй, зодуулдаг байв.

Гуулин (Солонгос) улсад ирэв

Гуулинд орох хилийн шалганд 3 хоночхоод, цаашаа 5 хоног хэртэй их л удаан хэмээр алхаж байв. Хилийн боомтоос цааш жинчдийг тоссон дээрэмчид байдаг. Дээрээс нь зэрлэг ан амьтад их учраас машид сэрэмжтэй явна гээд, миний амьдралдаа туулсан хамгийн удаан алхааг хийж байсан. Уул нь эрчтэй алхаагаар 2 хоног атал, байсхийгээд л буудалласаар 5 хоног зарцуулсан.

Би ганцаар боолын тамгатай учраас бусад дөрвөө бодвол нэлээд их гадуурхагдан, тогоо нийлж чадахгүй их өлсөв. Иймд шувуу ч болтугай өөрөө авлаж идье гэж санаад, алхаж ядсан юмнуудын дундуур, ой тайгыг хэдэн алхмаар нэгжчихэж болох байлгүй гэж дур мэдэв. Ойрхон тайгын нэгжлэг хийсэн ч олзгүй байсанд буцаж, жинтэйгээ нийцэх үед тэдний үзүүр түрүү бараг харагдахын явдалд амьдралдаа хараагүй их том мүураа харсан юм. Тэр том муур манай жингийн морь руу гэтэж байхад нь авлав. Күрёо арилжаачид, жинчид хашхичаад л, миний мууртай тулалдахыг ажсан бололтой их дуу шуугиан болцгоов. Том муурыг агнасанд тэд ихэд хөгжиж цэнгэж, тэр муурын авыг дүүргээд, сайхан шарж идэж байхдаа муур биш бар гэдэг амьтан болохыг нь мэдсэн юм. Чи нүцгэн гараараа бар авлалаа гээд нөгөө дөрөв маань хэлж байсан. Би бол унасан том модоор цохиод л унагасан. Бүдүүхэн тэр модоор шилэн хүзүүнийх нь дээр хүчтэй савахад л хүзүү нь хугарна. Нас биед хүрсэн бар биш, гэнэдэж байгаа залуу бар байсан юм. Гэхдээ л тэд нартаа бол бар юм. Жинхэнэ хөгшин бар бол ийм гэнэн алхам хийхгүй шүү дээ. Хүнтэй байхад нь, хөгнөчихсөн морь руу, нэг хүн түүнийг нь ажиж байхад нь дээрэлхэж гэтэж байж, хоол хайж явсан надтай учирсан байдаг юм.

Тэр явдлаас хойш шоглоод дээрэлхээд, ноолоод байдаг Солонгод залуучууд надаас айж үргээд алга болсон бөгөөд жингийн ахлагч Солонгод арилжаачин надад их сайн ханддаг болсон. Солонгодууд ер нь их чанга дуутай хүмүүс гэж хэлмээр байна. Тэр үед би Солонгос хэлгүй байлаа даа.

Солонгодод хааны угсаатай, тэдний гэр бүл, үеэл хаялуудс, саднууд Ким, эсвэл Ван овогтой байдаг гэнэ. Намайг авч яваа хүн бол Ким овогтой, түүнийг Жүжүн гэж бусад нь авгайлдаг. Нэрийг нь дуудах хориотой, би зөв дуудаж байгаагаа ч мэдэхгүй юм.

За тэгээд бид явсаар хоёр удаа жижиг тосгон үзээд, гурав дахь нь хилийн далайн боомт руу очиж тэр аян төгссөн дөө. Төв газар, эх газраас арилжаа хийчхээд, энэ эрэг дээр ирэх өөр усан онгоцны арилжаачдад бараа зардаг нь энэ Солонгос арилжаачны ажил байв.

Агнасан барын арьсаа намайг өөртөө ав гэж Солонгод арилжаачин хэлсэн юм. Бар гуайн арьсыг арилжиж, би чинь нэлээд хөлжсөн тул боомт хотоос нэг луужин, нэг дуран, нэг толь, нэг сам, нэг газрын зураг гэх юмнууд худалдан авсан. Тодруулж хэлбэл Хабула хаандаа газрын зураг авсан. Гэхдээ Зүрчидийнх биш, Сүн улсынхыг, Гүрёогийнхийг бас. Учир нь Зүрчидээс цааш ийм улсууд байна гэдгийг үзүүлэх нь сайхан биз дээ. Хааныхаа толгойг үзээгүй учраас би түүнийг амьд байгаа гэж боддог байв.

Мөн би хайсаар байж ганцхан дуран олсон. Тэр нь бүхэл бүтэн усан онгоцны дуран. Мөрнөөс гарын үзүүр хүртэл том. Тэр бол жанждад хамгийн сайхан эд. Гэхдээ би тийм ховрын эдийг хөвүүнээ баатар болохоор өгье гэж бодов.

Гуулингийн хүүхнүүд үсээ толгой дээрээ овоолоод бухал лугаа адил болгоно. Тэрийгээ тогтоодог урт шүдтэй самтай. Манайд тийм юм байхгүй учир их сонин санагдаад нэгийг авсан. Харь гүрэнд очоод, хүүхний гоёл авч байгаа нь тэр нутгийн онцлог бүхий үнэт эдийг авна биз дээ. Тэгээд ч манайд Гуулингийн бараанууд байхгүй учир тэр ихэд үнэ хүрнэ. Гуулингийн ээмэг зүүлт эрдэнэс олддоггүй. Тиймээс тэрийг хатанд арилжаад, овоо хэдэн төлөг болгоод авсан нь гэргийд дээр гэж бодоод, Гуулингийн хатад язгууртнууд хэрэглэдэг хаш самыг авсан минь энэ.

Мөн багаасаа хамт хэрэлдэж өссөн Жүрхэнд толь авав. Тэр

өөрийгөө ихэд тоон боддог учир жинхэнэ төрхөө хараг гэж бодоод баясан толь авсан. Манайд тэр байхгүй. Бүдэг бадаг л юм байхаас ийм тунгалаг ойлтот шилийг мэдэмгүй.

Тэгээд хөх нүдтэний орноос ирдэг үргэлж газрын хойд чигийг заадаг газрын толь авав. Бид өдөр уул усны аль зүгээс ирснээрээ хойд зүгийг олдог ч, шинэ газар явахаар шөнө л болохгүй бол хойд зүгийг олохоо байчихдаг. Зүрчидийн нутагт тэр толь байна аа, байна. Гэвч зарим газар эвдэрдэг. Харин энэ бол далайнх болохоор соронз нь хүчтэй учраас хаана ч эвдэрдэггүй. Дотроо устай учраас үргэлж хойшоо заана. Эргэлдэж буруу зүг заадаггүй. Зүрчидийнх болохоор соронз төмөртэй газар ирэнгүүт эргэлдээд ирдэг.

Мөн би дүүгээ егөөдөөд бийр, бэх авсан гээд бод доо. Тэр хэзээ ч бичиг сурахааргүй хүн. Юу худалдан авахаа мэдэхгүй байсан учраас сэтгэлдээ хамгийн их үгүйлж байсан хүмүүстээ зориулж, дээрх бараануудыг авсан, өөртөө бол хоол л авсан. Энд анх удаа улаан чинжүү идэж үзсэн. Өмнө нь дарвиу амттан, бага халуун ногоотыг бол идэж үзсэн ч яг улаан чинжүүг бол энэ хотод идэж үзэв.

Том том загас жараахай, усан онгоц гэдгийг анх үзэж байсны хувьд сэтгэлд балмагдал, бишрэлийн өнцгөөс улбаалаад тодорхой юм ярьж чадахгүй байна. Ойлгож ч чадахааргүй өөр ертөнц байсан. Бүх л бүтэн салаа цэрэг авч явах хэмжээний том сал харсан. Би бол усан онгоц гэж хэлэхгүй шүү дээ, тэр нь хэдэн давхартай, маш том цаасан дэвүүр шиг далбаатай хиартайг харна гэдэг хүний сэтгэл хөдлөлөөр ямар ч үгээр илэрхийлэх боломжгүй, тийм мэдрэмжийг авсан. Айн сүрдэж, бахдаж, учрыг нь олохыг нь хүссэн. Өөрийн нутгийн жижиг салаа бодож цөхөрсөн, ийм л олон мэдрэмж хутгалдсан даа. Ертөнцийн агуу томыг биширсэн. Зах хязгаар нь харагдахгүй агуу том нуур хараад, далай гэдгийг нь хараад, энэ дотор бид өөрсдөө хөвдөг гэж тайлбарлуулаад ертөнц хэзээ живэх бол гэсэн тэнэг бодолд автаж байсан.

Бүхэл бүтэн хүн залгидаг том загас хараад, тэр нуурыг тийм загасыг тэжээх чадалтай том гэхээр бахдан биширсэн тэр далай гэх нуурыг. Эрэг нь хэзээ ч дуусдаггүй гэж намайг улам их шоглож байсан. Мөн энэ далайг гэтэлбэл арлууд байдаг бөгөөд тэнд хүн амьдардаг гэдгийг сонсоод төсөөлж ч чадахгүй байв.

Тэнд анх удаагаа Япон хүн харсан, айно хүн харсан, нүүрэн дээрээ шивээстэй, том загас авчирдаг хүмүүс, тэд нар загасны арьсыг элдэж хувцас хийдэг болохыг хараад, эд торго сонирхдог хүний хувьд балмагдаж гайхаж байсан. Хорвоо ямар баялаг юм бэ гээд. Бас улс үндэстэн миний мэдэхээс ч олон байдаг юм байна гэж бодсон.

За тэгээд зочид буудалд, тэр үед бол дэнлүүний газар хоноглоход Солонгос биеэ үнэлэгчдийг хараад, Солонгос эмэгтэйчүүдийн анхны дүгнэлтийг хийвэй.

Солонгос эмэгтэйчүүд гудамжаар холхиж байхад үс нь хийсдэггүй, ард гаралтай бол дал хүртэл үстэй, ихэс язгууртан байх юм бол толгой дээр цэцэг хэлбэртэй овоохой босгодог, түүндээ маш том шор цэцгүүд зүүдэг. Хүнтэй суугаагүй охид нь магнай дээрээ цэцэгтэй. Хүнтэй сууснууд нь цэцгээ шороор сольдог. Хөхүүл байгаа нь хөхөө ил гаргахаас ерөөсөө ичдэггүй. Хөхөө гаргасан эмэгтэйчүүд дөрвөөс таван хүүхдүүд дагуулан явах нь элбэг. Нэгийг нь толгой дээрээ, нөгөөг нь хүзүүн дээр, хоёр гартаа нэг нэгийг хөтлөх гээд нэг эмэгтэй олон хүүхэд тээвэрлэн явах үзэгдэл ихтэй. Өөрийнх нь юу, өрөөлийнх үү бүү мэд. Би ямар жирэмслүүлж үзсэн биш, хаха.

Хөхүүл бус нь хөхөө давуулж хормойгоо зангидаад, дээгүүр нь ханцуй өмсөөд явж байдаг.

Эрчүүдийн хувьд сахиус ханзтай бүс зүүх нь элбэг, эр зориг, хүн чанар гэдэг алт мөнгөөр хийсэн ханз үсгийг бүсэндээ зүүж авч явдаг. Энэ их онцлог соёл санагдсан. Иймэрхүү ханзтай хувцаснуудыг хэрэглээд байдаг. Хээ гэхээсээ эрчүүд нь илүү ханзтай хувцас өмсөөд байдаг. Эмэгтэйчүүд нь цэцэг голдуу хээтэй бол эрчүүд нь ханзтай хувцас өмсдөг тал бий. Дотуур хувцас нь тааран цагаан, оймс, өмд цамц нь, ямар их цагаан даавуу вэ гэж бодсон. Тэр нь сэвс шиг, нимгэн цаас шиг шаржигнуур, гэхдээ хөлс сайн шингээдэг даавуу шүү. Хүний арьс лугаа өнгөтэй цагаан. Өдөржингөө цагаан хувцас өмсөөд замын шороо л болохоос өөрөөр хиртэж, буртаглагддаг юм байхгүй, өнгө өнгийн хүнс иддэг байж энгэр рүүгээ асгадаггүй гэж магтахаар. Би тэр хоолыг нь идэхдээ анхны оролдлогоор л энгэрээ улаан болгосон доо.

Язгууртнууд нь бол тэн дээрээ ташаа хэрийн урттай цамц өмсдөг. Бүүр ихэс хаад болох тусмаа хээ чимэглэл ихэсдэг, ард руугаа бол хээ чимэглэл хэрэглэх ёсгүй гэдэг ийм зүйл байв.

Эр эмгүй үс нь хөдөлдөггүй, хийсдэггүй, бүгдийг нь нэг тосоор тослоод, эрэгтэй нь зулай дээрээ овоолон боодог. Язгууртан нь тэр дээрээ хундага бэхэлдэг, ард руугаа зүгээр сүлжээд боогоод, ороогоод хадаасаар тогтоочихдог. Сул ардууд нь харин толгойгоо боодоггүй, мөр хэртэй үстэй, бас нөгөө үсээр нь засаглаж, язгуур бууруулдаг нь манайтай адил. Боол л үс нь хийсдэг, бусад нь бол тосоор үсээ хэтэрхий нямбай боодог гэх үү дээ, тэгээд толгойноос нь нэг ширхэг ч үс гарч ирдэггүй, ямар нэгэн цардсан малгай өмссөн мэт ардууд даа. Бидний хөхөл энэ тэр бол хөдөлдөг, гэтэл тэднийх бол ямар ч хөдөлгөөнгүй, үс нь.

Хацаргүй, шанаагүй, дүгрэг царайтай. Одоогийн энэ Солонгосуудын царай яагаад ийм гонзгой болсныг ойлгодоггүй. Тэр үед бол ёстой Юань гүрний зураг шиг тойрог тойрог хэлбэртэй нүүртэй Солонгосуудыг би бол харж байсан, гэхдээ ерөөсөө хацрын шанаа мах байхгүй. Хамар бага зэрэг навч шиг хэлбэртэй, нарийхан жижигхэн, өнөө үед л байдгаас тэр үед тийм жижиг хамартай Солонгосчууд байгаагүй шүү. Эсвэл миний очсон газар нь тийм хамартнууд байгаагүй, манай говийнхон шиг хамартай.

Нүд нь дээрээ, доороо давхар давхраатай, тэд нар нь хөх туяатай байх ёстой. Эр эм насанд хүрсэн хүүхэд нь хамаагүй. Хэвлий таргалалттай хэр нь мөч рүүгээ нэлээд туранхай санагддаг байв. Маш жижигхэн гутал өмсдөг, гутал нь өнгө бүрийнх, гэхдээ ул төдий гутал өмсөх нь их, тэрэн дээрээ гоёмсог оймс өмсдөг. Надад тэр нь их таалагдаж байж билээ, эр эмгүй төөхөн төөхөн гуталтай, их жижиг хөлтэй хүмүүс. Тийм гутлан дээрээ дахиад сүрлэн гутал омсоно, еронхийдоо оймс, гутал, сүрлэн гутал гэсэн дараалаар гутал өмсдөг ажиглагдсан.

Чимх чимхээр хоолдог, язгууртан байх тусмаа. Ам руугаа аягаа бариад цутгаад байвал гарвалгүй хүн гэж ялгаж болдог. Бас олон зажилдаг төрлийн үндэстэн, Зүрчид, Сүн улсынхан шиг биш. Хэрэм шиг урд шүдний зажилгаа өндөртэй.

Балгадын хувьд, Алтан улсаас эхлээд балгад харсан учраас яг л нэг хэвийн балгадтай гэж хэлнэ. Гэхдээ байнга үер болдгоос болоод Алтан улс, Сүн улсын балгадаас ялгаатай нь доороосоо дээшээ нэлээд өссөн, доороо ашиглалтгүй нэг давхартай, мөлхөө, зарим тохиолдолд суугаа хүн орох хэмжээний өндөр барилгуудтай, түүнээс загвар нь бол яг л Алтан улсынхтай адилхан. Зарим нэг балгадын дээвэр нь вааран байхын оронд зарим нэг чадваргүй айлууд нь сүрлэн дээвэртэй байдгийг анзаарч байсан юм байна. Зарим балгад бол бүр нийтийн талбай атал чулуун өрлөгтэй байдаг, тэр нь нэлээд язгуурнууд амьдардаг газраараа байдаг бол зарим руу нь ороход зүгээр л алхаж байхад баас шээс таардаг бохир гудам нь ч байдаг.

Гар урлалын ижилссэн хээлэлт бол аймшигтай, ёстой Монголдоо очоод ингэж л сийлнэ шүү гэх үлгэрийг алт мөнгөн дээр бол тэнд харсан. Маш нарийн чимхлүүр, цэцэг угалзуудыг алт мөнгөн дээр, янз бүрийн аяга шаазан дээр хийх нь догдлуулсан, урлалынх нь хувьд.

Их сонин засагтай санагдана, зооснос өөр юмны хулгайг гэмт хэрэгт тооцдоггүй, ялангуяа хоол, өдөрт нь идэж бардаг зүйлийг хулгайлах тохиолдолд тэр хүнийг засагладаггүй. Эзэнд нь төвөг болоогүй бол засагладаггүй, ийм сонин засагтай учирч байсан.

Ард түмний хувьд хулгай гэдэгт их багын ялгаа ямар ч байсан хамаагүй, нэг ширхэг зоос байсан ч хамаагүй тэр бол хулгай. Гэхдээ хоол хулгайлахыг бол зөвшөөрдөг гэх тайлбарыг сонссон шүү. Эзэнд нь төвөг болоод хулгайлах юм бол хоол хулгайлсныхаа төлөө биш эзэнд нь төвөг удаж, амгалан байдлыг алдагдуулснаараа цаазаар авхуулдаг нь арай л хатуу санагдсан.

Зоосоор арилжигдцаг эд хулгайлбал шууд цаазалдаг, хүнд хөнгөн ял гэхгүй шууд цаазалдаг. Манайх шиг мөчилдөг хууль, хүнд хөнгөн ял гэж байхгүй талтай. Цаазална гэхээр толгой авах бол хүнд ялтных гээд, нуруу хугалах бол хөнгөн ялтных гэж сонсоод, ер нь үхэж байхад ямар ялгаа байна аа гэж бодсон. Том тойрог гуалин дээр гар хөлөөс нь хүчтэй залуус татаж байгаад л алчихдаг юм билээ. Би бол тийм ялыг бол харсан.

Засгийг нь гэр бүлийнх нь нүдэн дээр, гэр бүл нь төлж чадвал хүнээ буцааж авдаг, хүнээ худалдаж авдаг, гэр бүл нь худалдаж авахгүй гээд тэр хүн рүүгээ нулимах бол түүнийг цаазалдаг. Ийм зан заншил харж байсан. Бидэнтэй хамт явсан Зүрчид залуу маань Солонгос хэл бага сага гадарладаг, тэр Солонгос ноёнтой сайн харилцдаг учраас бидэнд ийммэрхүү тайлбар өгөөд байгаа гэсэн үг.

Гудамжинд гуйлга гуйх үзэгдэл байдаг. Чулуун гудамжинд гуйлга гуйх хориотой, чулуун биш газар бол болно. Гэхдээ хүндээ төвөг болохгүй, урдуур нь гишгэж болохгүй, хажууд нь байж болно, араас нь хорин алхам дагаж болно, түүнээс удаан дагаж болохгүй гэх зэрэг гуйлга гуйх нарийн дэгтэй улс анх удаа харсан шүү. Гуйлга гуйж байгаа хүнийг өшиглөх юм бол нөгөө хүнийг гурван зоосоор торгоод, хоёрыг нь тэрийг засагласан цагдаад өгөөд, нэгийг нь гуйлгачинд өгдөг. Гуйлгачныг хамгаалсан юм шиг, эсвэл гуйлгачнаар далимдуулж мөлжиж байгаа мэт засаг нь их хачирхалтай санагдсан. Хорин алхам надад мөнгө өгөөч гэж дагана, тэрнээс удвал бас болохгүй. Гурван гудам болгонд нэг засагч байдаг, тэд нар нь гуйлгачдаа хянадаг бололтой. Гуйлгачид гэж үс нь хийсдэг ардууд шүү дээ. Гэхдээ гуйлгачин гэхээр магтууштай нь нэлээд цэвэрхэн талдаа шүү. Хэчнээн ноорсон ч гэсэн нөгөө цагаан хувцсаа нөхөөд л өмсөөд байдаг юм билээ. Ялаа шумуул шавчихаар тийм өмхий биш, ус ихтэй газрын давуу тал юм даа. Мэдээж цав цагаан шинийн хажууд бол саарлтаж, будаг толбо орох нь их байгаа юм.

Хүүхэдтэй эмэгтэйчүүд ихэвчлэн гуйлга гуйдаг, эсвэл хүүхэд байдаг, эрэгтэй хүн гуйлга гуйхыг нэг их үзээгүй. Тэд нар гуйлга гуйж болдог болдоггүйг сайн мэдэхгүй байна, эрэгтэй хүмүүс нь ер нь харагдаж байгаагүй.

Ард түмэндээ нэг их галуу шувуу гаргах үйлдлийг хүний нүдэнд талбай дээрээ харуулах хориотой гэж үздэг байсан, цаазын ялаас бусад бүх аллагыг нуух ёстой гэдэг итгэл үнэмшилтэй гэж тайлбарласан даа.

Буддын шашинтай, шашинтан нь саарал хувцастай, халзан толгойтой. Үүгээрээ тэр Сүн, Алтан улсын шар хувцастнаас ондоо.

Арван гараг тутамд нэг удаа сүмийнхээ үүдэнд айл болгоноос нэг тагш идээ тавих ёстой гэж үздэг, сард гурван удаа гэсэн үг. Тэрийг нь үдэш хүртэл тавиад шөнөөр боолууд, ядарсан хүмүүс идэж болно. Өдрөөр бурхдын хүнс, шөнөөр чөтгөрийн хүнс гэж үздэг итгэл бишрэлийн зан үйл байсан.

Зөвхөн нар жаргах цагаар уужим талбайд дуучид, бүжигчид шан харамжтайгаар дуулан бүжиглэж, бусдыг зугаацуулдаг ч өдөр, шөнийн цагаар, бус цагаар болохгүй гээд засагчид хөөдөг. Үдэш нар жаргах үед тэднийг засагчид нь хүртэл харж баясаад заримдаа зоос өгч байгааг харсан. Тэд зоосыг гартаа авдаг бол гуйлгачид зоосоо түмпэн шанаганд авдаг гэх үзэгдэлтэй. Миний хувьд тэр дуучид, бүжигчдийг гуйлга л хийж байна гэж бодно. Хүмүүс баясахаараа гарт нь боломжтой юмаа өгдөг юм билээ. Тэд нартайгаа нийлээд л бөөнөөрөө л дуулаад бүжиглэдэг, тэд нь эхлээд дуу аяа өргөж байтал, нэг мэдэхэд бултаараа бүжиглэчихсэн байдаг. Гарын бүжиг хийдэг ардууд, бие биетэйгээ мөргөлдөнө гэж үздэг учраас хөл, бие нь байрандаа байх ёстой. Баясаж байгаагаа гар, толгойгоороо үзүүлэх ёстой гэж үздэг. Маниус шиг биелж, хөл гараараа бүждэг хүмүүс бол тэр бүжигт ороод хэрэггүй, хүнтэй мөргөлдөх юм билээ. Надад бол тэр бүжгийнх нь дуу аялгуунд сэтгэл хөдөлсөн юм байдаггүй. Ард түмэнд нь бол таалагдаад байх шиг.

Их оворгүй ардууд гэж магтан хэлмээр юм байна. Настнууд нь зөвхөн буурал сахлаараа л ялгардаг. Манайхан бол байгаль нь ч тэр, нийгэм ч тэр, төр нь ч тэр байнга зодож байдаг тул гучин хавартан нь тавин хавартан шиг харагдах гээд байдаг их овортой, зовлонгийн царайг харьцуулж буй учраас тэр шүү дээ.

Эмгүд өвгүдээ маш сайн хүндэлдэг, орж гарахад нь, мордож буухад нь тусалдаг. Хэн ч байсан хамаагүй, хэд хэдээрээ зэрэг тусалдаг. Манай Хамаг Монголчуудын хувьд бол хүний тус хүртэхүйц өтөлсөн гэхээр амиа хорлох тухай бодож эхэлдэг. Хүнд хэрэггүй болчихлоо, өөх залгиулах зээтэй болоосой гэж бодоод унана.

Тэгэхээр эд бол насжилтыг нэлээд сайн дэмнэдэг ардууд бололтой байдаг.

Уул нь бол бусдаасаа хашаагаараа тусгаарлагдсан, дотор талдаа хоёроос гурван жижиг балгастай, ийм маш цэгцтэй урт урт гудмууд байдаг.

Настнууд нь жижиг явган сандал гаргаад, хашааныхаа гадаа сууж байдаг. Тэд манай өвгүд шиг үзэгдсэн хүнээ байцаадаг явдалтай. Нутгийнх нь биш учраас гараар дохиход нь очоод тэргүүн тонгойж мэндлэх ёстой. Чам руу юм ярихад нь ойлгож байгаа үгүйгээ заавал хэлнэ. Тэгэнгүүт толгойгоо дохиод буцаагаад гараараа цацах хөдөлгөөн хийвэл чи холдож болно гэсэн үг. Нэг гудамд 20 хүнд байцаагдах нь энгийн үзэгдэл. Шинэ хүн байвал настнууд тэгж асуугаад байх талтай, гадаадаар ярих юм бол аз жаргал хүсье гэх Солонгос үг хэлээд явуулдаг гэдэг. Тэгэхдээ гудамд бөөн бөөнөөрөө бие биеэ харад тоглоом наадгай, хов базаад сууж байвал дундаа нэг дуудчихдаг тал бий. Тэд бол ерөнхийдөө хянагчид гэх үү, энэ энх амгалан цагийг нь тогтоож, бусдын ёс суртахууныг хадгалдаг соёл гэж хэлдэг.

Нохой иддэгийг нь та нар мэдэх байх, тийм учраас надад тэр нохой тэжээх зан үйл нь таалагдаагүй, уул нь ядаж идэх бол амьдрах насыг нь сайхан чөлөөтэй байлгахаар байхад торонд тэжээж таргалуулж байгаад иддэг нь таалагдаагүй. Бидний ноход бол хэчнээн идүүлэх байсан ч талд сайхан хонь дагаж гүйж байгаад үхнэ. Хязгаарлагдмал, шоронд хоригдож байдаг ноход бол таалагдаагүй.

Энд байх 14 гарагтаа ерөнхийдөө ийммэрхүү ажиглалт, арилжаа наймаа хийж, чөлөөт байдалд байсан. Нэг ийммэрхүү л ажаа байна даа, Солонгосын тухайд.

Тэр үед төр нь жаахан самуурснаас болоод уулын дээрэмчид нь нэмэгдчихсэн учраас Сүн улсаас орж ирсэн цэрэг боолуудаас худалдан авалт хийсэн юм байна лээ. Уулын жимээр нэг хотоос нөгөө хот руу явахдаа дээрэмчидтэй үзэлцэнэ. Надад тэр нь ерөөсөө хэцүү санагдаж байгаагүй. Энгийн хүн цэрэг хоёр тулалдахад үргэлж цэргийн сургуулилттай байдаг бид илүүрхэх учраас, зүгээр л яг үнэнийг хэлэхэд ярга хийчихдэг байсан. Нүцгэн шахуу хүн руу жад зоох шиг амархан юм байхгүй. Ямар ч цэргийн эрдэмгүй хүн руу жад зоохыг би бардамнан ярьж чадахгүй ээ. Ийм чадваргүй байж яах гэж дээрэм хийдэг юм бол гэж тэд дээрэмчдийг өрөвдөнө.

Амь насанд нь ээлтэй, ачаа бараанд нь тустай гээд бидэнд сайн хоол, хувцас өгч дээрээс нь улаан дэнлүүнд хонуулдаг байв. Зарагдсан боол хүмүүст үүнээс илүү жаргал юу байх вэ. Архи уулгана. Миний хувьд би архиндаа муу. Сэтгэл дэвтэж, өөрийнхөө дотор хөвчийг л хөндөх гэж архи ууна уу гэхээс зүгээр нэг ертөнцийг мартахын төлөө архи ууж сураагүй. Ялангуяа архи уухаар хүүхэд насаа санаж, Их Биет найзыгаа үгүйлээд, гэргийгээ үгүйлнэ. Архи гэдэг миний дурсамжийн хувьд цэнгэлийн орон зайд байдаг бал бурам учраас би гутаалтын орон зай руу оруулж чаддаггүй юм. Ядаж байхад будааны архи шүү дээ. Хатуу, гашуун сүүний архиар дадчихсан хүнд чинь дэмий.

Таван хөх толботон боол бид ингэж явж байв. Нэг нь Татаар цэрэг, нэг нь Онгууд цэрэг, нөгөөдөх нь Нөжүү ахын цэрэг, Алтан улсаас ирсэн Зүрчид бас нэг цэрэг, тэгээд би гээд тавуулаа байгаа гэж өмнө нь ярьсандаа. Нөжүү ахын цэрэг чинь бүр аль угсаандаа орох нь мэдэгдэхгүй, ямар нэгэн эцэг нь тодорхойгүй хүүхэд байдаг шүү дээ. Энэ тавааараа л бие биедээ хань болно. Тэр тэргийг нийтдээ арван тавуулаа сахидаг. Арав нь бол Күрёо хүмүүс байсан. Тэд бас үнэхээр шилчихсэн юм гэсэндээ сайн. Бид бол боолоор орж ирсэн, тэд бол төлбөртэй буюу гэр рүүгээ мөнгө явуулдаг, жим хамгаалаад хэдэн тулаанд орно түүнийхээ дагуу зоос авдаг цэргүүд байлаа. Бид бол хоол авдаг, улаан дэнлүүнд хонодог, хямд өртөгтэй цэргүүд байлаа хаха. Хоол, хувцас, зэвсэг өгнө, улаан дэнлүүнд хонуулна гэдэг нь цалин юм даа.

Хотод очоод хонох зочид буудлыг улаан дэнлүү гэж яриад байгаа шүү. Зүгээр нэг муу газар хонодогтүй л гэсэн үг. Нэг тосгоноос нөгөө тосгонд очихдоо заавал аятайхан газар нь очиж хонодог гэсэн үг. Өөрөөр хэлбэл боолуудыг бол зүгээр л гадаа унт гээд хаячихдаг. Би тийм боолуудыг харж байсан ч бид тавыг бол тэгдэггүй. Тэр Солонгос ноён өөрсөд шигээ, гэхдээ мэдээж хамгийн хямдхан янхан дээр нь оруулчихна. Бидэнд хүүхнээс илүү тухтай унтах нь өөрөө цэнгэл байлаа даа. Хэл мэдэхгүй хүүхнээр яах ч юм бэ? Яадаг нь ч байгаа л байх. Миний хувьд бол үг гэдэг өөрөө цэнгэл байсан учраас үг солилцож чадахгүй хүүхэнтэй нэг өрөөнд унтана гэдэг тэр өрөөний дулаацуулагчаас өөр ямар нэг зүйл биш юм.

Чи намайг ийм юманд муу гэдгийг мэднэ дээ. Яахав хичнээн

нүцгэн байсан ч миний сэтгэл хөдлөхгүй байгаа юм чинь удамшил хийх чадваргүй. Би чинь эмэгтэй хүний үг, сэтгэл татах дотоод увдист нь татагддаг учгаас хүүхэмсэг Хар Хадаан төрлийн хүн биш л дээ, хаха. Эм хүйс болгонд сэтгэл хөдлөөд байдаггүй хойргодуу. Би бол эхнэрээ санаад эмэгтэй хүнээс зугтаах талдаа ч зарагдчихсан тавилантайгаа эвлэрэх хэцүү. Эхнэрээ санах учир нөгөө хүүхнийг нь өрөөнөөсөө хөөгөөд гаргачхаж болдоггүй. Заавал хурьцах албатай биш ч хамт унтах л ёстой учраас унтана. Үгүй бол тэд нарт хоол өгдөггүй. Янхны зовлон байгаа шүү дээ. Үүнийг би Алтан улсад ойлгочихсон учраас "Би чамайг зовоохгүй, би зүгээр унтлаа, чи зүгээр хажууд хамт байж байгаад явчхаарай. Энэ чиний муугийнх биш ээ, миний муугийнх" гээд тэр бүсгүйд ойлгуулна гэдэг тун хэцүү. Киданаар хэлээд ч ойлгохгүй. Уучлаарай уучлаарай гэж тонгойж л сурч байгаа юм. Ийм асуудалтай, энд байхгүй ээ, тайган л гэж ойлгуулахыг хичээнэ. Тайган гэдгийг ингэж илэрхийлдэг. Хомсгоосоо шанаагаа илээд хамар луугаа доош нь болгодог юм. Хамт шөнийг өнгөрөөсөн л бол заавал өвөртнь орсон уу, үгүй юу гэдгийг шалгахгүйгээр тэр эртэй нэг шөнийг өнгөрөөсөн тохиолдолд хоолныхоо мөнгөтэй золгодог. Ярьж ойлголцохгүй учраас надад ёстой сэтгэл татагдах бүсгүй олдоогүй.

Яв гэдэг үгээс авхуулаад Солонгос хэл сурч эхлэв. Яв, зогс гэдгийг хамгийн түрүүнд сурсан. Бас хоолондоо гэдэг үгийг. Авраарай гэдгийг бас их сайн сонсож сурсан. Гэхдээ би хэлдэггүй. Яг тэр чимээгээр очиж туслах ёстойгоо мэднэ. За энэ байхад л ер нь Солонгост амьдарчхаж байгаа юм доо.

Тэгээд явсаар байгаад төв хотод нь ирэв. Би тийм урт том хот дахиад байна гэхээр нь их гайхсан. Алтан улсын төв хот том байсан. Сүн улсынх том байсан. Гэхдээ миний Гуулинд яваад байгаа газарт ердөө том хот тааралдаагүй, дандаа жижиг тосгод байдаг байсан. Нэг үзүүрээс нь нөгөө үзүүр хүртэл алхахад ер нь бол гучин таван байшин л байдаг. Тэгсэн чинь том хот нь нэг талаас нөгөө тал руу алхахад замд тааралдсан байшингийн тоо таван зуун ная гаруй ширхэг байсан гээд бод доо. Тэгэхээр хэр том вэ? Жижиг амбаарыг л би тоолоод байгаа шүү дээ. Эвгүй хөдөлбөл төөрчихөөр өчнөөн гудамтай газар байсан. Яг тэр том нийслэлүүдтэй адилхан.

Манай Монголд чинь нэг уул давж байж нэг хүнтэй уулзана, гэтэл энд чинь нэг алхаад л нэг хүнтэй тааралддаг газар. Эд нарын хүн ам бол олон гэж хэлье. Монголд бол ууланд байтугай, нутагт ганц хүн байвал их юм ш дээ. Тэгэхэд зөндөө зөндөөгөөрөө байхад чинь, мэдэхгүй, ямартаа ч олон байсан. Яаж ийм олуулаа амьдраад байна аа гэж гайхаж байсан. Хүн ам олонтой. Энэ бүх зүйлсийг, зарим нэг хууль засгийн тайлбарыг Кидан хэлээр надад тайлбарласан учраас ойлголт арай дээр байгаа юм. Гэхдээ би чинь хагас Кидан хэлтэй учраас учирлаж тайлбарласныг нь маш бүдэг бадаг ойлгосон доо. Бид том арилжаагаа хийгээд бүтээмжтэй болж, хөлжлөө олчихсон учраас, нөгөө наймаачин анх хөдөлсөн газраа ирвэй.

Эхний эзэн наймаачин Кимуна

Гэвч Гуулинд ирээд 14 гарагийн дараа, намайг Гуулин улсад авчирсан хүн амиа хорлосон. Биднийг арилжиж авсан тэр хүн хөрөнгө чинээтэй болоод гэртээ ирсэн чинь гэргий нь өөр хүнтэй болчихжээ. Ядаж байхад нөгөөдөх нь ямар нэг юмны зуутын ноён хавьцаа, алчхаж болохооргүй нөхөр. Тэгээд нөгөөдөх чинь гэртээ орж чаддаггүй. Хамаг зөөсөн мөнгөөр нь эхнэр нь өөр эр тэжээгээд амьдарчихсан байгаа юм даа. Иймээс нөгөө наймаачин маань уйлаад амиа хорлочихсон. Бүх амьдралаараа хичээж, энэ эмэгтэйг аз жаргалтай амьдруулах гэж байхад энэ эмэгтэй миний хөрөнгөөр ноён тэжээлээ ухааны юм яриад, биднийг нэг танил найзтайгаа уулзуулж, та нар энд үлд, энэ хүн та нарт тусална, би бол амьдрах утга учир алга. Яагаад гэвэл гэрт миний үр сад гэж бодож байгаа хүүхдүүд хүртэл минийх гэдгийг эргэлзэж байна. Би юуны төлөө энэ их аюулыг сөрж амьдарсан юм бэ? Тэр бүх утга алдарсан тул архи уугаад ч амьдрал утга алга, дахин хүүхэн тэврээд ч иттэх иттэл алга. Энэ ертөнцөд би яг яах гэж энэ их алт зоосыг цуглуулснаа мэдэхгүй байна. Тиймээс энэ хүртэл миний амийг хамгаалсанд баярлалаа. Гэхдээ та нар дэмий хамгаалчихжээ гээд биднийг найздаа өгчихсөн. Дараад нь гэртээ тахилынхаа өмнө өөрийгөө дүүжилчихсэн байсан. Солонгос айлуудын гэрт өвөг дээдсийн шүтээн гээд хоймортон нь нэг дөрвөлжин тахил байдаг. Түүнийхээ өмнө өөрийгөө дүүжилчихсэн. Эхний арилжаачны тухайд иймэрхүү л мэдээлэлтэй, хэл соёл, цочролоосоо болоод би ойлголт маш багатай байлаа.

Яг явахын өмнө бас нэг ийм явдал болж байсан, нөхрөө араар нь тавьсан хүүхнийг шийтгэж байсан явдал. Тэр үед манай ноён амиа хорлочихсон, би өөр хүн рүү, өөр хотод арилжигдаад өөр тийшээ явах гэж байсан. Тэгэхэд нэг язгуур муутай эмэгтэй нөхрөө гадуур явдлаар гүтгэгдсэн юм уу, эсвэл үйлдсэн юм уу мэдэхгүй. Тэр гудмынхан нь тэр бүсгүйг гэсгээж байв. Бүгд тойрч зогсоод, түүний хормойг нь шатаагаад байсан, хормой нь хөх хүртлээ шатвал тэр хүүхэн ариусаж, буцаж нөхөртөө үнэнч байж болно. Тэр хүртэл хормойгоо шатаалгахгүй бол энэ гэрээс зайлж, үр хүүхэдтэйгээ ахин учрах эрхгүй гэх тайлбарыг авч байсан. Эхнэртээ хууртагдсанаасаа болж амиа хорлосон нөгөө хүнээ бодохоор ийм ялыг нь үүсгэхгүй яасан юм бол гэж гайхаад өнгөрсөн, уг нь засагтай юм шиг л байгаа юм, энэ талбарт. Тэрийг бол сонин байсан гэдгээр, манайд бол авга мордуулах ёсны хуультай нутагт бол эмэгтэй хүнийг гэсгээх биш хамгийн сүүлд хөндсөн хүн нь л аваад өмчлөөд яваад байдаг учраас сонин санагдаж байсан.

Манай Хамаг Монголд бол эмэгтэй хүн өөр хүнтэй ойртсон бол хамгийн сүүлд ойртсон эрэгтэй нь эхнэрээ болгож хариуцах ёстой, авга мордуулах ёс гэдэг нь энэ. Нөхөр нь бол өөрийн хүүхдүүдээ аваад, нөгөө хүүхнийг зайлуулах ёстой байдаг. Ийм соёлтой атал хормойг нь шатаагаад буцаагаад эхний нөхөрт нь өгөөд байхаар гайхаад байгаа юм, хаха.

Би дараа нь анхны миний Солонгос эзэн, амиа хорлосон наймаачны найз, Кидан хэлтэй бас нэг Солонгод наймаачин найз дээр нь очсон учраас тэр хүний тухай арай илүү ойлгож авсан юм. Ямартаа ч юм яриад л, биднийг найздаа өгөөд л, тэнд шилжчихсэн учрыг хагас хугас сүүлд ойлгосон. Танай ноёнд ийм юм болсон гээд тэр найз нь Киданаар ярив. Хэлний бэрхшээл арай чүү гэж гайгүй боллоо. Өмнө нь бол яв, зогс, авраарай гээд л яваад байсан. Энд тэнд гээд зүг заавал бас ойлгоно. Юугаар ч яваад байгаагаа мэдэхгүй, яагаад ч яваад байгаагаа мэдэхгүй иймэрхүү л байдалтай байсан бид тав Кидан хэлтэй хүнтэй учрангуут, ялангуяа манай Зүрчид цэрэг бас Татаар хоёр чинь баясаад явчхаж байгаа юм л даа. Тэр хоёр ингээд дээшлэв. Кидан хэл бага мэддэг бид гурав доошлов хаха. Нэг ийм юм болсон.

Ийн хоёр ноёнтой болсон болохоор ялгахын тулд нэрийг нь хэлэмгүй бол болохгүй биз ээ. Ганц байвал ноён бол ноён, Нохой гээд л болно шүү дээ.

Солонгос хүмүүс анхны ноёныг маань Кимуна л гээд байдаг юм. Би бол аялгаар нь л хусна шүү дээ. Кимуна гэдэг тэр хүн амиа хорлосноос болоод бид нутаг буцах аргагүй болов. Бид тав бол Намуунаа л гэдэг юм, хаха. Дөлгөөн сайхан ааштай хүн байж билээ. Гэргий нь л их гомдоосон доо. Тэр гэргийдээ нэн гүн хайртай залуу байсан. Залуу ч гэж дээ дөчөөд насны л эр байсан санагдана. Биднээс жаахан ахимаг. Би чинь дөнгөж гуч гараад байгаа ч юм уу, ямартай ч тэрнээс лав дүү байсан үе шүү дээ. Намуунаа үхэж Намуунаагаас Пак Пак руу очив оо, хаха.

Шинэ эзэн Пак Пак

Бид Кидан хэлгүй Намуунаа ноёноос Кидан хэлтэй ноён, түүний нэлээд дотны анд Пак Пак гэдэг хүний даалтад оров. Пак Пак ноён Кидан хэлтэй, Татаар чинь Кидан хэлтэй байдаг, Монголчууд Алтан улс руу явах зуут цэргээ Кидан хэлээр жаахан зодчихсон байсан. Онгууд чинь угаасаа Алтан улстай арилжаа хийдгийг хувьд Кидан хэлтэй гээд бид гурав бол дараагийн ноёнтэй бол хэлний бэрхшээл багатайгаар орсон.

Намуунаа биднийг найздаа өгчихсөн гэсэн үг. Амиа хорлож байгаа учраас доороо байдаг арилжаачид, дагавар наймаачид, энэ хилийн боомтод байдаг дэлгүүр гэх мэт бүх юмаа анддаа өгч, гэрээслэн 14 хоногт бэлтгэл хийж байсан аж. Эхнэртээ гомдож амиа хорлосон учраас эхнэртээ өгснөөс чамд өгсөн нь дээр гээд. Эхнэр нь энэ жингийн бүх явдлыг нь төрийн нэг хаалганы манаачийг бараг мянгатын ноён хүртэл авлигадаж байгаад гаргаж ирээд, тэрийгээ дагаад явсан. Тэрэнд нь гомдоод, намайг тэтгээгүй байж, өөр залууг тэтгээд, бүр ордонд хүртэл орууллаа гэх маргаанаас болоод амиа хорлочхож байгаа юм. Тэр нь бол бүр эртдээ хилийн боомтод байдаг зүгээр нэг ачигч залуу байсан бололтой, тэгээд цагдагч болоод, түшмэл болоод ахихад эхнэр нь түүнийг тэтгэж дээшээ гаргаад яваад байсан бололтой.

Манай Монгол соёлд бол амиа хорлохыг оролдлоо гээд алдаг хуультай шүү дээ. Тэгээд бүр гэр бүлийг нь бас торгоно шүү дээ.

Чи хүнийг сайн сайхан амьдруулсангүй, сэтгэл санаагаар нь дэмжсэнгүй, үхэхэд хүргэлээ гээд, гэр бүлийн нэгнээ сэтгэлээр аллаа гээд цаазалчихдаг, иймэрхүү, цаазалж, тэр хүмүүсийг цаашид ийм гэмт хэрэг нийгэмд үүсгэхгүй гээд маш ихээр тэмцдэг сэдэв шүү дээ. Гэтэл энд бол амиа хорлох бол маш амархан шийдэгддэг байсан. Бүр дэргэд нь, энэ олон жилийн турш өөр хүнийг тэтгэж байсныг мэддэгтүй хайхрамжгүй хүнээ гэж бодоод байгаа юм.

Намайг очихоос хэдэн жилийн өмнө Ван Энжү гэдэг хаан байж гэнээ. Түүний нэгэн сайд Им Пак гэдэг нь эх талаараа худ ураг, хамаатан садан, тэр хаантай. Эхийн талын эгч дүүсийн хүүхдүүд гэнэ. Ван Энжү гэдэг хааныг Ван Минжү гэх дүүдээ юу, ахдаа юу төрөө булаалгаад, зүүн гарын сайдууд нь хөөгдөхөд, Пак Пак эрх мэдэлгүй болсон түүхтэй гэнэ. Тэгэхээр та нар миний явж байгаа цаг үеийн Солонгосын хаадыг мэдчихлээ, хөөгөөд олчих боломжтой байх, ямар нэг ор байгаа биз ээ.

Ялангуяа баруун гарын сайдууд тогтвортойгоор үлдэж чаддаг бол зүүн гарын сайдууд буюу эмэгтэй талын сайдууд амархан хөөгддөг явдлаас энэ хүн хойд бүсэд цөлөгдсөн юм билээ. Хойд амар хүрээний, энэ Ян гээд байгаа уулыг давахаар Татарын нутаг дэвсгэр эхэлдэг. Гэхдээ тэнд маш хүчтэй хамгаалалттай, дээрээс нь түүнийг давахад заавал гэрэхэ ашигладаг, Татартай энэ нутагт арилжаа наймаа, бодлогоо хэрэгжүүлэхийн тулд заавал кидан хэлтэй байх шаардлагатай. Татаруд Киданаар маш сайн ярьдаг. Татарын хэл чинь Тунгус Татарын холимог хэл байхгүй юу.

За ийм учраас Алтан улс явна гэж байсан зуут цэргийн нэг надад бол Пак ноёнтой ядаж ойр зуурын юм ярихад амар болж ирсэн. Пак гэдэг нь овог биш, нэр. Энжү буюу тэр Эн нь бараг овог бололтойн билээ.

Тэгэхээр эндээс миний хамгийн анхны тооцоо юу гэхээр Хушаху жанжны 80 түмтийн дайныг энэ Ван Минжү гэх хүн гаргасан учраас Монгол улсад дайн болоод хоёр жилийн дараа би энд ирэхэд энэ Ван Минжү хаан болж чадсан байна. Ван гэдэг цолыг Алтан улс өгч байж Хаан тогтдог шүү дээ. Тийм учраас Хушаху жанжныг Сүн улс тэтгээгүй, Тангуд тэтгээгүй, хаа нэг газраас Монголыг дайтах санхүү босгосон гэсэн үг шүү дээ. Тэгвэл үүний голомтын эзэн нь магад энэ Ван Минжү гэдэг хүн хаан суухын тулд санхүүжүүлээд, тэр санхүүжилтээр манай улс руу хийх дайн үүссэн байх гэх магадлал дэвшүүлж байгаа юм.

Минжү нь Энжүгээ унагаасан. Төрийн хоёр жилийн хоорондох үйл явдлын хувьд. Ах дүүгийн холбоотой энэ хоёр хаан. Энжү хаантай хамаатай энэ Пак гэдэг хүн хөөгдөөд, амар хүрээний, Татарын хилийн хамгаалагч болж ирсэн гэсэн үг.

Ингээд миний зорилго Татараар дамжиж Монгол руугаа буцах болж өөрчлөгдсөн. Ямар нэг байдлаар тэр гэрнэхэн асуудлыг шийдэх, эсвэл харуул хамгаалалтыг нь олоод уулыг давж эх нутагтаа очих үндсэн санаа маань хэрэгжих боломжтой болсон юм.

Далайн боомтоос нэлээд жижиг тосгон, Улаанбаатар, Багануур хоёрыг харьцуулахтай адил гэсэн үг. Биднийг нутаг буцах сонирхолтойг эхний арилжаачин мэдэж байсан тул биднийг нутаг дөхүүлж өгч байгаа царай нь энэ юм.

Улс төрийн байдлаас нь тандаж үзвэл Гуулинд Минжү гэдэг хаан гарч ирэх нь Хушаху жанжны нөлөөтэй байсан аж. ХуШаХу бол Монголд довтолж байсан жанжин. Тэр Минжү гэдэг хүнээс санхүүжилт аваад, Алтан улсаас чамайг хаан суухад туслаж өгье гэж авлига авсан гэнэ. Ингэж Минжү гэдэг хүн нь Корёгийн хаан болчхож байгаа юм. Яг үүнтэй зэрэгцээд манай 80 түмтийн Хушахутай хийх дайн үүссэн гэнэ шүү.

Тангудын наймаачид, Сүн улсын наймаачид, Алтан улсын наймаачид дотоод хөдөлгөөнөө мэдэж байхад бидний хувьд мэдээгүй байхад ийм том хэмжээний, 80 түмэн цэргийг хөдөлгөх санхүүжилт босгоно гэдэг Алтан улсад таамаглах аргагүй, ялангуяа хойд ядуу аймаг бидэн рүү довтлох нөхцөлгүй байхгүй юу. Тэгэхэд энэ Күрёо гэх улсаас санхүүжилттэйгээр хийсэн болж таарах гээд байгаа юм. Минжүгийн хөрөнгийн эх үүсвэр магадгүй дотоод худалдаа байх.

Тэр Пак ноён чинь бол найзынхаа нэрийн доор газартай байгаад байгаа шүү дээ, тэр дэлгүүрийг нь аваад шууд тэндээ байршаад амьдарчихмаар байгаа боловч тэгэхгүйгээр заавал нутаг буцаад, тэр дэлгүүрийг ямар нэгэн хүнээр дамнуулан далдаар хуйвалдан авч байгаа нь ч гэсэн энэ хаантайгаа холбоотой, улс төрийн хөдөлгөөн явж байсны илрэл байх гэж бодож байна. Шууд өөрийнхөө нэр дээр тэр амиа хорлосон найзынхаа дэлгүүрийг бичүүлж чадахгүй байсан, Пак ноён. Тэгэхээр хаадын бодлого худалдаачдад шууд нөлөөлдөг тэр цаг үед ийм хоёр худалдаачдад хөдөлгөөн илэрсэн хардлага дээр л хэлээд байгаа шүү дээ. Тэгэхээр магадгүй төрийн ордны цаасны нийлүүлэлтийг Хушаху аваад, Солонгосоос хангаад, нийлүүлэлтийн төвшинд байж байж тийм их хэмжээний, 80 түмт санхүүжүүлэлтийг хийнэ. Шууд өөрөө тэр цаасыг үнэгүйгээр аваад өгөх төвшинд байж 80 түмэн цэргийн хоол хүнсний асуудал шийдэгдэнэ. Тэр дайны зөвхөн цэргийн хөлсний зардлаар тооцоход нэг хүнд нэг хонины зардал дор хаяж, нэг бүтэн дайнд 80000 хонь гэсэн үг. гэртээ хариад авах хонь нь нэг. Тэгэхээр хоёр хонь байж нэг хүн дайнд явна. 160000 хонь. Бидний тооцоогоор тийм. Бид гэхдээ нэлээд хямдхан цэргүүд, хамгийн хямд цэргийг хөлслөхөд хоёр хонь байдаг гэдгээр баримжаалахад тийм. Дээшээ жанжид руу болоод ирэхээр бүр агт, тэмээ болж үнэ өснө. Тэгэхээр энэ бол маш том эдийн засгийн эргэлттэй холбоотой зүйл.

Энэ үеийг ажих юм бол Сүн улс шууд Күрёо руу орох боломж байсан, Алтан улс руу шууд холбоо тасарчихсан байгаа нь хилийн боомт нэг хүний гарт орсны илрэл юм. Алтан улстай хиллэдэг Минжүгийн мэдлийн маш олон боомт байдаг. Өөрөөр хэлбэл Минжү гаргахыг хүссэн хүнээ л Алтан улсаар шууд явуулдаг болсны илрэл шүү дээ. Тэгэхээр Минжүгийн хувьд иймэрхүү байдлаар зардлаа нөхөж авч байгаа юм шүү дээ. Минжүтэй холбоотой хүмүүс эзэгнэж байв. Сүн улсаар бид орохоор Минжүгийн мэдэл бага зэрэг саарах үзэгдэлтэй, заавал тэр жижигхэн юманд уул тойрох асуудал гаргаад байгаа юм. Бидний явж байгаа хулгайн замыг харах юм бол маш их дээрэмчинтэй, араатан жигүүртэнтэй замыг сонгож арилжаанд орж байгаа биз дээ. Энэ бүхэн тэр Минжү хаантай холбоотой байгаа нь улс төрийн нөхцөл өөрөө уялдахтай холбоотой. Улс төрийн нөхцөл нь тэгж гарч ирээд байгаа юм.

Би Хушахуг Минжүтэй яагаад холбоод байна гэхээр, Минжүгийн бага хатан нь Хушаху жанжны охин, инжинд өгсөн охин нь гэж бодоод байгаа юм. Эсвэл гэрээний баталгааны охин. Хуушаху жанжинтай хамаатай охин. Тэгэхдээ их хатны төвшинд гэсэн үг биш. Зүрчид хатантай гэсэн үг Минжү. Их хатны төвшний тоглолттой бус бага хатны төвшний тоглолттой, өөрөөр хэлбэл хянагч хийж байгаа гэсэн үг. Мэдээлэл, хяналтын төвшинд, элдэв долоон юм хийвэл чамайг унагаана шүү гэсэн шууд барьцаалалтын арга болж байгаа юм.

Тэгэхээр өмнөх нурсан хаантай энэ Пак Пак бол хамаатай, тэрний зүүн гарын сайдуудын садан гэсэн үг. Нагацаараа холбогдсон сайдуудыг зүүн гарын гэдэг шүү дээ. Монголчуудтай адил ясан тал буюу баруун талаа хөөдөг улс. Энэ Жүн Жүн гэж бүх хаадуудын нэр төгсдөг, тэгэхээр энэ надад бол магадлалтай санагдаад байдаг юм, ясаа барьж байгаа нь. Тэгэхээр охиноороо бодлого барьж ясаа барих соёлтой л ард түмэн байгаа юм.

Хатны талын сайдууд улс төр солигдох бүрт унаж байдаг. Гэхдээ хамгийн их ар ноёд нь тэр тал дээрээ байдаг, эдийн засгийн босголтын хүч нь. За нэг иймэрхүү ойлголт өгнө дөө, Пак Пак гэх хүний эргэн тойрны тухайд.

Ерөнхийдөө Солонгост бусад газарт бол нэг эхнэртэй байдаг бол Пак Пак ноёны хувьд гурван эхнэртэй, өндөрлөгөөс унасны шинж тэмдэг байх. Тэгэхдээ гурвууланг нь тус тусад нь байрлуулдаг нь маш сонирхолтой.

Манайх олон эхнэртэй байсан ч нэг дор байлгах үзэгдэлтэй байхад тэднийх тус тусдаа байлгадаг нь сонирхолтой санагддаг. Бидний эхнэрүүд хэчнээн олуул байсан ч эв найрамдалтай, эгч дүүс байдаг бол эднийх бол эхнэрүүд нь их эхнэрээ хүндэтгээд, бага эхнэрүүд рүүгээ алба тушаал мэт ёс заншил барьдаг юм билээ.

Найман охинтой, хоёр хүүтэй байснаас нэг хүү нь өөд болчихсон, одоо ганц хүүтэй байгаа, дөч гаран насны хүн дээ.

Өмнө нь бол би жаахан хэнэггүй толгой байсан юм шиг одоо надад санагддаг юм. Яагаад гэвэл би Киданаар ярьдгаа ч илэрхийлээгүй, дандаа л Нөжүү ахын хамт байгаа цэрэгтэйгээ Монголоор ярихаас бусадтай ярьдаггүй. Иймд намайг Кидан хэлтэй гэж мэдээгүй аятай. Надтай хамт дагасан тав ч гэсэн Зүрчид цэргийг эс тооцвол Кидан хэлний аялгатай гэдгээ илэрхийлээгүй. Дайсан юм болохоор хамт зарагдсан ч гэсэн Зүрчиддээ дургүй. Гэхдээ нөгөөдөх нь нөөлөггүй учраас биднийгээ дагадаг.

Шинэ эзэн дээрээ очиход бид хүссэн хүсээгүй боолын тамга шивүүлэх хэрэгтэй болсон. Тэгж байж бид энэ улсад амьдрах эрхтэй болно. Яагаад гэвэл зараалд явуулахаар асуудал гарна. Би зүс нэлээн ондоо хүмүүн тул надаас, Чи юу вэ гэвэл, би боолын тэмдгээ харуулаад, ноёныхоо нэрийг хэлнэ. Ноёны ажил гүйцэтгэж, ганцаараа толгой мэдэн явах боломжтой учраас тэр боолын шивээснүүдийг бид шилэн хүзүүндээ шивүүлэв. Ингээд албан ёсоор Солонгост боол болов. Өмнөх манай ноён буцаагаад биднийг Монгол явах гэж байгаа хүнд худалдана гэсэн зорилготой байсан учраас бидэнд боолын шивээс хийгээгүй байв. Гэртээ хариад биднийг Монгол явах гэж байгаа Солонгост худалдаад, буцаад Алтан улс, Сүн улсын хооронд явж байгаа Нөжүү ахын хүмүүстэй нийлүүлэх зорилготой гэрээ хийгдсэн юм байна лээ. Тэгтэл бид тэр боломжоо анхны ноёноосоо болж алдсан.

Пак Пакын жинд бид тавыг нийлэхэд тэнд хориод өөрсдийн цэрэг, ажилчид байна. Бас их дээрэлхүү харьцана. Пак Пак бол дотоод худалдаачин, гадаад руу худалдаа хийдэггүй. Гэтэл Намуунаа бол гадаад худалдаа хийдэг. Уул нь боловсролоор Пакаас өндөр юм байна лээ. Бүр Алтан улс, Сүн улсын хэл мэддэг байсан. Мануустай л харилцаагүй нь биднийг боол гээд хүн бишээр боддог байсан юм уу, эсвэл ярьж чадна гэж төсөөлөлд нь буугаагүй юмуу мэдэхгүй, ямартай ч харилцаагүй. Хоол сайн өгөхөөс өөр дотоод асуудал байгаагүй.

Пак Пак биднийг ийн боолын тамгатай болгов. Тэр тамга байхгүй бол бид одоо хотоос хот руу явахгүй. Төв хотоос зах хил рүү гэсэн хоёрхон жимээр явна. Төв хотоос их хэмжээгээр юм аваад, өөрийнхөө нутагтаа аваачиж зарна. Замд нь ачлагын боол хийнэ. Нутагт нь анх удаагаа очив. Бас л нэг тавиад ширхэг байшин байдаг жижигхэн тосгон. Манайхаар бол Амар хүрээ. Яг энэ эхний удаагийн Пак Пакын н нутаг руу явж байхад манай Зүрчид цэрэг уул нь хамт унтсан ч маргааш өглөө нь алга болчихсонд Пак Пак уурлав.

Төв хотоос гараад дараагийн хот руу шилжих хооронд л манай Зүрчид цэрэг алга болчхож байгаа юм л даа. Дараагийн хот дээр ирээд, манай нэг боол алга болсон шүү, дураар цэнгэж байгаа шүү тэр гээд бүртгүүлдэг юм байна. Би тавтай байсан одоо дөрөвтэй болсон. Ийм төстэй хүн алга болсон гэж мэдэгдээд цаашаагаа явав. Эндээс бид дөрөв нэг юм ойлгов.

Эндээс зугтаагаад ер нь дэмий юм байна доо. Кидан хэл мэднэ, Кидан хүнтэй тааралдана гээд явсан ч гэсэн, ер нь энэ уулаар нь амьдарсан ч гэсэн хэцүү юм байна гэж хэлэлцээд дуулгавартай хоолоо идээд явж байя аа гэв. Ачлагаа зөөгөөд, яваад л, хотуудаар ороод, юм худалдаж аваад, өгөөд, аваад л, өгөөд аваад л яваад байсан.

Ан агнаж хоол хийв

Пакыг дагаснаас хойш хоол гурав дахин багасаад, ер нь хагас өлсгөлөнгийн байдалтай яваад байдаг болов. Тэр нутгаар нэлээн их уулаар явдаг. Өмнө нь бол бид тийм их уулаар яваагүй байсан бол энэ удаа уулаар их явсан. Уулаар тэд нар чинь шөнө явдаггүй. Уулын дээрэмчидтэй тааралдана гэж болгоомжилно. Нэг аятайхан шиг жавар хурахгүй газар очоод тойрч хүрээлж байгаад л унтаад өгнө. Нутаг мэдэхгүй хүмүүс чинь зарлиг дагаад л явна шүү дээ. Бид байнга будаа идээд байхаар ядраад махсав аа. Тав дахь балгасаас байна уу даа, нөгөөдүүлийгээ унтаж байхад нь ойг нь нэгждэг болоод эхэлсэн юм. Хөдөлдөг юм байвал идье гээд хаха. Ёстой хоосон доо. Ядаж манай нутагт хойшоо ой руу очоод дөч алхахад ямар нэг амьтан тааралддаг. Гэтэл тэнд байдаггүй. Бид төөрөхгүйн тулд хялгасан утас хөвж байгаад чиг барьдаг юм. Нөгөөдөхөө таван зуун алхамд тааруулчихсан. Шөнөөр ой нэгжээд, заримдаа жижиг сажиг юм олбол олно. Юм олбол ихэвчлэн шувуу л олж идэн, мах идэх овоо дараад л явдаг болов. Бид малгайндаа өд хийх дуртай. Шувууныхаа өд далавчийг нь толгойндоо хийчихнэ.

Тэдний нутаг руу орох тусам овоо ан нь олдоод нөгөө мууруд нь олшров. Тэгж яваад бас л том мууртай тааралдан ан хийчхэв. Мах харсан Монголчуудын аймаарыг чи мэдэхгүй биш гэдэг шиг, хаха. Шууд муурыг харангуутаа ан ав гэж хууч зан хөдлөөд, би анхны жадлалтыг нь хийгээд, манай нөгөө гурав чинь гарч ирээд дор нь төхөөрөөд, шараад суучихсан хаха. Ёооё гэдэс гарсан гэж. Авласнаараа намайг арьсыг нь ав гэв. Цадаж аваад хүний нүүр харахтайгаа болчхоод эргээд харсан чинь, нөгөөдүүл чинь бүр зайгаа аваад хярчихсан, биднийг гайхаад сууж байдаг юм. Юу ч гэмээр юм бэ? Хурга анх удаагаа чоно харахаараа хачин царай гаргадаг шиг л. Зөнгөөрөө нэг юм таниад байдаг, гэхдээ юугаа ойлгохгүй байдаг яг тийм царай гаргасан шүү дээ хаха. Тэр царай бол гоё байсан.

Пак Пак нь яалт ч үгүй толгойлогч нь юм болохоороо ирээд ярив. Та нар чинь яг юун хүмүүс вэ? Ямар учир шалтгаанаар энд манай найзтай ирсэн гэхчлэн илүү ихээр байцаан асуув. Бид Алтан улс, Сүн улс, говь руу, ойн иргэд рүү явдаг дээрмийн бүлгийнхэн байсан гэв. Яагаад гэвэл хоёр нь тийм юм чинь. Нөгөө хоёр нь ч гэсэн яаж ч яваад юм бүү мэд Нөжүү ахын дор орчихсон байсан болохоор ерөнхийдөө л нэг зүгийн хүмүүс. Би чинь өмнөх Буха ахын цэрэг юм чинь. Бид дээрэмчид ээ гэсэн чинь, нөгөө ажилчид цэргүүд нь биднээс айгаад нөгөөдүүл нь өрөлт аваад зогсож байна. Та нар яагаад манай Күрёо улсад ирсэн юм бэ? гэхэд, "Бид нутаг буцах боломжгүй ээ. Уул нь танай найз чинь авч явчхаад нутагтаа эсэн мэнд хүргэгдэж ирчхээд, биднийг буцаагаад Сүн улс руу явж байгаа арилжаачинд өгөөд, бид Сүн улсаас тийм худалдаачинтай уулзаад, Алтан улсад очоод, тэндээс Монгол руугаа явах ёстой байсан. Гэтэл одоо ийм юм болоод, тантай явж байна" гэдгээ чадах ядахаараа л эвлүүлж ярив. Манай Татаар илүү сайн Кидан хэлтэйгээрээ ярьж байгаа юм л даа.

Та нар миний ачааг дээрэмдээд явах сонирхолтой юу? гээд шулуухан асууж байна. Таны ачаа бидэнд ямар арилжигдах юм биш? Гэр рүүгээ авч явах ч юм биш. Танай нутгаас гарч чадахгүй тул бидэнд таны хоол л чухал байна. Зүгээр бидэнд хань болоод, толгой болоод өгөөч гэдгээ хэлэв. Тэгвэл би хичээе, та нар харин миний итгэлд байгаарай гэж хэлэв.

Бидэнд ямар хувцас байх юм биш, муурын арьсаа нөмөрчихнө гэх мэтээр л явж байлаа. Хамгийн эхэнд муурын арьс нөмөрсөн нь би. Дараа дараачийн ангаас дөрвүүлээ муурын арьс нөмөрсөн шүү дээ. Тэрийгээ тухтай унтах гээд, эвдэхгүй дэвсгэр болгоод ашиглав. Мөн манай нутагт ховор байдаг, үзэгдэж байгаагүй зээр ч юм уу, ямар нэг бугын төрлийн танихгүй амьтан авлаж, түүгээрээ хучлагархуу юм хийсэн. Ерөнхийдөө Пак Пакынд очихдоо дэвсгэр, хучлагатай болоод л очсон.

Цаашид биднийг дээрэлхдэг хэдэн цэргүүд маань дээрэлхэхээ болиод, бүр зайтай хол болоод ирсэн. Ачлага ажлаа бидэн дээр хаячхаад ангалзаад, модон тоглоом тоглоод сууж байдаг хүмүүс чинь ачлагадаа оролцоод, ирдэг хоол гайгүй болоод ядаж өдрийн өлмөн зэлмэн байдал алга болов. Өмнө нь биднийг гадаа хонуулчхаад, өөрсдөө улаан дэнлүү рүү ороод хоночихдог хүмүүс чинь хамт улаан дэнлүү рүүгээ авч орж хонодог болов. Ингээд манай Пак Пак ноён маань ч өмнөх ноён Намуунаатай адилхан болов оо.

Пак Пакын тосгон

Бид нэлээд удаан явсан, замын тосгодоор арилжаа хийж явсаар байгаад ургац хураалтын арай урд үе дээр л тэр хойд Ян уулын тосгонд очиж байгаа юм.

Ерөнхийдөө Монголын нутаг дэвсгэртэй адилхан. Далайгаасаа хол уулын бүсийнх, өвөл болж, цас ордог нь яг Монголтой адил цаг агаартай. Монголоос ялгаатай нь их усархаг бороо ордог. Цагаан будаа бага, гурил их тариалдаг нутаг байсан даа. Манай нүүдэлчдийн аймгаас бурам эх хэрэглэдгээрээ ялгаатай. Чихэрлэг төмс их хэмжээгээр хоолондоо хэрэглэдэг. Бүр тэр нь зэрлэгээрээ хүртэл ургадаг нь таатай. Би бол чихэрлэг төмсөнд нэлээн дуршсан тал бий, тэр нутагт хоол хүнсний тал дээр бол.

Хамгийн эхний үйл явдал бол тосгондоо очоод Пак ноён: Удахгүй ургац хураах баяр цэнгэл болно. Өмнө нь зан үйл хийнэ гэсэн юм. Ингээд ургац хураахад хуурай агаар хэрэгтэй учраас далайн эздүүдээс усаа түр хямдаж өгөөч ээ гээд Тэнгэрт даатгах зан үйл явдалд очингуутаа оролцох болов. Энэ бэлтгэл ажилд Пак ноён завгүй болж байсан юм.

Ургац хураах, будаагаа цайруулах зэрэгт ус чийгнээс хамгаалах зан үйл хийдгийг хараад Гуулинчууд манайтай адил бөө мөргөлийн зан үйлтэйг анх анзаарсан. Буддын шашинтай гэж өмнө нь сонсож, харсан ч энд харин бөө мөргөлийн зан заншилтай байв. Мөчирт олон өнгийн тууз бэхлээд, тэр мөчрөө хонхоор чимэглээд, хүүхнүүд бөөтэй аж. Дамар хэнгэрэгтэй гурван удган гарч ирээд бүжиглэсэн. Хамгийн урт настай модондоо шүншиглэж, дайлга үгээ өргөж байна билээ. Энэ нь надад Тунгус, Барга, Буриад бөөгийн зан үйлтэй их ойролцоо харагдаж байсан. Тэр гурван удган бүжиглэж бүжиглэж байгаад "Модны чимээ сонсоно" гэх үгийг хэлсэнд бүх хүмүүс нэлээд удаан, дөчөөд хором чимээгүй болов. Гурван удганыг юу хийх бол гээд тойроод ажиж байхад салхи салхилж эхлэхэд

"Тэнгэр бидний хүслийг гүйцэтгэнэ, болно гэнэ ээ. Есөн гарагийн боломж олгоно, энэ хугацаанд амжуулна" гээд ургац нь эхэлдэг юм билээ. Тэр есөн гарагийн хугацаанд байгалийн ямар нэг чийгийн асуудал байхгүй, энд гол ач холбогдолтой үйлүүдээ хийгээд, хур тунадасны асуудал байгаа, түүнийг хучлагын асуудлаар шийдээд ургац хураалтыг сайн давах нь гээд ийм байгалийн чимээг сонссон зан үйл хийсэн.

Энэ зан заншлын дараа ноён ирсэн гээд цэнгүүн болсон. Айл бүр идээ ундаагаа чадахын хэмжээгээр хийгээд, модоо тойруулж тавиад, эхлээд Тэнгэр газрын сахиуснууд идэж дуустал хөргөдөг юм билээ. Хөрсний дараа охийг нь тэнгэр газар хүлээж авлаа, одоо бид идэж болно гээд нийтээрээ тойроод тавагтаа хэний ч хамаагүй айлын хоолыг хийгээд идчихдэг зан заншилтай учирсан. Энд хамгийн ядуу, баян нь хамаагүй хийж чадах хамгийн их хоолоо л хийдэг. Зэрэг дэвийн ялгаа гаргахгүй, уулзах хүмүүс нь бүлгээрээ ярилцаж, хүүхэд хөгшдүүл нь инээлдэж дуу бүжиг болж байсан. Угтад бол энд найр цэнгэлийг зохицуулахдаа дуу бүжиг хийж, хүн ард, тэнгэр сахиуснуудыг баясгаж байна гээд ийм үйлээр цааш үргэлжилж байсан.

Үдэш болоход нэг удган нь цогон дээр улаан хөлөөрөө дэвсэн бүжиглэсэн. Муу үйлийг номхотгож, үхэл хагацал, өвчин зовлонгоос хол байлга гээд эрлэгийн шинж чанартай үйлийг шөнө хийсэн. Энэ зан үйлийн тухайд ярих юм бол хоёр дамартай бүсгүй гол удганаа тойрно, гол удган нь эргээд л байдаг юм билээ, хормойноос нь татаад нар зөв эргүүлээд л байдаг юм билээ. Нөгөө эмэгтэй голд нь эргээд л байх юм, хүссэн ч хүсээгүй наадах чинь гуйвлаа ш дээ гэж байтал амнаас нь хөөс цахрараад, нүд нь улаанаар эргэлдээд эхлэхээр сахиус буулаа гээд бүх хүмүүс манай тэр тийм өвчтэй байгаа, хамгийн өндөр настайгаасаа эхлээд залуу руугаа үгээ тэр хөөс цахарсан удган руугаа хэлдэг юм билээ. Үгээ хэлээд тэр чигээрээ тонгойгоод, үг хэлээгүйчүүд нь босоо. Ингээд тэр бүх үгийг дууссаны дараа, үгийг нь дуустал нь эргэж байгаа юм, хөөс цахраад л сахиус ирлээ сахиус буулаа, та бидний өчлийг зөвшиж байвал үгээ хэлтүгэй, бидний энэ өчлийг дуулаагүй бол үгээ хэлтүгэй гээд хоёр удган нь хэлэх юм. Энэ бүхнийг манай ноён л Кидан хэлээр бидэнд хэлээд байгаа юм.

Тэгсэн чинь нөгөө бүсгүй толгойгоо хоёр тийшээ хаялаад, нэлээд улаан нүд гаргаж байгаад дороо бүжиглээд л, бүжиглэж байгаад нөгөө хоёр удган дээрээ очоод гулдайгаад суучихсан. Нөгөө хоёр нь чихээ тавьж байснаа ердөө дөрөвхөн хүний үхлийг л авна, бусдыг нь бол өршөөлөө гэнэ сахиус гэнэ. За бид ойлголоо, сэрэмжилье гээд ард түмэн нь тэнд толгойгоо өндийлгөж байгаа юм.

Өнөө удган бүсгүй зүв зүгээр болоод, нөгөө хоёроороо хөлстэй хувцсаа солиулаад, энгийн сайхан гэрийн эзэгтэй болоод, дараад нь бөө хувцастайгаа байсан хоёр нь хувцаа солиод, идэж уугаад буцаад найрын шинжтэй болж байгаа юм.

Үнс нурам болтол нь найр ерөөсөө тарахгүй байгаад, жавар хурж, түнэр болохын цагт ард түмэн за одоо ингээд энэ ёс дүүрлээ гээд тарсан.

Бөө мөргөлтэй бидний хувьд нэг их гайхмаар биш байсан ч манайхаас их өөр байсан. Онгод нь буух гэж яагаад хоёр хүүхэн тойруулаад эргэлддэг гээд сонирхох зүйл байсан ч бөө мөргөлийн нэлээд олон зан заншил ойролцоо, ижил үйл ажиллагаатай байсан учраас аан за гэх байдалтай байхад Пак ноён: Танай нутагт ийм юм үзэв үү, энэ бол манай хамгийн гайхалтай зүйл гэж бидэнд гайхуулах шинжтэй ярьсан даг.

За тэгээд Кидан хэлэнд илүү гарамгай байдгаараа Татаар нь өөрийнхөө бөө мөргөлийг тайлбарлан, бид бол ийм зан үйлийг хавар хийдэг, бүтэн жилийн шинжээгээ бөө нараар хийлгээд, ижилхэн модонд гоёл зүүж байгаад, хэнгэрэгтэй бөөтэй байдаг. Манай бөө бөөлөнгөө бас эргэлддэг гээд ярьж байгаа юм. Танай Татараас хэдэн зуун жилийн өмнө манайд хатан заларч байсан. Тэгэхээр бидний дотор цус улаан бөлгөө гээд нөгөө ноён чинь нэлээд халамцуу учраас бидэнтэй тоож харьцаж эхэлсэн.

Дараа нь Онгуудынхыг дуудаад танайд ийм гоё сайхан баяр цэнгэл байна уу гэхэд, Онгууд: Манайд Хурмаст, хур дуудаж, бороо гуйхаас биш, биттий бороо оруулаач гэх үйл байхгүй шүү. Манайд бол нарийхан хэнгэргийг савчуулан бөөлдөг. Гэхдээ эрэгтэй хүмүүс байдаг, эргэлддэггүй ээ. Манайхан гал дээр үсэрдэггүй ээ гэхэд Ноён: Аан муу байна аа, хөгжүүлээрэй бөө мөргөлөө гээд л архи уув.

Тэгээд намайг дуудаад, Сохроо гэж дуудна ш дээ, танайх бөө мөргөлтэй юу гэхээр нь би: Байгаа байгаа. Манайд удган, зайран хоёулаа л бий. Манайх цогон дээр биш, гал дотор нь орж бөөлдөг. Өндөр урцан гал хийж байгаад, дотор нь шатаж үхэх гэж байгаа юм шиг эргэлддэг гэхэд, Ноён: Аан танайх сайн хөгжсөн байна. Манайд зааж үзээрэй гэв. Би бөө бишээ л гэх зэргээр согтуу хүмүүсийн яриа иймэрхүү л төвшинд өнгөрсөн.

Биднийг энэ хүртэл сэрдэж, энэ найран дээр нэг уушиг нээгдсэн гэвэл болно, гэхдээ бүр их хянаад байдаггүй, хоол унд, унтах амрах газрыг аль болохоор тохитой цэнгэлтэй байлгахыг хүсдэг байсанд нь талархууштай. Гуулингийн тэд бүр найрлаад сурчихсан ардууд. Ямар нэгэн дэг жаягийг бүгд мэддэг, ардууд нь биднээс жаахан цэрвээд ярилцдаггүй, ноёны дэргэд л бид байгаад, өгсөн заасныг нь идэж уугаад байснаас биш, хүний газар ёсыг нь дагана гэдэг үг байдаг шүү дээ. Ард түмэн нь бидэнтэй бол мэндлээд л, өөр юу ч яриагүй.

Бид л хоорондоо, ноёнтойгоо л дотно болж чадсан даа тэр үед. Ноён бол бүх хүн цугласан дээр биднийг танилцуулж өгсөн. Андаасаа авсан боолууд байгаа юм, анддаа бол эднийг нутаг дэвсгэрт нь хүргэхэд нь тусална гэж ам өргөсөн. Та нар бас чин цагаан сэтгэлээрээ тэтгэж өгөөрэй гэж ярихад, За ноёнтоон л гэхээс нөгөөдүүл нь өөр юу ярих вэ.

Миний хувьд бол үзэгчийн байдлаар байсан, манай Татаар бол хүслээ хэлээд үзье, биелэх эсэхийг нь харья гэж ёжруу шинжтэй байсан. Онгууд бол би ганц тэнгэртэй, миний тэнгэр гэртээ байгаа гэсэн гөжүүдэл гаргасан. Манай Нохой ахын дээрэмчин бол Тэнгэр хаясан юманд мөргөж яадаг юм гээд нуруу цэлгэр, газар нь өргөж байгаа ч Тэнгэрт нэг өдөр очих л байлгүй гэсэн иттэл бишрэлээсээ унасан шинж чанар үзүүлж байсан ч энэ ноёнд хэлээд яахав гэхэд нь За л гэсэн. Гэхдээ сайхан байсан, ядаж буддын шүтээнтэй гэж байхад бөө мөргөлтэй. Ижилдүү бөө мөргөл, хэдий соёлын ондоошилд орсон ч гэсэн бөө мөргөл, Тэнгэр газрын ёс байгаад баяссан, ингээд Солонгос ноёнд итгэж болно гэх сэтгэлзүй үүсэж байгаа юм.

Тэгэхгүй зүгээр бурхан гэдэг эрт дээр үед үхсэн хүний шаварлан дуурайчихаад онго сахиусыг ч биш, шаварласан төрхийг нь шүтээд байдаг хүнд итгэдэггүй. Тэр чинь өргөгдсөн сүнсийг нь биширч байвал өөр хэрэг, бид өвгүдээ биширдгийн хувьд, гэтэл бүр төрхийг нь биширдэг ш дээ буддын шашинд чинь. Тэгэхээр энд бол бөө мөргөлтөн бол тэрсээд байдаг тал бий нийт ард түмнийхээ хувьд.

Бид хүний төрхийг биш оюун санааг тахин шүтэгчид гээд. Яахав бурхан Будда гэдэг хүн онго сахиус болсон байж болно, түүний онго сахиусыг шүтэж байгаа бол асуудалгүй, төрхийг шүтэж байгааг ойлгодоггүй юм, тэр махан биеийг юуг нь шүтэх ёстой юм бэ гэх иймэрхүү зөрчилдөөнөөс болоод Буддын шашинтай хэнд ч итгэдэггүй тал бий. Хуурмаг үзэгдлийн эзэд шиг санагддаг юм, эртний сургааль үлгэрээ шүтэж байгаа бол бид асуудал үүсгэдэггүй.

Гэвч тэр цагт Буддын шашинтай байж байж Алтан улс, Сүн улстай эв гэрээнд хүрдэг байв. Далд нууцаар бөө мөргөлөө авч явж байдаг. Нэг иймэрхүү ард түмэн байсан, түүнийгээ шүтдэг гэж хэлдэггүй, зүгээр ахуйнхаа зан үйлийн хэсэг, ёс заншлын хэсэг, энэ бол шүтээн бус, энэ бол баяр цэнгэлийн асуудал гэж үзсэн ийм нууцлагдмал байдал руугаа, ил тодорхой үзлийн төвшинд өргөдөггүй байдалд хадгалсан ард түмэн байсан.

За тэгээд ноёныг дагаад бид байрших байдлаа олох ёстой болсон. Гэтэл та нарын байрыг одоохондоо цэгцэлж чадахгүй, энүүхэндээ унтчих гээд, өнөөдөртөө хоноглох асуудал гарч ирсэн. Аянд ядарчихсан байсан учраас газар голоод ч яах вэ гэдэг явдал бий, ний боолуудтай нийцэж унтсан гэсэн үг.

Маргаашаас нь бидний тусгаарлах буюу хуучин ямар нэг зүйлийн агуулах байсан агуулахыг чөлөөлж бидэнд гаргаж өгснөөр, бид өрөөний андууд болцгоосон. Зүрчидээ замаасаа алдчихсан бид дөрвүүлээ энэ хүнтэйгээ арга сүвэгчилж, цаашдын амьдралаа даатгасан шиг явсан.

Ургац хураалт

За ингээд ургацад тусалсан. Хүний хоолыг зүгээр идэж болохгүй гэж уламжлал нүүдэлчдэд байдаг учраас ургацад, хураах гэдэг үйлэнд нь тусалсан. Хөдөлж л байгаа бүхэнд, ялангуяа тус хүргэн хөдөлж байгаа үед Күрёогийн ард түмэн нэлээд баясалтай байдаг юм билээ.

Бид өдрийн цай, ундны цаг байдаг гэдгийг мэдэхгүй, зүгээр л зөөхөөс эхлээд, харж байгаад туслах гэдэг юм руу шилжээд, нийтээрээ өдөр нар голлохын алдад хооллоход бид хоолгүй байсан. Бэлдэж аваачихыг мэдээгүй. Тэгтэл бидэнтэй хоолноосоо хуваалцаад, "Та нарыг гуйж албадаагүй байхад тусалж байна гэхээр хүн бөлгөө, сайн бөлгөө" гэх явдал болсон. Ирээд дасгах ажлыг ноён хийж байсан учраас ноён биднийг хий гэсэнтэй ялгаа юу байхав дээ, ард түмэн нь хоолоо хуваалцахад, за эд нар ч болмоор юм уу гэх нэг л бахдалтай царайгаар харж байсан шүү. Пак Пак ноён бидэнд өдрийн хоол бэлдэж ирээгүй нь сонин ч, за албатай биш дээ гэж бодов. Өөрсдийн ёс заншлаа яаж ийж байгаад бидэнд дасгах гээд үзээд байсан.

Хэдий бид боолууд ч гэсэн ноён маань сайн халамжтай байв. Ард түмэн ч гэсэн биднийг боол гээд ялгаварлан гадуурхсан зүйл энэ удаа, эхлэлдээ байгаагүй, найрсаг дотно, халуун санагдаж байв.

Нар тонгойгоод буухын алдад хануур ирдэг, өвчин тараадаг гэх шалтгаанаар ажлаа орхидог юм билээ. Яагаад гэвэл намагдуу газраар дөтөлдөг, хүйтэн болж байгаа ч газар хөлдөхөөс өмнө хануур хорхой байдаг гээд эрт ажлаасаа буун байсан.

Малчин бидний хувьд шөнө ажиллах бол энгийн үзэгдэл, тэгэхэд тариачид бол эрт ажлаа хаядаг санагдсан.

За ирээд дахиад хоолгүй болов, ноён хооллох болов уу яах бол гээд. Бидэнд албан үүрэг өгөөгүй учраас өөрсдийгөө тэжээх юм уу, үгүй юм уу, зориглож бас асууж чадахгүй.

Тэгэхэд ноён: За надтай цай ууцгаа. Ерөнхийдөө манайд амьдарч болохоор байна уу гэсэн асуултыг оройн хоолонд асуув. Нэгхэн хоног болчхоод яаж ч хариулах вэ дээ.

Танай тосгон, ард түмэн сайхан, элэгсэг дотно байна, бид энэ ард түмэнд тусыг өргөж амьдрахын тулд юу хийхээ мэдэхгүй байна, хоол хүнс нэмэр дарааны асуудлаа ярилцъя гэв.

Та нар бол боломжтой бол хоёр хоёроороо ээлжлэн харуулд гарч өгөөч, би бол эд хөрөнгөтэй хүний хувьд хулгай дээрмийн асуудалд өртчих гээд байдаг, ялангуяа төв балгасаас хол байдаг миний хувьд уулын дээрэмчдэд элгээ бариулаад байдаг тал бий. Тийм учгаас хоёр хоёроороо манд туслаад өгөөч. Та бүхэн бяр тэнхээтэй, бар агнадаг хүчтэнүүд учраас тийм үйл эрхэлж, түүний чинь хариуд та бүхний үдшийн хоолыг дааж, хонох газрыг чинь өгнө, зөв үү гэв. Зөв өө л гэв.

Удаах нь бол хоёр нь чөлөөтэй байгаа, энэ үед миний ард түмэн, тосгонтой танилцан дотносно уу гэдэг зүйл ярив. Өдрийн хоолыг чинь би даахгүй ээ гэв.

Өдрийн нэг хоол, хонох газрын ханштайгаар харуул хамгаалалт.

Би та нарыг жин тээлгэх, арилжаачны шинжтэйгээр боолын ачлага тээвэр, хүнд бэрхшээлтэй замын харуул хамгаалалтад бол цалин өгнө. Зүгээр орон байраа мануулах дээр зоос өгч чадахгүй. Би та нарыг харахад их чинээлэг харагдаж байгаа авч надад бол тэжээдэг олон хүн учраас олсон шигээ үрдэг гэж тайлбарлаж, анхнаасаа бидэнд ний нуугүй үгээ хэлсэн юм. За та нар миний агуулахад арвин их бараа байгааг харж байгаа, эд бол бүгдээрээ аюулын үед хэрэглэх эд учраас бүү хулгайлаарай, энийг дараа нь арилжиж, үнэтэй цагт нь арилжиж би энэ ард түмнийг тэжээх ёстой байдаг юм, энэ ард түмэн миний агуулахыг дүүргээд надаар тэжээлгэх үүрэгтэй байдаг юм гэсэн иймэрхүү яриа өрнөв, миний ойлгосноор бол.

Миний голлох арилжаа бол ерөнхийдөө энэ будаа тутарганы асуудал, энэ газар нутагт ан агнуур будаа тутарганаас өөр олзтой юм юу ч байдаггүй. Гэхдээ хүн өмсдөг, иддэг учраас хамгийн сайн наймаа, энийгээ хийгээд нэгэнт хамгаалалттайгаар, нэгэнт та нарын хишиг тустайгаар хийморьтой явж байгаа учраас хажуугаар нь анд нөхдийнхөө тусламжтайгаар жижигхэн торго, үнэт эд арилжиж түүгээрээ аюултай үед идэх хүнсээ бэхэлдэг. Яагаад гэвэл будаа тутарга жил бүр ургадаггүй, тийм учраас бусдаас будаа худалдан авах чадвартай байхыг эрхэмлэдэг учраас болгоож харж үзээрэй намайг гэв.

Тиймээс биттий шуна, өнөөдөр бүгдийг идээд дуусахад маргааш өлсөнө гэх эртний үг байдаг. Бид жил бүр ургац хураадаггүй учраас нөөцтэй байхыг эрхэмлэдэг. Үүнийг бүх ард түмэн боддоггүй учраас ноён боддог. Ноёноо намайг өлсөхөд тэтгэнэ гэж боддог учраас ардууд нь татвар хэм өгч, ургацаа арилжуулдаг. Тэр хүнд цагийг л ард түмэн бүгд бодож чаддаггүй учраас л ноён оршдог гэх бодлоготой. Танай газар нутгийн ноёныг мэдэхгүй гэж тайлбарласан юм.

За тэгэхэд манай олон үгтэй Татаар л ярьж эхэлнэ. Нэлээд нүүрэмгий нөхөр, баягуд гаралтай, Цагаан Татарын төрөл гэсэн үг. Манайд бол ноён дайнд хамгаалахын төлөө оршдог юм, дайчин байдаг юм. Арилжаа хийдэг тань шиг ийм хүмүүнийг бол ар ноён гэдэг. Тэд бол дайнд бэлэн байхын төлөө ахуйг тэтгэдэг гэсэн юм ярив.

Онгууд бол арилжааны толгойг ноён гэдэг юмаа гээд, өөрөөр хэлбэл, газраа мэддэг, олон улсад хил давах чадвартай, очоод хүнд дээрэмдүүлчихгүй арилжаагаа хийчихдэг хүнийг ноёноо гэж сонгодог. Манай нутагт ийм байдаг гэв.

Нөжүү ахын хүн бол, би ноёнтой газраас ирээгүй, би толгойлогчтой газраас ирсэн. Би бол дээрэмчний бүлгийнх шулуухан хэлэв. Тэглээ гээд таныг дээрэмдэх сонирхол алга, би зүгээр л энх тайван газрыг хайж байгаа тэнүүлч гэж хэлсэн юм.

Би бол, би хаантай газраас ирсэн. Хаанаа харьсан эсэхийг ч мэдэхгүй байна. Амьдыг нь л мэдмээр байна гэдэг үгийг хэлэв.

Ингэж би ноён биш хааны тухай ярихад Пак Пак анх надад гарвал угсааныхаа тухай ярьж өгсөн юм. Би бол хаан угсааны зүүн гарын сайдууд хүчтэй байсан газраас төр солигдоход уначихсан. Энжү гэдэг хааны нагац талдаа гарвальтай, ял хүртсэн, тийм учраас надад бусад ноёдтой холбогдож эрх мэдлээ эргэх боломж байдагтүй. Эндээ би энх тайван амьдармаар байна, жа тэгж байгаад хоёулаа хаадын тухай ярьж болох байлгүй дээ гэв. Харин чи энэ хугацаанд Солонгос хэл сайн сураад, Кидан хэлээ сайжруулахыг бодоорой гэв.

Нэг иймэрхүү л харилцаа үүссэн дээ. Гайгүй эхнээсээ дөрөөтэй явж байгаа биз.

Бид Күрёогийн нутаг дэвсгэр рүү орохдоо энд өмхий ясаа тавих юм бол нэр хэрэггүй гээд нэрээ халчихсан. Хүний газар үхсэн гэдгээ ч мэдэгдэхийг хүсээгүй. Тийм бэлтгэлтэйгээр Күрёо улсыг даваж байгаа учраас бид хэн нэгнийхээ нэрийг ч мэдэхгүй. Зүгээр л Онгуудаа, Татаараа, Монголоо, Дээрэмчнээ гээд л. Намайг Сохлоо юм уу Монголоо гэдэг юм. Татарыг бол Татараа, эсвэл Алтай гэнэ, нутаг дэвсгэрийн нэр шүү дээ, Монголоо гэдэгтэй адил.

Насны хувьд хамгийн ахимаг нь би байх, ерөнхийдөө гучтай л байх. Надтай хамгийн ойролцоо настай нь дээрэмчин байсан. Нөгөө хоёр маань хорин хавар дундалж байгаа л хүмүүс. Пак ноён ер нь дөчөөд насных л гэж хэлнэ, доошоо ч байж магад, дээшээ ч байж магад, овор багатай гэдэг асуудлаас болоод би насыг нь хэлж чадахгүй. Шанхандаа хэдэн цагаан үстэй, сахлан дээр хэдэн ширхэг цагаан байгаа. Гэхдээ зовлон үздэггүй Солонгосуудын хувьд өтөлж байж магадгүй гэсэн асуудал байна. Нэлээд нээлттэй яриа хүн байсан. Пак ноёны хувьд бол бараг хорь гаруй магтаалыг хэлнэ, ганц хоёрхон мууг хэлж чадна, ядаж согтуугийн муутай гэж би хэлэхгүй. Агсан тавьдаггүй ч балгах дуртай шүү, балгахаараа жаахан хүүхний хөх хаа хамаагүй барьчих гээд байдаг зантайг эс тооцвол бусдаар асуудал байхгүй. Гэхдээ тэд нарыг хөнжилдөө оролцуулчихгүй, айлгаж ичээгээд, инээгээд байдаг төрлийн л байсан.

Тариан талбай дээр ер нь хүн тус бүр өөр өөрийнхөө ажлыг барах ёстой гэдэг учраас бие биеийнхээ ажилд төдий л туслах хандлага бага. Эмэгтэй хүн шуудай тутарга үүрээд явж байхад, хоосон гартай явж байсан эрэгтэй нь туслахгүй байгааг хараад бид гайхна. Эмэгтэй хүн хүнд ачаа өргөхөд тусалж бай гэдэг сургаалд өссөн бид дөрөв бол юм бодохгүй. Хэрвээ бид ачлагагүй явж байвал туслаад өгчихдөг байснаас улбаалаад эмэгтэйчүүд, эмээ нарын дунд сэтгэл ойртон, бидний тухай яриа дэлгэрсэн байж гэнэ. Эмээ нар "Ир, жаахан хоол ид" гэж дохин дууддаг болов. Гэвч эмэгтэйчүүд сайн хандлагатай байхад эрчүүдийн зүхэл нэмэгддэг ийм сонин ертөнцөд, соёлын ялгаанд өртөж эхлэв.

Ер нь тэнд эрчүүд маш ноёрхуу шинжтэй байдаг байсан аж. Хөгшин залуу хамаагүй эмэгтэйчүүд нь бидэнд сайн хандсанаас, эхнэрээ хамгаалах үзэгдэл эрчүүдийнх дунд түгсэн дээ. Эрчүүд бидэн рүү цэхэлзэх, зүгээр зөрөхгүй мөрлөөд өнгөрөх, хандлага буруу байгаа нь илт мэдэгдэх болов. Гэхдээ яг зодоон цохион бол хийхгүй, үг хэлээр доромжлохгүй, биеийн хэлэмж, сэтгэл зүйн хэмээр л дургүйгээ илэрхийлээд байдаг ийм сонин ардууд байв. Үүн дээр анх удаагаа нийгмийн гадуурхлыг үзсэний хувьд бид маш их бухимдал тээсэн ч Пак Пак ноёны тусын тулд, ерөнхийдөө сөргөлдөх зангаа тэвчиж амьдарна гэдэг бол тун чиг таарамжгүй байлаа даа. Шулуухан сайхан хэрэлдчихээсэй, шулуухан сайхан цохичхоосой, тэгвэл асуудал шийдчих юм сан гэх бодол орж ирэвч, бид хэрхэв эхлээд цохиж болохгүй учраас цохиулахын түүс болдог байлаа шүү дээ. Ядаж зодуулчихад ийм асуудал манай нутгийнхны хувьд шийдэгддэг учраас бүлэглэж байгаад сайхан зодчихоосой гэсэн бодлоор дотор их бачуурч байсан даа, ургац дуустал. Нөгөөтэйгүүр сайн хандаж байгаа эмэгтэйчүүд бидний сэтгэлийн тайтгарал болж байсан нь үнэн. Гэвч тэд хэзээ ч гэртээ оруулдаггүй. Ихэвчлэн хаалганаасаа харьцана, сайндаа л саравчинд нь очвол их юм.

Бид дөрвийн хувьд хоёр нь Пак Пак ноёны амь нас, гэр бүлийг манах, нөгөө хоёр нь болохоор нийгэмших гэдэг асуудлыг хийж байсны хувьд би үүнийг зөв тогтолцоо гэж боддог. Байнга ээлжилж байсных их хурдан Гуулин улсад дасав. Нөгөөтэйгүүр моринд гарамгай, ерөнхийдөө ан амьтны учрыг олчихдог, дээрээс нь байнга л будаа тутарга хураагаад байдаг биш, зарим өдөр зүгээр л хураачхаад дэлгэж хатаах өдрүүдтэй тул зав чөлөө гарна. Эхний арван таван гараг бол ёстой морь нохой мэт ажиллаж байхад, үлдсэнд нь тариагаа сэгсрээд л хатаагаад байдаг ажил байдаг юм байна. Үүнд бидний оролцоо тун бага. Мэдэхгүй чийг авхуулна, мөөгөнцөртүүлнэ гээд нарийн мэдлэгийн асуудал болоод ирэхээр бидний ачаалал хөнгөрч ой тайгаар хэсэж, нутаг усыг судалж эхэлсэн дээ. Хаана ямар булаг шанд, мөөг, ан амьтан байна гээд л, бас яалт ч үгүй махны донтолт байна.

Ядаж байхад бид дөрвийн нэг нь тамхичин. Гэтэл тамхины асуудал асуудалтай холбогдсон шүү. Чинээтэй хүний хэрэглээ гээд Солонгост тамхидалт маш бага байв. Гэтэл бид бол бэлчээрт ялаа үргээлтээс болоод тамхидалт нэлээн өндөртэй ардууд. Дээрэмчин маань тамхичин тул энэ урт хугацаанд тамхигүй байснаас болоод их уурлана. Түүний уур бухимдлыг намжаахын тулд эхэндээ туулайн баас, татаж болох өвс ургамал таньж аргалж байсан ч гэсэн яалт ч үгүй улаан бөс олохоос өөр аргагүй болж байв. Тийм учраас ой тайгаар нэгжүүл хийж, тэмтэрч эхэлсэн тал бий. Зүгээр ойд яваад байлтай биш, тийм биз дээ. Эр бөдөн тааралдвал унагаж л таарна шүү дээ.

Хүүхэд байхаасаа нэг бургасан нум хийгээд сурчихдаг учраас тиймэрхүү жижиг шувууны ан бол их амархан санагдаж байсан. Гэвч ингэж зэвсэг хийх чадвартай нь Пак Пак ноёнтоны дургүйг хүргэсэн байв. Тэр бургасан нумыг бид бол тоглоом, зүгээр нэг ийм хачир шорлогны мөчир гэж харж байхад, Пак Пак ноён хүн хороох зэвсэг гэж хараад байсан аж. Энэ дээр ургац дуусаны дараа чангалуулсан асуудал бий. Та нар надаас гадуур зэвсэглэж байна. Хэзээ намайг алах гэж байна гэсэн жаахан халамцуудаа зориг орон хэлэхэд нь бид юу буруу хийснээ ойлгосон явдалтай.

"Нүүдэлчид бид тав, зургаан настайгаас өөрсдөө мод чулуугаар нум сум хийчихдэг, заавал төмөр байх шаардлагагүй. Ясаар хийчихдэг бидэнд танай идээд хаядаг гахайны яс байна. Тэрийг чинь хагалж байгаад зэв, өдөөр сөдлөөд, дэрс бургаснуудаар хийчихдэг, их амархан асуудал, энэ бол олигтой харвадаг ч зүйл биш. Шувуу жижиг мэрэгч бол унагаачихдаг хэрнээ хүн алахад бол тийм ч аймаар зэвсэг биш" гээд яттахад, Пак Пак ноён ойлгохгүй байсан.

Эндээс дүгнэлт хийх юм бол тэдний хувьд зэвсэглэлийн асуудал зөвхөн цэргүүдийн төвшинд л явдаг юм шиг. Магадгүй тэр нь бүр хангамжийн төвшинтэй байж болзошгүй. Яагаад ардууд, эрчүүдийнх нь төвшинд ан агнуурын явдал байхгүй байсныг ойлгосон юм даа. Өөрсдөө зэвсгээ бүтээх чадваргүйгээс үүсэлтэй юм байна. Иймэрхүү ижил төрлийн асуудалд орсон учраас бид дөрөв нүүдэлчид гэдэг нэрээрээ нэгдэж, Олхонууд Татараараа зодолддог байсан асуудал ч бас багасав. Ижил зовлон хүнийг нэгтгэдэг гэдэг.

Бид үүнийг энгийн үзэгдэл гэж ойлгуулах соёлын асуудалтай болсноор, Пак Пак ноёны ганц хүүд нум сум яаж хийдэг, түүгээр ав яаж хийдгийг зааж өгөхийг хүсэв. Үүнийг хийвэл Пак Пак ноёны ядаж хүүд нь эрдэм, амьд үлдэх чадвар үүсэж байгааг ойлгож, өршөөгдөж, ааш зан нь сайжрах байх гэж бодсон. Яагаад гэвэл харилцаа муудахад дагаад бидэнд шинээр гарч ирдэг боломжууд хасагдсантай холбоотойгоор цархахыг хүсээгүй.

Уул тайгын бүс байсандаа ч тэр үү, ан ав бол элбэг хангалуун ч тэд ангийн хоол хүнсээ шийдэх нь муу ардууд. Яг бид хэд дөрвөөс өөр анд явдаг хүн цөөхөн. За нэг шувууны ангаас ганц хоёр эрчүүд нь явж хачир хүнс хийнэ үү гэхээс, яг ангаар амьдралаа болгодог ардууд биш байсан. Тэд биднийг гахай, тахиа руугаа ойртуулдаггүй. Чимх чимхээр хоолдог болохоор маханд бидний дуршиж байгаа нь тэдэнд зэвүү сэтгэгдэл төрүүлсэн нь ойлгомжтой байлаа.

Ургацын дараа биднийг албаа сайтар хашлаа гээд гар хүндрүүлсэн явдал бий. Түүгээр нь бидний хувцас нэлээд муудчихсан учраас нутаг үндэстнийхээ хувцсыг сэргээн хийхээр шийдэв. Тэнд бэлэн оёсон хувцас зардаг, бас даавуу зардаг. Би Пак Пакаас өөрөөс нь худалдаж авч болно. Гэхдээ зах, мухлаг хэсмээр санагдаад байсан болохоор мөнгөө аваад, арай үнэтэй ч гэсэн дөрвүүлээ тосгоноор явав. Хоолны газар очиж шорлог идэв. Будааны архи захиалж уув. Бэлэн хувцас авья гэхээр бөгс нь гардаг ямар нэгэн соёл ер нийцэхгүй байв. Тэгэхээр нь торго авав. Гоё торго байсан. Пак Пакаас хямдхан авч болох байсан ч өөрөө өөр хүнээс авна гэдэг чинь нэг төрлийн жаргал юм даа.

Будаг нь жигд ороогүй, борлогдох боломжгүй, боолуудад зардаг хамгийн хямдхан даавууг л авсан байхгүй юу. Тэр нь л бидэндээ бол торго юм даа. Өөр өөрсдийн нутгийн хувцсыг өмсөөд өнгө сэргэв ээ. Тэнд байсан хүмүүс гайхав. Яагаад гэвэл тэдний загвар биш. Бид чинь шал өөр дөрвөн юм гараад ирж байгаа шүү дээ. Нөжүү ахынх чинь бас говь хийцийн сонин хувцас өмсөнө. Ямартай ч тэгж солих хувцастай болов. Өмд цамцаар байсан бид нутгийнхаа хувцсыг хийх нь гэрээ санаж байгаа хүнд сэтгэлийн тайтгарал болсон юм.

Манай хэд надад ийм байх ёстой гэдгийг хэлээд, би оёж өгсөн. Яагаад гэвэл сохор байх хугацаандаа би чинь янз бүрийн юм хийж байсан, хүний тусын тулд нэг ийм эмэгтэй ажил ч хамаагүй хийчихдэг явдлаас болоод. Сайн оёдог биш л дээ, гэхдээ дөхүүлчихдэг. Энд олддог даавууны эн маш нарийн, өөрөөр хэлбэл нүүдэлчдийн нутагт хийдгээс дөрөвний нэг шиг. Монголчууд бид энэ дөрвөн даавуу нийлүүлсэн шиг том даавуу нэхдэг. Эдний тэрийг дөрөв хуваасан шиг жижигхэн, даавуу байсан учраас эхлээд холбож оёсон, бүгдийг нь даавууных нь энд нь хүргэхийн тулд. Манай нүүдэлчдийн хувцас их даавуу шаарддаг талдаа. Харин ханцуй, хормой оёчихдог эдний хувьд даавуу нь ийм бага талтай байгаа байхгүй юу.

Би дээлээ хийгээд өмссөн чинь намайг эмэгтэй хувцас хийсэн гэж шоолсон. Тэгэхдээ энийг бол нэг зоригтой, бага насны арван нэг, арван хоёртой охид хэлж байгаа. Та наадхаа ингээд мөөмөөрөө, хөхөөрөө давуулаад өмсөхөд яг манай эмэгтэй хувцас шиг, ямар их хормойтой хувцас өмсдөг юм бэ гэж шоолсон юм. Нөгөө Татартаа болохоор та нарын хэлдгээр палааж, уужийг нь хийж өгөхгүй юу. Өөрөөр хэлбэл тунгус гарвалтай хувцсыг нь хийж өгч байгаа юм. Онгуудад болохоор босоо захтай биш тойргийн захтай, өндөр оноотой дээл хийж өгсөн. Аа манай дээрэмчин бол гоё өмд, цамц хийгээд өг, дотроо зулхайтай гэж гуйсан. Зулхай нь олдоогүй учраас хүнсэнд хэрэглэдэг сөдийг хувцасных нь завсар хийчихсэн л дээ. Үнэндээ өвөлд бэлдэж байгаа царай шүү дээ. Ерөнхийдөө сөдсөн өмд цамц хийгээд, гадуур нь үндэстний дээлүүдээ хийж өмссөн гэсэн үг. Дан өмд цамцаар байгаа нь манай одоо тэр дээрэмчний бүлгийнх л гэсэн үг, угтаас өмд цамцтай, нэг их оготор уужийг эс тооцох юм бол. Онгуудууд бол нөгөө малхайгаараа их баярладаг ардуудын хувьд би малхай хийх гэж нэлээн толгойгоо шаасан. Анх удаагаа малхай хийж байгаа явдалтай учраас дөхүүлээд л тавьсан даа. Тэгэхдээ яах вэ, хүний нутагт л Онгууд малхай юм даа. Яг эзэн нь харах юм бол шоолох байлгүй. Наран хормойтой Монгол дээлээ хийж өмсөөд би чинь баясна биз дээ.

Энэ хугацаанд Пак Пак ноёны энэ хүртэл чинь би өмд цамцаар шахуу явсан юмыг чинь,

Татартан ч гэсэн нөгөө хормойт уужаа өмсөөд ирэхээр баясаж байгаа юм. Онгуудын хувьд бол өндөр малгай өмсөөд баясаж байгаа юм. Аа шинэ хувцастай болсноор нэг их онцын ялгаагүй байдгараа, нэг ийм сэтгэл зүйн нутаг усны соёлын ялгаагаа илэрхийлсэнд баясах үзэгдэл Пак Пак ноёны тааламжгүй байдлыг дэвэргэв. Учир нь харь ёс заншилтан дотор шал өөр хувцастай дөрвөн хүн, бүр өөр хоорондоо дөрвөн өөр хувцас өмсдөг хүмүүс яваад байна гэдэг нь ноёноо тэрсэж байгаа үзэгдэл гэдгийг бид даанч мэдээгүй. Ноёнтон уул нь биднийг өөрсдийн нэг болно гэж бодсоныг, бид ондоо байна гээд тунхаглачихсанаа өөрсдөө ч мэдээгүй гэж бид хэлж болно.

Пак Пак ноёны мана анд өөрийн талын давхар хамгаалалтын хүмүүс бол байдаг юм. Бид бол эрсдэлтэй бүсэд буюу гадна хүрээний хамгаалалтад явна. Дотор, хаалганы харуул хамгаалалтыг хэзээ ч хийдэггүй ээ. Бүүр ордны гадна хамгаалалт байхгүй юу. Бид бол тууварт явж байгаа гэсэн үг.

Пак Пак ноён биднээс ийн эмээсэн хэвээрээ. Өдөр болгон яриад л, хөөрөлдөөд л хамт хоол идээд байдаг байдал эвдэрчихсэн байв.

Бид тосгоны эмгэд өвгөдтэй арай дотно болчихсон хувьд тэд нараар нэг бол мэндийн зөрүүтэй яваад байгаа ч гэсэн ноёны дургүйг хүргэчихсэн гэдэг бол цаашид асуудал руу л ороод байгаагаа сэрээд л байна. Хоногуудын хувьд бол нэг их олон хоногоор хэлэхгүй ч гэсэн түгшүүр мэдэрч байгаа. Ялангуяа хүний нутагт байгаа бидний хувьд нөмрөө алдана гэдэг бол нэлээн их сэтгэл зүйн хувьд гутралтай үе шүү.

Яг дээрх хугацаанд манай нэг нь, нөгөө маргааш өглөө хамгаалалтад зогсоно гэж байхдаа согтож бөөлжөөд, архины хордлогын шинж тэмдэг илрүүлээд иттэл алдсан ч явдал гарав.

Ургац хураалт дуусчихсан эхний өвлийг давсан, бид. Өвөл

агуулах сав хийгээгүй юм чинь хүнсний асуудал удахгүй орж ирэх нь ойлгомжтой. Ан гөрөөгөөр хүнс хийдэг нь өөрөө ноёны дургүйг хүргэдэг, өөрөөр хэлбэл бусдаас хамааралгүй зүйл хэт хамааралтай байлгахыг хүсдэг ноёнтой тэрсэлдэж эхэлсэн гэх үү дээ. Ярилцлаа ярилцлаа гээд нэг их олиглтой үр дүнд хүрэхгүй, та нар чаддаг юм байна аа гээд, гэхдээ зайгаа бариад байгаа. Яаж буцаад дотно болох вэ? Яаж бидэнд боломж нээж өгөөд байдаг ноёнг буцааж авах вэ гэдэг асуудал бол гарч ирсэн.

Уулын дээрэмчид

За, ингэхэд Пак Пак ноён өөрөө л эхэлж хаалгаа тайлсан л даа. Ургац хураагаад дууссаныг мэдээд, жижиг тосгод балгадуудаар дээрэмчид явж ургац булаадаг явдал бий. Та нар хүрээ хамгаалалтаа чангатга аа. Та нар дөрвүүлээ шахуу бараг манаандаа гарах шаардлагатай шүү. Ноёдын гэрийг шатаагаад түйвээж байх хугацаанд агуулах хоосолдог шүү. Тиймээс сайтар анхаартугай. Энд ганц ноёны гэр гэхгүй, заримдаа айлуудыг түйвээж, ноёдын анхаарлыг сарниаж байгаад хулгай дээрэм хийдэг. Нэг ийм зальжин хулжин явдал гардаг учраас ургац хураалтын дараах хоногуудад машид болгоомжтой байгаарай. Өвлийг ер нь ийм байдалтайгаар давдаг шүү гэсэн явдал болов.

Тодорхой юм ярихгүй ноёноос хамгаалалтын даалгавар авна гэдэг шиг асуудал байдаггүй. Бид ойлгосон ч яаж, хэрхэн гэдэг мэдээллийн төвшний алдаатай байсан. Ялангуяа дайснаа мэдэхгүйгээр отон хүлээнэ гэдэг шиг асуудал нүүдэлчдийн дунд байдаггүй гэвэл дээр байх. Хэн нь довтлох уу, ямар аргаар довтлох уу, ядаж үлгэр домгийн хэмжээнд байдаг байхгүй юу. Гэтэл хамгаалаарай, өвлийн турш гэх ийм бага мэдээлэлтэй аюулд за ёстой тэсээд л хүлээгээд л байхаас өөр аргагүй болов. Яг л мэдэхгүй газраа хавх тавихтай адилхан хүлээлтийн хугацаатай. Уул нь бол нөгөө мөрийг мөшгөж байгаад замыг нь отуулж хавх тавьдаг биз дээ, гэтэл тэрийгээ ярихгүй байгаа Пак Пак ноён дээр юу ч гэж хэлмээр юм дээ.

Цэрэг дайны өндөр туршлагатай байдаг нүүдэлчдийн хувьд

түүнийг ноёны хувьд голж эхэлсэн. Бусдыг хэт албадах дуртай юм байна гээд, анхны нөгөө хоёр удаагийн муулалт байдаг гэж хэлсэн дээ. Тэрний нэг муулалт нь "Жанжин биш зүгээр л нэг агуулах савны манаач" гэж дүгнэсэн дээ.

Ноёныхоо ачлагад нь тусалаад, дээрэмчдээс хамгаалаад амьдарч байтал тэр хавийн дээрэмчид ойд түймэр тариад, түймэр унтраалгад оролцов. Түймэрт тэнд амьдардаг түлээ бэлтгэдэг хүний гэр бүл сүйдээд тэднийг аврав. Манай Пак Пак бодвол их хүн чанартай хүн байсан юм шиг байгаа юм. Тэдний охидыг гэртээ амьдруулахаар болоод, аяга цайндаа тусалж бай гэв. Тэдний гэр бүлээс эцэг нь нөгчөөд, гэргий, хоёр охин, долоохон настай нэг хүү үлджээ. Хүүгээ том болтол манайд амьдар, ажилла гээд тэднийг тэтгэв ээ. Шинэ хүмүүстэй болов.

Бид анх нөмөрч байсан барын арьснуудаа зарчихсан. Бүгдээр нь архи аваад уучихсан, хаха. Хучлагаа бол зараагүй. Барын арьс нь харин үнэтэй юм байна лээ. Угаасаа олзны юм шингэдэггүй нь ойлгомжтой байгаа юм. Уул нь дөрвүүлэнг нь нийлүүлээд зарахад нэг морь авахаар мөнгө байсан юм байна лээ. Өдөр болгон архи уусаар байгаад, юу ч биш болгоод хаячхаж байгаа юм. Би бас өөрөө архи уудаггүй юм байж, яг юунд үрснээ ч мэддэггүй шүү дээ. Илжгэн чих тааралдвал авч идчихээд л, мөсөн чихэр тааралдвал авч идчихээд л, самар тааралдвал авч идчихээд л, шорлог тааралдвал авч идчихээд л яваад байсны гай гарсан, хаха. Би бол чихэр амттанд үрээд, нөгөө хэд маань архи сархдад үрээд, заримдаа нөгөө хорин цэрэгтэйгээ бооцоотой савхан тоглоом тоглож, дээрэмдүүлж мөнгөө алдаад л, ямартай ч олигтой юманд үрээгүй нь л үнэн. Гэхдээ тэр жил ер нь тэндхийн ханшийг баримжаалаад сурчихсан шүү.

Удалгүй харийн газар анхны өвлөө үзлээ. Өөрөөр хэлбэл Хабул хаантай очсон жилийн өвөл болчхож байгаа юм л даа. Ноёны хамгаалалтыг хийж, орчинтойгоо танилцсаар өвөл дуусав.

Морин тэнэгүүд

Өвөл дуусаад хавар тариалангийн цаг эхлэв. Очоод тариаланд тусал гэв. За гэтэл Пак Пак ноёнд анжис чиригч морь байлаа.

Морь харахаар уйлдаг юм байна лээ. Намуунаатай байхад морьтой байсан. Пак Пакыг дагаснаас хойш бид тэргээ өөрсдөө чирээд явж байсан. Ер нь Гуулинд морь маш цөөхөн харсан. Ганц хоёр ноёнд уналгын шинж чанартай байхаас биш, бүр ачаа тээвэр дээр хүртэл хүнийг нь ашиглаад байх талтай.

За өнөөхийг нь тариан талбай дээр хараад яалт ч үгүй нүүдэлчин юм болохоороо догдлолд автчихсан. Ганцхан байсан ч хамаагүй заяаны ханиа харсан юм шиг л баяссанаа хэлэх хэрэгтэй байх. Хэдийгээр зоог зүсмийн морь байсан ч гэсэн, морь харна гэдэг бол үнэхээр бахдууштай сайхан мэдрэмжийг эдэлж билээ.

Хамгийн сонирхолтой нь Татаар байсан ч, Онгууд байсан ч, Монгол байсан ч, дээрэмчин байсан ч бүгд морь хараад баясан нулимс асгаруулсанд Пак Пак ноён элгээ хөштөл шоолж билээ. Түүнээс хойш бидэнд нэмэлт нэг нэр бий болсон нь морины тэнэгүүд, нэг ийм явдал болсон.

Бид төрсөн цагаасаа, алхаж хөлд орохоосоо өмнө морь мордчихдог байсан учраас тэдний анжис чирэгч морины учрыг олох бол үнэхээр амархан байсан. Яагаад гэвэл эмээлийн холгой гаргачих, идэш тэжээлийг нь тэтгэх, зөв цагт нь амраах иймэрхүү энгийн асуудлыг тэд өөрсдөө чаддаггүй байв. Эмээл нь холгож шархтай болоод хэд хоногоор морь нь үргэсээр байхад хүчирдээд байх талтай. Эсвэл ангайгаад ухаан алдуулчихна. Морь амьд амьтан гэхээс илүү эдлэл хэрэгсэл гэж үздэг байсан нь их тааламжгүй санагддаг байв.

Анжисны ганц морио бахардуулчихсан тул Пак Пак ноён бидэнд морины учрыг олоодох оо гэхэд, Анжис чирүүлж байгаад бахардуулчихсан байна, одоо амрах хэрэгтэй гэв. Пак ноён: Үгүй ээ, ажил ажил хэцүүдлээ гээд байв. Та нар хэд хоногоор морь цуцааж, ажлаа алдаж байхаар бага багаар амраагаад, ажлаа дарсан нь дээр гэдгийг Пак Пак ноёнд ойлгуулж, түүний нэр нүүр дор амжилттай ажлыг давсан. Анжис чирдэг тэр морийг хөтөлж, газар хагалах ажил хийхийг бид хийхээр болов.

Тариалалт дүүрээд, бороогоор ч услж, тэд бас онгойлгодог усаараа услах ажлаа хийв. Энэ хугацаанд бид морио энхрийлнэ. Морио харахаараа бүгдээрээ л Монголоо санана. Жавартай тэнгэрийн дор жаргал уухайлаад л давхих юмсан гээд яриад л байна. Ядаж л морин зоон дээр бие биеэ хүүхэд шиг хөдөлгөх нь цэнгэл байлаа шүү дээ. Дөрвүүлээ ирээд л энэ нэг амьтныг бэлчээчих юм сан гээд л энхрийлнэ. Нөгөө морийг чинь тэд нар хайрцаг шиг юманд хийгээд хадгалчихдаг. Дэргэд нь өвс тавьж өгнө. Бид аминдаа бэлчээчих гээд ятгахад, алдчихвал дэмий гэж Пак Пак их айна. Алдах юм бол намайг зараад морь болгоорой гээд нөгөө морио аваад бэлчээв. Эхэндээ бэлчиж сураагүй морь чинь их хэцүү байдаг юм байна лээ. Бид дөрөв нөгөөдхийгөө ноолно, мордоно. Ингэсээр нөгөө морь чинь бараг Монголжиж байгаа юм биш үү, хаха. Анжисны морины зоо тэнийгээд л. Тэр морь ёстой хайр татам амьтан. Яалт ч үгүй биднийг ноолохоор шөрмөсжөөд, өнгө зүс оров. Анх бол бүр туурай нь идэгдчихсэн, арчилж маллаагүйгээс нохлой нь хэтийдээд хачигт баригдчихсэн байсан юм. Бид самнаад, үнсээд, тэврээд, унаад л. Тахлаад унана шүү дээ. Ёстой эмээл л байхгүй учраас эмээллээгүй дээ. Анжисны морь гэхэд овоо хиймор сэргэсэн дээ.

Биднийг моринд сайныг хараад Пак Пак: Манай нутагт морь асар үнэтэй. Олддоггүй юмаа. Ганц морьтой бол тосгон тэр чигээрээ газар хагалахдаа хэрэглэдэг юм. Үхэр бас их ховор. Ерөнхийдөө тариа будаагаар голчлон амьдарна. Хонь адгуулдаг хүмүүс байдаг ч цөөхөн гэв.

Би эдний хонь амьдардаг газрыг нь харах юм сан гээд л боддог байсан ч хонь, ямаа бол яг миний жимээр бол тааралдаагүй. Пак Пак ноёны ахуйд хүртэл тахиа, гахай хүнстэй байснаас биш хонины мах идэх үзэгдэл бол байгаагүй. Гахай, тахианууд нь хайрцагт амьдардаг.

Загас бол нэлээн их хэмжээгээр иддэг, өвс ногоо их хэмжээгээр иддэг, энэ хугацаанд бол харьцангуйгаар янз бүрийн хоолны амтлагчдад бол бид дассан. Пак Пак ноёнх руу бол нөгөө улаан чинжүү нь арай бага болж ирсэн.

Пак Пак ноён бидэнд морио асруулах үүргийг өгснөөр зүгээр нэг оромжтой хураалттай байдаг байдал маань морь маллагааны байдлаар бага зэрэг ханштай болж ирсэн. Сард нэг зоос гэж байгаа шүү дээ. Нэг удаа архидах мөнгө гэсэн үг.

Зуны нэгэн өдөр Пак Пакын жорлон дүүрэв. Хүн авчраад, зоос өгөөд, цэвэрлүүлж байгааг нь харав. Тэгэхээр нь мэддэг ажил байсан тул хорхой хүрэв. Пак Пакаа би чиний жорлонг дараагийн удаа цэвэрлэж өгье. Чи надад зоосыг нь өгөөч гэв. Чи яах нь вэ? Би чамайг юугаар дутаав гэв. Үгүй ээ, юугаар дутаах нь хамаагүй ээ, хүн гэдэг чинь хувцсаа солих хэрэгтэй, сархад уух хэрэгтэй, би чамаас цалин авдаггүй, мөнгө зоос авдаггүй, гэтэл би мөнгө зоос үрж үзмээр байна аа гэж хэлсэн чинь Пак Пак намайг хоёр ноёных руу явуулав. За даа тэндээ л ноён юм даа. Тэр чинь наймаачин. Танилууд нь гээд тэр тосгонд гурван ноён байдаг. Тэднийх нь жорлонг цэвэрлэхэд, Пак Пак-д гээд цүнхтэй зоос өгнө. Нөгөөдхийгөө Пак Пакт өгөөд, чи надад энэ ажлыг олж өгсөн юм чинь эндээс чи өөрийнхөө дуртайг аваад надад үлдсэнийг нь өг гэв. Тэгсэн чинь жорлон цэвэрлэсэн арван зоосны чинь хоёрыг нь би авъя, наймыг нь чи ав болох уу гэнэ. Болно оо л гэв. Намайг зоостой болонгуут нөгөө гурав ирээд, одоо яаж үрэх гэж байна гэв, хаха.

Пак Пакын өмнөх хорин хүн байгаа ч бидэнтэй бараг харьцдаггүй юм. Пак Пак ноён бол надтай харилцана. Янз бүрийн биеийн хүчний ажилд биднийг явуулж, та нар надад хоёр зоос өгөөд бусад мөнгөө өөрсдөө аваарай гэдэг болов. Бид тэнд байсны Солонгос хэл жаал гадарладаг болоод, янз бүрийн хүний ажилд тусалдаг болов. Тэнд очоод чулуу зоогоод ир, энд очоод адаа зоогоод ир, тэнд очоод байшингийн дээвэр янзлаадаг, тэнд очоод жорлонг нь цэвэрлээд өгчих гэдэг ийм ажлуудыг хийгээд, тэрүүгээрээ өөрсдөө архиа уудаг уу, хүүхнээ тэвэрнэ үү ёстой хамаа байхгүй.

Тэгсэн их балай юм болсон. Бид тэнд байхдаа нутаг усныхаа нэрийг хэлэхгүй. Боол болж гутсан заяагаа Монгол төртэйгөө, эх нутагтайгаа холихгүй гэж ярилцаад, намайг Сохор оо гэж дуудна. Нөгөөдхийг Тавхай, Татаарыг Цагаанаа, Онгуудыг Бараанаа гэж дуудах болсон.

Нэг өдөр түлээчний охин Ов А аа, Ов Аа л гээд байна. Үгүй ээ, яахаараа миний нэрийг мэдчихдэг билээ? гээд гайхаад сайн сонстол Об А, Уб А л гээд байна. Надад нөгөөдөх нь Ов А, Ов А аа гэж сонсогдоод болдоггүй. Тэгэхэд надад Хабул хаан нэрийг өгчихсөн байсан юм. Зальжин, хулжин, хашхираан гээд чамайг ер нь Ов гэж нэрлэнэ ээ гээд, түүнээс хойш төв хүрээнд намайг Ов гээд дууддаг болчихсон байсан болохоор тэр нэрд чинь гайхширал төрнө.

Тэгсэн чинь охин надад: Та нөгөө Тавхай гэдэг найзаа дуудаад өгөөч. Би ачаа зөөлгөх гэсэн юм гэнэ. Чи надаар зөөлгөхгүй юу гэхээр, хэрэггүй ээ хэрэггүй, та бол завдалгүй хүн. Тэр хүн завтай байгаа учраас гэхээр нь дуудаад өгөв. Нөгөө хоёр чинь усандаа яваад Пак Пак ноёны ундны усны асуудлыг хамтдаа шийдэж өгөв. Би ажаад л. Би чинь тэнд хамгаалалтын цэрэг шахуу, хаалганы манаач хийж байгаа юм л даа.

Тэр хоёр ажлаа дууссан бололтой, савлуур дээр бие биеэ зугаацуулаад л байна. Нэг нь түлхээд л, нөгөөдөх нь хормойг нь тэвэрч хөөрөөд л, хоёр биен рүүгээ инээгээд л байна.

Хашааны арын хаалган дээр Татаар Цагаанаа зогсож байгаа. Нэг нь болохоор бүр гадагшаа ачлагад явчихсан байлаа. Орой нь Татаартаа очиж хэлэв. Цагаанаа энэ яг юу болоод байна гэсэн чинь, наана чинь дур яваад байгаа юм биш үү, урьд нь эхнэр хүүхэдтэй болоогүй хүн одоо л дурлаж байгаа юм биш үү? гэв.

Тэгээд бид чинь тэнд нэг явуулдаг хүнтэй боллоо. Тавхай чи энд хүргэн суух уу? Тахианы шөл уусан уу? Тагалзганы шөл уусан уу? Будааны архи чамд авчирав уу? Чи яг яагаад байгаа юм гэж улам ичээгээд л байж байв. Үгүй яахав, эхнэр хүүхэдгүй, гэхдээ л нэг гуч хүрчихдэг асуудал байдаг шүү дээ. Тиймэрхүү л амьтан байхгүй юу. Хүүхэнтэй бол ноололдож үзсэн хэрнээ, яг эхнэр болгоод дурын асуудал руу орчхоогүй, анх удаагаа хайр дурлалын асуудалд ороод яваад байгаа байхгүй юу. Нөгөөдөх чинь ичнэ. Би зүгээрээ, зүгээр айлын ядарсан охинд туслаад яваад байгаа юмаа гэнэ. Үгүй ээ, чи дараад унагаачхаач гэхээр, болохгүй шүү дээ, ээж нь зөвшөөрөхгүй гэхийг харвал тэр сэтгэлд нь бүр эхнэрийн асуудал ороод ирчихсэн бололтой. Бид улам цаашлуулна. Чи нутагтаа харих сонирхолтой юу л гэнэ. Сонирхолтой л гэнэ. Тэгээд аваад зугтаач гэхэд, яаж зугтахаа мэдэхгүй гэнэ.

Эжий нь их дургүй ээ. Гэтэл тэр хоёр чинь хошуу нийлүүлээд, энд тэнд модны ард бие биеэ тэвэрчихсэн байж харагддаг болов. Тэгээд яахав дээ, гэрлэлт болоогүй үед цүндийж болдгийн хуулиар нэгэн өдөр Солонгос бэртэй болов оо. Солонгос бэртэй болохоор хэлний чадвар огцом нэмэгддэг юм байна лээ.

Удалгүй бид Пак Пактайгаа Киданаар биш Солонгосоор ярьж эхлэв. Яагаад гэвэл бэр бидэнд хичээл заагаад өгчхөж байгаа юм. Ээж нь хүссэн хүсээгүй хүүхэдтэй болохоор яах ч аргагүй болоод, язгууртнууд биш учраас асуудалгүйгээр тэр хоёр гэр бүл болов. Пак Пак ноён мод хадгалдаг байсан агуулахаа чөлөөлөөд тэр хоёрыг оруулж өгөв. Гэртэй болгов. Бид бол бөөнөөрөө цэргээрээ унтдаг газар унтаад л байгаа юм. Тэр хоёрыг чинь ямар тэр дотор холиод байлтай биш, тусад нь гаргачихсан.

Бидний солонгос хэл сайжрах тусам өөрсдөө янз бүрээр, Пак Пак ноён хэлээгүй байхад энд тэнд жижигхэн ажил олж хийж эхлэв. Өө эмээ танд тусалья, өвөө танд тусалья гээд ганц зооcны ажлуудаа хийсээр, тэр тосгонд бид дасал болов.

Бид морин тэнэгүүд гэдэг нэртэй. Бид дөрвийг харахаараа бүгд тэгдэг юм. Өө морин тэнэгүүд ирлээ гэнэ. Тэр тосгонд байдаг ганц моринд хайртай болохоор морин тэнэгүүд гэж дуудагддаг болсон байлаа. Нэг нь бүр эхнэртэй болчихсон чинь тэр тосгонд хүлээн зөвшөөрөгдөөд ирж байгаа юм л даа.

Хоёр дахь намрын ургац хураалт

Намар болоод ургац хураах цаг ирсэн чинь манай бэр чинь жирэмсэн болсон нь ойлгомжтой тул огиод л байгаа юм. Бэртэйгээ хамт айлаар ороод, энд тэндээс архи хусаад ер нь мөнгө цуглуулах сонирхол минийх. Би яахав архинд үрдэггүй. Нөгөөдүүл архинд үрчихдэг учраас очиж хов сонсонгоо архинд үрдэг мөнгөө хадгалаад л яваад байв. Эдийн шуналтай хүн биш дээ, мөнгө байж байхад нэг өдөр болох л байлгүй. Гоё юм тааралдвал авна гэж бодоод л явж байсан юм.

Намар ургац хураахад бид их ажилласан. Нутгийн эрчүүдээс нь илүү ажилсаг, бүх юманд нь гүйдэг, бүх юмыг нь хийж чаддаг, энийг хий гэхээр л хийж чаддаг бид чинь өвөө эмээ нарынхаа хайртай ач нар нь, эмэгтэйчүүдийнхээ хайр болчоод байв. Яагаад тэд нартай найзлаад байна гэхээр, тэд чинь баярласан талархсандаа зооcноос гадна будааны архи өгнө. Бас гахай шарж өгнө. Ер нь бол мах, архинаас болоод л эмээ өвөө нар руу явчхаад байгаа юм. Эмээ өвөө нартай дотно болох тусам ач нар охид чинь Об А, Об А гээд ороод ирнэ шүү дээ. Залуучууд нь бас илт бишүүрхээд байхаа больчихсон.

Хэл нэвчирч байгаа учраас Солонгосын ард түмэн хүн чанар сайтай. Анх Зүрчидэд байсан шиг зэвүү дургүй харж байснаа алгуур алгуураар болиод, манай хүн гэдэг ойлголт нь их хурдан орж ирдэг юм байна лээ.

Морин тэнэгүүд гэж дуудуулсан хэр нь ийм сайхан сэтгэлтэй хүмүүстэй хамтраад амьдраад байв.

Ерөнхийдөө жижигхэн газар учраас ноёд нь ч гэсэн бидний ажилтай, авхаалжтайг гайхна. Муу зангүй, янз бүрийн дээрэм хийхгүй, баясаад байж байв.

Манай цэргүүд дотроос нэлээн хүүхэмсэг нь манай Татаар байсан юм шиг санагддаг юм. Тэр эмэгтэй хүний учрыг олдог эрчүүд угаасаа өөр одонд төрдгийг мэднэ биз дээ. Ямар одтой эр хүний нутагт охин эргүүлчихдэг юм байгаа юм. Ер нь хайр дурлал гэдэг хэл сурахад маш том түлхүүр байдгийн хувьд манайхан дотроос хамгийн түрүүнд Солонгос хэлэнд гарамгай болсон нь Татаар л байсан даа.

Бусад нь бол атаархалтай, дээрээс нь Татаар гэхээр нөгөө бүгдийг нь барьдаг нохой учраас дургүйцнэ. Тэгэхдээ хорон үгийн төвшинд л бие бие биетэйгээ муудалцана уу гэхээс нударга зөрүүлсэн асуудал бол байдаггүй.

Тэнд би яах вэ, ойр зуурын хачир Солонгос үг хэлж сурна аа. Гэхдээ нөгөө байнгын харилцагчгүйгээс болоод олигтой урагшилж чадахгүй. Татаар бол тэвэрдэг хүнтэй болчхож байгаа юмыг чинь асар хурдтайгаар дэвшиж, нөгөөдөх нь ч заахын хүсэлтэй учраас хөгжүүлчхэж байгаа юм.

Энэ хугацаанд бол ер нь л ноёны харьцаа бол маш л муу байгаад байгаа юм даа. Ургацын баяр дээр бид ард түмэнтэй жаахан дотноссоны хувьд архидан хөлчүүрхэх асуудал гаргасан, гаргасан. Ингээд гурав дахь муу зан нь, нөгөө муу байгаа дээр нь муу болгох асуудлыг хийсээр л байв.

Нэгт, зэвсэг урлах чадвартайгаа илэрхийлсэн.

Хоёрт, өөрсдийн үндсэрхэг үзлээ гаргасан.

Гуравт, архидан согтуу хийж, айлын охинтой учир ургуулж, уйлуулсан гээд одоо цаазын ял авахад зүгээр биз дээ.

Ургац албан ёсоор тээрэмдэгдэх нь тээрэмдэгдэж, нөгөө булцуут хэлбэрээр үрлэгээндээ хадгалагдах нь хадгалагдаж, бүх алба дууссаны дараа ургацын баяраа хийвэй. Тэгээд Пак Пак ноён тайлбарлахгүй болохоор ойлгохоо байчхаж байгаа юм л даа.

Нөгөө зан заншлаараа бүх айл дээд хэмжээгээрээ хоолоо хийж ирж нөгөө хамгийн хөгшин модныхоо дэргэд тойроод, бүх хүмүүс баярлаж цэнгэв. Тосгоны ард түмэнтэйгээ дасчихсан учраас ойр зуур мэндлээд, одоо өвчин зовуурь байвал асуугаад яваад байгаа ч гэсэн дээ Пак Пак ноён ийм уламжлалтай, ийм соёлтой ингэдэг баяр, манай гоё баяр, гоё байна уу, сайхан байна уу, ийм юм сахиарай, тийм юм сахиарай гэдэг бүх тайлбар байхгүйл мэгдэж байтал тайлбарлагчаар бэр бидэнд бага зэргийн тайлбар өгч байгаа юм.

Бүхэл бүтэн гурван сарын хугацаанд ургац хураах гэдэг үйл ажиллагаа өрнөж байна шүү дээ. Эхлээд нөгөө газар ханшийг нь хагалж явна, нөгөөдхөө сэврээж хатаана, хатаасны нь дараа цайруулна, цайруулсных нь дараа тээрэмдэнэ савлаад тус бүрийг нь зооринд нь хийнэ. Харилцан адилгүйгээр боловсордог олон жижигхэн газартай гээд бүхэл бүтэн гурван сарын хугацаанд эхний сараасаа сэтгэл зүй доошлоод л байгаа асуудал.

За тэгээд ургацын баяр, ийм найр цэнгэлд сэтгэлийнхээ дээд цэнгэлийг эдэлж, энэ жилээ магтан сайшаах ёстой нөгөө гурван удган маань гарч ирээд, бүжгээ бүжиглэв. Энэ удаа Тэнгэрт талархал оргоод хамгийн анх нэг атга будаа авдаг, хамгийн сүүлийн атга будааг авдаг, тэрийгээ галд хийгээд Тэнгэрт баясаж, айл болгоны идээнээс дээж авч галд хийж манай одоо галын тахилгын дээжтэй адилхан зан үйл хийсэн. Гэхдээ гал нь жижигхэн. Өмнө нь бол дамартай бүжиг хийсэн бол энэ удаа тийм модон сэлэм хэлбэртэй зүйлээр бүжиг хийсэн. Яагаад гэвэл өвөл бол үхлийн тэмдэг гэж тэд үздэг. Өвөл маш их хэмжээгээр өвчин зовуурь ирдэг учраас үхлийг цавчин устгаж байна гэж гахайн цусаар будсан модон сэлмээр үхлийг цавчиж байна гэж бүжиглэцгээв. Бүжиж байхдаа нэг нь толгойлсон үйл байгаагүй, гурвуулаа жигд зан үйлээ хийж байсан онцлогтой. Галдаа сөгдөж мөргөөд, хамгийн сүүлд нь үхээрийг оргүй алга болгоно гээд сэлмээ шатаачихдаг юм байна лээ. Дараа нь галаас бүх айл бамбар аваад, нар жаргамагц гэртээ очиж бамбараар гэрээ гэрэлтүүлээд, гэр болгоноос нэг хүн ирээд гэрээ тойрчхоод буцаагаад бамбараа галдаа хийдэг. Энэ нь тэр үхээрүүдийг гэрт нь байвал үлдэн хөөж туусаар байгаад галдаа устгаж байгаа зан үйл байсан. За иймэрхүү зан үйл хийгээд, энэ хугацаанд бол нөгөө гэр орноо ариулгах шаардлагагүй, хүүхдээ л гүйлгэчхэж байгаа юмыг чинь, эцэг эх бол ууж найрлаж цэнгэж, бусдынхаа идээ ундааг ингээд дэлгэмлээр их эдэлж хэрэглэдэг юм байна лээ.

Ноёны гэрээс гардаг идээг бол бүх ард түмэн амтлах хүсэлтэй байдаг. Аа гэтэл нөгөө жаахан бараг айлууд байдаг шүү дээ, ёстой нөгөө уулын мангираар амьдрагсад, тэд нарын хоолыг хүмүүс тоож иддэггүй шинжтэй байх явдалтай байсан. Энэ удаад бид хэний гэрийн хоолыг багахан ч гэсэн авахыг хүсдэг, хэнийхийг огт тоодоггүй вэ гэдгийг ялгаж харахтайгаа болсон. Тэнд амьдардаг нэг зуугаад өрх айлаа цээжилчихсэн байв. Гэтэл бидэнд хамгийн сайн ханддаг эмгэний хоолыг хүн иддэггүй хоол болж таарсан даа. Бид дөрөв очиж тогоог нь суллаж өгөхөд эмгэн их баярлаад, сархад хундагалж өгсөөр жаахан хөлчүүрхлийн асуудал гаргасан тал бий. Гэхдээ ухаанаа уугаагүй ээ. Зүгээр үг олшроод, хэрүүлийн төвшинд орж ирсэн.

Нөгөө эрчүүд эхнэрээ харамладаг асуудал байсаар л байгаа шүү, дээрээс нь Пак Пак ноён биднийг хардан сэрддэг хэвээр.

Эмэгтэйчүүд бүр зөөлөрч уяраад "Хүүе энийг зөөгөөд өг, тэндээс тэр аяга шанага аваад өг, ус зөөгөөд өг гэдэг асуудал, манай агуулахаас очоод нэг том ваар архи аваад ир" гэх хөдөлгөөн ихтэй. Айлын гэрт очоод ваартай архийг нь олоод авчихдаг төвшинд очсон гэхээр бас л эвгүйрсэн байгаа юм даа, бидний нийгмийн харилцаа.

Дээрэмчид

За тэгээд, ижил зовлонтой ноёд уулзан учирдаг юм байна лээ. Пак Пак ноён хажуу тосгоны ноёдтой уулзав. Тэдний өртөөчид довтолгооны жим нэр энэ тэр байна уу, үгүй юу, өөр тосгон байдгийн шинж тэмдгүүдийг энэ хугацаанд ажиж байсан. Ким Пак гуай нар холболдон хоёр тосгон эв найрамдалтайгаар, ер нь бол энэ тосгодыг хамгаалах ёстой, хоёр тосгон нийлж байгаад энэ байдлыг давъя. Одоогоор ойн дээрэмчдийн тоо бидний тэсэж чадахаас олширлоо гэх мэдээнүүд ирж байгаа юм. Бидэнд бол нэг нээгээд яриад байхгүй шүү дээ. Тосгоноос нь зугтаачихна ч гэж айдаг юм уу, дээрэмчинтэй нийлээд өөрийг нь дээрэмдэнэ ч гэж айдаг юм уу, ерөнхийдөө их өндөр сэрэмжтэй байсан цаг үе.

Тэгсэн Пак Пак ноён тэр ургацын баярын дараа бид дөрөвт хэлэв. Та нар одоо л хичээх ёстой шүү. Бүтэн жил тэжээсний минь тусыг хүргээрэй гэв. Юу болох гээд байгаа юм бэ Пак Пак ноён гэхэд, одоо л дээрэмчид орж ирдэг цаг шүү. Ургацаа хураачихсан. Одоо ургацыг маань дээрэмдэх гээд ирнэ. Тийм болохоор та нар л одоо миний тусыг мөнгө нэхэхгүйгээр хариулаарай гэв.

Өө тэгэлгүй яахав л гэв. Энэ хугацаанд тариа, будаа, мах, архи гэсээр байтал гэр бүл шиг болсон байв. Та нарын гутал муудсан байна аа, өвөл болохоор энд төв хотоос хүйтэн шүү. Хэрвээ та нар дээрэмчингүй сайн өвөлжүүлж чадвал өвөлд чинь гутал олж өгнө өө. Манай энд мориноос гадна гутал нэлээн үнэтэй гэв. Надад бол нэг муу сүрэл углаад өмсчихсөн юмнууд л харагдаад байдаг. Юуг нь гутал гэдэг байна аа? Бидний зөвхөн эрхий хуруу цухуйж байгаа ч гэсэн хөл дааруулахааргүй байна даа, ухааны юм бодов.

Нөгөө хэлээд байсан олон болсон гэх дээрэмчид нь орж ирлээ. Байнга байлддаг бид том дайн болох нь дээ, дээрмийн шинжтэй гээд хүлээж байсан чинь гуч гаран сэгсгэр юм орж ирээд алуулчихсан, хаха. Бид дөрөв чинь очоод дунд нь эргэлдэхэд л олноороо үхчхэж байгаа юмыг ялтай. Юу дээрэмдэх гээд байсан юм? Эсрэгээрээ бид харин барьж ирсэн нум сум, хуттыг нь дээрэмдээд, тэдний тоногийг авч болно гээд авав. Бид дөрөв бол мэргэжлийн цэрэг хүмүүс, олон дайн үзсэн толгойнууд. Харин тэд бол эгэл ардаас гаралтай, элдэв эрээвэр хураавар дээрэмчид байсан болохоор олноороо алуулах нь аргагүй шүү дээ.

Бид Пак Пакт "Монгол цэрэг ялсан хүнийхээ хувцсыг өөртөө авдаг. Юуг ч ноёндоо өгдөггүй" гэж хэлэхэд, Зөв өө зөв, та нарын энэ хөдөлмөрийг үнэлж байна. Наадахаа ав ав гэсэн. Тэгээд бид тэдний хувцас хунарыг аваад, Пак Пак ноёноос гутал авах шаардлагагүй болж, гутлыг аваад өмсчхөв.

Монгол цэрэг алсан хүнээ оршуулдаг гээд нөгөөдүүлээ Монгол цэргийн ёсоор дэрлүүлэн давхарлаж байгаад шатаачхав. Нөгөө талаар сайхан байлдах юмсан гээд дайнаа хүсээд байв.

Тэгсэн Пак Пакын авга талынх нь ноён Пак Пүк (хаха) гэгч ирвэй. Дээрэмчдийг зайлуулсан сураг цуу тэр хавиар тарсан бололтой. Та нар манай хажуу аймагт очоод туслаадах, тэд бас одоо биднээс хэд хоногийн зөрөөтэй ургацын баяраа хийдэг. Одоо тэд нар дээрэмдүүлнэ шүү гэж байна. Эд нараас өөр дээрэмчид байна уу гэхээр, байгаа байгаа, эд олуулаа. Тэнд арай том тосгон учраас арай олон дээрэмчид очиж таараа. Та нар очиж туслаадах аа. Цалингаа аваарай гээд модон пайз өгөв.

Тэгээд явахдаа бид: Морио өгчих тэгэх үү? гэж гуйв. Хэчнээн ганц морьтой ч гэсэн морь л бол морь юм чинь яах юм. Тэгсэн чинь дуртай дургүй жуумалзаж байснаа, за аа ав ав гэв. Тэр тосгоны ганцхан морио ээлж ээлжээр унаж, хорхойгоо дараад унаад яваад байгаа юм аа бас, хахаха. Нөгөөдөх нь бас тосгоноосоо гарч байгаадаа баярлаад байгаа юм биш үү. Бараг л илжиг шүү дээ, тэр морь бол, хаха. Гэхдээ их сайн найзууд. Морин тэнэгүүд ингээд бүрдлээ олоод яваад өгч байгаа юм.

Пак Пүк ноёны зарлигаар Кам Пак (хахаха, надад тэгж л сонсогддог байсан юм чинь яахав дээ, хаха.) ноён дээр очоод, танайх дээрэмчидтэй учрах юм бол бид туслахаар ирлээ гэсэн чинь их баясаад, бидэнд хоол унд дэлгэж өгөөд, аятайхан шиг зуны асартаа хонуулаад, дээрэмчид ирэхийг хүлээв ээ. Тэр тосгон болохоор зуугаад цэрэгтэй. Нэг захаасаа нөгөө зах хүртэл бас овоо явчихдаг. Гэхдээ дотор нь бид явж чадахгүй. Яагаад гэвэл ардууд нь муухай хардаг. Угаадсаа нүүр рүү цацчихдаг, боолууд гээд дургүй хүмүүс байсан.

Ноёных нь гэрт байж байтал уулын дээрэмчид гээд бамбартай хүмүүс гараад ирэв. Бид морьтой хүн байна уу гээд тэрүүгээр чинь хайтал, тэнд хоёр морьтой хүн байсан. Бөөн баяр. Ядаж байхад өмнө нь уулын дээрэмчдээс нум сумтай болчихсон байсан тул яг мориных нь эзнийг харвасан чинь унаад өгөв. Харин нөгөөдүүл нь бамбараа хаяад л буцаад зугтчихсан. Нэг морьтой байсан бид чинь очингуутаа хоёр морь олзлоод аваад ирэв. Тэгээд ноёнд нь хэлэв. Монгол цэрэг дайснаа ялбал юмыг нь авдаг, оршуулдаг гэнгүүт, Заза гээд, Бид ч хоёр морио аваад, гурван морьтой болоод очсон чинь манай Пак Пак ноён: Хээ, хавар сайхан болох нь гээд ихэд баясав. Хаха.

Бид Пак Пак ноёноос, та энэ уулын дээрэмчид хаана амьдардгийг мэдэх үү гэсэн чинь, Мэднэ ээ гэж байна. Бүгдийг нь алахад танд асуудал уу? гэсэн чинь, Үгүй ээ гэж байна. Энэ ямар хүмүүс юм бэ гэсэн чинь ноёдоосоо зугтсан янз бүрийн боолууд ингэж ойд очиж амьдраад, ургац хураахаар дээрэмдээд байдаг юм аа. Энэ бол тосгоны ноёдод тун хэцүү. Тоог нь нарийн мэдэхгүй. Бид байлдаж үзээгүй гэнэ. Энэ чинь гое сонсгоод болдоггүй. Байлдаж үзээгүй...

Байлдуулж үзнэ дээ, байлдуулж та нарыг үзүүлнэ дээ гээд л бид чинь бараг алга таших гэж байгаа юм биш үү.

Тэгээд нөгөө Пак Пакынхаа хорин хүнийг аваад явав. Тэдэнтэй чинь байнга мөрийтэй тоглосоор байгаад хэн ямар хулмастай, хэн ямар шивэртэй болтол нь таньчихсан, хаха. Нөгөө тосгоныхоо ноёнд нь хэлээд, нэмж зуун цэргийг нь аваад, гурав дахь тосгоны эзэнд хэлсэн чинь хамтаръя гээд тавин цэрэгтэйгээ гарч ирэв. За ингээд хоёр зуут цэгцэлж байгаад довтлов. Бид жанжид нь болов.

Ямар гоё гээч. Ядаж гурав нь морьтой болчихсон юм чинь, морин дээрээ мордчихоор чинь гоё санагдаад байгаа юм. Дөрөв дэх морио олчих юмсан гэж бодоод л. Манай Татаар л уурлаж байгаа юм л даа, Цагаан маань. Бид түүнийг "Чи Татаар юм чинь" гээд морьгүй үлдээчихсэн. Чи энэ Пак Пак ноёнг хамгаал аа. Дэргэд нь алхаж бай гэсэн.

Бид дээрэмчид үүрлэсэн ууланд нь очоод түйвээв. Ер нь бол тэнд бид дөрөв л хамгалттай байсан л даа. Бусад нь бол бараа сүр болж, орилж хашхирч өгөх үүрэгтэй. Очоод дотор нь алахыг бид хийчихэд, зугтаасан нэгнийг замд нь хөнөөсөөр, дээрэмчний оттийг үгүй хийчихсэн шүү дээ. Гэтэл хүүхэд, хүүхнүүд үлдэхээр нь бид гайхав. Пак Пак ноёнтоон, бид эмэгтэй хүн хүүхэд хоёр алдаггүй ээ гэсэн чинь, за та нар гэртээ харьж бай, яг алсан хүнийхээ тоогоор, Монгол хүмүүс юмыг нь аваад оршуулдаг, тэрийгээ хий гэсэн.

Энэ дээрэмчидтэй тулсны дараа Пак ноён бол та нар манай талд байна гэсэн ойлголтыг авсан даа. Ерөнхийдөө бид Пак ноёныхоо тушаалаар ингэнэ, тэгнэ гээд яваад байсан, юу хийгээд байгаагаа ч мэдэхгүй, энд бол зарлигийг өөрсдийнхөөрөө тосож авч байсан гэвэл зөв. Өөрөөр хэлбэл "Хамгаал" гэдгийг "Ал" гэдэг тушаалаар л авчихна.

Гэтэл энд сайн тал дээр гэвэл Солонгосууд бие биеэ алах бодлогогүй, миний таньснаар бол. Хэчнээн тэр уулын дээрэмчид гэж байгаа хүн орж ирэх ёстой юм шиг орж ирдэг, тэрийг нь тэсэж үлдвэл хүнсээ хадгалж үлддэг, тэсэхгүй бол тэд нар нь хождог. Ийм зүйл дээр хэн нэгнийгээ алахгүйгээр явчихдаг юм байна. Гэхдээ ахуй бол сүйдэж, гэр орон шатдаг гэхдээ хэн нэгнийхээ аминд хүрдэггүйгээр энэ олон жилийг давж л дээ.

Пак ноёны хувьд хойд аймагт ирээд удаагүй, үүндээ жаахан мэгддэг учраас хажуу тосгоныхоо ноёноос тусламж авч байгаа нь үнэн. Ядаж байхад дөрвөн тэнэг хулгайчтай учир аллага үйлдэнэ биз дээ. Иймд Пак ноён хөрш ноёддоо нэг талдаа сайшаагдаж, нөгөө талдаа муушаагдах явдалтай болсон.

Пүк ноён Пак ноёныг "Чи ордны ёстой байна, чи төрлөө, ах дүүгээ аллаа" гэж загнав. Пак ноён бидний хийсэн хэргийг хариуцлагыг толгойны хувьд хүлээж байгаа юм. Пак ноён би доод хүмүүсээ захирч чадсангүй, өршөө гэхэд надад лав сонин санагдаж байсан. Тэгэхэд Пүк ноён бол бид хариуцаж чадаагүй учраас хүмүүс ойн дээрэмчин болсон, бид хариуцаж чадаагүй учраас бүгдийг нь ахуйд нь хүргэж дийлээгүй, гэтэл чи тэднийг устгах бодлого барилаа, эднийг засах боломжтой байсан шүү дээ гэж загнаж байгаа юм. Энэ нь дамын дамын орчуулга учраас аллага үйлдсэн бидэнд иймэрхүү байдлаар гадарлаад өнгөрсөн. Пак ноён бол бидэнд гомдол ерөөсөө мэдүүлээгүй. Сайн байлаа гээд, нөгөө эвдэрсэн байсан харилцаа сэргэж, би ахиж дээрэмчдийн тухай толгой өвдөж, охид хөвгүүдээ хамгаалах шаардлагагүй боллоо гэсэн яриагаар илэрсэн.

Пүк ноён бол маш настай ноён, дээрээс нь олон жил энэ хойд нутгийг сахиж байгаа туршлагатай хүний хувьд шинэ залуу ноёноо загнаж байгаа үзэгдэл.

Дээрэмчдээ хариуцаагүй нь Пүк ноёны өөрийнх нь алдаа. Гэхдээ үүнийг аллагын төвшинд шийдвэрлэж байгаа Пак ноён буруудаж байгаа юм. Пүк ноёны хүсэлт бидэнд дамаар ирэхдээ "Эд дээрэмчдийг энэ удаа тэсээдэх гэсэн захиалгыг нь энэ удаа дуусгаадах" болгоод хүлээж авсан. Нөгөө Кидан хэл нь ч хазгай, Солонгос хэл нь ч хазгай байсны алдаа гарч байна. Тэсээд үлдээдэх, Пак ноён ирээд засаг захиргаа томроод, та нар дагавар ардууд болоод ноёд ноёдынхоо доор эгнэх ёстой гэдэг ойлголт төрүүлэх ёстой довтолгоо атал дуусгавар болгосон Пак ноён гуай Пүк ноёноос зэмлэл авсан байгаа юм. Хүчтэй гэдгээ нотолчихвол тэр дээрэмчид тараад, арай гайгүй ноёд руу амьжиргаа залгаад орчихдог юм байна л даа. Гэтэл аваачаад дуусгавар болгоод, 14-с дээш насныхныг бүгдийг нь ал гэх Монгол уламжлалаараа хусаад хаячихсан.

Зэвсэг барьсан бүхэн эр байна уу, эм байна уу манай дайсан, нохой хүртэл хазвал манай дайсан болдгийн хувьд тэр зарчмаар ажилласан. Энэ дээр гүйцэд тайлбар өгөөгүй, ийм үр дүнд хүрнэ ч гэж бодоогүй Пак ноён цочирдож, гэхдээ нэг салан дээр суусан гэдгээ ойлгоод бидэнтэй шулуун нүүрэлдэж байгаа юм.

Тэгэхээр Пүк ноёноос Пак ноёнд очсон төсөөлөл, Пак ноёноос бидэнд ирсэн төсөөлөл ер нь хугарч ирээд байгаа гэсэн үг. Энэ бол миний ойлгодоггүй төвшний харилцаа. Би бол тэр үед ингэж ойлгоогүй. Настай хүн нь бодлогоо залуу ноёндоо уламжлалаа сахиулах гээд байдаг, Пак ноён бол ордноос ирсэн болохоор түрэмгийллийн бодлого нь биднийхтэй адил орж ирсэн юм. Түрэмгийллийн бодлого нь нүүдэлчин соёл руу ороод ирэхээр бүүр хэрцгийгээр явагдсан юм байна гэсэн дүгнэлтийг л хийж байв. Пүк ноён ч гэсэн тийм их хэмжээний ардуудыг амьжиргаанд хүргээгүй гэхээр хариуцлага хүлээхээр санагдана. Хүчтэй хамгаалалтай байгаа учраас дээрэмчид тараад ноёд ноёдынхоо дэргэд очно гэж тооцож байсан нь аллагаар дууссанд тооцооны зөрүү гараад, нөгөөтэйгүүр үүгээр цаашаагаа дамжих асуудлууд гарч ирнэ.

Хүссэн хүсээгүй айдас хүндэтгэлийг үүсгэдэг гэдэг асуудлаар эрчүүд бол бидэнтэй илт, биеийн хэлэмжээр дайсагнаад байх нь бүр оргүйн төвшин рүү орж ирсэн. Үл тоомсорлол маш өндөртэйгөөр биднийг харахгүй цэхэлздэг байсан нь нүд зугтаалгах төвшин рүү орж ирсэн.

Пак ноён айсан уу эсвэл шууд нүүрэлдэж зориг гаргасан уу мэдэхгүй энэ явдлын дараа бидэнтэй нэг бүрчлэн, чи яах гээд байна, би чамд яаж туслах уу гээд хэлцсэн.

Үүнийг би заль гэж боддог, яг үнэндээ хоёр дахь муулалт орж ирж байна. Эхнийх нь бол биднийг зэвсэг хийх чадвартайг мэдээд, ер нь өөрийнх нь бодлогоос гарахаар амьтад байна гээд айж байсан. Нэгэнт үр дүнгийн дараа бол ёстой алуулбал алуульья, амьдарвал амьдарья гээд нүүрэлдсэн. Ийм хоёр дахь муулалтаа хэлчихье.

Энэ явдлын дараа Пак Пак ноён биднийг нэг нэгээр нь дуудаж уулзсан. Хамгийн түрүүн намайг үдийн үед дуудсан. Яагаад гэвэл тэр өөрөө өглөөгүүр Пүк ноёнд загнагдаж байсан учраас үдийн алдад өөрөө нэг цаг хэртэй сүүдэрт сууж байгаад намайг дуудсан юм. Ямар шийдвэрт хүрснийг мэдэхгүй, толгой дээрх аяга, түүнийхээ шрооор оролдоод байсан, ингэж оролдож оролдож байснаа тэр толгой дахь торон аягаа авч харж байснаа, буцааж өмссөнөө Сохор оо гээд дуудав.

Тэгээд надаас шууд "Чи манай нутагт үлдэх үү? Манай нутаг

таалагдаж байна уу? Чиний зорилго юу вэ? Амьдрах утга чинь юу вэ?" гэж асуусан.

Би: Танай нутаг таалагдаж байна. Маш энх амгалан, сайхан нутаг. Танай ард түмэн цэгц жааг ч сайтай. Анх би танайхыг ёс заншлын хувьд буддын шашинтай орон тул миний хувьд амьдарвал яана гэх айдас байсан ч манайхтай адил Тэнгэр, Газрын шүтлэгтэй, зан заншлын хувьд ойлгоход ойр байсанд баяртай байв. Гэвч надад энд амьдрах хүсэл алга гэв.

Пак Пак: Танай нөхдүүд энд гэр бүл болоход нэлээд ойр алхмуудыг хийсэн. Магад танай цус манайд хадгалагдана, та нар явахад,

Би: Та намайг боолын тамгатай байхад яагаад бусдаас түрүүлж дуудсан юм бэ? Манай нөгөө гурав тамгагүй шүү дээ гэхэд,

Пак Пак: Чи бусад гурваа оройлдог чинь явдлаар үзэгдээд байна. Бусад нь ноёныг мэдэхэд, чи хааныг мэддэг гэж хэлсэн. Тиймээс чи тамгатай байгаа нь чамайг илүү хүчтэй болохоор тэмдэглэсэн тэмдэг байж магадгүй гэж, би хардав гэж ярьсан юм.

Яахав миний хувьд Солонгод хэлээр төгс сайн ойлгохгүй, модон учраас иймэрхүү ойлголтын юм ярьсан болно.

Тэр надад хүндэтгэл илэрхийлсэн учраас өөдөөс нь хүндэтгэл илэрхийлнэ шүү дээ, ингээд би: Баярлалаа, намайг тамгатай гэж дорд үзээгүйд, гэхдээ би толгойлсон юм байхгүй. Бид ижил, бие биеийнхээ яриаг дэмнэхийг дэмнэж, устгахыг устгадаг, нийцвэл хөдөлдөг, нийцэмгүй бол хөдөлдөггүй ийм хүмүүс учир та намайг дээр, эсвэл доор гэх үг хэлж болохгүй гэсэн юм. Тэгэхэд ихэд инээгээд Пак Пак: Шулуухан байна, чи гэж л хэлсэн дээ.

За тэгээд шивэгчин рүүгээ гар дохиод, жижиг ширээ авчруулж хооллосон доо. Пак Пак: Би энд сэтгэл ханамжгүй байдаг. Илүү сайн амьдрал надад байсан юм. Андынхаа өгсөн арилжааны төвд хүртэл энэ нутаас хүртэл илүү дээр амьдрах боломжтой, арилжаа наймаагаар ч илүү сайн амьдрах боломжтой авч надад төрөөс дарамт, Хааны талаас дарамт байдаг учраас би эндээс хөдөлж чадахгүй, чөдөртэй байдаг гээд иймэрхүү ярианы сэдэв эхэлсэн юм.

Гэтэл одоо намайг зэмлэж байна, Пүк ноён. Тэр бол Хааны хүн, нүд чих нь учраас намайг алж ч магадгүй. Чи намайг энэ өвөл амьд үлдэхэд туслаач ээ гэв. Миний хазгай ойлголтоор л ийм юм болсон.

За би тусалъя, нэгэнт би таны аминд тус өргөнө гэсэн учраас тусалъя, Пүк ноёнг алж өгөх үү гэхэд, Пак Пак: Үгүй ээ. Пүк ноёнг амьдруулж хайрлаарай гэв.

Очоод л хашааг нь даваад л устгачихна ш дээ гэхэд, Пак Пак: Та нар ямар амархан хүн алдаг юм бэ гэж асуусан юм.

Би тэгэхээр нь: Та нар ямар амархан будаагаа зажилдаг юм бэ гэсэнд, Пак ноён машид их инээгээд, бид төрсөн цагаасаа будаагаа зажилдаг, та нар яагаад байгаа юм гэж асуув.

Би: Шүдний завсраар ороод маш хэцүү, удаан зажлахаар зунгаглаад байдаг. Будаа зажлахад асуудал байна. Энэ дадлаасаа болоод би гэртээ харих хүсэлтэй. Хамгийн их харихыг хүсэж байгаа шалтгаан нь надад хэлгүй гэргий байдаг. Тэр бол манай ёс заншилд ч гэсэн дахиад нөхөртэй болох боломжгүй учраас би тэр эмэгтэйг эргүйгээр насыг үдэхэд нь дээд тал нь таван жил тэсэж чадна гэж бодож байна. Хонхотны ёсоор намайг хүндэлж байсан ах дүүс минь тэтгэлээ тэтгэлээ гэхэд, таван жилийн дараа манай мөс цухуйдаг, амьжиргаа хэцүүддэг. Тэгэхэд тэр минь хаягдаж амьдрах чадваргүй болох учраас үлдээсэн хэлгүй гэргий, түүнээс гарсан үр хүүхдийнхээ төлөө би харих ёстой юм аа гэж учирлан хэлсэн юм.

Пак Пак: Аан, харих учрыг чинь ойлголоо. Гэхдээ чи намайг амьд үлдэхэд туслаадах гэж дахин хэлэв.

Би: Пүк ноёныг чинь алаад өгье. Амархан шүү дээ. Хэнд ч мэдэгдэхгүйгээр би чадна гэхэд, Пак Пак: Үгүй ээ. Алж болохгүй. Зөвхөн энэ өвлийг давахад туслаадах, энэ хугацаанд би өөрөө жимээ хийнэ, чи тэрийг мэдэх шаардлагагүй гэв.

Танайх хоёр хаантай юм уу? гэж намайг асуухад, Пак Пак: Үгүй ээ, хоёр жилийн өмнө миний хаан өөд болоод, Пүк ноёны Ким хаан дээшээ гарчихсан. Тийм учраас Пүк намайг захираад байна. Манай өмнөх хааны албатууд ийм дарагдмал байдалтай байгаа. Цаг хугацаа хүлээж байна. Гэвч бид бүрэн эрхээ алдаагүй. Одоогийн Хаан ч манай талд орж ирж болно, ах дүү учраас. Гэвч удирдаж байгаа ноёд нь Пүк шиг хүмүүс байдаг юм гэх төвшинд л яриа өрнөсөн.

Энд би шууд нэг юм ойлгосон, хоёр жилийн өмнө хаан солигдсон гэхээр манай дайнтай хамаатай, манай хааныг Алтан улсад урьсантай хамаатай байна гээд, та Монгол улсын тухай мэдэх үү, Хамаг Монгол гээд улсын тухай мэдэх үү гээд асуусан.

Би мэдэхгүй ээ гэж тэр хүн хэлсэн.

Бид эрт гарвалаасаа дайчдын угсаа, Кидан гүрэнд манлай цэрэг байгаад, та энийг магад мэдэх байх, тийм учраас бидний зарим нэг цэргүүд Кидан хэл мэдэх учраас тантай ийн ярилцаж байна гэв.

Киданд байдаг Цыбүгийн Татаруудыг мэднэ гэсэн юм. Зүгээр Татаар бол өөр хэрэг, Цыбүгийн буюу хойд Татарууд гэхээр манай аймгийг хэлж байгаа юм.

Мэднэ ээ, тулалдаж байсан домгуудыг сонссон, Кидан гүрэн мөхсөнөөс хойш өөрөө улс болсныг мэдээгүй гэж хэлсэн юм. Одоо танай хаан сайн байна уу гэв, би сайн байгаа л гэв. Яагаад гэвэл би энд байна гэдэг манай хаан сайн байхын явдалтай гэж би бодсон учгаас. Тэр үед Хабул хааны тухай би мэдээгүй байгаа шүү дээ.

Тийм учраас би хаандаа очих ёстой гэтэл, Чи хаандаа яагаад ийм үнэнч юм бэ? гэж Пак ноён асуув. Намайг өсгөсөн эцэг минь учраас гэхэд, манай Пак ноёны царай маш их цайгаад "Чи ханхүү юм уу, бутач хүүхэд юм уу" гэж шууд асуусан. Би өргөмөл хүүхэд гэж хариулсан. Яагаад гэвэл Пакын харилцаа муудсан дээр би юу гэж худлаа ярих нь хамаагүй байсан. Тэр царайг хараад, за юутай ч цоож тайлагдлаа гээд үнэхээр сэтгэл амарсан.

Пак Пак: Чи нутаг руугаа буцах нь аргагүй, чиний нуруун дээр над шиг ачаа байдаг юм байна. Би нэгт эрх мэдэлтэй байх хүсэлтэй, яагаад гэвэл эрх мэдэлтэй байгаа үедээ би хүссэн хүнээ хамгаалж чаддаг. Эрх мэдэлгүй үед би маш их заль сэтгэж байж, хүссэн хүнээ хамгаалдаг. Энэ хоёрыг явдлын зөрүүг арилгах нь эрх мэдлийн түлхүүр юм гэсэн эртний сургаал үгийг хэлсэн юм. Эрх мэдэл нь ний ардынхаа суурь ардууд руугаа байхыг би хүсдэг. Пүк ноён шиг хүнтэй байх юм бол Алтан улсын шууд бодлогын ноёд ихэсч, суурь Күрёо , Шила үндэстэн зовдог. Ван овогтнууд дотор ч бид цусны бодлоготой байдаг. Иймээс эрлийзүүд хүчирхэгжинэ гэдэг манай суурь ардууд маш их хэмжээгээр боол болно гэсэн үг. Маш их хэмжээгээр уулын дээрэмчин болно гэсэн үг. Үүнийг би тэвчихгүй учраас хүссэн хүнээ хамгаалмаар байна гэж хэлсэн юм.

Би тэгвэл танай ах дүүсийг алсан нь буруу үйлдэв үү гэхэд, Пак Пак: Үгүй. Яагаад гэвэл өргөгдөх тахилга байдаг. Атта будаа ч ургах боломжтой атал ирэх жилийн Тэнгэрийн иеэлийн төлөө түүнийг шатаадаг. Энэ ёстой адил нэгэнт буруу жимээр орж, Пак ч биш, Пүк ч биш, Шила ч биш болсон тэр ардуудын хувьд амьдрал байхгүй. Тиймээс атта будаатай адил галд шатаж байгаа. Энэ атта будаагаар би энэ гурван тосгонд нэртэй болж байна. Энэ гурван тосгоныг Алтан улсын шууд бодлогоос хамгаалж байна гэсэн юм.

Тэгвэл Пүк ноён яагаад таныг ах дүүгээ аллаа гэж загнаа вэ, би ийм орчуулга авлаа гэж хэлсэн юм.

Пак Пак: Түүний хувьд ах дүү, дээрэмчдийг хүртэл өрөвдөж байгаа сайн ноёны дүрээр нэр хүндээ өсгөхийн тулд ийм явдал хийж байгаа юм, бүү тоо. Пүк ноён олон дээрэмчидтэй болчихсон байхад ямар ч бодлого барихгүй байсан нь өөрөө энэ ард түмнийг нураахын үндэс шүү дээ. Засаггүй байдлыг өөгшүүлж байгаа нь өөрөө Күрёо улсын мөхөл. Сул ардын тоо нэмэгдэх тусам, засаглал сул дорой болдог. Төр хүчтэй байгаа үед бүх ард түмэн төрийн нэгжид хамаардаг. Өөрөө сул ардуудыг үүсгэчхээд, түүнийгээ өмөөрч байгаа Пүк ноёныг би өөрөө ойлгохгүй байна. Тиймээс чи надтай хамт цаашид эртний үлгэр ярьж байгаач. Би чамайг заавал дуудах ёстой биш. Чи өөрөө ирвэл би баясан хүлээж авна гэж ийм төвшинд яриа өрнөсөн юм.

Ийн бид нэг өдөр ярьж, бусад Монголчуудтай ярих, тэд нарыг Пак ноён үнэлэх явдалтай учир бид хоёрын яриа үүнээс цааш энэ өдөр бол үргэлжлээгүй. Ингэж яръсны дараа би тодорхой хэмжээнд Пакыг өөрөө зорьж ярьж, өөрийгөө үнэлүүлэх шаардлагатай гэдгээ ухамсарлаж байгаа юм л даа.

За ингээд боллоо, чи бодтугай, намайг хамгаалтугай гэсэн. Энэ нь зөвхөн амь насны хамгаалалтын манаа биш, амьд үлдэхүйн манаанд бодлогын төвшинд оролцооч ээ гэсэн утгатай үг юм л даа. Энэ бодож байгаа засаг хүчтэй бол ард түмэн хүчтэй гэдэг бодлогыг зөв үү үгүй юу гэдгийг харийн хүний хувьд, би энэ улсыг зөв удирдаад байна уу, буруу удирдаад байна уу, эсвэл Пүкийн зөв үү, Пүк өөрөө үүсгэчхээд хүнээр цэвэрлүүлчихэд буцаагаад тэр хүнээ ухаж байгаа нь зөв үү буруу юу гэдгийг чи өөрөө бодчихоод надад эргэж хэлээ гээд. Энэ хугацаанд би гурван хоног нөгөө гуравтай чинь ярина гэдэг нь хэр их ухаантай хүн бэ гэдэгт миний бүрэн иттэлийг авсан явдал юм.

Пак ноёныг хүндэтгэх хүндэтгэл миний хувьд эндээс эхлэв. Үүнээс өмнө би түүнийг ямар нэгэн наймаачин, ямар нэгэн агуулахын манаач, ямар нэгэн тэжээгч гэсэн ойлголттой байсан. Харин одоо би өөрөө Хабул хааныг засаглалын, бодлогын хувьд үнэлэн бишрэгчийн хувьд Пак Пак ноёноо арай өөр төвшинд, ямар нэгэн түрийвч гэх бодлоо арчиж байгаа юм. Надад бодлогын хугацаа өгч байна гэдэг бол энэ хүн хаширлаж явахгүй бол болохгүй толгой байна гэж гадарлав. За тэгээд өргөмөл ханхүү, энээ тэрээ гээд мулт үсэрсэндээ харамссан шүү дараа нь хаха. Гэвч би Хабул Хааны дэргэд өссөн нь үнэн биз дээ гэж бодохоор зөв ч юм шиг, яг өргөмжлөл, Монгол улсдаа нэр нүүрээ бодохоор нэг ноён ятгаж чадахгүй би чинь эмээглэсэн шүү.

Буцаад ороод ирэхэд, "Ноён чамтай юу ярив" гээд манай гурав байцаав. Надаас энэ нутагт үлдэх үү, үгүй юу гэхээр нь "Би харина аа л гэлээ, өөр юм яриад ямар ойлголцох биш гэв. Чи үлдэнэ гэв үү, үлдэхгүй гэв үү? Үлдэнэ гэвэл яахаар байна гэж асуув. Үлдэнэ гэвэл эхнэр хүүхэд өгье л гэх шахуу юм байна ш дээ гэхэд, манай Татаар юу гэсэн гээч, "Би чамайг хаан болгож өгье. Чи намайг жанжнаа болго гэж хэлэхгүй яасан юм" гэв. Энэ Татаруудын санаа аймаар байгаа биз. Тэгэхээр нь "Чи битгий солиор, муу жалганы нохой минь. Би одоо байгаа тосгондоо нэр хүнд үүрч чадахгүй байж, тийм том ам дуугарч болно гэж үү, Хөх Тэнгэрийн доор ам гэдэг чинь хагархай сав бус шүү" гэхэд манай нөгөө хоёр зөвшөөрч, "Хүн чадахаа л дуугарах ёстой шүү" гэцгээн нүүдэлчдийн жаягаа дагасан даа.

Хамгийн их яриа өдсөн нь Татаар маань "Жинхэнэ үнэндээ би энэ нутагт үлдэх сонирхолтой. Намайг Гүрёо хүн болгож, энд надад эхнэр хүүхэдтэй болох боломж байгаа болов уу" гэж Татаар маань асуусан байдаг юм.

Тэгэхээр нь чи өөрөө л асуухгүй юу даа, би ноёны өмнөөс шийдэх биш гэж хэлсэн юм.

За дараад нь сониноос манай дээрэмчнийг дуудсан юм. Уул нь нөгөө хоёрыг маань дуудах байх гэж бодтол. За өдөржингөө юм болов оо. Орой ирэхээр нь гурван шохоорхсон хүмүүс чинь байцаана биз дээ. Энд чинь бас хамаагүй гарч орж болохгүй, ноёнд янз бүрийн алдас хийгээд, ядаж байхад эрчүүд нь эмээгээд байгаа. Тэгэхээр ноёны байдлаар л бамбай хийж ард түмэн рүүгээ нэвчихгүй бол хүн алчихсан гэхээр чинь үрэгдэх нь олширно гэдэг айдас байгаад байсан юм.

Оройдоо орж ирэхээр нь ноён юу гэж байна вэ гэсэн аан намайг хамгаалалтын албандаа авах сонирхолтой байна гэнэ, чи надтай хамт өтлөх үү гэж асуулаа.

Тэгэхээр энэ надаас өөр, надаас бол чи явах уу гэж асуусан, тэгэхээр тэр хүний уншлага айхтар байгаа юм.

Дээрэмчин тэгэхэд би угаас дээрэмчний бүлэгт хүн байхыг хайж явсан, хүн байх газар нутгаа хайж явсан, Зүрчид улсаас олсонгүй, Сүн улсаас олсонгүй, Тангудаас олсонгүй, аан манай нутагт бол намайг цаазална, тиймээс та намайг хүн болгож өргөх юм бол насаараа би таныг хүн байхад чинь тусалъя л гэж хэлсэн дээ гэж товчхон хэлсэн дээ.

Тэгэхээр би үүнийг бол ятгалга байсан гэж итгэж байна, яагаад гэвэл дээрэмчин, нилээд чадварлаг тулаанч дээр иймэрхүү тоглолт хийхэд амархан байдаг шүү дээ, ялангуяа нэр хүнд хайж байгаа хүнд. Жа энэ маань тэгээд энд үлдэж эхнэр хүүхэдтэй болоод мөнхрөх нь ойлгомжтой байлаа даа.

Маргааш нь манай Онгууд орсон юм. Онгууд маань угаасаа нутаг буцсан ч яахав, эндээ байсан ч яахав гээд туйлбартай хүн биш. Аль таатай газраа л амьдарна гэх төрлийн хүн учраас хамт байгаач ээ гэж гуйсан байгаа юм. Нөгөөдхөд хүсэлт байсан бол энэ удаад Онгудаас арилжааны жимийн нэг жингийн толгой чамаар хийлгэмээр байна гэсэн гуйлт байгаа юм. Тэгэхээр тэр хүн биднийг айхтар ажсан байгаа юм, өөрөөр хэлбэл бидэн дунд тооны ухаандаа хамгийн сүрхий нь Онгууд, ялангуяа Күрёогийн зоос наймааны асуудлыг, ханш унагаахын төвшинд, ханш өсгөхийн төвшинд ч тэр тоглодог. Миний хамаг барын арьсыг гайгүй ханштайгаар арилжаад өгчихдөг чинь манай Онгууд. Би чамайг энэ арилжаандаа тус нэмэр болгохыг хүсч байна, чамайг сайтар тэжээнэ, чи надаас урвасан ч болно гэхэд нь, "Хоёр талдаа ашигтай байгаа үед арилжаачид арилжаачдаа ойлгодгийн үлгэрээр амьдарна" гэж Онгууд хэлсэн байдаг юм.

За хамгийн сүүлд Татаар маань очлоо. Уулын цаана танайх байхад яагаад яваагүй юм гэж асуусан байдаг юм. Энэ өмнөх бид гурваас их өөр асуулт. Чи бол газраа мэддэг хүн, Татаар нутаг энэ уулын цаана байгааг мэднэ, бүр ямар жимээр яаж ороод тэр Амар хүрээ хүртэл будилуулж байгаад давчих чадалтай хүн, яагаад явахгүй байгаа юм бэ гэж асуухад, өөрийг нь үлдээч гэж гуйна, гурван удаа үлдээч гэх үг сонсчихсон хүн яваач гэх үг сонсоод балмагдсан байгаа юм. Би энд хайр сэтгэлтэй учирч, түүнтэйгээ сайхан амьдрах боломжтой эсэхийг л хайж байна даа гэж барьцаанд орсон хүний хэнз майлаа хийсэн байгаа юм.

Тэгэхэд нь би чамайг өөрийнхөө нэр дор энд гэр бүлтэй болохыг чинь зөвшөөрнө, чи надтай хамт амьдарч болно, гэхдээ энэ Күрёогоос авсан гэргийгээ хэзээ ч Татаар руугаа авч явахгүй гэдгээ л амла гэсэн байдаг юм. Тэгэхэд би Татарт очоод зүгээр л нэг малчин, надад бол энэ Гуулинд амьдарвал эрх мэдэл олдох боломж байдаг болов уу гэж Татаар сонирхоод асууж дээ. Чи дээшиллээ дээшиллээ гэхэд жингийн албат болох боломжтой, яагаад гэвэл харь үндэстэн гэдэг чинь зүсэнд чинь сийлээтэй учир чи Күрёо гээд нэрээ солиод ч, тамга сийлүүлсэн ч, чамд итгэх итгэл бусад арилжаачдад байхгүй. Тэгэхээр чи хамгийн дээддээ жингийн толгой болох л зам байгаа. Энд цадна гэвэл харин чиний хүү түүнээс дээш явж болно гэж хэлсэн байдаг юм. Тэгэхэд Татар: Би хайртай хүнтэйгээ насаа өнгөрөөх амьдралыг л хүсч байна. Түүнийгээ цатгалан амьдруулахын тулд би танаас эрх мэдэл асуусан шүү. Боол чигээрээ би эмэгтэй хүнийг хайрлах бол хэзээ ч тэрийг гомдоохыг хүсэхгүй байна. Амьдрах боломж байдаг юм бол би аалзан чинээ утас байсан ч тас зууж баримаар байна гэсэн сэтгэлийн үгээ уудлан ярилцсан гэв.

Энэ бүх ярианы эцэст би Пакыг ямар айхтар хүн уншигч болохыг нь гадарласан юм, хэнтэй, ямар үгээр эхэлж ярьж, ятгалга, ацан шалаа, өгөөш зэргийг хаяж байгааг анзаарав.

Манай Пак ноёны 18 настай охин савлуур дээр дүү нартайгаа тоглодог байхгүй юу. Ким Ан Ун гэдэг нь Пак ноёны охин. Намайг Уб А гэж дуудахаар би цочдог байхгүй юу. Миний нэрээр, Ов А гэж байгаа юм шиг санагдаад дарвайтал цочдог байж билээ. Тэр манай эхнэртэй адилхан нүдтэй учраас би тэрийг харахаар миний эхнэр санагдаад байдаг. Хараа орсноос эхлээд л би хэлгүй эхнэрийнхээ нүдийг хамгийн анх удаа харсан болохоор тэр нүд санаанд ороод байдаг. Тийм учраас тэр охиныг би харах болгондоо шаналдаг юм. Гэргий гэж тэр нэг хэлгүй хөөрхий хүн намайг хүлээж яаж шаналж байгаа бол, авга мордуулах ёсонд тэрийг авчихаар амьтан байхгүй. Хонхотон дотор хүртэл гээд сэтгэл өвдөнө. Намайг гаднаас хүн харахад бол дурлачихсан амьтан шиг тэнэг юм харагдаж байсан байж магадгүй.

Яг үнэнийг хэлэхэд охин нь хандардаг байсан юм. Намайг Уб А гээд Ов А гээд нэрээр минь дуудаж байгаа хүн шиг. Ким Ан Ун гэдэг нэртэй охин байсан. Мэдээж Пак ноён бол намайг хүргэн болгохгүй гэж харна. Хүргэн болгох тухай ярих ямар ч боломж байхгүй. Яагаад гэвэл хэрвээ би Ким овогттой суучих юм бол миний нэр Ким болж хувирна, өөрөөр хэлбэл хаан суудлын тоглолтод жанждын тоглолтоор орж болно. Татарын хэлдэг үнэн байхгүй юу, өөрөөр хэлбэл ноёдын охинтой суусан ямар ч дорд гаралтан дээшилдэг тийм хууль байдаг.

Ерөнхийдөө язгууртан охидтой сугаад ардаасаа дээшилсэн жанжид их. Тийм юм ярьдаг. Тэгэхээр ноён охиноо өгнө гэдэг бол төрийн хамтран зүтгэгчээ болгоно гэдэгтэй адил. Тийм учраас над дээр их урт хугацааны бодлого төлөвлөж байж явах уу гэж асуусан биз. Өөрөөр хэлбэл би Солонгосын цэвэр улс төрийн тоглолттой хүн болж хувирна шүү дээ.

Ялангуяа манай Олхонууд наймааны жинтэй болно гээд Пак ноёнтой дотноссоноос болж тэдний язгуур сайтай охид хүртэл сээтгэнэдэг болсон байсан шүү. Өөрөөр хэлбэл би Ким овогтой, надтай суух юм бол чи ёсоор улс төрийн тоглоомд оролцох боломжтой гээд, Ким гэх нэр нь өөрөө асар өндөр ханштай байдаг охид тоглолтод орж ирдэг иймэрхүү мэдээллийг сонсож байсан.

Тэд охид олон хүнтэй сээтгэнэн тоглож байгаад тэднээс шигших гэж байгаа. Гэхдээ тэд нар бол хурьцал хийдэггүй. Зүгээр сээтгэнэн тоглох нь бол аймшигтай төвшнийх, сэтгэлийн шархтай өчнөөн залуус үлдэнэ тэр Ким овогт охид дээр бол. Ким гэдэг нэрийнхээ үнэ цэнийг мэддэг охид аюултай гэж хэлж байгаа юм, бүх охид биш. Нэрээ үнэ цэнтэйг мэддэг охид эцэг шигээ тоглогч байдаг. Ноёны охид бол бүгдээрээ Ким овогт байгаа, тэд бол эрчүүдийг будаа болгоно. Өөрөөр хэлбэл өөрийнх нь нэр маш том зэвсэг гэдгийг мэддэг охид. Тийм учраас маш сайн боол эрийг аваад далдаас удирдах сонирхолтой охид байдаг. Хаан болгодоггүй юмаа гэхэд эцгийнхээ хамтран зүтгэгч болгох, урд нь орж амиа өгөх, ядаж эдийн засаг, улс төрд зэвсэглэлийн төвшний сайн хамтрагч болгох тиймэрхүү арга хэмжээ авдаг гэх үү дээ. Солонгос охид бол гэнэн цайлган биш шүү. Ялангуяа есөөс дээш хавартайнууд нь. Бодлогоос хол охидод энэ хамаагүй, ний ард гэдэг нь бол их цайлган охид байдаг. Манай Татартай хүртэл хайр сэтгэлийн холбоо үүсгээд ямар ч асуудалгүй байгаа нь тэд нар гэнэн цайлган.

За үүний дараа дахиад миний уулзалт болох шаардлагатай болов. Энэ удаадаа би өөрөө очих ёстой, гэхдээ юу ярихаа мэдэхгүй сандчив. Яагаад гэвэл залуу боохой хичнээн ноохойндоо баригдсан ч хөгшин чононоос айдгийн явдал гарсан юм. Тэр хүн бяр тэнхээ, тулааны чадвараараа бол муу, энэ бол амьдрал дээр хэдэн удаа батлагдсан. Гэхдээ оюун санаа, сүслэг байдлыг дээдэлдэг Монгол нүүдэлчдийн хувьд би тэр хүнийг хүндэлсэн.

За тэгээд зугтаасан ч хувь тавилан нийлүүлдгийн явдал болсон. Яасан гэсэн нөгөө амиа тавьдаг ганц хүү нь саваагүйтэн модонд авирч байгаад унаж мөрөө мултлан бэртжээ. Манай Хонхотон отог бол анхан шатны эм домын аргатай, өвдсөн хүн хараад тэсдэггүй тул очоод мөрийг нь татаад оруулчихлаа. Гэтэл намайг гарыг нь татлаа гээд нөгөө хүү чинь эцэгтээ ховлож уйлж гүйв. Эцэг нь мөрөө мултласан, түүнийг нь оруулж өгсөн гэдэг үгийг нь сонсоод хүссэн хүсээгүй уулзалт эхлэв. Ямартаа ч "Гялайлаа, хүү минь гэнэн учраас чамайг анагааж байгааг мэдсэнгүй" гэж надад хэлэв. Хүүдээ "Анагаахад гашуун эм, өвдөлт хоёр байдаг юм. Түүний дараа илаарьшсан байдаг учраас өргөх өргөлдөө итгэлтэй бай" гэж сургахыг Солонгос хэл гадарлаад эхэлсний хувьд ойлгосон. Энэ сургаал надад хүчтэй сэтгэгдэл төрүүлсэн, өөрөөр хэлбэл золиос өргөж чадахаар тийм хүн юу санаад байгаа нь таахад үнэхээр бэрх. Ялангуяа амь манаач гэдэг нь харуул хамгаалалтын төвшний биш гэдгийг нь гадарлачихсан миний хувьд айдас хүйдсээр дүүрэн учраас өөрөө ам нээхээс татгалзсан даа. Яагаад гэвэл би чадах, хүчрэх эсэхээ мэдэхгүй эргэлзэн, угаасаа бусдыг уншдаг гэдгийг нь мэдсэн учраас намайг уншаасай л гэж бодож байв.

Хүндэтгэл, элдэв янзын ёс заншил, цээрээс болоод намайг хаях юм бол бид хоёрын харилцаа ер нь тасарна. Би хэт оюунлаг байдлыг бишрээд, нөгөө талаар тэр намайг хүчирхэг дайчин гэж бодсоор үл нийцэх тавцан дээр гарч ирнэ шүү дээ. Гэхэд Пак ноёны хувьд бол тийм алдаа гаргаагүй, үнэхээр язгуурны хувьд хүндэтгэх шалтгаан, ихэнх язгуурган бол ийм алдааг гаргадаг. Хааны ордонд олон язгуургган харж байсны хувьд алдаа гаргана, тэр үед би яаж эргүүлж галын урсгалыг нь оруулах вэ гэж бодож байсны хувьд тийм алдаа гаргахгүйг нь ажаад дахиад л сэтгэл хөдөлж байгаа юм. Хийдэлгүй хүн гэдэг бол үнэхээр авууштай зан.

Пак Пак надаас "Чи шийдвэрээ гаргасан бололтой. Чиний шийдвэр эргэлзээ юм байна, үнэн үү л" гэв. Тиймээ, би таныг ордны чинь дэргэд хамгаалах төрлийн хүсэлт авсан гэж бодохгүй байгаа учраас айж байна. Өөрөөр хэлбэл та надаар анд нөхөр, гарын хөтөч хийлгэх гээд байна аа даа гэж тунгааснаа зоригтой асуув.

Тиймээ, би чамаар гарын хөтөч хийлгэх хүсэлтэй байна. Тэгэхдээ энэ чиний бодсон шиг урт хугацаанд биш гээд, би чамд Күрёо улсын түүхээс ярьж өгөх үү л гэв.

Манай хаан угсаа энэ Күрёо гэх нэрийг гаргаж ирсэн байдаг юм. Өмнө нь Когүрёо байсан гэдэг. Энэ бяцхан буланд байдаг олон аймгуудыг нэгтгэж, одоо бараг бүхэл болж байна. Гэхдээ энэ бүгдийг бид дайнаар хийгээгүй шүү. Тийм учраас чиний бодож байгаа шиг хэцүү зүйлийг би хийхгүй байх гэхэд, та намайг юу бодож байна гэж санав гэв.

Чи шаардлагатай хүмүүсийг алж хороох тухайд бодож байгаа бол би шаардлагатай хүмүүсийг эвцүүлэн нийцүүлж, шаардлагатай гэдгийг нь ойлгуулах төвшинд ажиллана гэж хэлсэн юм. Бид хоёрын дунд байсан хана бага багаар нуржи байсан.

Пак Пак: Хүнээс давсан төгс төгөлдөр хичээл зүтгэлээр өнөөдөр бид дайнгүйгээр төр улсын бодлогоо барьж явдаг. Нэн их шаардлагатай л биш бол дайнаас зугтаадаг аргаа олсон нь энэ улсын түүх юм.

Би: Нэн их шаардлагатай бус бол дайтахгүй ээ гэдгийг та надад сайхан тайлбарлаж өгөөч, би дуулмаар байна. Бид гурван жилд нэг удаа дайтдаг, дажинтай нутгийн ард түмэн. Тиймдээ ч алмайран гайхахуйц зургаан настай хүүхэд л зэвсэг өвөртөлж, амиа хамгаалахаар тэмцдэг газар оршино. Бид хүнтэй байлдахгүй байсан ч ан амьтан, чонотойгоо байлдаж хонио хамгаалдаг. Танайхан шиг бүгдийг торлосон модтой газар амьдардаггүй, хэрвээ тэгэх юм бол манай хонь үхнэ, явж байж, идэж байж, бэлчиж байж манай мал аж ахуй үүсдэгийн хувьд нэн шаардлагатай, нэн шаардлагагүй хоёрын заагийг ойлгохгүй байна гэв.

Тэгэхэд Пак ноён: Амины золиос бол хамгийн сүүлд өгч болдог зүйл. Би энд хоёр жилийн хугацаанд ноён байсан. Хэрвээ би шууд амины золиос хийж болох байсан бол хоёр жилийн өмнө дээрэмчдийг арай цөөхөн байгаа дээр нь устгах боломж надад байсан. Гэвч би Пүк ноёны үгийг дагаад дээрэмчдийг айлгаад явуулсан. Гэтэл үр дүнд нь дараа жил дахиад учрах явдал ирсэн.

Тэр үед би чамаас ч чадварлаг жанжнаа алдсан, өөрөөр хэлбэл дээрэмчид засрах явдалтай биш гэдгийг ойлгосон. Энэ удаад дээрэмчдийг мөн л айлгаад явуул гэж Пүк ноён хүслээ. Эхнийх дээр дээрэмчид айсан, хоёр дахь дээр миний жанжныг алсан, гурав дахь удаадаа заавал миний агуулахыг авна гэж ирэх явдалтай. Би жанжнаар дутах хүн биш, гэхдээ Пүк ноён энэ хоёр жилийн хугацаанд миний цэрэг сургах боломжтой бүх багш, зэвсэг урлах боломжтой хүмүүсийг төрийн ордон руу чадвартай хүн уулын мухарт амьдраад хэрэггүй гээд явуулчихсан юм.

Харин энэ бүхнийг миний анд та дөрвийг өгснөөр энэ жилдээ давсандаа баярлаж байна. Тэгэхээр би чиний хэлдгээр Тэнгэрийн иеэлтэй хүн мөн үү л гэж асуусан юм.

Ийм аз одыг бид тэнгэрийн иеэл гэдгээ гэж би хэлэв.

Пак Пак: Бүтээгч нь бүх бузраа мэддэгийн хувьд, тэнд ямар жор, ямар цус, ямар хөлс орсноо мэддэгийн хувьд бүтээлээ үнэлдэггүй. Харин гайхамшгийг харсан хүн бүтээлийг үнэлдэг гэх үгийг хэлсэн юм.

Энэ миний цаашдын ухаарлын үг юм. Солонгосоос би энэ сургаалыг л авч харьсан.

Өөрөө өөрийгөө золиослох чадвартай хүн байх ёстой. Хүн байхаа золиослох чадвартай хүн байх ёстой. Хэн ч байж болно, өөрөө өөрийгөө энэ үйлийн төлөөд золиослох чадвартай, энэ үйл нь бүтэлгүйтвэл амиа өргөх чадвартай хүн байх ёстой гэх үгс надад эхэндээ маш аймшигтай сонсогдсон шүү. Хүн өөрийнхөө огоул зөнгөөс зөрж амьдарна гэдэг бол миний төсөөлдөг зүйлд, миний сургаалд, миний эх оронд байдаг зүйл биш. Гэхдээ би тэндээс ямар агуу чин эрмэлзэл, яасан өндөр төлбөр вэ, амьд байж үхдэлийн заяагаар амьдардаг хаадын тухай бодлоо олсон юм.

Хэдийгээр алс цөлөгдөн, эрх мэдэлгүй болсон ч Пүкээр оролдон дамжуулж, өөрийн орны хааныгаа тандах Пак Пакыг би олж харсан юм. Пүкийг ганцаардуулж, буланд шахах бодлогоо гүйцэлдүүлэхийг би хийж өгөх ёстой болсон юм. Гэвч өрсөлдөгч Пүкийг алж болохгүй, алах юм бол шууд эрх мэдлийн тулаанд орчих гээд байгаа. Тэгвэл шууд Минжү хаан ороод ирнэ. Яагаад гэвэл миний хойд хамгаалалтын итгэлт Пүк байхгүй болчихлоо гэх асуудал гарна. Иймээс алалгүй, харин Пүкийн чинээждэг суваг, хөл гарыг нь олж тастахад болно гэж Пак тооцоолсон байв.

Харин би бол шууд толгой намнадаг улсаас ирчхээд, хөл гар тастаж толгойг амаараа л амьсгалахаас өөр аргагүй болгодог юмыг л Солонгосоос сурсан юм даа.

Уулын дээрэмчид Пүк хоёр хоорондоо холбоо сүлбээтэй бөгөөд дээрэмчдийг Пүк үүсгэдэг гэж Пак таамагласан. Яагаад гэвэл нэмэлт орлогын эх үүсвэр бол бусад отог, тосгодын ноёдоос дээрэмдсэн наймаагаа Пүк ордон руу авлига болгож явуулдаг, энэ нь Пүк Минжүд яаж байгаагаа хэлэхгүй үйл ажиллагаа байж магадгүй. Үүгээрээ дамжуулж төрөөс авлига авдаг байсан байгаа юм, Пүк.

Дээрэмчдийг үгүй хийвэл Пүкт орлогын нэмэлт эх үүсвэр байхгүй болгоно. Дахиж дээрэмчин гэх нэрээр Пүкийг санхүүжүүлдэг сүлжээг устгах шаардлага энэ юм. Үнэндээ энэ бол Пүк Минжү рүү ч мэдүүлдэгтүй орлогын эх үүсвэр байсан.

Пүк бол Минжү рүү хөрөнгө гаргаж өгдөг учраас зөрүүнд нь ноёны суудлаа хадгалж үлдэж байгаа гэх бодлогыг Пак ярьж байгаа юм.

Тэгвэл тэр тэжээгээд байгаа, Пүкт давуу тал өгөөд байгаа тэр зүйлийг хаачихвал Пүк өөрөө жамаараа өнгөрөх гээд байна. Гар хөлгүй учраас өөрийгөө тэжээж чадахгүйдээ унана. Пүк хэрэгцээгүй болсон үед Минжү түүнийг хаях нуу, яах нь уу гэдгийг л хармаар байна.

Би өөрийн Энжү хаанд тусалдаг байсан тусламжаа Минжүд өгмөөр байна. Өгье гэхэд Минжү зөвшөөрөх ч, гол нь Минжүгийн хүн чанарыг мэдэхгүй учраас Пүкээр дамнуулан тандаж байгаа юм. Гар хөлөө тасчуулсан Пүк хэр удаан тэсэхийг Пак дэргэдээс нь гуравхан сар ажиж дүгнэлтээ хийчхээд, Минжү рүү өөрийнхөө суудлыг бэлдэх, дараагийн тоглолтоо хийх үү, үгүй юу гэдгээ шийднэ. Өөрөөр хэлбэл авлигадаад би чиний ноён болъё гэдэг тоглоомоо эхлэх үү, үгүй юу гэдгээ л оношилно.

Хэрэв Минжү дээрэмчдээр хөлждөг Пүкийг мэдэж байсан бол түүнд дахин санхүүжилт хийж, дээрэмчдийг дахин гарган ирж, хар төрлийн засаглалаа хадгална. Энэ тохиолдолд Пак Пүк рүү ахиж хандахгүйгээр, шууд Минжүг өөрөө хаан суудлаас унагаана гэж тооцсон байдаг. Пүкээс хамаарахгүй, өөр олон зүйлийн дотор эрлийн уялдаа холбоог л олж авах гэж байгаа юм, Пак. Мөн бүх зүйлээ хянадаг хаан уу, үгүй юу гэдгийг нь давхар шалгаж байгаа гэсэн үг.

Энэ нэг жижигхэн орлогын эх үүсвэрийг тоохгүй хаяж чадах хаан Минжү мөн үү биш үү? Хэрэв Пүк мэтийн жижигхэн тосгоны ноёныг ч хянаж чадаж байвал, өөрийнх нь тоглоомд орчихоор Хаан мөн үү, биш үү гэж үзэх гээд байгаа юм.

Нэг нь бол тоглоход хэтэрхий хүнд Хаан байна, нөгөөдөх нь бол өөрөө юугаа ч мэддэггүй Хаан, эсвэл хамтарч болох гэх гурван Хааны аль нь вэ гэдгийг оношлох гээд байгаа хэрэг.

Энд бол түүх нь яг нөхөөсөөр орж ирж байгаа. Би уулын дээрэмчдийн бага насны хүүхдүүдийг орхисон гэж хэлсэн дээ, дараа нь тэдэн дээр өөрөө очоод Пакын нэр дор авчирч өсгөж байгаа шүү дээ. Өөрөөр хэлбэл дээрэмчдийг алах замаар биш, дахин үүсэх эх сурвалжаар нь устгасан гэсэн үг. Ингэж эх сурвалжаар нь устгачхаад байхад хэн нэгэн, хаа нэг газраас энэ нутгийн биш хүмүүс дахин тэр ууланд гараад дээрмээр амьдарч эхэлбэл Минжү хаан Пүкээр дамжуулаад ийм ажил хийдэг гэж үзэх үндэслэлтэй.

Ямартаа ч талбайг бүрэн цэвэрлэсний дараа ямар хог байна, түүнийг харах гэсэн Пак Пак ноёны бодлого ийм байлаа.

Одоо байгаа талбайн хог бол Пак, Пүк хоёрын буюу тухайн нутгийн л хүмүүс.

Нөгөөтэйгүүр Пүкийг Пак байнга ажиглаж байв. Би бол талбайн хогийг маш цэвэрхэн, хүн чанартайгаар устгаж өгөх явдал байсан юм. Ийм л Пак Пак бид хоёрын тохироо байсан юм даа. Аллагын буруутныг над дээр хаяад, намайг зугтаалгах эсвэл намайг алах боломжтой. Гэвч угаас би явна гэдгээ хэлсэн учраас тийм тоглоом хийж болох бай болж байгаа юм. Энэ нутагт үлдэхгүй гэснээрээ би ийм асуудалд орсон.

Хэрвээ би аллага үйлдэж байх хугацаандаа ямар нэг асуудалд орсон бол миний амьдрал үхэл болох нь тодорхой байсан юм. Өөрөөр хэлбэл над дээр бүх зовлонг үүрүүлээд нууцхаж байгаа асуудал юм. Гэвч намайг алснаас илүү нутаг руу нь зугтаалгавал, өөрийнх нь нэр төрд цэвэр, Пакын хувьд. Яагаад гэвэл үлдэж байгаа манай гурван гэрч байна.

Хэрвээ Пак намайг алчихвал нөгөө гурав маань бодож Пакаас болгоомжлох болно. Мөн бүх жанждыг нь төв рүү татчихсан Пакт цэргийн жанжин сургагч хэрэгтэй байсан учраас бидний дундаас дараагийн сургагч жанжнаа зэхсэн. Улс төрийн тоглолтод оруулах нэгнийг бай болгож сонгох буюу золиосны хүн хэрэгтэй байсан нь

ОвА болсон юм.

Солонгос гэж ийм л улс байсан юм.

Энх амгалан тогтов

За ийн дээрэмчидтэй хийсэн дайн дуусав аа. Таван морьтой болов. Тэр нь манай тосгоны өмчид оров. Пак Пак ноёнд нэг морийг өгсөн. Бид дөрөв дөрвүүлээ нэг нэг морьтой болсон морин тэнэгүүд чинь одоо хийсэж өгнө биз дээ. Гурван тосгонд танилтай болчихсон чинь хэсээд л Об А гэж тэвэрдэг охид олшр оод л, манай нөгөөдүүл чинь учиргүй тэврэлдэнэ. Намайг Об А гээд тэврэхээр эхнэрээ санаад уйлчих гээд байдаг учраас миний дүү цаашаагаа, би Об А биш ээ гээд л түлхэнэ. Нэг ийм байдалтай байлаа. Өвөлжингөө л бид архидаад дууссан. Хоёр дах өвлийн архидалт

Бид шинэ тосгод газрын байршлууд болон ойн дээрэмчдийн нутгийг мэдчихсэн, дээрээс нь морьтой болчихсон байв. Мөн өвөл Солонгост хийх ажил байдаггүй. Тэгэхээр нь ой руу очоод нөгөө том муураа хайсаар арван тавыг намнасан. Тэнд угаасаа хүн очдоггүйн шалтгаан нь барс гэдэг амьтан, шар муурууд олон байдаг учраас ойн дээрэмчид л эр зоригтой учраас амьдардаг. Бусад тариачид бол идүүлчихдэг гээд амьдардаггүй байсан юм байна лээ.

Ингэж хүн рүү дайрч иддэг хоёрдогч дайсныг нь алж өгөөд, хэлнэ шүү дээ. Монгол дайчин алсан дайснаа өөртөө авдаг гээд ноёндоо юмаа өгөхгүй, хаха.

Би ийн ан хийж явж байгаад, бидэнд алагдаагүй үлдсэн хэдэн дээрэмчидтэй тааралдав. Би ерөнхийдөө ганцаараа түүгээр явдаг. Манайхан бол тэнд бараг нутагшаад, нэг нэг хүүхнүүдтэй болоод хамт амьдарч эхэлсэн байв. Би яалт ч үгүй гэрээ санаад хэцүү байсан учраас тэр уулаар ганцаараа тэнэж явж байгаад уулын дээрэмчдээс үүссэн хоёрдугаар үеийнхэнтэй тааралддаг юм байна. За зодолдов оо. Тэгээд яалт ч үгүй дийлэв. Амийг нь ч хөнөөө гэж бодоогүй л дээ. Хэт бярдуу байгаагаа л харуулья гэсэн юм. Учир нь тэд чинь бага залуу балчруд. Жаахан Солонгос хэл мэддэг болсон учраас тэр хүүхдүүдээс учрыг асуув.

Тэгсэн боолуудыг удамчлан боолчилдог учраас хүүхэд төрөнгүүт нь тамгалчихдаг. Бид тамгагүй төрсөн учгаас нэг ноёны дор ороод амьдарч болно оо. Гол нь хэнээс төрснөө мэдэгдэх ёсгүй юмаа. Тийм боломж байдаггүй учраас бид уулын амьдралтай. Эцэг эхтэйгээ амьдрахыг хичээж байхад ноёны явдлаар ийм болоод хэцүүдсэн. Бид энэ өвлийг давах аргагүй, маш их өлсөж байна. Бид ойгоос ан авлаад авлаад олигтой юманд хүрдэггүй гэв.

Тэгээд барсын махаа шарж тэдэнтэй хуваалдаж идээд, хүүхдүүдийг дагуулаад Пак Пак ноёнд аваачиж өглөө. Тэнд хорин насны нэг хүүхэд, арван зургаан настай хоёр хүүхэд, үлдсэн нь таван охин юм уу даа, дандаа хорь хүртэлх насныхан. Энэ хугацаанд Пак Пак ноёныг би маш их хүндэлдэг болчихсон байсан. Яагаад гэвэл энэ бяцхан тосгоныхоо төлөө Пак, Пүк ноёд маш их ажилладгийг ажаад, өөсөө тийм тансаг биш амьдралтай хэр нь ард түмнээ тэгш үйлээр хангахыг хичээдэг нь манай Хар бэхи-г санагдуулаад байдаг байсан.

Пак Пак ноён эдгээр хүүхдүүдийг ямартай ч ойлгож магад, үхсэн ч гэсэн өлсгөлөнгөөр үхсэнээс хүнд алуулсан нь дээр байх гэж бодоод аваачаад өгөхөд, Пак Пак ноён: Би энэ хүүхдүүдийн удам, гарвалийг нууж чадна аа. Гол нь чи надад үнэнч байлгахыг андгайлж чадах уу? гэв. Тэгэхэд хүүхдүүд "Бид хүнээр үнэнч байлгахаа тамгалуулахгүй ээ. Өөрсдөө үнэнч байж чадна. Гол нь биднийг амьдрахад тусалаад өгөөч" гээд өөрсдөө мөргөөд, мөлхөөд унадаг юм байна лээ. Би чинь гайхаад, яагаад урдуур нь ингээд бөхөлзөөд унав аа гээд л гайхав. Их сонин. Тэгээд тэднийг Пак Пакын цэргүүдтэй нийцүүлээд цэргийн эрдэмд сургаж эхлэв. Уулын дээрэмчин байсан гэсэндээ тулааны чадварыг арай хурдан суралцаж байхад нөгөө хэд ч дээ "Харьж унтлаа" гээд яваад өгдөг. Харьж унтдаггүйгээрээ би л хэдэн хүүхэдтэйгээ зууралдана. Охид нь тэнд аягачин шивэгчин, оёдол хатгамал хийгээд амьдрав. Хөвгүүдийг нь би өөрийнхөө оронд зогсдог цэрэг болгох гээд хичээж, цэргийн эрдэм заасан юм.

Хаврын ургац тариалалтын үед Пакын нэр маш их өссөн. Уулын хүүхдүүдийг тариаланд оруулаад, тэжээгээд эхэлсэн учраас бусад тосгодод хүртэл нэр хүнд нь өсөөд, худалдаа наймаа, бусад ноёдын холбоо сүлбээ Пүк дээр биш Пак дээр бөөгнөрч ирсэн. Тойроод өөр хоорондоо холбоо сүлбээтэй 18 тосгод байдаг. Хойд нуттийн тосгод гэсэн үг.

Пүк нэмэлт орлогогүй болсон учраас тойрсон тосгодын 15 нь, уг нь өмнө нь Пүк дээр байсан, Пак дээр болоод ирэхэд Пүк зүгээр л настай ноён болсон. Өөрөөр хэлбэл төрөөс дэмжлэг ирээгүй. Төрөө тэтгэж үхтлээ хичээсэн хэр нь төрөөс буцаагаад тэттэлэг аваагүй.

Дээрэмчдийг бий болгож байсан хүн нь Пүк гэх таамаглал зөв байсан. Үүгээрээ энэ арван таван тосгодыг дээрэмдэж дундаас нь цэвэрлэгээ хийж санхүү босгож байсан нь хэн ч илчлээгүй ч цэвэрлэгдсэн юм даа. Төрийн шууд дэмжлэгтэй гэж ойлгож байсан ч Пүкийг доройтоод ирэхэд Минжү хаан туслахгүй байсан учгаас хойд ноёд энэ Минжү хааны нэрийг худлаа барьж байсан ноён байна гээд цэвэрлэгдчихэж байгаа асуудал.

Минжү хааныг тэтгээд ашиг хүртээгүй юм чинь гэдэг ойлголтоос хойд ноёд бүгд Пак руу цуглаж байгаа юм.

Өвөл дуусав. Хавар болов. Пак Пак ноён арилжаанд явна гэнэ ээ. Одоо энэ нутагт нь янз бүрийн юм дутчихсан гэнэ. Тэгээд нөгөө бүх зардаг эмийн ургамал гээд л төвөөс нэн хэрэгтэй байгаа юмныхаа тооцоог хийв. Би чинь уулыг сампасаар байгаад нөгөө мууруудаа бүгдийг алаад авлаад, хатаагаад арьс хийчихсэн. Манайхан болохоор эхнэр хүүхэдтэй болцгоогоод байдаг. Би чинь хүний өвөрт орж, хүүхэн тэврэхээр л эхнэрээ санаачих гээд зай бариад байдаг. Намайг нутагшихгүй байгаад Пак Пак ноён асууж байна. Чи яагаад ийм юм бэ? Одоо чамаас бусад нь хүнтэй суучихлаа. Би чамайг өөрийн хүн болгох нэн их хүсэл байна гэхэд би эхнэр хүүхэдтэй хүн, нутагтаа Хааны амь сахигч цэрэг байсан гэсэн чинь их цочирдоод чи надад түүхээ ярьж өг гэв.

За манайх Хабул гэдэг Хаантай Монгол улсыг байгуулсан юм. Алтан улс бол манай хааныг барьж аваад алчихсан. Алтан улс гэдэг орон зайд бид өөрсийгөө хүлээн зөвшөөрүүлэхийг хичээсэн. Гэтэл Хааныг минь худалж хэлж байгаад алаад тэндээс би Хаанаа аварч чадаагүй хүн амь зулбан зугтаж байгаад танд учирлаа гэж хэлэв. Тэгэхэд Пак Пак ноён өөрийнхөө түүхийг ярьж эхэлсэн юм.

Манай өвөө бол Хаан угсааны авга тал байлаа. Тэр үед Сүн улсынхан бидэнтэй байлдаж байлаа. Дагавар улс болгох гэж манай Хаадыг яг танайхыг хуурдаг шиг худал хуурмагаар хуурч, нэг хүний сэтгэлээр, баян чинээлэг амьдарна гэсэн ятгалгаар урвуулаад ард түмэнд нь үзэн ядуулаад дараа нь тэд нарыг устгаж байгаад орж ирээд өөрсдийнхөө хааныг тавьчихсан. Ингээд бид ард түмнээрээ сайн сайхан амьдарна гэдэг бодолтойгоор ноёд нь явсан ч гэсэн энэ манай хааны шуналаас ч их байсан учраас манай ард түмэн одоо энэ хүүхдүүд шиг ойн дээрэмчин, эсвэл өл залгахыг хичээж байгаа тариачид болчихсон байгаа юм. Энэ явдлыг бид нэг хүмүүнээрээ засахгүй. Хүн амьтанд хэлэхээр нээрээ тийм гэдэг ч гэсэн хүчин зүтгэдэггүй. Дотор сэтгэл юм даа дотор сэтгэл юм гэж хэлэв.

Тэгээд чамайг энэ хугацаанд их ажихад хамаг хэргийн эзэн чи байна. Тийм учраас би чамаас айдаг. Нөгөө талдаа би чамайг хүндэлдэг. Чамаас би их зүйл сурлаа. Чи ч надаас их зүйл сурлаа. Би чамаас ямар ч хүнд үед, зовлонд итгэл найдвараа алдахгүй байхыг сурлаа. Харин чи манайхаас арилжаа наймаа, анд нөхдийн харилцаа гэдгийг сурсан байхаа гэдэгт найдаж байна. Би чамтай хүн ёсоор хандаж байснаас боолын ёсоор хэзээ ч хандаж байгаагүй. Би Хаан угсааны учраас боолтой яаж харьцдагийг мэднэ. Эргээд тэгж боолтой харьцахаар яаж тэр Хаан үхдэгийг ч мэднэ. Энэ ард түмнээ би ямар улсын дор, хэн гэдэг хааны дор байх нь хамаагүй, сайхан, амар амгалан дайн дажингүй, өлсвөл өөрийнх нь хохь, ядарвал өөрийнх нь хохь чинь болоод амьдарч байхыг л хүсдэг гэж хэлэв.

Энэ л миний Солонгосоос сурсан хамгийн гайхалтай эрдэм. Энх тайван амьдрахад хүн өлсдөг юм байна, энх тайван амьдрахад ноёд нь асар их ухаантай байх хэрэгтэй юм байна. Дайн хийх бол бяцхан олз юм байна. Даамай ардаа өдөр болгон дайнгүй бөгөөд амар амгалан амьдруулахын тулд асар их хичээл зүтгэл хэрэгтэй юм байна. Эв найрамдал, эв гэриэ хэрэгтэй байдаг юм байна. Дээр нь хүний дутах шуналыг хангахын тулд арилжаа наймаа ч сайн хөгжсөн байх ёстой юм байна гэдгийг ухагласан юм.

Чингээд бид хоёр чинь маш удаан явдаг, төв хүртлээ хоёр сар явдаг хугацаанд их зүйлийг ярилцав. Ер нь бол Солонгос улсын тэр хаад өөсөө ямар их эрх мэдэлгүй, түүнийгээ хэдэн талаас нь хэдэн улс хянадгийг, тэр ноёдын дунд яаж тэр хаан бодлогоо зөв зохицуулах гэж тэлчилж амьдардгийг, харин тэндээс чөлөөлөгдөхөөрөө аз жаргалтай Пак Пак ноён шиг болчихдогийг харсан. Энэ бяцхан хүмүүстэйгээ тариагаа тариад хураагаад өвлийг даваад, энэ тарьсан тарианаасаа идэж барахгүйгээ бусдадаа арилжаад, торго маалингаа аваад, эмээ нараа баярлуулаад, эхнэрээ үнсээд амьдрах нь энх тайван юм байна аа гэдгийг ойлгов.

Энэ хоёр жил би ойн дээрэмчид гэгч дотоод бослоготой л

тааралдаж байснаас, нэг ч дайнд гарч үзээгүй. Нэг ийм юм байгаа нь надад дайтахгүйгээр амьдрах итгэлийг төрүүлж, дайтахгүйгээр амьдрахад ард нь ямар амьдрал байдгийг харуулсан жилүүд байлаа. Би чинь дайн дуусчих юм бол бүгдээрээ аз жаргалтай болчихдог гэдэг тийм үлгэрээр өсөж байсан хүн чинь тэр аз жаргалтай үлгэрийн цаана, дахиад л хичээл зүтгэл байдгийг Пак Пүк ноёдоос харсан. Тэд өөрсдийнхөө төрийг байгуулаагүй ч гэсэн энх тайванд хүрчихсэн ардууд байсан.

Хоёр жил болоход нэг ч дайн гарсангүй шүү дээ. Хөгшчүүд нь үхсэнгүй. Дотооддоо тэжээж чадна, тэжээж чадахгүй гэдгээрээ л ард түмэн нь хоёр салчхаад бие биеэ алснаас өөрөөр зовсонгүй шүү дээ гэдэг надад асар их урам зориг болсон. Тэр асуудал надад зүй ёсны асуудал санагдсан. Яагаад гэвэл ухаан нь хүрэхгүй, хөрс нь хүрэхгүй, хүнс нь хүрэхгүй хүмүүс олшрохоороо ийм үзэгдэлд ордог юм байна аа гэдгийг би ойлгочихсон байлаа.

Мөн биднийг боол гэхгүйгээр ард түмэнтэйгээ нийцүүлээд, гэр бүлтэй болгоод, шаардлагатай бол бяцхан хөрөнгөнөөсөө чадахын хэрээр өгөөд, бүхнээ өгөхгүй ч гэсэн чадахынхаа хэрээр тэр хүнийг дэмнээд, тэр хүн нь ч гэсэн энэ хүнээ дэмнээд амьдарч болдог юм байна. Гадаад дотоод байх нь ердөө ч хамаагүй юм байна гэдэг ойлголтод хүрсэн.

Төв хотод очоод Пак Пак ноён намайг хүнтэй уулзуулав. Энэ бол Олохнуд, Ихэрс, Татаар руу арилжаа хийдэг наймаачин байгаа юм. Энэ хүнийг дагаад яв. Чи нутагтаа очиж амьдар гэсэн юм.

Та нар тэр Монгол гэдэг нутагтаа очих уу гээд манай хэдээс бас асуув. Үгүй, бид энд эхнэр хүүхэдтэй, одоо таны дор амьдарна гэхэд би л ганцаараа явъя гэсэн юм. Тэгвэл би их сайн цэрэгтэй болж байгаа юм байна. Та нар одоо миний цэргүүдийг хүчирхэг болгож өгөөрэй. Яагаад гэвэл хүн бидэнд дайрахгүй гэхэд, баавгай дайрна аа гэхийг миний чих сонсчхоод, Хаана тэр баавгай байсан юм бэ? гэхэд намайг шоолоод, өө би чамд хэлээд өгчихдөг байжээ гэж инээв. Гэхдээ байгалийн гамшиг гэдэг аюулд хүч чадал хэрэгтэй. Бид хүч чадлыг хаяад, суу залиар амьдрахыг хичээсэн ч бүх тархи, хэчнээн ам бүл өргөжлөө гээд гар үргэлж хэрэгтэй байдаг шиг, хүн дайчин байх хэрэгтэй гэдгийг та цэргүүдээс ойлгосон тул та нарын гурав нь үлдээд намайг дэмжинэ гэж байгаад би их баяртай байна. Тиймээс гэрээ санаад байгаа энийг чинь явуулъя аа гэхэд, "Тэг тэг. Наадах чинь бидэнд хэрэггүй" гээд манай гурав намайг хөөчихсөн шүү дээ, хаха. Гомдсон гэж, бас баяссан ч гэж. Ингэж нэг гэртээ явах боломж нээгдсэн юм.

Пак Пак ноён: За, чи тэр 15 барын арьсаа зарах уу гэв. Тэгнэ ээ гэв. Чамаас авахаар наадах чинь ханш уначихна аа. Би зарж өгье. Чи надад 2 зоос өгчих, би бусдыг нь чамд өгье гэв. Тэгээд арилжсан 1278 зоосноос хоёрхон зоос л авсан. Надад бусдыг нь бүгдийг өгсөн. Гэхдээ тэр зооснууд нь хүрэл, мөнгө, алтаараа өөр өөр. Би дандаа хүрэл зооснууд л авч байгаа шүү. Тэр нь нэг хэдхээн алтан зоос л юм байна лээ л дээ.

Эх нутагтаа ирэв

Сарын дотор бид Татаарын хил дээр ирэв. Шууд Татаар руу орох гэхээр Монгол гэдэг нь баригдах аюултай. Татаар найзынхаа нэрийг, мэнд усыг нь хэлээд зоригтой явчхаж болно гэхэд, Татаартай бид яагаад байлддагийг нь, яагаад Охинбархаг, Хабула хаан Алтан улс руу очоод алуулсан бэ гэдгийг нь мэддэг учраас болгоомжлоод, Татаарын нутаг руу шууд орж чадахгүй байв. Татаарын хил дээр очоод нөгөө наймаачинд: За ингээд, би өөрийнхөө замаар явъя. Та Татаарт яваад арилжаагаа хий гээд салцгаав. Би Солонгосоос нэг морьтой болсон шүү дээ. Иймээс Татаарын хил дагуу явсаар Онгуудын нутаг дэвсгэр рүү оров. Онгуудаас би хуучин Хабула хааны үед надтай хамт явж байсан цэргүүд амьд байна уу, үгүй юу? Намайг аварсан бүсгүйчүүд яасан бол? Нэлээн удаан Монгол нутагтаа ирээгүй учраас миний нутаг ер нь байгаа юм уу, үгүй юм уу? Хабул хааныг алчхаад Алтан улсынхан очоод манай улсыг сүйрүүлсэн байх юм бол би тийшээ очоод ер нь юугаа хийдэг юм бэ гэх мэт их бодолтойгоор хашир санаж, Онгуудад очсон.

Онгуудад Хабул хааны цэрэгт хамт явсан амьд үлдсэн цөөн нөхөдтэй уулзалдав. Тэд бас шууд Монгол нутаг руугаа очиж чадахгүй, очихоор засаг хэлцэнэ, яана аа ийнэ ээ гэсээр байгаад Онгууд эхнэртэй болчихсон тэнд амьдарч байв. Хэл соёл нэгтэй, бараг Монгол нутгаас нь ялгаагүй учраас Хаанаа алуулчихсан гэх гэмтэй, амьд үлдсэн цөөн хэдэн нөхөд тэнд байж байсан. Алтан улсад боолчлогдож байсан Монгол янхнууд тэднийг худалдан авч нэг нэгээр нь зөөгөөд, хил давуулаад байсан гэсэн шүү дээ. Тэд Онгуудаас цаашаа хөдөлж чадаагүй аж. Монгол нутаг минь байгаа бөгөөд Амбахай хаан болжээ. Тэр хатуу засагч хаан гээд айгаад байсан юм байна. Тэгээд тэдэнтэйгээ нийцэж аваад говь давав аа. Говийн шууранд бид нэлээн их юм болж гуравхан хүн үлдсэн. Би тэнд маш их харуусан.

Хэрвээ өнгөрсөн гурван жилийн хугацаанд эхнэр хүүхэдтэй болчихсон тэднийг би нутаг явъя аа гэж ятгаагүй байсан бол, тэд нар өнөөдөр амьдрах байсан даа гээд маш их харуусалд, хүний өмнө хариуцлага хүлээнэ гэдгийг эд эсчлэн мэдэрсэн тийм их аюултай шуурга болсон юм.

Гэвч Хабул хааныхаа сүүлчийн онгонд очиж мөргөх хүсэл минь давамгайлчихсан юм л даа. Яагаад гэвэл амьдрах утга гэдгийг тэр хүн надад бэлэглэсэн. Зүгээр нэгэн сохор хүмүүнийг ийм их ертөнцийн буйдыг үзүүлсэн. Үхчээд хүртэл түүний сүнс намайг боолын зовлонгоор нохойн хоол идэж байгаад үхэх тавилантай хутгачхаагүй, маш сайн Солонгос хүмүүстэй учруулж, эргээд эх нутгийнхаа хөрстөд хөлөө тавих боломжийг олгосон учраас талархах сэтгэл минь бадраад байсан учраас эх нутагтаа ирсэн.

Намайг амьд эргэж ирэхийг хараад хамгийн их цочирдсон хүн бол мэдээж Амбахай хаан. Үхчихсэн гэж бодож байтал яваад ирэхээр чинь аймаар. Тэгээд амьд байгаад нь хардана. Тэгэхдээ би тэр хардалтыг зүй ёсны л гэж бодож байна. Яагаад энэ олон жил байхгүй болчхоод гэнэт гараад ирнэ гэдэг тэд нарын ойлгох зүйл биш шүү дээ. Тэгээд Амбахай хаанд болсон бүх явдлыг ярив.

Хамгийн гол нь болсон явдлыг сонсоогүй Хабул хааны хүү Хотула л ойлгоогүй. Эцгийнхээ амийг манаж чадаагүй, түүний бие хамгаалагч цэргүүдийг үзэн ядах сэтгэлтэй байв. Хотула тэр үед төрийн томчуудын нэг болчихсон байв. Эцэг нь амьд биш, би амьд байгаад тэр их дургүйцэн "Эцгийн минь онгонд нь очиж мөргөнө ч гэх шиг. Биттий солиор. Амийг нь манаагүй байж, үхсэнийг нь баталгаажуулах гээд байгаа юм уу" гээд уурлаж дургүйцсэн гэдэг. Бас л зөв асуудал шүү дээ. Яагаад ч үхэх ёстой байсан сохор нөхөр гурван жилийн дараа хүрээд ирнэ гэдэг нэн сэжигтэй. Харин Амбахай хан намайг Хабул хааны онгонд мөргөхийг зөвшөөрсөн. Мөн намайг гэртээ харихыг ч зөвшөөрөөд би гэртээ ирэв.

Эхнэр хүүхдүүд ёстой айсан. Сүнс нь ороод ирлээ гээд хаха. Би өвөл гэртээ орж ирж байгаа юм л даа. Амнаас минь уур савсаад, биеэс халуу төөнөхөөр тэд маань намайг үхдэл биш амьд байна гээд учиргүй тэврч авсан. Гэртээ ирчхээд их эхнэрийнхээ хоолыг идэхэд, энэ миний амьдралын бүх хугацаа мэт зураглал нүдний минь өмнүүр өнгөрч байсан. Болсон явдлаа хүүхдүүддээ гайхуулаад, хэд хоног л ярьж нгнн шүү дээ. Намайг байхгүй хугацаанд юу болсныг дуулаад нэг сар өнгөрөв.

За цааш түүхийг нь чи мэднэ дээ. Манай Хонхотаны ноён нас барж түүний ганц охин оттоо тэргүүлж үлдсэн байв. Гэртээ харьж ирснээс нэг сарын дараа манай Жүрхи орж ирээд, "Чи амьд юм чинь надтай суух ёстой" гэж толгой дээрээс шагайгаад. Би чинь арилжаа хийгээд сурчихсан юм чинь мөнгө, мөнгө, мөнгө олох хэрэгтэй. Одоо би чинь эхнэрийнхээ тэжээвэр амьтан шиг болчих гээд, эрх чөлөө хүсээд байв. Хэчнээн санаж ирсэн хэр нь сар болоод л амьдрал хэвийн болно биз дээ. Эхнэртээ өөрийнхөө чадвартай гэдгийг харуулмаар санагдаад байж байтал арилжааны жимд, Олохнуд наймаачинтай тааралдан танилцсан юм. Тэгээд түүний түлэнхий охиныг нь эхнэр минь эмчлээд, түүний эцэг надад охиноо шахсанаар аваад суучхав гэдэг асуудал чинь гарсан. Эхнэр ч надад гэр орны асуудалд туслагч хэрэгтэй, чамайг байхгүйд ихээ ойлгосон гээд хүлээн зөвшөөрсөн.

Намайг ирэхэд миний гэр Пак Пак ноёныхоос үнэхээр тухгүй санагдаж байсан юм. Би тэнд боол шиг ядмагхан газар байсан атал, манайх тэр боолынхоос ч долоон дор байгаад би өөрөө эр нөхөр нь байж, эхнэр хүүхдээ ингэж амьдруулж болохгүй гэдэг шийдлээс идэвхтэй арилжааны чиглэлд гарав. Сайхан амьдаръя, гоё баян амьдаръя гэдэг мөрөөдлөөр, эхнэртээ тэр өөрийнхөө тансаглаж байсан, мөнгө үрж байсан, алга болгосон мөнгөө, ямар бүтээмж болгож, тухтай дулаан, сайхан бүрэн бүтэн хувцастай амьдарч болдгийг үзүүлмээр санагдсан.

Тэгээд л зүтгээд эхэлчихсэн юм шүү дээ. Хэрвээ тийм адал явдал болоогүй бол би зүгээр л байлдсаар байгаад үхэх төрлийн хүн байхгүй юу.

Пак Пак ноён байгаа учраас би тансаг амьдралыг, тухтай амьдралыг эрэгч болоод хувирчхаж байгаа юм. Ингээд л урд эгнээний дайчин байсан хүнийг ар эгнээний ноён болгож хүмүүжүүлсэн хүн чинь Пак ноён болчихож байгаа юм даа. Мөн Пүк Пүк ноёд хаха. Ким Паку ноёд. Тэд нар намайг ар ноён байхаар хүмүүжүүлжээ.

Жүрхи эцгийнхээ орыг залгаад, Хонхтон отог омгийг цэгцэлж, надаас илүүтэй цэргийн цэгцээр амьдруулж, хажуугаар нь намайг эргүүлж чаргуулдаастай. Би чамтай л сууна. Өөр хүнд иттэхгүй. Чи надтай сууж, энэ оттийг толгойл гэнэ.

Миний арилжаа амжилттай болж, арилжаагаар айл болгонд л ороод, хэрэгцээтэй юмыг нь асуугаад л, хүнээс худалдаж авч өгөөд л, тэгээд баярласан сэтгэлээр нь цэнгэл хийгээд явдаг болов. Пак Пак ноёны зуршил орж ирж байгаа юм л даа. Ийм зан үүсэж байгаад энэ отогт би ер нь Пак Пак ноён шиг ноён байвал болмоор юм байна. Хонхотанд тийм ноён байвал сайхан юм байна гэж нэг өдөр Жүрхид ам алдчихдаг юм.

Тэгсэн чинь Жүрхи өлгөж аваад л, "Чи наадахаа хийх ёстой. Надтай гэрлэ" гээд толгой доогуур бүлшилэв. Үгүй ээ, би чамтай суухгүй. Би чиний хүүхдүүдэд эцэг болж чадахгүй. Хүний нутагт ч эхнэрээсээ өөр хүнд энгэрээ нээгээгүй шүү. Хүний хүүхдэд би өөрөө сэтгэлтэй байх эсэхдээ эргэлзэж байна. Би чамд сэтгэлийн зовлон нэмчих юм биш үү? Би дүүгээ гомдооххыг хүсэхгүй байна. Чи зүгээр л дүү минь. Иймд дүүгийн минь хүүхдүүд гээд явж байвал миний сэтгэлд хүрэх юм шиг байна. Өөрийн минь хүүхэд гэхээр үнэхээр яг сэтгэл хүрч чадах эсэхээ, мөн чиний охид намайг хүлээн зөвшөөрөх эсэх дээр би их сэтгэл чилээж байна аа. Жүрхи минь. Энэ том асуудал, ах дүүсээрээ л байя гэж хэлэв.

Гэвч "Чи чадна аа, миний охид чамайг хайрлана. Эцэг нь хэн байх ямар хамаатай юм бэ? гээд манай дураар өссөн Жүрхи чинь миний үгийг огт тооогүй.

Үгүй ээ, чи ер нь хүний үгийг сонсдог юм уу? гэхэд, Би сонсож байгаа биз дээ гээд л тэр чинь том харна шүү дээ.

Тэгээд Жүрхигийн том охин Амайгаас "Та нар эцэг гэдэг хүнийг юу гэж боддог вэ" гэж асуухад,

Амай: Мэдэхгүй ээ, аав гэдэг хүмүн үгүй өссөн учраас мэдэмгүй. Гэхдээ бид ээжийгээ нэн их өрөвддөг учраас аав гэдэг хүмүүнийг, бидний бүлийг авч явахад эсэргүүцэх явдал байхгүй. Миний аав хэн бэ гэдэг асуудал надад байдаг. Хэрвээ ээжийг минь цэнгэлтэй байлгаж чадаж байвал би тэр хүнийг ааваа гэж сэтгэнэ ээ гэв.

Үүнийг Амайгаас сонсоод Жүрхитэй эр эм болох тухайд бүрэн больчихсон байлаа л даа. Яагаад гэвэл ээжийгээ аз жаргалтай байлгахын төлөө өөрөө тэр хүнийг хүсээгүй байж, аав гэж дуудна гэдэг чинь хэцүү шүү дээ. Гэтэл Амай надад, " ээж танд маш их хайртай. Бид хүнтэй сууг аад явчихаар ээж минь ганцаардана шүү дээ. Миний эцэгтэй байна уу, үгүй юу хүнд хамаагүй. Тэртээ тэргүй би өөр хүний голомтыг түшнэ. Тиймээс та суучих аа л гэх юм.

Би өөрийн амраа бодоод Жүрхигээс зугтаасаар л байгаадаа сэтгэл өвдөв. Тэгээд их гэргий болон удаах гэргийдээ Амайгийн тухайд хэлэхэд, "Эм хүн агуу сэтгэлтэй" гээд манай нүүргүй эхнэр хэлж байна. Чамайг Жүрхитэй суулаа гээд бид ер тэрсэхгүй. Гол нь тэр манай отгийн тэргүү. Гагцаар эм хүн энэ отгийг тэргүүлэх хэцүү. Бид чинь Хонхотаны нэрийн дор амьдарч байгаа шүү дээ. Эм хүн гээд бусад ноёдод басамжлагдах шинжтэй. Дээрээс нь хүсэл мөрөөдөл нь эцэг эхийнхээ дайтай байх гэж биеэ зовоохыг нь хараад өрөвдөх юм. Эндээ нөөлөг олох гэхээр энэ шаардлагыг хүлээн зөвшөөрчихөөр эр байхгүйдээ л ганцдаж байгаа юм. Үүгээр нь зовоолоо гээд Жүрхи ганцаараа амьдарч чадна аа. Бид сайн ард түмнээр тэтгэж чадна. Чи яг энэ отгийн тэргүү гэдэг асуудлаар нь Жүрхийг тэтгэхгүй бол авч сууг аад хэрэггүй ээ гэж хэлэхэд, Жүрхитэй бүр суумааргүй санагдав ч муу дүүгээ өрөвдөв.

Эцгээсээ өнчирч отгийн удирдагчийн ачааг нуруун дээр үүрсэн Жүрхийн энэхүү хүнд ачааг би үүрнэ гэхээс айгаад, тэндээс архидалт эхэлж байгаа юм л даа. Солонгос яваад ирчихсэн учраас архийг ёстой зовлонгийн үргээс болгоод ууг аад сурчихжээ. Анх би тийм муу зуршилгүй байсан ч тэнд удаад ирсэн чинь зэвэрсэн нь тэр аж.

Тасарч унтаад сэрсэн чинь Жүрхи хажууд ирээд унтчихсан байлаа. Бодвол намайг ухаанаа алдаад хэвтэхэд хучиж, өөрийнхөө зовлонг тооч их гэж намайг сэрэхийг хүлээж байгаад л дэргэд унтчихсан юм байлгүй дээ. Тэр өдөр бид хоёрт бол хурьцсан юм байхгүй ээ. Зүгээр л дэргэд унтчихсан. Угаасаа миний багаасаа хамт өссөн дүү дэргэд унтах нь зүй ёсны асуудал биз дээ. Багаасаа л надаар нөөлөг хийж байг аад унтчихдаг байсан болохоор би ч юм санасангүй.

Сэрчхээд Жүрхиг дээлээрээ хучч их аад, хөөрхийг яах вэ, ямар ч их зовлон үзээв гээд бодоод байж байхад манай Хонхотаны Жэвгэ гээд аймаар ховч эмгүн орж ирэв. Хөндчихсөн байна шүү дээ, хөндчихсөн байна шүү дээ гээд л хашхираад гараад явчихсан. За тэгээд энэ үг гарахаар угаасаа Монгол эрчүүдийн үйлдэл ойлгомжтой. Хийгээгүй хэргийнхээ өмнөөс хариуцлага хүлээхгүй ээ гээд, Жүрхид: Чиний тухайд би удаан бодлоо. Ноён ямар байдгийг харьт улсаас нь ч үзлээ, их улсаас нь ч үзлээ, энэ улсдаа ч үзлээ. Би ноён байхаас айж байна. Гэвч чи заавал ийм бай гэж намайг тулган шаардахгүйгээр, зүгээр нөөлгийн хэмжээнд намайг дураар байлгавал би чиний үйлэнд чадахынхаа хэрээр зүтгэе. Ер нь бол чи өөрөө толгой болно. Харин би чиний хань болж, олдог хэдээсээ хуваалцъя. Би арилжаачны жимээр амьдрахыг хүсч байна. Ахиж дайнд явмааргүй байна.

Яагаад гэвэл би амар амгалан, энх өдрүүдтэй улсыг олоод харчихсан учраас дахин байлдах хүсэлгүй байна. Хүний цусны үнэ цэнийг өргөн түмэнтэй нь, харь болоод дотор улстай нь харчихсаны хувьд даичин угсааны Хонхотанг биш даруу төлөв урлаачаараа, ухаанаа шавхдаг зүтгэлээрээ маргаашаа бүтээдэг тийм л Хонхотанг хүсэж байна шүү дээ гэв.

Жүрхи: Маргааш гэдэг үг л байхад надад хангалттай гэж хэлсэн юм. Ингээд л тэр миний гурав дахь гэргий болох нь тодорхой болсон доо. Жүрхи бол ерөнхийдөө эцгээсээ сурсан хүмүүжлээр цэрэг бэлтгэдэг. Би бол арилжааны жимийг ойлгоод сурчихсаны хувьд Монгол дахь арилжааны жимийг олохыг хичээгээд, хоёр дахь эхнэрийн аав хадам эцгээ нэлээд түшээд, бүх ноёдтой юу худалдан авдаг, юу хүсдэг, ямар алт ямар чанартай байгаа, хуурамч алт нь яадаг, жинхэнэ алт нь яадаг юм гээд наймаа хийгээд солиороод явчхаж байгаа юм. Зальжин биш Ов Чин гэдэг үгийн утга энд бүрэн буй болж, хүний арга эвийг олж, тэд нартай найз нөхөд болж, хэрэгцээг нь дүүргэж, Пак Пак ноён шигээ "Чамд юу дутуу байна? Би олоод өгье" гэдэг ажлыг хийгээд явчихсан түүхтэй. Надад нэг цагт их нөөлөг болсон Пак, Пүк, Ким, Покуудын нөлөө ийм байлаа даа.

ОвА хараагаа алдсан нь

Хамаг Монголын хаан Хабул (КайБайУл) байсан цаг үед Чонос гарвалын нэгэн айлын бяцхан хүү эцэг эхдээ эрхлэн ихэнж, хурга ишигтэй тоглож наадан амьдран суудаг байжээ. Нэгэн өдөр хайртай хэнз хурганых нь нүдийг хар хэрээ тоншиж орхисонд хүү ихэд харамсан уйлж хэрээнээс өс авахаар модонд орших үүрийг нь олж авираад өндгийг нь газар уурлан шидлэв. Гэтэл олон хар хэрээнүүд гуагчин ирж, түүн рүү довтлон давалвчараа цохилж, хошуугаараа тоншилж, сарвуугаараа уран дайрсаар хүүг модноос унагааж, нэг нүдийг нь сох тоншчихож гэнэ. Хүү нүдээ дарж, арай хийн уйлан чарлаж зугтаасаар гэртээ очоход, ээж нь сандарч тэвдэн тэврээд домчруу яаран одлоо. Гэвч домчийнх хүртэл ихээ хол зайтай байлаа. Домчийнд морио гурван өдөр явж хүрэхэд цаг алдсанаас болж хүүгийн нэг нүд харалган болсон байв. Хэрээнд тоншуулсан нүдний ухархайд өт арзаганаж, халуунд гоожих идээ аврал үгүйг сануулна. Нэг нүд нь сохорч өвчилсөнөөс нөгөө нүдэнд нөлөөлөн хүү юм харж чадахаа болив гэнэ ээ. Хүүгийн эцэг эх хурмастын элчийг гутааруун, иймэн бээр болов гэж ихэд зэвлэьч, сохорсон үрээ хараад энэлж шаналахын дээдээр өмөлзөж байв. Хөвүүний дүү энэн үгийг сонордоод хэрээ баярлуулбал хараа орж дийлнэ гэж итгэн мах өмөдөс өгч хэрээ баярлуулавч ахаа бээр хараа эс оров.

Сохорсон хүүгийн эцэг эх эртэд хааны цэрэгт хорчин байсан бөгөөд нэгэн отгийн "Жа" байжээ. Гэтэл нэгэн дайнаар түүний цэргүүд ихэн нь үрэгдсэнд гуниг, харуусал тээснээс дайны айдас ихтэй. Цэргүүдээ дайнд алдсаны дараа эцэг нь оргон говь руу цөөн бүлээрээ зугтан нүүж, адуу адуулах болсон гэнэ. Дайнд түүний том хөвүүд нь ч үгүй болж сэтэлийн гутралд орон байсан ч нас ахимаг болсон хойноо хоорондоо хоёр хаврын зөрүүтэй хөвүүдтэй болж баяр хөөр, хайр энэрэл дүүрэн амьдарч эхэлжээ. Гэтэл ах хөвүүн нь томоогүй зангаасаа болоод ийн сохор болсонд эцэг эх нь ихэд энэлэн шаналж, цуутай бүхий л домчийг бараадаж, сурагтай бүхий л шидтэнд очив ч тусыг эс олсон бөлгөө. Хэрээнд нүдээ тоншуулан хараагүй болсон хүүгээ есөн хавартай болоход эцэг эх нь "Өтөлж буй бид хүүгээ насаараа тэжээж барамгүй. Хүү минь амиа зогоож, амьдарч сураг" гээд Хонхотан отогт хурдан удмын адуутай хүргэж өгсөн аж.

Хонхотан отог хэмээх нь эртэд дайнд бэртэж гэмтсэн цэргүүдийг авилгын отогоор байгуулагджээ. Мөч юугаа тасдуулсан, тулалдах чадвараа алдсан цэргүүдийг эмнээн домнож, амьдрахуйяа чадамжит болгох гэж КауЧин ӨрТөХэй (Чаужин өртөхэ) ноёны санаа юугаар байгуулагдаж, цаашлаад эмнэхүйд суурилсан чадамжийн оттог болохоор хөхүүлэгдсэн байжээ. Эдий зоритот отогт мөч нь тасарсан, гэмтэж бэртсэн цэргээс гадна цус ойртсон, гэмтэл согогтой, хзнд өвчин тахалд нэрвэгдчдээс амьд үлдсэн ардуудыг чуулуулан анагаан домноно. Отог овогтоо хэвийн хүн шиг амьдрах чадваргүй, тахир дутуу согогт нэгний хонхотан отогоо аван бэрхтэйгээ нийцэн амьдрахуйяад сургадаг байсан ажээ.

ӨРӨГ ЦАДИГ ТАМГА номын хэсгээс

Gerliin urguu

The creation of the next
thousand years is built today upon
the history of the past millennium.

Тэнгэр Монгол Газар
2011.10.04

Их түүхийн судар
2012.11.14

Бичиг соёлын судар
2012.11.14

Бөө гэгээн тархины
судар
2012.11.14

Хас төрийг бадраах
судар
2012.11.14

Гэгээн зөн
2012.11.14

Түмэн Онгодын чуулган
2012.12.06

Эх үрийн судар
2015.01.23

Бөөгийн товчион
2015.02.29

Монгол Товчион
Түүхийн Тайлал
2015.04.01

27
2015.09.07

Монгол Хатдын онгон
түүхийн гялбаа
2015.09.21

Under the power of eternal sky, the time
has come for Tenger where all menace and
idiocies shall be eliminated and destroyed.
Those who recognize it, be revered.

Монгол Домчийн судар
2016.08.11

Үрийг хүмүнжүүлэх
судар
2017.06.22

Өгүүлэх ухаан
2018.04.01

Өрөг Цадиг Тамга
2019.02.02

Өрөг Тунхаг Тамга
2020.05.20

Монгол Хатдын онгон
түүхийн гэлбаа /англи/
2020.09.11

Есийн нэг
/Зэлмэ жанжин/
2021.09.17

Хан хөвүүний
цурхираан
2021.09.17

Түүхий Илд
2021.12.02

Хар Хадаан Баатар
2021.12.20

Ов А
2022.02.02

Хамаг Монголын Эзэнт Улсын
Ур Дүй Ухаан Урлалын Онцлог
2022.06.18